Jacqueline Wilson

PENSACI ANCORA

Traduzione di Alessandra Casella

Romanzo

SALANI EDITORE

Titolo originale:
THINK AGAIN

ISBN 978-88-310-2437-2

IL LIBRAIO.IT

il sito di chi ama leggere

Gruppo editoriale Mauri Spagnol, Milano
www.salani.it

PENSACI ANCORA

Uno

Mi sveglio sentendomi addosso la testa di Stella che spinge contro la mia, mentre mi lecca il collo in modo allusivo. Detto così sembra chissà che cosa. Invece, ahimè, la mia vita sessuale non è molto eccitante. Anzi, al momento non ne ho proprio *per niente*, di vita sessuale, né eccitante né altro. Quando ho fatto di tutto per riuscire a far entrare un letto matrimoniale nel mio minuscolo appartamento sono stata esageratamente ottimista.

«Ciao, Stella!» le dico con voce impastata. «Sei venuta ad augurarmi buon compleanno?»

Lei risponde di sì facendo le fusa, e io l'accarezzo sulla testa, poi scendo lungo il suo manto setoso fino ad arrivare alla punta della coda. Stella è l'indiscussa Regina dei Gatti, anche se è di umili origini, come molte principesse delle fiabe. L'ho salvata dal Rifugio del Cane e del Gatto di Battersea lo scorso anno. Lottie dice che è la mia figlia sostituta, ma il mio ruolo nella vita di Stella è più quello di una serva che di una madre. È lei che mi dà ordini e mi obbliga a mantenere una routine precisa. Se potesse, vorrebbe vagabondare per la strada, di notte, ma non è una cosa saggia in un quartiere di case popolari a Londra. Comunque, le cinque del mattino vengono da lei ritenute un orario consono per la prima colazione, e rimane perplessa quando non la accolgo con radiosa gioiosità. Guardo l'orologio, pronta a spingerla via e a rincantucciarmi sotto le coperte per un altro paio d'ore. Ma sono già le sette passate! Stella mi ha lasciato dormire un po' di più per il mio compleanno. Forse perché sa che questo è un compleanno speciale, uno di quelli con lo zero.

Quaranta!

Santo cielo, come ho fatto a diventare così *vecchia*? Scivolo fuori dal letto, sciabatto fino allo specchio della toeletta e mi scruto la fronte. Eccole lì, le rughe. Tre. E due linee sottili come due apostrofi proprio sopra al mio naso. Cerco di spianarle, ma quelle riappaiono subito non appena rilascio la fronte. Immagino che stare sempre alla scrivania con lo sguardo concentrato, tralasciando spesso di mettermi gli occhiali, alla fine abbia avuto le sue conseguenze. Sarà il momento per un po' di botox? Magda adesso fa spesso le sue belle gitarelle alla Clinica di Bellezza, e ha un aspetto magnifico. Oddio, a dire il vero è sempre stata bellissima. Anche Nadine è una veterana del botox. Ha cominciato quando aveva poco più di vent'anni, che era una cosa ridicola, ma penso dipendesse dal fatto che allora lavorava come modella.

Faccio il broncino, cercando di risucchiare le guance tipo fotomodella. Sembro un'idiota. Mi giro di profilo e tiro in dentro la pancia. È la cosa di me che davvero non sopporto. Ho sempre avuto un po' di pancetta stile post parto, anche quando non avevo ancora avuto Lottie. Guardo le foto attaccate intorno allo specchio. C'è una polaroid di Nadine e me a quattro anni in una piscinetta gonfiabile. Nadine è già magra come un giunco e sembra in posa da modella, mentre io sto facendo una smorfia, e sono una bimba cicciottella con una pancia che sembrava avessi ingoiato un pallone.

Guardo la foto di Magda da piccola che è proprio lì di fianco. Ci siamo conosciute alle superiori, ma non volevo escluderla. È nella vasca da bagno, mentre scuote i riccioli e sorride con tanto di fossette verso l'obbiettivo, già in posa sin da allora. Sembra un cherubino di Raffaello.

Nadine e Magda, le mie migliori amiche. Le due donne più importanti della mia vita, dopo mia figlia. Le foto di Lottie occupano tutto il resto dello spazio attorno allo specchio, a partire da quando era neonata. Stacco quella che preferisco: lei ha solo qualche mese, io la tengo sollevata mentre faccio le pernacchiette sul suo delizioso pancino rotondo, per farla ridere. Quasi due decenni dopo, sono ancora qui che sorrido con lei. Pensavo che sarebbe stata simile a me, perché da piccola aveva i capelli gonfi e tendenti al riccio, e all'epoca era adorabilmente cicciottella – e invece guardala adesso! Rimetto al suo posto la vecchia foto e prendo una grande cornice d'argento, l'unica che tengo sul ripiano della toeletta, e le accarezzo con affetto il viso. Lunghi capelli lisci, un corpo magro e forte, un grande sorriso e i suoi soliti vestiti bizzarri.

«La mia ragazza» mormoro.

La foto era stata scattata poco prima che andasse all'università. Oddio, come mi manca.

Stella miagola imperiosa.

«Ok, anche tu sei la mia ragazza» le dico.

Mi permette di fare una rapida scappata in bagno, poi andiamo insieme in cucina, dove le servo una ciotola di pollo a pezzetti in un po' di brodo, come coccola speciale. Oggi possiamo far finta che sia anche il suo, di compleanno. Le cambio l'acqua nella sua speciale ciotola di ceramica. Lei dà delle delicate lappatine, attenta a non bagnarsi le lunghe vibrisse argentee.

Io mi preparo un caffè, e metto una piccola porzione di salutare muesli in una ciotola. Però un paio di cucchiai di segatura non è esattamente una colazione da compleanno, allora mi faccio due belle fette di pane tostato cosparse di burro e di marmellata di fragole, pescando tutte le fragole intere che trovo nel barattolo. E che cavolo, è il mio compleanno. La dieta può aspettare domani.

Ehi, e se anche Myrtle si mettesse a dieta? Mi dirigo in

salotto, ancora con la bocca piena, mi siedo alla scrivania e inforco gli occhiali. Prendo il mio quaderno delle idee e comincio a disegnare Myrtle mentre è in cucina a fare colazione. Orecchie grandi, naso a punta, lunghi baffi – ma ha braccia e gambe umane, e indossa una maglietta a strisce e jeans stile boyfriend, con un buco sul retro per infilarci la lunga coda.

Non è cambiata molto da quando l'ho disegnata la prima volta per un concorso, quando ero ancora a scuola. Ho conservato la lettera che mi aveva scritto allora Nicola Sharp. Era la mia scrittrice per ragazzi preferita – e lo è ancora. Ho cercato di conservare accuratamente la sua lettera, ma l'ho letta così tante volte che ormai è diventata fragile come un fazzoletto di carta.

> Ti devo proprio dire che la tua Myrtle è davvero originale, spicca su tutti. Se l'avessi creata io stessa sarei stata molto orgogliosa di me. *Devi* assolutamente fare l'illustratrice, da grande!

Pensa un po' che bello, adesso *sono* un'illustratrice. E un'insegnante di arte.

Non lo ammetterò mai, ma adoro quando alle feste mi chiedono che lavoro faccio. Di solito, ometto la parte dell'insegnante, troppo prosaica.

«Oh, disegno una striscia a fumetti per un settimanale» dico con falsa modestia.

Al che loro di solito chiedono: «Un giornale locale?»

«Be', in realtà si tratta del *Guardian*» rispondo io, anche se finisco sempre con l'arrossire, perché mi sembra davvero di tirarmela troppo. Oddio, in effetti me la tiro eccome, ma che m'importa?

«Forza, Myrtle» mormoro. «Qui ti guardi allo specchio, e ti accorgi che i jeans ti vanno un bel po' stretti. Nella seconda vignetta, sei appollaiata su uno sgabello all'isola della tua cucina, che guardi accigliata un pacchettino di formaggio a basso contenuto calorico e un cartone di latte totalmente scremato. E nella vignetta numero tre...»

Ma mi viene un dubbio. La mia striscia su Myrtle dovrebbe essere il punto di vista di una tenera topolina sulla vita moderna. Ma le donne moderne sono così ossessionate dal loro aspetto fisico? *Io* lo sono di sicuro. Ma Lottie e le sue amiche? Non è invece per loro solo una questione di salute, di benessere e di orgoglio del proprio corpo, qualunque sia la taglia e la forma fisica? Mi picchietto la matita sul labbro, accigliata.

Chiederò più tardi a Lottie, quando la vedo. Ci dobbiamo trovare a Victoria Station. Mi manderà un messaggino quando sarà sul treno. Spero che arrivi in tempo per pranzare insieme, così poi possiamo andare a vedere un museo, o a fare shopping, o anche solo a rilassarci a casa, prima di andare a Kingston per la cena di famiglia.

Il telefono squilla. È proprio Lottie! Rispondo subito.

«Ciao, Lots!»

«*Tanti auguri a te! Tanti auguri a te! Tanti AUGURI...*»

Con una smorfia allontano il telefono dall'orecchio. Amo Lottie con tutto il cuore, e sono una di quelle mamme patetiche che non accetta che qualcuno critichi la sua bambina, ma persino io devo ammettere che una persona così orribilmente stonata non dovrebbe cantare a voce alta.

«Ma grazie, tesoro!» le dico. «Ecco, mi hai fatto cominciare il compleanno in maniera meravigliosa. Ma come mai sei sveglia così presto?»

«Io... ho controllato il cellulare. Per il mio treno».

«Non vedo l'ora che tu arrivi!» esclamo, entusiasta.

Devo godermela il più possibile. Ormai ci vediamo solo una volta ogni due mesi, da quando studia nel Sussex. Anche se ho cercato di non farglielo notare, ci sono rimasta malissimo quando mi ha detto che non sarebbe tornata a casa neppure per l'estate. Sapevo che voleva stare con i suoi amici, magari farsi un viaggio con loro, e davvero mi avrebbe fatto piacere per lei, ma speravo che avrebbe passato almeno un po' delle sue vacanze a casa con me, almeno *un pochino*. Invece mi ha detto che aveva trovato un lavoro come animatrice in un campus estivo internazionale per bambini, per tutte le otto settimane di vacanza. Lei è fantastica coi bambini, è divertente e briosa ma anche molto responsabile; non mi meraviglia che l'abbiano presa subito. Solo che a me manca da matti.

Per questo è così importante per me che torni a casa nel weekend del mio compleanno. Ma lei rimane in silenzio per qualche secondo.

«Lottie?» le dico, incerta.

«Oh, mamma, non sai come mi dispiace, c'è un problema col treno. Non ho capito bene, ci sono dei lavori sulla linea o qualcosa del genere» mi dice in fretta. «Tutti i treni per Londra sono stati cancellati».

«Oh, no! Che sfortuna! Ma risolveranno presto, no?»

«Dicono che tutti i treni per oggi sono stati cancellati, mamma. Mi dispiace tantissimo!»

E sembra che le dispiaccia davvero, ma c'è qualcosa di strano nella sua voce. Mi mordicchio il labbro. Non mi starà mica dicendo una palla, vero?

Faccio un respiro profondo.

«Va bene» le dico, cercando di mantenere un tono di voce tranquillo. «E per la mia cena di compleanno?»

«Darei qualsiasi cosa per esserci, ma non è proprio possibile» mi dice.

«Oh, Lottie» mugolo patetica, incapace di nascondere la delusione.

«Ma per la cena tu sei comunque col nonno, Anna, Ben e Simon» mi consola lei.

«Sì, certo».

«Mi dispiace tanto, mamma. Non lasciare che questo rovini il tuo giorno speciale». Adesso pare davvero dispiaciuta.

Ma a me sembra proprio che stia inventando delle scuse. O sono solo paranoica? Forse il blocco sulla linea ferroviaria è la sacrosanta verità, e a Lottie dispiace davvero non poter essere con me per il mio compleanno. E se invece avesse cose più interessanti da fare che starsene con la sua vecchia mamma, ci sta tutto. Santo cielo, ha diciannove anni. E io sono una quarantenne, cazzo, è il caso che cominci a comportarmi come tale.

Mi stampo un sorrisino sul volto, così che lo si possa sentire nel tono della mia voce. «Amore, non ti preoccupare. Ho un bellissimo programma per oggi. Starò bene». Nonostante i miei sforzi, la voce mi esce un po' tremolante. Faccio una pausa e cerco un'idea per cambiare argomento. «Lottie, ascolta, tu e le tue amiche vi fate dei problemi sul vostro aspetto fisico?»

«Cosa?»

«Scusa se te lo chiedo, ma l'idea di mettervi continuamente a dieta per voi è un po' passata di moda?»

«Scusa, cosa stai cercando di dirmi, mamma? Che dovrei mettermi a dieta?» Ha un tono perplesso, ma divertito.

«No, è per Myrtle».

«Ma dai, non hanno sempre fame, i topi? Non credo si facciano dei problemi su ciò che mangiano».

«Sì, ma in realtà Myrtle è una ragazza – o meglio, ormai una donna – sotto forma di topo» preciso. «Oh, lascia perdere. Non sono poi tanto sicura che la mia idea funzioni. Mi farò venire in mente qualcos'altro» le dico.

«Ok. Ma non lavorare troppo, oggi è il tuo compleanno. Esci, vai a divertirti. E non ti preoccupare, sono sicura che stasera sarà una serata fantastica, a prescindere che io ci sia o meno. Ti voglio tanto bene. Ci vediamo presto!»

«A presto» le faccio eco, e chiudo la telefonata.

Mi chino sulla scrivania con la testa tra le mani. Sono sicura che in questo preciso istante mi si stia formando una nuova ruga di preoccupazione. Sbircio tra le dita lo schizzo di Myrtle in cucina. Non sono più sicura di voler affrontare questo tema. E poi non avevo già messo Myrtle a dieta anni fa? Non posso mica cominciare a ripetermi.

Cerco di farmi venire in mente qualcos'altro, ma la voce di Lottie che mi racconta tutte quelle storie sul treno continua a risuonarmi nella testa. Possibile che non abbiano organizzato una copertura delle tratte con degli autobus? Faccio per riprendere il telefono, ma poi mi blocco. No, *non voglio* controllare la situazione dei treni. Che razza di persona sarei? Che madre sarei? Se anche vedessi che tutti i treni funzionano perfettamente, inventarsi una scusa per non venire non è mica un crimine. E comunque è meglio che dirmi direttamente che non le importa niente di esserci, oggi.

Devo smetterla di essere ossessiva. Le quarantenni sono donne forti e sicure di sé. Sanno gestire i problemi. Va bene, allora controllo le mail per vedere se il pagamento delle mie ultime strisce su Myrtle è stato inviato a Jude, la mia agente. Il venerdì lei lavora spesso fino a tardi, per sbrigare le ultime cose prima del weekend.

Sì, ecco, c'è un messaggio della Judith Barnes Agency, a quanto pare è arrivato ieri sera. Lo apro, e la vista della ricevuta del pagamento mi procura un'ondata di sollievo. Bene, l'affitto del mese prossimo è a posto!

Poi, sotto la ricevuta, vedo un messaggio. Gli do un'occhiata rapida, poi mi chino in avanti per leggere meglio. Il cuore comincia a battermi forte. Sbatto gli occhi, e leggo di nuovo, lentamente.

Ciao Ellie, mi dispiace molto doverti dare una notizia piuttosto brutta. Ho fatto una lunga telefonata con Cassie. Hanno deciso che la tua meravigliosa striscia su Myrtle Mouse non soddisfa più il gusto dei lettori. Temo che il *Guardian* non voglia rinnovare il tuo contratto. Magari ti viene in mente qualche idea nuova da proporgli? Speriamo bene!

Mi affloscio, lottando per trattenere le lacrime. Sta succedendo davvero. È lì, nero su bianco davanti ai miei occhi. Un bel pezzo dei miei guadagni, andato. E con lui anche una parte assai più grande della mia identità. Una nuova idea? Non ci sperare, Jude. Non sono più tanto brillante. Ho perso il mio tocco magico. Non funziono più. Sono una donna di mezza età. Passata. Finita.

Myrtle per me ha un significato enorme. Mia mamma, quand'ero piccola, mi disegnava una topolina di nome Myrtle, e io ho preso la sua Myrtle e l'ho fatta mia. Ho presentato una striscia con lei protagonista al concorso per fumettisti Nicola Sharp, quando non avevo ancora quattordici anni. Ho continuato a disegnare Myrtle anche all'Accademia d'Arte, la inserivo che faceva un salutino in un angolo della maggior parte dei miei lavori, anche se bisognava guardare proprio molto, ma molto bene per riuscire a vederla, un po' come nei libri di *Dov'è Wally?*, ma in versione roditore.

La disegnavo sempre per Lottie durante gli anni in cui stavo portando a termine gli studi da studente fuori corso, poi mentre prendevo l'abilitazione per l'insegnamento, e anche quando cominciavo a insegnare e a creare illustrazioni per un piccolo settimanale per cercare di guadagnare qualche soldo in più. Poi, in un attacco di follia, avevo spedito una striscia di Myrtle al *Guardian*, e loro l'avevano accettata. Non riuscivo neanche a crederci. E adesso all'improvviso non la vogliono più. Non vogliono più me.

Mi sfugge un gemito, e anche Stella smette di fare le fusa e miagola. Mi guarda con i suoi grandi occhi verdi, sbattendo lentamente le palpebre, poi decide di avere pietà di me. Si avvicina, si prepara e mi salta in grembo.

«Oh, Stella! Questo compleanno sta diventando uno schifo» le dico, strofinando la guancia sulla sua testolina soffice.

Mi viene da piangere, ma non voglio inondare Stella di lacrime. Chiudo forte gli occhi e cerco di ricacciare il pianto, mentre dentro di me sta prendendo forma una decisione. Volete una nuova idea, care Cassie e Jude? Benissimo, e io me la faccio venire, una nuova idea. Comincio a scarabocchiare sul mio quaderno dei progetti. Creature ancora poco definite prendono forma qua e là, finché le pagine non si riempiono di un ginepraio di schizzi sempre più frenetici.

Stella si spazientisce e salta giù dal mio grembo, tutta la sua comprensione svanita. Siccome non sto arrivando da nessuna parte con i miei scarabocchi, comincio a disegnare lei. È perfetta come personaggio dei fumetti. Ma ce ne sono già così tanti di gatti famosi nei cartoon: Garfield, Tom, Felix, Mog, il Gatto col Cappello... E come potrebbe Stella essere più al passo coi tempi di quanto non lo sia la povera Myrtle, che proprio per questo è appena stata fatta fuori? La disegno così, con un'ascia conficcata nella sua piccola testolina da topo, e sotto ci scrivo RIP.

Magari potrei trasformare Stella in un personaggio per libri illustrati per bambini: *La storia di Stella la Gatta*. Ma i libri illustrati sono così cambiati da quando ero piccola, e persino da quando Lottie era piccola.

E un romanzo per adulti? Be', non è che io ora stia vivendo propriamente da adulta, nonostante i miei quarant'anni. Disegno, vado a scuola, leggo, mando messaggi a Nadine e Magda... più o meno la stessa vita che facevo a quattordici anni, ma con WhatsApp al posto delle conversazioni di allora, sussurrate nella cornetta. Un'ondata di nostalgia mi travolge. Quanto mi piacerebbe tornare a quei tempi tanto più semplici, anche solo per un giorno!

Guardo l'ascia infilzata nella testa di Myrtle. E se scrivessi un giallo? Uno di quei romanzi giallo-rosa così divertenti che vanno tanto di moda adesso? Oddio, nella mia zona l'atmosfera è tutt'altro che divertente, quando si parla di crimini – che poi è il motivo per cui ho messo una porta blindata. Per non parlare dell'intreccio complicato che richiede un giallo, un vero incubo da ideare. Io sono abituata alla struttura pulita di Myrtle: qualche vignetta e la storia è bell'e fatta, pronta da mandare al giornale.

Cosa farò adesso senza di lei?

Devo scuotermi dall'autocompassione. E dai, forza, pensa! Cosa vuoi fare *davvero*? Disegnare. E aggiungere le parole. Ed è allora che ho un lampo di genio: una graphic novel! Niente supereroi con le mutande sopra la tutina, però. E nemmeno eroine fantasy coi seni a punta, vestite di succinte pelli animali. Solo uomini veri, donne vere. Magari amiche d'infanzia che sono cresciute insieme, come me, Magda e Nadine, no? O è troppo banale?

Insomma, Ellie, mi sgrido, arrabbiata. Devo provare a fare *qualcosa*, se non altro per le mie finanze. Io ci contavo, sui soldini extra che mi arrivavano da Myrtle. Ora mi tocca vivere solo con lo stipendio della scuola.

Ancora mi riesce difficile credere che io sia finita a fare l'insegnante. Avevo idee grandiose, quando ho cominciato l'Accademia d'Arte, finite però nel dimenticatoio quando ho avuto Lottie che ero ancora giovanissima.

Ecco, potrebbe essere la graphic novel di una ragazzina che rimane incinta mentre sta facendo l'Accademia d'Arte e non sa se abortire o no. Tutti le consigliano di farlo, anche le sue due migliori amiche e i suoi genitori. Persino il suo tutor a scuola, di cui lei si fida ciecamente. E specialmente il padre del bambino, che lei conosce appena. E quasi la convincono. Ma lei non può farlo. Certo che non può, perché nel profondo, a dispetto di tutto, questo bambino lei lo vuole.

E avevo ragione da vendere a volerlo tenere – così come invece sbaglierei alla grande nello scrivere questa storia, perché, anche se non mi passa neanche per l'anticamera del cervello di mettermi a giudicare le scelte private di qualcuno, personalmente non potrei sopportare neanche per un istante che Lottie venisse a sapere quel che per un momento avevo pensato di fare.

E allora che altro mi invento? Non posso starmene qui

alla scrivania a tormentarmi. Devo sfruttare questa giornata. Già, carpe diem. È il mio compleanno, bisogna festeggiare – posso andare a prendere dei bei pasticcini alla Maison Bertaux, o a visitare un museo, o a fare shopping... certo che però da sola è un po' triste, soprattutto oggi.

Che faccio, chiamo Nadine? O Magda? Tutte e due? Non le vedo quanto vorrei, adesso che viviamo distanti. Anche se non posso fare a meno di rimanerci un po' male che non mi abbiano ancora chiamata, oggi. Com'è possibile che si siano dimenticate del mio compleanno? Forse ci siamo allontanate, in questi ultimi anni. Nadine è sempre in giro per feste, e cambia uomo quasi ogni settimana. Magda invece, per la serie 'la terza volta è quella buona', sembra essersi sistemata con Chris, il suo compagno, che arriva corredato di due figli.

Probabilmente ora non hanno tempo per me. Oh, smettila di commiserarti! Non è che stasera sarò sola e abbandonata. Tornerò a casa e mi vedrò con papà, Anna, Ben e Simon per una speciale cena di compleanno in un ristorante di sicuro molto chic. Per 'casa' intendo la mia vecchia casa. Quella in cui sono cresciuta. Come si chiama il ristorante che hanno prenotato? The Vine? Ora lo cerco su Google. È un posto pieno di pretese, ridicolo, non c'entra niente con me. Ovviamente sono stati Ben e Simon a sceglierlo, pensando che per me sarebbe stato un lusso che di solito non mi permetto. So benissimo che mi vogliono un gran bene, e per me questo vuol dire tantissimo, ma certe volte mi trattano come se fossi una vecchia zitella. A me non importa *affatto* non essere piena di soldi e vivere in un appartamentino in cima a un grattacielo, tra le nuvole. Oddio, adesso però mi torna in mente che Myrtle è stata fatta fuori, e mi si stringe lo stomaco all'idea che entreranno molti meno soldi, ma farò in modo di cavarmela. Lo svantaggio di essere single è che da sola non avrò mai abbastanza soldi per comprarmi un appartamento elegante in un palazzo come quello di Ben e Simon, ma in realtà non me ne importa tanto. Sto bene per conto mio. Davvero. Loro due ormai sono una vecchia coppia sposata, praticamente sono diventati una persona sola.

Ma chi l'avrebbe detto che l'irritante piccolo Ovetto sarebbe diventato un tipo così fantastico, crescendo? Basta con i soprannomi. Non è più un mocciosetto sboccato. È Benedict Allard, l'arredatore di interni più gettonato dalle star per dare un tocco di splendore alle loro case. A vederlo, sembra un po' uno di quei ragazzini fighi da boy band, anche se adesso ha più di trent'anni.

Anche Simon è un gran figo. Sia Magda che Nadine si erano prese una cottarella per lui, anche se naturalmente entrambe sapevano che era gay. E avrei potuto prendermi una cotta anch'io per lui, se non fosse stato davvero *troppo* brutto che mi piacesse il ragazzo di mio fratello. Simon guadagna moltissimi soldi come produttore musicale, per cui casa loro è pazzesca, straordinaria. Però non è il mio, di mondo. Io sto bene dove sto.

Mi farà piacere vedere papà con Anna? Adesso voglio bene ad Anna e andiamo molto d'accordo, ma non prenderà mai il posto della mamma. Comincio a disegnare la mamma, cercando di ricordarmi ogni singolo dettaglio, i suoi riccioli selvaggi come i miei, il suo meraviglioso sorriso, come inclinava di lato la testa, le sue braccia spalancate e piene d'amore, pronte a stringermi in un abbraccio. Anche se è sempre più difficile ricordare *esattamente* com'era.

«Oh, mamma» mormoro. Fa ancora così male, dopo tutti questi anni. Ma non m'importa, voglio che continui a mancarmi. La cosa peggiore sarebbe dimenticarla. Se solo potessi passare ancora una cena di compleanno con lei. Ma lei non è mai arrivata ad avere quarant'anni. Maledetto cancro.

Prendo tra le braccia Stella in cerca di un po' di conforto, ma la sto stringendo con troppa foga e lei sguscia via.

Mi domando se anche a papà la mamma manchi come manca a me. Oh, gli manca eccome, ne sono sicura, ma non so se lui sia stato davvero un marito fantastico, per lei. Anche io pensavo che fosse un papà fantastico, tanto tempo fa – ma non potrò mai perdonarlo per le cose che mi ha detto quando gli dissi che ero incinta. Era furioso con me, furibondo all'idea che dovessi lasciare la St. Martins, quando erano in pochissimi che riuscivano ad aver la fortuna di venire ammessi. Voleva pagarmi una clinica privata per abortire ed evitare di rovinarmi la vita. Si era forse comportato così anche con le sue ex ragazze? Magari avrebbe voluto liberarsi anche di *me*, chi lo sa.

So che adesso adora Lottie, ma ormai il danno è fatto. Ero così orgogliosa quando ho fatto domanda per un appartamento popolare come madre single e sono riuscita a ottenerlo. Ho fatto di tutto per arredarlo in modo da cercare di trasformarlo in un piccolo paradiso per Lottie e per me. Speravo che papà ne sarebbe rimasto colpito, ma lui mi disse che ero fuori di testa a vivere in una topaia simile, e che non riusciva proprio a capire perché non volevo che mi aiutasse a trovare una sistemazione decente. Aveva anche reagito con disprezzo al mio lavoro di insegnante nella fatiscente scuola secondaria vicino al mio appartamento, dicendo che non capiva che senso avesse cercare di infondere l'amore per l'arte in un gruppo di teppistelli ingestibili. Lui che fa tanto il progressista, e poi viene fuori con bassezze offensive come questa. Anna dice che è solo perché avrebbe voluto il meglio per me e si sentiva frustrato perché non volevo che mi aiutasse. Ma io non ne sono del tutto convinta.

Quando il *Guardian* ha cominciato a pubblicare le mie strisce su Myrtle era sconcertato. Che fosse anche un tantino geloso? Non sono certo entusiasta all'idea di dovergli dire che hanno cassato la mia striscia. Certo, si accorgerà da solo quando non la vedrà più, perché è un lettore del *Guardian* da sempre, uno di quelli che ancora si compra la versione stampata con tanto di inserto.

Potrei sempre far finta che sia stata una mia decisione,

che mi ero stufata di Myrtle e che adesso sto concentrandomi su un nuovo progetto.

Stella salta sulla scrivania, cercando di attirare la mia attenzione. Io l'accarezzo e ricambio il suo lento abbassare le palpebre.

«Magari dovrei *proprio* iniziare una graphic novel oggi stesso. Mi compro un bell'album per il disegno nuovo di zecca, e comincio. Basta tergiversare. Carpe diem, giusto?»

Stella fa le fusa, è d'accordo.

In realtà ho già diversi album da disegno nuovi, mai aperti. Ogni volta che ne compro uno, penso che sarà quello della svolta. Ma non lo è mai. Io scarabocchio dappertutto, sul retro delle buste o degli scontrini, o sulla normalissima carta che uso per le mie vignette, eppure la mia penna Pigma vacilla quando si avvicina a un album da disegno ancora vergine.

Prendo una delle penne da disegno e la tengo tra le dita, giochicchiandoci. Le uso perché il loro tratto è permanente, anche se non so per quale motivo io voglia preservare i miei disegnini. Ho diversi mucchi di *Guardian* stipati nel guardaroba. Oh mio Dio, adesso non ne aggiungerò più altri... Rimarranno esattamente così come sono ora. Questo pensiero mi fa venire le lacrime agli occhi.

Cerco di trattenerle, sbattendo le palpebre. Oggi voglio passare un compleanno bellissimo, anche se Lottie mi ha dato buca e Myrtle è stata fatta fuori. Ah sì? E allora me ne vado a fare shopping e mi compro un completo fantastico da mettermi per la cena di stasera nel ristorante elegante. Vorrei potermi comprare anche un corpo fantastico. Le mie tette vanno ancora abbastanza bene, per cui potrei osare uno scollo profondo, ma non un abito che mi fasci troppo il resto del corpo. E voglio un colore che di solito non indosso. Rosso? Con un rossetto rosso abbinato? Anche no, sembrerei l'imitazione di Magda. Piuttosto un abitino nero, con un rossetto molto scuro e lo smalto nero sulle unghie. No, in questo caso sembrerei la gemella piccoletta e tracagnotta di Nadine.

Oppure potrei vestirmi con il mio solito vestito di quando mi metto un po' in tiro, il top morbido indiano color smeraldo con i fili d'argento che brillano quando la luce li colpisce. E sotto, i miei jeans neri più belli e gli stivali neri. Così mi sento più io. Ecco, direi che stasera mi vesto così. D'altronde è solo una cena di famiglia, perché dovrei star lì a pensarci troppo? Papà non si accorgerà neanche di come sono vestita. Anna probabilmente sì, ma le nostre idee sull'abbigliamento sono ai poli opposti. Lei è il tipo di donna da color cammello: un cappotto cammello, golf di cachemire cammello, décolleté di cuoio color cammello. Io non ho mai più indossato il color cammello da quando mi hanno vestita da dromedario in una recita di Natale all'asilo.

Frugo nell'armadio alla ricerca dei jeans neri. Me li provo, giusto per controllare. Oh cavolo, devo contorcermi come Myrtle per farli salire sui fianchi, ed è una lotta tirare su la cerniera. Mi stanno ancora, più o meno, ma stasera dovrò stare attenta a cosa mangio. Potrei comperarmi dei jeans nuovi, ma è un tale stress provarmeli nei camerini circondata da donne tutte più giovani e più magre. Mi sembra sempre che mi guardino di sottecchi, con le sopracciglia sollevate per il disgusto.

«*Smettila!*» mi dico ad alta voce, spaventando Stella che si rifugia nella sua torre tiragraffi accanto alla finestra. «No, torna qui, Stella! Non volevo spaventarti. È con me stessa che ce l'ho, perché devo smetterla di vergognarmi di me».

Mi costringo a guardarmi negli occhi, allo specchio. Sono una donna di quarant'anni forte e potente. Ho una figlia meravigliosa, una famiglia fantastica, una bellissima gatta. Ho avuto una carriera artistica di successo per molti anni. Questa è la mia occasione di esplorare qualcosa di diverso. Una graphic novel. Di sicuro. E comunque ho sempre l'insegnamento per sbarcare il lunario. Sono indipendente. Non ho certo bisogno di un uomo nella mia vita per sentirmi completa. Ma figuriamoci! Peraltro questo non è mai successo con nessuno degli uomini che ho avuto, sinora.

Mi tolgo i jeans e lascio andare il fiato. Mi guardo nello specchio, e faccio ancora un bel respiro. Mi do dei colpetti sulla pancetta.

Forse sarebbe ora di cominciare a rimettermi in forma. Fare esercizio. Iscrivermi a un corso di ginnastica? Ma per carità, ho sempre odiato la ginnastica sin dalla scuola. Potrei fare jogging. Come no, sarei boccheggiante dopo due minuti. Guardo la foto della piccola me nella piscinetta. Mi è sempre piaciuto nuotare, e allora perché non andarci adesso? Frugo nei cassetti alla ricerca del costume.

Due

Mi domando come siano i corsi di nuoto del mattino. Nei giorni in cui ho la scuola sono sempre di corsa, e nel weekend me ne resto a letto, per cui non li ho mai provati prima d'ora. Mi immagino persone tutte muscoli che fanno su e giù nella piscina tra gli spruzzi, ossessionate dal completare tutte le loro cinquanta vasche prima di andare al lavoro. Quindi, voglia di andarci zero. Di solito in piscina ci vado nell'orario preserale, quello solo per gli adulti. Tengono le luci più soffuse e c'è una pace meravigliosa, con solo qualche fanatico che sfreccia come un lampo nella corsia veloce, e per il resto una serie di mamme che si prendono una pausa dai bambini, nuotando tutte insieme come una flotta nella zona senza corsie.

Quando arrivo nel mondo turchese pieno di echi della piscina riesco a vedere anche senza occhiali che i nuotatori della fascia mattutina sono di tutt'altra schiatta. Tanto per cominciare, la maggior parte di loro è più vecchia di me: uomini anziani con le gambe rinsecchite e con i costumi a bermuda troppo larghi, e vecchie signore robuste con i costumi sbiaditi e le cuffie tirate giù sulla fronte fino alle sopracciglia.

Entro in piscina lentamente, cercando di trattenere i gridolini mentre l'acqua gelida risale il mio corpo. Faccio dei piccoli pucci pucci, ma sono troppo codarda per arrivare a bagnarmi le spalle. Comincio a tremare, faccio un respiro profondo e mi butto in acqua. È *ghiacciata*. È evidente che hanno abbassato la temperatura nella vasca per risparmiare sulle spese di riscaldamento. Nuoto più veloce che posso, ma continuo a venire sorpassata. Ma come cavolo fanno tutti questi pensionati a essere così veloci? Rispetto a me sembrano tutti campioni olimpici. Sono in mezzo a dei fanatici del nuoto. Me li immagino che zompano fuori dal letto ed escono, che piova, che nevichi o che tiri un vento del nord, pur di farsi la loro ora di nuoto. Potrei mai diventare come loro? Sono già qui che ansimo. Ma a quanto pare nessuno si ferma dopo dieci o venti vasche per riprendere fiato o per scambiarsi qualche pettegolezzo.

Allora non mollo, conto le vasche e a poco a poco diventa più facile. Riesco a trovare il ritmo giusto, e scivolo a pelo d'acqua. Tutte le mie preoccupazioni sembrano dissolversi nella piscina e alla fine mi accorgo che incredibilmente mi sta piacendo. La mamma mi portava sempre in piscina da piccola, e ho imparato presto a nuotare. «Sei la mia sirenetta» mi diceva, e io, tutta contenta, immaginavo che i capelli mi crescessero fino alla vita, e che le gambe si trasformassero in una coda di pesce verde e lucente.

Poi ho insegnato a nuotare a Lottie, e anche a lei piaceva essere una sirenetta. È pazzesco pensare che ero appena poco più grande di lei, quando l'ho avuta. Prima che partisse per l'università le avevo fatto una serie di raccomandazioni molto serie sul controllo delle nascite, mentre lei sbadigliava, si agitava sulla sedia e si annoiava a morte.

«Lottie, guarda che è importante! Stammi a sentire, santo cielo!» le avevo detto, brusca.

«Senti, mamma, sono sicura che ci sommergeranno di volantini sulla prevenzione nell'istante stesso in cui metteremo piede all'università. E, se devo dirtela tutta, tu dovresti essere l'ultima a farmi prediche sulla contraccezione» aveva ribattuto.

«Esatto! È proprio per questo! Non voglio che tu faccia i miei stessi errori» le avevo detto. «Anche se poi tu non sei stata assolutamente un errore, per me» ho poi aggiunto in fretta.

«Non c'è bisogno di rassicurarmi. Non fai che ripetermi che sono la cosa migliore che ti sia mai capitata» mi aveva detto Lottie, con un'aria soddisfatta.

«Be', è vero».

«Dai, mamma!» aveva esclamato Lottie, dandomi un bacino. «Su col morale!»

E il morale mi si è davvero risollevato, sorprendentemente, quando sento il fischio di fine della sessione di nuoto, proprio mentre sto facendo la cinquantesima vasca. Salgo atletica le scalette per uscire dall'acqua e ho tutta la faccia che mi sorride. Oggi ho fatto una cosa importante. Ho fatto un passo in avanti positivo. Gli spogliatoi sono pieni di gente, un incubo, con le altre nuotatrici che chiacchierano dietro le tende da un camerino all'altro, e le mamme che cercano di infilare i bambini nei loro costumi, perché adesso c'è l'ora dedicata alle famiglie. Mi guardo attorno, cercando di beccare un camerino vuoto, ma sembrano tutti occupati. Rassegnata, prendo le mie cose dall'armadietto e mi dirigo allo spogliatoio comune.

È riservato alle sole donne, grazie a Dio. Raggiungo delle signore anziane che si stanno asciugando completamente nude, senza alcuna vergogna, come se fosse la cosa più naturale del mondo. E magari lo è. Forse, quando avrò la loro età, anche io sarò a mio agio come loro col mio corpo. Ci sono anche donne più giovani: un paio che saranno almeno una rassicurante taglia 48, ma c'è anche una ragazza che ha un corpo fantastico color ebano, elegante e flessuoso. I capelli ricci tutti bagnati le stanno sulla testa come un cappellino. È stupenda. Dentro di me sospiro, e anche se non faccio un suono, lei alza la testa e sorprende il mio riflesso nello specchio che la sta guardando.

Divento viola. Oh mio Dio, adesso penserà che le faccio delle avances! Comincio a passare freneticamente l'asciugamano sui capelli, così non vede come sono arrossita. Mi sento una cretina. Perché adesso ho l'asciugamano fradicio e non ho ancora cominciato ad asciugarmi il resto. Nonostante tutti i miei tentativi di accettare il mio corpo, la sola idea di togliermi il costume e rimanere nuda davanti a tutti mi manda nel panico.

Con un unico, goffo movimento mi giro di schiena, afferro l'asciugamano e me lo avvolgo attorno. Poi cerco di asciugarmi pezzettino a pezzettino. Butto un altro sguardo allo specchio e vedo che ora la ragazza indossa delle mutandine molto sottili, praticamente un perizoma. Io invece mi sto infilando a fatica un vecchio paio di mutandoni alla Bridget Jones. Che se non altro mi coprono. Lotto con i jeans, che faticano a salirmi sulle cosce perché ho le gambe ancora bagnate. Poi mollo l'asciugamano e mi metto il reggiseno il più in fretta possibile.

Sentendomi un filino meglio, mi infilo la mia maglietta extralarge con aria disinvolta, come se ritrovarmi in uno spogliatoio comune per me fosse normale amministrazione. Poi mi siedo su una delle panche e, a testa in giù, mi allaccio le stringhe degli anfibi a fiori, mettendoci un sacco di tempo. Sento la porta aprirsi e chiudersi diverse volte e spero che lei se ne sia andata, così posso recuperare un contegno. Ma quando sollevo la testa, nella stanza siamo rimaste solo io e lei.

Che guarda fissa la mia maglietta. Mentre io guardo la sua. Perché abbiamo indosso *tutte e due* una T-shirt di *Alice nel Paese delle Meraviglie*, con esattamente lo stesso disegno! Lei scoppia a ridere.

«Allora anche tu ti chiami Alice?» mi chiede.

«No, ma adoro i due libri di Alice, sin da quando ero piccola» le rispondo.

«Hai preso questa maglietta alla mostra su Alice al Victoria and Albert Museum, vero?»

«Esatto!» le rispondo, divertita. «Ci sono andata ben due volte!»

«Pure io! E mi è piaciuta molto anche la mostra su Beatrix Potter» continua lei, sollevando una gamba dei jeans per infilarsi le Doc Martens turchesi. Ha un tatuaggio sulla caviglia, fatto come una cavigliera blu con un pendente a forma di cuore. I colori sono bellissimi sulla sua pelle scura. C'è un nome sul cuore. Riesco appena a leggerlo. Wendy.

«Ti piace anche Peter Pan?» le chiedo.

«Perché? Ah, ho capito. No, Wendy è la mia ragazza» mi risponde.

«Oh! Be', quel tatuaggio mi piace molto. È molto più delicato di tanti altri».

«Sì, piace anche a me. L'ho fatto al Needles Studio. C'è una ragazza bravissima che è specializzata in tatuaggi per donne. Dovresti andare a darci un'occhiata».

«Ma sai che potrei andarci davvero?» le rispondo, come se fosse da parecchio tempo che pensavo seriamente di farmi un tatuaggio. Ma perché no, poi? Questo sì che sarebbe un modo indelebile di ricordare un compleanno.

Lei mi sta sorridendo. «E che nome metteresti sul tuo cuore?» mi chiede.

Comincio a spazzolarmi i capelli, mentre ci penso su. *Lottie*? Chi ha bambini si fa tatuare il loro nome sulle braccia, ma di solito lo fanno quando i figli sono ancora piccoli. Cerco di pensare a un nome, guardandomi il braccio e la caviglia. Sembrerebbe un po' strano scegliere il nome di Lottie, ora che è cresciuta. *Nadine*? *Magda*? Dovrei farmeli tatuare entrambi, per non offendere nessuna delle due. E farne uno su ogni gamba mi sembra un po' troppo.

L'unica altra femmina nella mia vita è Stella, ma è proprio da vecchia zitella triste andare in giro col nome del proprio gatto tatuato sulla caviglia. Potrei scrivere *mamma*, ma è il classico tatuaggio che vedi sul bicipite di un vecchio marinaio. La mamma si chiamava Ros, ma la gente potrebbe pensare che me la sono data a gambe prima che la tatuatrice potesse mettere la *a* finale.

Poi mi viene un'idea, e schiocco le dita.

«Myrtle» dico, parlando tra me e me. Ma Alice mi sente.

«Myrtle!» ripete, sedendosi sulla panca e infilandosi le calze. «Hai una ragazza che si chiama Myrtle? È un nome fighissimo».

«No, non è una ragazza, è una topolina dei fumetti. Ma non credo che tu ne abbia sentito parlare» dico, sentendomi arrossire. Perché non ho tenuto la bocca chiusa? La povera Myrtle poi da oggi non esiste neanche più.

Ma lei mi guarda ed esclama: «Certo che la conosco! Adoro Myrtle! È dolcissima e divertentissima. Mi piace da matti il modo che ha di andare in ansia per qualunque cosa. Hai visto la striscia di quando doveva organizzare una cena, ma il soufflé al formaggio non è venuto e anche lei si è sgonfiata come il soufflé?»

Mi chiedo se per caso ho le allucinazioni. Lei è l'incarnazione di come immagino la mia fan perfetta!

«Era una storia basata sulla vita vera» le dico mestamente.

«In che senso? Non mi dirai mica che conosci Ellie Allard, vero?» Sembra sinceramente colpita. Non mi sta prendendo per il culo.

«Sì che la conosco. E anche piuttosto bene. Sono io. Cioè, io sono lei» le rispondo, arrossendo di nuovo, e maledico il fatto di aver già ripiegato l'asciugamano, così non posso più usarlo per nascondermi.

«Ma stai dicendo *sul serio*?»

Sollevo la tessera della piscina, con scritto sopra Ellie Allard accanto a una mia foto orrenda.

«Non ci posso credere!» esclama. «Ma sai che ho alcune delle tue strisce incollate nel mio diario? Tu fai parte della mia vita!»

«Mamma mia! Persino io non ho le mie vignette incollate nel *mio*, di diario» le dico. Faccio un respirone. «Purtroppo però adesso non ne usciranno più. L'hanno appena fatta fuori. Dicono che le mie strisce sono datate. A quanto pare, non incontrano più il gusto dei lettori». Perché le sto dicendo queste cose? A una completa estranea? Oddio, forse *proprio perché* è una completa estranea.

«Ma è ridicolo» esclama, con un'indignazione che mi commuove. «Come fanno a essere così stupidi? Ogni settimana non vedo l'ora di leggere Myrtle Mouse. Bisogna lanciare una campagna, *Salviamo Myrtle Mouse*!»

«Sei molto gentile, ma non servirebbe a niente» le dico. «Ormai l'hanno eliminata».

«Allora devi assolutamente farti un tatuaggio di Myrtle alla sua memoria» mi dice perentoria, saltellando per l'entusiasmo. «Ma non scritto nel cuore di una cavigliera. Devi creare il disegno che vuoi. Basta che glielo disegni, e Catarina di Needles te ne tatua una copia esatta. Te lo metto per iscritto. Magari puoi tatuarti una Myrtle enorme su tutta la schiena! Sai come sarebbe bella, quando vai a nuotare?»

«No, Myrtle è piccolina. È una *topolina*. Forse potrei farmela tatuare sulla parte interna del polso» ipotizzo, come se davvero avessi in mente di farmi un tatuaggio. Anche se, quasi quasi…

«Giusto, sarebbe fighissimo lì. E anche discreto. Fallo!»

«Va bene». Finisco di allacciare gli stivaletti, determinata, ma lei non mi sembra convinta.

«Ma non lo farai» mi dice. «E invece dovresti, Ellie! Facciamo una cosa. Vengo io con te, come supporto morale. Lo studio adesso non è ancora aperto, per cui prima possiamo andare a fare colazione insieme. Sei mai stata in quel piccolo caffè qui all'angolo? Fanno dei croissant alla mandorla fantastici».

È tutto così strano. Le piacciono persino le stesse brioches che piacciono a me. Forse siamo gemelle separate alla nascita. Gemelle con dieci anni di differenza – non credo che lei abbia più di trent'anni. Per non parlare del fatto che è molto più alta, più magra e di un'etnia diversa. La guardo con attenzione, i suoi riccioli corti, i suoi grandi occhi scuri dalle lunghe ciglia, i suoi zigomi alti, quel suo collo così lungo...

«Tutto bene?» mi chiede, improvvisamente ansiosa. «Non sei mica obbligata, per carità. Non mi permetterei mai di dirti cosa devi fare, ci mancherebbe. E poi magari stamattina hai altri progetti».

«No, in realtà no» le dico. «Facciamo così, facciamo colazione insieme, e poi vedrò se mi sento abbastanza coraggiosa, o abbastanza pazza, o quel che è, da affrontare un tatuaggio».

«Magnifico» mi risponde lei, illuminandosi.

Ma sta succedendo davvero? La nuotata mi ha rinfrescata, ma ho la faccia che scotta. Stiamo uscendo dallo spogliatoio insieme come se fosse la cosa più normale del mondo. Mi domando se lei sia solita invitare delle complete estranee a far colazione. Ma io non la sento estranea, anche se faccio fatica a guardarla negli occhi. Per qualche strano motivo, mi intimidisce.

Sono passata davanti al caffè che piace ad Alice non so quante volte, ma mi è sempre sembrato un po' troppo caldo e pieno di vapore, con i classici camerieri che attaccano bottone. Preferisco l'anonimato di un Pret.

La donna dietro il bancone saluta Alice con entusiasmo, e vuole sapere come mi chiamo e chi sono. Avevo ragione sui camerieri, dunque. Lei si chiama Rosa. È sulla cinquantina. Be', praticamente solo quattro o cinque anni più di me. È grassottella, ma le si addice, e i suoi occhi scuri sono così luminosi e le guance così naturalmente rosate che non ha bisogno di trucco. Indossa una maglietta sbiadita e pantaloni larghi sotto il grembiule bianco, e quando ci porta al tavolo caffè e croissant noto che indossa delle scarpe da tennis piatte vecchio stile, tipo quelle che mettevo io per fare ginnastica alle elementari.

Magari tra poco diventerò come lei, vestita solo con abiti

comodi. Aggrotto la fronte alla sola idea. Mi sa proprio che *me lo faccio*, quel tatuaggio, giusto per fare una cosa un po' eccentrica. Dopotutto anche Nadine ne ha fatti diversi, ce li ha da anni: colibrì, margherite e i classici personaggi del *Día de los Muertos*. Ai miei allievi del primo anno insegno tutto su Frida Kahlo, probabilmente sono le lezioni che preferisco. Quest'anno li ho fatti morire dal ridere perché mi sono vestita da Kahlo. Ho legato i capelli, mi sono messa un sacco di collane e di pizzi etnici, e mi sono disegnata sulla faccia un monociglio e dei baffetti. Il mio giorno da Kahlo è diventato una leggenda, a scuola. Magari ci riprovo, l'ultimo giorno di quest'anno scolastico, anche se forse potrebbe diventare un po' troppo.

A volte mi sembra che la mia vita si svolga schiacciando il tasto *repeat*. Mi sembra di fare sempre le stesse cose, vedere sempre le stesse poche persone. E invece adesso eccomi qui, con una nuova amica molto interessante, seduta in un caffè che non conoscevo e che è molto accogliente. Persino questi croissant alla mandorla sono un'esperienza nuova, mezzelune dorate cosparse di zucchero a velo, croccanti sotto i denti ma con un ripieno di pasta di mandorle denso e soffice che mi riempie la bocca di dolcezza. La mia piccola torta di compleanno. Ovviamente non ho delle candeline a portata di mano, ma d'istinto prendo una bustina tubolare di zucchero dal contenitore sul tavolo e la infilo nella morbida pasta del mio croissant. Poi ritorco la parte superiore della bustina, così da farla sembrare una fiammella.

Alice mi guarda perplessa.

«Oggi è il mio compleanno» le spiego.

«Ma davvero? Tanti auguri, Ellie!» Inclina la testa. «Quanti anni compi?»

Non riesco nemmeno a pronunciare il numero.

«Non dirmi che ti sei dimenticata!» ride Alice.

«In realtà vorrei tanto dimenticarmene» le confesso, togliendo la falsa candelina dal croissant e mettendola sul lato del piattino. Prendo un altro bel morso del cornetto. «Hai ragione, sono proprio deliziosi».

«Non ti vergognerai mica della tua età?» mi chiede, alzando le sopracciglia.

«Aspetta di arrivare tu a uno di quei compleanni significativi» ribatto.

«E cioè quanti ne hai? Tre volte venti più dieci?» mi prende di nuovo in giro lei. Poi fa un respiro profondo, si infila nel collo un tovagliolo di carta così che sembri il colletto di un vicario e recita solenne: «I giorni della nostra vita sono tre volte venti più dieci; e se in ragion della forza arrivano a quattro volte venti, tuttavia quella forza istessa non porta che travaglio e dolore, perché svanirà presto, e noi ce ne voleremo via».

Pronuncia questa frase con un'intonazione vecchio stile, da predicatore. Io la guardo a bocca aperta.

«Non sarai mica un pastore, vero?» le domando.

Lei sta bevendo un sorso di cappuccino mentre parlo e ride così tanto che un po' le esce dal naso. Deve ripulirsi con il collare da vicario.

«Ma certo che no, sciocca. Ti sembro un pastore protestante?»

Alzo le spalle. «Be', non è che me ne intenda tanto di vicari donna, per cui che ne so? Certo, non sei una battutara come quella pastora che è diventata famosa con un reality, ma ho sentito che la Chiesa sta cercando in ogni modo pastori donna brave a comunicare».

«Intendi dire Kate Bottley? Io la adoro! Adesso la si sente spesso per radio» commenta Alice. «A me piace tanto anche il Reverendo Richard Coles, è un uomo molto dolce. Ma *io* non sono affatto una pastora. Anche se mio padre sì. Per questo so citare la Bibbia. La maggior parte delle domeniche, in chiesa, mi annoiavo a morte, e allora imparavo a memoria brani della Bibbia. Le donne della mia età sanno a memoria tutte le canzoni di Taylor Swift, io sono ferratissima sui Salmi. Ecco, hai scoperto subito il mio talento segreto. Quindi, per essere equi, adesso devi dirmi quanti anni compi, cara la mia vecchietta».

«Ohi, non mi chiamare così!» mi ribello, mescolando il caffè. «Lo fa sempre mia figlia, quando vuole prendermi in giro».

«Hai una figlia!» esclama. «Dimmi almeno quanti anni ha *lei*».

«Diciannove» le dico, con artefatta nonchalance.

«*Davvero?* Cos'eri, una sposa bambina?»

«Be', sposa non lo sono mai stata, ma certo ero molto giovane. Ok, ho quarant'anni». Ho incespicato un po' sulla *q*. Dirlo mi fa stranissimo. Lei sembra stranamente colpita.

«Quaranta, eh? Ma non sono niente. Anche se in effetti pensavo fossi più giovane, che avessi più o meno la mia età» mi dice.

«E cioè?»

«Trentadue».

«Be' allora anche io pensavo che *tu* fossi più giovane» le dico, sincera.

Ci sorridiamo. Che strano. Ci stiamo facendo i complimenti come se stessimo flirtando, ci guardiamo negli occhi, incliniamo di lato la testa... eppure lei ha la sua Wendy e io sono etero. Una volta ho sentito un po' di trasporto per Nadine, quando eravamo adolescenti e molto ubriache, ma la cosa non ha avuto nessun seguito, per me. Non ne abbiamo mai più parlato, dopo, sentendoci tutte e due un po' in imbarazzo.

«Adesso mi sento in colpa, ti ho praticamente rapita, quando è il tuo quarantesimo compleanno e avrai di sicuro un centinaio di cose da fare» mi dice.

«Niente affatto, mi sono svegliata proprio con l'irresistibile desiderio di farmi un tatuaggio per festeggiare» scherzo io.

«Ok, allora non si torna più indietro!» Prende la sua tazza e brinda con la mia.

Paghiamo e abbandoniamo il tepore del caffè. Allargo il collo della mia T-shirt e mi passo le mani sulle braccia, con un brividino.

«Guarda che non sei costretta a farlo, Ellie» mi dice Alice, che ha frainteso.

«Non sto tremando, ho solo avuto un brivido, tutto qui» la rassicuro, ma mi chiedo se in realtà sia proprio paura. Ma lo voglio fare sul serio, un tatuaggio? È Nadine quella da tatuaggi, e su Alice stanno proprio bene, ma non saranno un po' patetici su una donna come me? Soprattutto una topolina con un fiocco sulla coda. E se qualcuno riconoscesse Myrtle, sembrerebbe proprio che io me la stia tirando. E poi chissà che male farà!

Nadine sostiene che non fa nessun male, anzi dice che le piace la sensazione... però Nadine è sempre stata una un po' particolare. Dal poco che so delle sue storie di sesso, cerca sempre sensazioni forti. Forse è una masochista, di quelle che si eccitano quando vanno dal dentista.

Io posso essere stoica davanti a una banale bruciatura da forno o a un involontario graffio di Stella, ma col dolore vero sono un disastro. Mentre stavo partorendo Lottie ho gridato così tanto che una suora burbera è venuta a sgridarmi, dicendo che stavo spaventando tutte le altre partorienti.

Avevo programmato uno di quei parti in acqua, con me che me ne stavo serenamente sdraiata, gestendo l'intero processo con il respiro, come una Naiade in una vasca di ninfee. L'unica cosa che però galleggiava nella mia, di vasca, certamente non aveva lo stesso profumo di un fiore. E comunque mi hanno dovuto tirare fuori da lì perché temevano che Lottie stesse andando in sofferenza.

La sua nascita non è stata né bellissima né tranquilla: me l'hanno strappata fuori violentemente, con me che urlavo come un'ossessa. Non appena però l'ho avuta tra le braccia è stata una cosa così meravigliosa che avrei sopportato volentieri le doglie per settimane, pur di arrivare a un momento come quello.

Dal momento in cui l'ho lasciata in quella squallida stanzetta da studente, con il suo letto singolo e un unico scaffale e una singola lampada, mi sono sentita le braccia vuote.

«Ellie?» dice Alice, per niente rassicurata dalla mia espressione. Io sobbalzo e mi sforzo di rimettere il sorriso sul volto.

«Scusa! Ero immersa nei miei pensieri».

Ho ancora qualche tentennamento, specialmente quando arriviamo al Needles Studio. I disegni esposti in vetrina sono tutti molto brutali e heavy metal.

«Ignora tutta questa robaccia, tranquilla. Quelli sono lì per attirare quei seghini che vorrebbero fare gli uomini duri. Il lavoro di Catarina è di tutt'altro livello» mi rassicura Alice. «Vieni a vedere da te». Mi prende per mano e mi trascina nel negozio. La musica è a palla, e in fondo alla stanza c'è un uomo che giace a pancia in sotto su di un lettino, con un altro uomo piegato su di lui con in mano un trapano. È una visione infernale. I piedi negli stivaletti mi si aggricciano, pronti alla fuga.

Alice fa un cenno di saluto a un omone peloso coperto da chili di gioielli d'argento, e gli indica che sta andando di sopra. Lui annuisce, e ci fa segno di salire. Seguo Alice, ma adesso sto tremando sul serio. La musica si sente ancora, ma è smorzata, e l'atmosfera è molto meno pesante. I disegni appesi ai muri bianchi sono bellissimi, delicati ed elaborati, così come Catarina. È minuta e sembra un elfo, con quegli occhioni da Bambi, e porta uno scamiciato su una camicia vintage di pizzo, e stivali color crema con stampati fiori rosa e lilla.

Quando vede Alice, sorride. «Ciao!» le dice. Ha anche la voce da bambina.

«Ciao, Catarina. Lei è la mia amica Ellie» risponde Alice.

Mi ha chiamata la sua amica! Mi sembra di essere tornata

all'asilo, quando si diventa amici in un istante nella buca della sabbia, come è successo a Nadine e me.

«Non riesci proprio a fare in modo di inserirla adesso, prima che arrivino tutti i clienti?» la blandisce Alice.

Catarina arriccia il naso. «Vorrei poterlo fare, ma oggi sono messa malissimo. Ho un cliente che arriva tra mezz'ora e...»

«Ma allora hai un sacco di tempo, no? Ellie sa esattamente cosa vuole. Ed è solo un tatuaggino sul polso, ci metti pochissimo. E dai, Cat, sii il nostro angelo, prima che lei cambi idea» la implora Alice.

«Guarda, non ti preoccupare, non è urgente» dico subito io, imbarazzata.

«Vedi, sta già cambiando idea!» esclama Alice. «E poi lei è una persona molto importante. È Ellie Allard, quella che disegna le strisce di Myrtle Mouse. Le conosci?»

Non sono sicura che Catarina abbia la minima idea di chi io sia, ma sorride e incrocia le braccia, guardandomi con un interesse diverso.

«Che disegno vorresti?» mi chiede.

«Be', mi piacerebbe tanto avere la mia Myrtle Mouse» le rispondo. Davanti alla sua espressione vuota, aggiungo: «Te la disegno io».

«Perfetto!» esclama Alice. «Passale della carta, Cat».

Mentre disegno, la mano si fa sicura. Respiro piano, e sento che tutto il corpo mi si rilassa. Non ho mai dovuto fare fatica con Myrtle. Mi basta entrare nel mio Myrtlemondo. Non devo neanche dirigere la penna, mi basta immaginarla e lei appare sulla carta, con il suo orecchino a forma di margherita, un braccio alzato e le dita sottili serrate in un gesto di potere. Le disegno le gambe sottili che si toccano alle ginocchia, per far percepire la sua ansia. Sulla coda le disegno il solito fiocco, ma con un'angolazione più vivace.

«Wow!» esclama Alice. «Eccola! Come per magia».

«Pensi di riuscire a copiarla?» chiedo a Catarina.

«Non ti preoccupare» mi risponde. «Metto il tuo disegno nella macchina e lo trasferisco sulla carta termica. Se però ti faccio il tatuaggio, ho bisogno della tua carta d'identità, per controllare che tu abbia l'età».

«Stai scherzando?» le domando, incredula.

«Be', potresti essere una sedicenne con un'aria molto matura» cantilena Catarina, con la sua voce di bimba. Poi però scoppia a ridere. «Scherzo. Ma devi pagare in anticipo. Mi sembri una persona molto carina, e sei anche amica di Alice, ciononostante... c'è gente pronta a svignarsela in un battibaleno».

Appoggio la carta di credito sulla macchinetta, lasciandoci cento sterline. All'improvviso mi sento un'imbecille a spendere così tanti soldi per qualcosa che non sono neanche sicura di volere. Un vestitino sexy sarebbe costato di più, credo. E sarebbe passato di moda, e alla fine si sarebbe rotto tutto. Un tatuaggio, invece, dura per sempre. All'improvviso mi vedo col doppio dei miei anni, e tutta la pelle rugosa sulla quale il tatuaggio appare ridicolo. Mi sento la bocca completamente secca, e la testa mi pulsa. Stringo il polso con la mano, come per proteggerlo. Ma che sto facendo?

Oh, piantala, su, è ora di vivere pericolosamente. Dove sta scritto che una vecchia signora non dovrebbe avere un tatuaggio divertente? E poi potrò sempre nasconderlo con uno di quei salvavita da polso per gli anziani, quando ce ne sarà bisogno.

«Ok, siediti, Ellie» dice Catarina. Poi volta la testa. «Vuoi rimanere qui, Alice?»

«Certo!» esclama lei, avvicinandosi a me. «Non aver paura, Ellie, se ti fa molto male ci sono qua io a tenerti la mano».

«Grazie» le dico, in tono incerto. Sfrego i palmi sui jeans, sperando che non mi sudino troppo.

«E allora dove la vuoi, la tua topolina?» mi chiede Catarina.

«Qui» le dico, indicandomi l'interno del polso sinistro,

sul quale si vedono delle vene blu. Qui la pelle è così delicata. L'ago ci deve proprio entrare dentro? Mi vengono i brividi al solo pensiero, anche se so che devo rimanere il più ferma possibile. E se poi mi viene un'infezione?

«Non preoccuparti, qui usiamo solo aghi nuovi» mi dice Catarina, come se mi avesse letto nel pensiero. «È tutto nuovo. Anche i rasoi». Ne prende uno usa e getta da un pacchetto.

«Lo voglio sul polso, non sull'ascella» le dico, nel panico.

«Voglio solo assicurarmi che non ci sia neanche un pelino sottilissimo, che mi sarebbe d'intralcio, tutto qui» spiega Catarina, massaggiandomi dell'alcool sul polso.

Poi crea lo stencil dal mio disegno e mi mostra l'immagine sulla carta termica. Usa del sapone per inumidirmi il polso e ci appoggia sopra con molta attenzione la decalcomania. Quando toglie la carta, guardo la piccola sagoma sul mio polso.

«Ok?» mi chiede.

«Si potrebbe darle un po' di colore?» chiedo d'impulso.

«Certo. Il vestito viola. La margherita bianca. Vuoi anche una traccia di rosso sulle labbra e il nasino rosa?» suggerisce Catarina.

«Perfetto» le dico.

Spalma dell'unguento sul disegno per aiutare l'ago a muoversi con facilità. E adesso è il momento cruciale. Prendo un respiro profondo e trattengo il fiato.

«No, respira normalmente, ragazza!» mi dice Alice, e mi prende con naturalezza la mano destra. «All'inizio è un po' strano... ok, lo ammetto, fa un male boia, ma poi ti ci abitui, te lo giuro».

«E adesso me lo dici?» le grido. Fa davvero un male cane, sto per urlare a Catarina di smetterla. Corro il rischio di farmi tatuare solo un puntino, come quello di Phoebe in *Friends*, ma stringo i denti, respirando lentamente col naso sperando che non cominci a fare rumori strani. Dopo qualche minuto, tuttavia, mi ci sto già abituando. Non posso certo dire che sia divertente, ma sto cominciando a sentire un po' di eccitazione, soprattutto quando Catarina cambia gli aghi e comincia a colorare la mia piccola Myrtle.

Mi mordo il labbro, sperando che sappia cosa sta facendo. Non oso guardare. No, invece devo. Se me la fa troppo sgargiante, devo fermarla. Giro la testa e butto l'occhio. Oh, grazie a Dio, è bravissima, il vestito viola è splendido e ha persino aggiunto delle scarpine color rubino! Io non avevo mai colorato Myrtle, ed è bellissimo guardarla nella magia del technicolor, in una versione da Mago di Oz con le scarpette rosse.

«Ecco qui. Fatto. Ti piace?» mi chiede Catarina.

«Moltissimo! È fantastica! Grazie, davvero!» esclamo.

«È meravigliosa!» esclama Alice, stringendomi la mano. «La adoro così a colori. Devi cominciare subito a organizzare del merchandising con Myrtle! La tazza di Myrtle, la penna di Myrtle, la custodia per il cellulare di Myrtle, la maglietta di Myrtle, il pigiama di Myrtle, le sneakers di Myrtle... andranno così bene che il *Guardian* ti chiederà in ginocchio di tornare!»

«Tu sei matta» le dico, ridendo.

«Adesso devo metterci sopra una crema» mi dice Catarina. «Poi una benda. Così lo proteggo per bene».

«Prima le faccio una foto!» dice Alice. «Mamma mia, come mi piace!»

«Anche a me» le dico. E sono sincera.

Tre

«Che progetti hai dopo per il tuo compleanno?» mi chiede Alice, mentre usciamo alla luce del sole.

«Oh, vedrò degli amici, farò le solite cose, sai com'è» le rispondo, restando sul vago, perché non voglio assolutamente che pensi che sono una persona patetica, che passa da sola la maggior parte del suo compleanno.

«Be', spero proprio che passerai una bella giornata. È stato davvero un piacere conoscerti!» Mi abbraccia. A me viene un brividino. «Oh, no, ti ho toccato il braccio? Mi dispiace, non volevo farti male!»

«No, non mi hai fatto male» la rassicuro. È solo che il suo abbraccio mi ha colta di sorpresa. Dopotutto, ci siamo conosciute solo stamattina. E a dir la verità sotto sotto speravo che saremmo rimaste insieme ancora un po', magari a fare una passeggiata, mangiarci un panino insieme per pranzo. Fino a ora siamo andate molto d'accordo. Che stupida sono, ma perché sono così timida da non proporglielo?

È ovvio che lei abbia altri progetti – magari deve andare da qualche parte con la sua Wendy.

«Bene, è ora che vada. Grazie per essermi stata accanto, ne avevo bisogno» le dico, massaggiandomi goffamente il braccio. Il dolore si diffonde rapido, così mi volto di modo che non possa vedere la mia smorfia di sofferenza, e comincio a incamminarmi.

«Ehi, Ellie! Aspetta! Dammi il tuo numero, così rimaniamo in contatto» fa lei.

«Ma certo» le dico, cercando di sembrare agile e disinvolta, mentre il cuore mi batte all'impazzata. Allora vuole davvero che diventiamo amiche! Mi è difficile smettere di sorridere. Le detto velocemente il mio numero, e lei lo digita sul cellulare. «Grazie. Ora ti do il mio. È un numero nuovo e continuo a dimenticarmelo. Aspetta un attimo, devo avere un bigliettino da visita da qualche parte». Fruga nella borsa e ne estrae un biglietto tutto ciancicato.

Prendo gli occhiali dalla borsa con un certo imbarazzo, e leggo. È un biglietto da visita elegante, color crema, con un logo fatto da iniziali intrecciate in modo così elaborato che lì per lì non riesco a decifrarle. Ma il suo nome è scritto chiaramente.

Dottoressa Alice Forward.

Dottoressa? Non ha per niente l'aspetto di un dottore, che poi come dovrebbe essere un dottore, non si sa. Perché la prima cosa che mi viene in mente è un uomo di mezza età in giacca e cravatta? Perché mai un dottore non dovrebbe essere una donna giovane e bella con un tatuaggio sulla caviglia?

«Be', almeno adesso so a chi mi posso rivolgere se il tatuaggio fa infezione» le dico.

«Cosa? Ah, è per quel 'dottoressa'... No, non sono una dottoressa nel senso di medico. Io qui ci insegno» mi dice, indicando il logo.

È quello dell'università qui vicino, dove avrebbe potuto andare Lottie continuando a vivere in casa con me, ma naturalmente invece ne ha scelta una lontana centinaia di chilometri.

«E cosa insegni?»

«Comportamento animale».

«Oh, fantastico! Così puoi insegnarmi come si fa a impedire alla mia gatta di saltarmi sul letto alle cinque del mattino pretendendo che le dia la colazione».

«Vorrei poterti aiutare! Io però mi occupo di animali selvatici. Ho passato un anno meraviglioso accampata nel sud del Kenya a studiare gli elefanti, diverso tempo fa».

«Wow» è il mio commento da imbecille. Per me accamparmi è andare in campeggio nel Galles con Lottie, ed è già il massimo dell'avventura. Sono il tipo che prima di entrare in un prato dove in lontananza è presente una mucca ci deve pensare molto, ma molto bene.

Le faccio un cenno di saluto e mi dirigo verso casa, sperando davvero che resteremo in contatto. Continuo a guardarmi il braccio, sollevando il bordo della benda per cercare di sbirciare il mio nuovo tatuaggio, ma non ci si riesce. Non voglio togliermi la fasciatura, perché poi non so se riuscirei a rimettermela bene con una mano sola. Sono contenta di aver deciso di indossare la mia maglia indiana verde per stasera, perché ha le maniche lunghe e svasate. So che Anna si scandalizzerà, quando scoprirà del tatuaggio. Ha sempre pensato che i tatuaggi fossero qualcosa di bassa levatura. Anna, cara. A volte penso di mettere davvero a dura prova la sua apertura mentale: una figliastra, madre, single che vive in una casa popolare. Ciononostante, con me è sempre dolcissima, e si sforza davvero di capirmi, molto più di quanto abbia mai fatto mio padre.

Al pensiero della cena di famiglia di stasera mi si chiude lo stomaco. Vorrei tanto non andarci. Adoro vedere Ben e Simon, però, perché con loro ci si diverte un mondo. Possiamo andare avanti a chiacchierare per ore, prenderci in giro, fare pettegolezzi e bere troppo – e se capiscono che per qualche motivo mi sento un po' giù, sono sempre dalla mia parte e mi riempiono di carinerie. E non si comportano come se fossero continuamente *preoccupati* per me.

Ma papà e Anna finiscono ogni volta col farmi discorsi seri, e mi subissano di domande. Vogliono sapere cosa faccio di bello, se sto vedendo qualcuno, come sta andando il lavoro, se sono *felice*... So che lo fanno perché mi vogliono bene, ma è uno stress stare lì a rassicurarli ogni volta sul fatto che sto assolutamente benissimo! Oddio, *stavo* benissimo, fino a oggi. Mi sa che da adesso che ho quarant'anni la vita scivolerà sempre più velocemente sulla china discendente.

E come se non bastasse, mi sento sempre quella spaiata. Papà ha Anna. Ben ha Simon. E io avevo Lottie, ma purtroppo non è più così. Se solo oggi riuscisse a venire anche lei... Mi viene un'altra stretta allo stomaco. E se provassi a telefonare a Nadine e a Magda, per vedere se almeno una di loro due può venire? Anche le amiche di una vita sono famiglia. A dirla tutta, pensavo che a questo punto avrebbero già dovuto mandarmi almeno un messaggio di auguri. I quarant'anni sono un compleanno importante, cavoli. Sincera, mi sento piuttosto ferita che non mi abbiano neanche proposto di vederci per festeggiare noi tre insieme.

Tuttavia, mica ci siamo viste quando *loro* hanno compiuto quarant'anni. Nadine è andata in un lussuosissimo locale di Londra con un tizio pieno di soldi che conosceva appena, e ha passato una notte di passione con lui nel suo enorme loft. L'ho sentita raccontare a Magda qualche dettaglio. Loro due mi vedono come una patetica puritana, e con me non parlano mai di cose piccanti. Chi se ne importa. Da quel poco che ho sentito, sembrava roba da *Cinquanta sfumature*.

Magda per i suoi quarant'anni ha dato sì una festa privata, ma molto particolare. Chris l'ha portata a bere cocktail a base di champagne al St. Pancras Renaissance Hotel, le ha regalato un enorme flacone di Chanel No. 5 e poi l'ha portata a Parigi con l'Eurostar. Un po' un cliché da uomo più vecchio, ma comunque molto romantico.

Le loro vite ormai sono completamente diverse dalla mia. Però sono ancora le mie migliori amiche. Automaticamente la mia mano prende il cellulare e chiamo Nadine. Il telefono squilla a vuoto, e alla fine parte la segreteria. Con un sospiro esito, poi le lascio un messaggio.

«Ciao Nadine, sono io. Volevo solo farti un saluto» le dico in tono piatto, e chiudo.

Sto per chiamare Magda quando il telefono si mette a squillare.

«Ellie?» La voce di Nadine è roca per il sonno. «Mi hai chiamata?»

«Sì, scusa. Ti ho svegliato, vero?»

«Sì, ma non fa niente». Sul fondo sento una voce profonda che sta borbottando qualcosa. «Rimani in linea».

Sento il cigolio del letto mentre lei si alza e lo scalpiccio dei piedi mentre va in un'altra stanza. Forse in cucina. Sì, sento il getto di un rubinetto e poi rumori di deglutizione mentre beve un bicchiere d'acqua. Evidentemente è stata un'altra seratona, ieri sera.

«Nadine? Scusami. Non sei sola, vero?» le chiedo, imbarazzata.

«Non c'è problema. Nessuno di importante» mormora.

Mi mordo il labbro. Perché mai la mia bellissima e intelligente amica deve andare a letto con un tizio qualsiasi, di cui per di più non le importa nulla? Vabbè, fatti suoi, non miei.

«Comunque, ti chiamavo perché...» Esito. Di colpo mi sembra una cosa stupida.

«Perché è il tuo compleanno. Tanti auguri, tanti auguri, tanti auguri e così via per altre trentasette volte» dice Nadine.

Sento un'ondata di sollievo perché almeno se n'è ricordata, anche se è ancora mezza addormentata e con i postumi di una sbornia.

«Ti adoro, Naddie» le dico.

«Ti adoro anche io, Ellie-Bellie» mi dice lei, tenera.

«Senti, ho capito che sei in altre faccende affaccendata, ma non è che questo pomeriggio saresti libera? Magari possiamo andarcene al cinema. Poi devo andare a Kingston per una cena di famiglia questa sera, ma dovremmo farcela coi tempi». E voglio lasciarla a bocca aperta con il mio tatuaggio!

C'è un breve silenzio.

«Mi dispiace, mi dispiace. Sono una stupida. Ovvio che tu avessi già altri piani» le dico.

La sento deglutire. «Be', più o meno» dice alla fine. «Sono un po' incasinata. Potremmo incontrarci da qualche parte per prenderci un caffè veloce – ma poi devo tornare a casa a cambiarmi perché...» Non finisce la frase.

«No, va bene. Non ti preoccupare. Be', allora ci vediamo presto» le dico, con il tono più leggero che riesco a mettere in atto. Probabilmente sto cercando di convincere me stessa, oltre che Nadine.

«Prestissimo, davvero. Ti voglio bene». Nadine riaggancia veloce.

Io rimango seduta su un muretto a chiedermi se tornarmene a casa o infilarmi in metropolitana e andare nel cuore di Londra a festeggiare da sola il mio compleanno. Potrei comprarmi davvero un vestito, dopo tutto. Ma non sono molto entusiasta all'idea di andare a fare shopping da sola. È Magda che adora andare per negozi. Le piace molto pilotarmi di qua e di là e riempirmi di consigli. Magari potrebbe cogliere al volo l'occasione di fare shopping con me.

Resto a fissare il telefono, chiedendomi se chiamarla o meno. Magari è a letto con Chris, a meno che i figli di lui non siano già stati portati da loro e lei non stia facendo di tutto nel tentativo di intrattenerli, fingendosi esageratamente allegra, come i presentatori della TV dei ragazzi.

Un'anziana signora mi supera con il suo carrellino della spesa, e fa un cenno verso il mio telefono.

«Forza, tesoro, chiamalo, si vede che non vedi l'ora di farlo!» Ridacchia al suo stesso doppio senso e trotterella via. Io scuoto la testa e faccio un verso di disappunto alle sue spalle, però intanto compongo il numero di Magda.

Mi risponde quasi subito.

«Pronto, sono Magda» dice, con il suo tono più snob.

«Sono io, Mags» le dico.

«Oh, Ellie! Buon compleanno, pupa!»

«Grazie! Volevo sapere se sei libera per pranzo, e per fare un po' di shopping con me. Devo comprarmi un vestito e ho bisogno del tuo aiuto».

«Oh! Be', normalmente verrei di corsa, ma stanno per arrivare i figli di Chris» mi comunica, in tono di scusa.

«Non puoi squagliartela per un po' e lasciare che si godano il loro papà da soli?»

«Sto sforzandomi a mettercela tutta con loro, Ellie. Vorrei riuscire a piacergli di più. Ma mi dispiace tanto, non voglio che tu ci rimanga male».

'Non vuoi, ma lo fai, no? Come Nadine. Dove sono le mie due migliori amiche quando ho davvero bisogno di loro?'

Naturalmente, questo me lo tengo per me. Probabilmente sto avendo una reazione eccessiva. Dopotutto, hanno la loro vita.

«Non c'è problema» dico allora. «Fissiamo una data per vederci prossimamente, però. Sono passati secoli dall'ultima volta».

«Lo so, piacerebbe tanto anche a me. Mi manchi un sacco, Ellie. Passa una bella giornata. Ciao, tesorino».

Mi alzo, assolutamente decisa a rivederle quanto prima – magari al Moon and Hare, il nostro pub preferito – dove finalmente potremo chiacchierare alla grande per aggiornarci su quel che ci è successo. Sono passate settimane dall'ultima volta che ci siamo viste, forse addirittura mesi.

Non vedo l'ora di vedere le loro facce quando mostrerò loro il mio tatuaggio. Anzi, potrei fare una striscia su Myrtle a cui è venuta voglia di farsi un tatuaggio e... oddio, no, ma come ho fatto a dimenticarmelo! Appoggio il polpastrello sulla benda e l'accarezzo. La testa mi fa male come se avessero fatto fuori anche me. Mi sento davvero come se mi venisse a mancare un pezzo di me. Non sono più Ellie Allard, la famosa disegnatrice di fumetti del *Guardian*. Sono solo Ellie Allard, una scadente insegnante di storia dell'arte che lotta per mantenere il controllo sulla sua classe. E tra poco lotterà anche per pagare l'affitto.

E dai, no, smettila! Riprenditi! Non voglio più stare qui a frignare e a piangermi addosso. Farò in modo che questo sia un compleanno splendido, anche se nessuno vuole passarlo insieme a me. Mi dirigo a passo deciso verso la metropolitana. Soho, sto arrivando!

Maison Bertaux è un posto perfetto per pranzare da sola. Al suo interno ci sono diverse tavolate di amici, ma anche tante persone sedute per conto loro, che leggono, guardano il cellulare, scrivono mail, con tracce di crema attorno alla bocca e briciole di pasticcini sui vestiti. La tortina alla crema di lampone che ho ordinato finisce talmente in fretta che mi prendo anche un éclair. E senza il minimo senso di colpa, anche se così questo non sarà più il giorno ideale per andare a comprare vestiti.

Mi incammino verso la grande libreria Waterstones a Piccadilly e passo una mezz'ora nella sezione delle graphic novel. I clienti di fianco a me sono ragazzine adolescenti che ridacchiano o uomini coi capelli lunghi e le T-shirt colorate, pieni di tatuaggi talmente elaborati che al confronto la mia piccola Myrtle sembra totalmente insignificante.

La maggior parte delle graphic novel sono sui supereroi o sono manga. Ne sfoglio qualcuna: indifferente sia agli uomini muscolosi sia alle ragazzine carine e tenerine. Mi diverto a pensare a una Stella Supercat, ma sento che così tradirei la mia Myrtle Mouse, e poi ci sono già altre graphic novel con i gatti. Devo pensare a un altro animale.

Ai tempi della scuola su tutti i miei quaderni disegnavo in continuazione fumetti sull'elefantina Nellie, ispirandomi all'amatissimo pupazzo blu che ha dormito nel letto con me fino all'adolescenza. Me l'aveva regalato la mamma quando ero piccolissima, e l'amavo follemente.

Mi piaceva disegnare Nellie. Le facevo vivere cose simili a quelle che capitavano a me, come avrei fatto in seguito anche con Myrtle Mouse. La disegnavo con la proboscide per aria e una gamba alzata di lato. Ma poi Russell, il mio fidanzatino di allora, l'aveva copiata da me tale e quale e l'aveva inviata a suo nome a un concorso di disegno. All'epoca l'avevo vissuto come un gigantesco tradimento.

Ma chissà che ora io non possa trovare il modo di riesumare la mia Nellie? Il cuore accelera di un battito alla sola idea. Avevo sempre pensato che avesse la mia età, per cui adesso anche lei sarebbe una quarantenne. Gli elefanti possono vivere molto a lungo, allo stato brado. E le elefantesse sono anche ottime madri, giustissime per una storia prettamente matriarcale. Le elefantine rimangono nella mandria della loro madre per tutta la vita. Oh, fosse vero anche per noi donne!

Avevo regalato la mia elefantina Nellie a Lottie quand'era piccola, e anche lei l'adorava. Ogni volta che le cambiavo le lenzuola la trovavo nascosta sotto il cuscino, e allora la tiravo fuori e l'abbracciavo stretta, accarezzando il suo corpo di velluto sbiadito, e mi mancava tanto la mamma.

Da qualche parte ho letto che gli elefanti veri ricordano i loro morti, li toccano con delicatezza con la proboscide e vanno a visitare i loro cimiteri. Gli occhi mi si riempiono di lacrime al pensiero. Voglio fare le cose per bene. Non voglio disegnare Nellie come un personaggino caruccio dei fumetti. Voglio raccontare di lei e delle sue relazioni come sono nella vita vera. E poi adesso non sono obbligata a raccontare la sua storia in una striscia di quattro vignette: posso fare tutto ciò che voglio! Posso dedicare un'intera doppia pagina a un'unica illustrazione della sua mandria. Comincio a vibrare per l'eccitazione. Devo imparare tutto sugli elefanti. Non quelli dello zoo, quelli selvatici. Poi mi viene in mente: Alice! Mi ha detto che era stata in Africa proprio a studiare gli elefanti. Ed è una persona così amichevole e rilassata, sono sicura che non avrebbe problemi a raccontarmi un po' di cose. E poi sarebbe una buona scusa per rivederla.

Esco con passo leggero da Waterstones, sorridendo al mio riflesso sulle vetrine. Sono così entusiasta della mia nuova idea, qualcosa di buono su cui mettermi subito al lavoro. Cammino per Piccadilly e me ne vado a zonzo per le stradine piene di negozi stilosi e di gallerie d'arte. Mi immagino Nellie che conduce la sua tribù con passo deciso, un piede avanti all'altro, e poi si blocca. Mi sono bloccata anche io. In una vetrina è esposto un grande quadro a pastello. È di Paula Rego!

Guardo la donna tarchiata dai capelli scuri sdraiata sulla tela in tutta la sua disperazione. Sembra terribilmente triste. Come se fosse in lutto per la sua stessa meravigliosa creatrice. Non avevo mai visto prima questo ritratto, anche se conosco a memoria il mio grande volume su Paula Rego. Penso alla prima volta in cui ne ho sentito parlare, a scuola, durante la lezione del professor Windsor. Ci aveva mostrato diversi quadri della stessa modella disegnata come ballerina classica, come sirena malvagia e persino come cane.

Magda e Nadine ridevano di questi ritratti, pensando che la donna fosse troppo brutta. Io invece pensavo che, a modo suo, fosse bellissima. Potente, anche quando era depressa o umiliata. Penso che questo fosse il messaggio che il professor Windsor voleva trasmettere a tutte noi. A me.

Volevamo tutte essere la sua preferita. In segreto, accarezzavo la speranza di essere io quella che gli piaceva di più, perché ero quella dal temperamento artistico. È strano ricordare ora quanto lui fosse importante per me, quando avevo tredici o quattordici anni. Mi pare anche di aver scritto nel mio diario che lo amavo. Chissà che fine ha fatto Windsor? Probabilmente se lo vedessi adesso non lo riconoscerei nemmeno.

Cerco di trovare il coraggio per entrare nella galleria d'arte. So bene che chiunque può entrare a dare un'occhiata, in teoria, ma a me intimidisce moltissimo. Mi guardo la maglietta e i jeans, e il braccio fasciato. Mi passo le dita tra i capelli, che dopo il nuoto sono tutti crespi. Di sicuro non sembro una seria collezionista d'arte. No, sembro solo una quarantenne che ama Paula Rego.

Una ragazza dai lunghi capelli biondi, che indossa una meravigliosa camicia bianca e larga e un girocollo d'oro, alza gli occhi dalla scrivania e mi sorride, sorriso che ricambio nervosamente. Mi aggiro per la galleria, all'inizio molto a disagio, ma poi i dipinti di Paula Rego fanno la loro magia e io vengo assorbita nel suo mondo. Sospiro di puro piacere, anche se alcuni dei suoi quadri hanno un impatto talmente selvaggio che lascia sconcertati, persino le illustrazioni per le filastrocche infantili.

Oltre alla ragazza bionda, che è impegnata al telefono, qui dentro ci sono solo io, che cammino lentamente e faccio il giro della galleria per due volte, guardando bene ogni quadro, cercando di memorizzarne ogni dettaglio.

Pensa che bello sarebbe poter entrare in una galleria d'arte e soddisfare la voglia di comperarsi un quadro. Se solo avessi un sacco di soldi! Potrò mai permettermi anche solo una minuscola acquaforte? Non ho quasi più soldi sul conto, ma ho messo da parte qualcosa per le emergenze. Lo so, questa non è esattamente un'emergenza, ma quante volte nella vita si compiono quarant'anni?

Mi avvicino al banco della galleria nel modo più disinvolto possibile.

«Mi stavo chiedendo se aveste un listino con i prezzi».

«Certamente» mi risponde la bionda, e mi porge un foglio, senza smettere di scorrere con il dito sul cellulare.

Ricomincio il terzo giro della galleria, consultando i prezzi che ho sul foglio. Gli occhi mi si spalancano. Sono *enormemente* alti. È giusto, ma sono totalmente fuori dalla mia portata. Tuttavia fingo di essere interessata e mi prendo tutto il tempo. Quando ho finito, sorrido con rammarico, come se fosse stata una decisione difficile, e scuoto il capo.

«Grazie mille» le dico, ridandole il listino dei prezzi, e

vado verso la porta. Se cominciassi a risparmiare da adesso, forse tra altri quarant'anni potrei permettermi di comprare un Paula Rego.

Prendo la metro verso casa, con la testa ancora piena di elefanti. Potrei disegnarli con lo stesso tratto violento di Paula, mostrando la verità della loro vita selvatica. Scrivo un paio di appunti sul telefono; poi, sulla via di casa, provo a richiamare ancora Lottie, chissà mai che non sia riuscita a trovare il modo di venire. Una voce registrata mi dice che non è al momento disponibile.

«Oh, Lottie» sussurro, ma non ho nessuna intenzione di disperarmi. Oltrepasso il supermercato, il centro per le scommesse, i rivenditori di pollo e di kebab e il negozio per farsi le unghie: un mondo molto lontano dalle gallerie d'arte di Mayfair. L'ascensore di casa mia funziona, ma decido di salire a piedi fino all'ultimo piano per dimostrare che a quarant'anni sono ancora in forma. Arrivo in casa completamente senza fiato e mi schianto sul tappeto. Stella mi cammina addosso, miagolando in felino: «Ma dove diavolo sei stata? Fammi mangiare subito!»

L'accarezzo fino a quando non riesco a respirare senza fiatone, poi le do una ciotola di cibo umido per gatti, anche se so benissimo che si limiterà a leccare la parte gelatinosa e schiferà la maggior parte della carne, con lo sdegno di chi ha il diritto divino di essere schizzinoso.

Vado a stendere le mie cose bagnate della piscina e mi spoglio. Frugo in un mobiletto della cucina cercando un sacchetto di plastica, lo avvolgo attorno alla fasciatura del tatuaggio e tengo il braccio fuori dall'acqua mentre mi faccio una doccia. Mi devo insaponare e lavare i capelli con una mano sola, cosa molto più complicata di quanto non credessi. Ma ce la faccio, poi mi asciugo e trotterello in camera per prepararmi, con Stella alle calcagna.

Mi asciugo i capelli, e una volta tanto riesco a domare il crespo, anche se è un casino cercare di usare spazzola e fon. Truccarmi è abbastanza semplice, anche se non è facile tirarmi la palpebra per mettere l'eyeliner. Se mi trucco troppo, so che papà mi chiederà perché ci tengo tanto a somigliare a un panda, come ha sempre fatto negli ultimi venticinque anni. Io sono cresciuta e lui è diventato vecchio, ma certe cose non cambiano mai.

Indosso il mio intimo migliore, quello di Simone Pérèle. Chissà poi perché. La vedo dura fare colpo su un bonazzo super sexy mentre sono a cena con mio padre, Anna, Ben e Simon. Però mi fa sentire speciale.

E poi, vai con i jeans neri più belli, le calze nere, gli stivali di pelle nera e la camicia verde, che mi copre completamente la benda sul braccio, grazie al cielo. Mi metto la collana col pendente verde che mi hanno portato Ben e Simon dalla loro luna di miele in Nuova Zelanda, e infilo sulle dita tanti piccoli anelli d'argento, che fanno un suono tintinnante quando muovo le mani.

«Come sto, Stella?»

Lei mi osserva, poi fa un miagolio sottile, come per dire: «Sì, vabbè, diciamo che va bene».

Riempio un borsone di tela con un pigiama, i vestiti puliti per domani, la borsettina per la toilette e una vecchia edizione di *La signora Dalloway*. Il mio Penguin tascabile ha le pagine ingiallite, ma non è troppo sciupato sugli angoli. Io adoro Virginia Woolf, ma la leggo di rado fino in fondo. Sfoglio le pagine e mi conforta il fatto che Clarissa Dalloway abbia undici anni più di me. Forse in futuro dovrei privilegiare i romanzi le cui protagoniste sono più vecchie di me, così al confronto mi sentirò ancora giovane.

Lascio a Stella cibo, acqua e premietti mangerecci sufficienti per sei gatti, e comincio il mio viaggio, ritornando con la metropolitana a Kingston, e da lì poi prendo il treno dalla stazione di Waterloo. Durante il viaggio mi leggo *La signora Dalloway*. Quando alzo lo sguardo per controllare la stazione, noto che sono l'unica che sta leggendo un libro.

Tutti gli altri si stanno rovinando gli occhi sui telefonini, con i pollici che vanno all'impazzata. Visto che ci sono, do un'occhiata al mio, di cellulare, per vedere se ci sono messaggi.

Ce n'è qualcuno di auguri di compleanno, e poi c'è un messaggio di Alice Forward!

Spero che Myrtle non ti faccia troppo male! X

Che pensiero carino! Mi ritrovo a sorridere come una scema, mentre cerco di pensare a qualcosa di breve e divertente da risponderle. Sono ancora lì che ci penso quando arrivo alla mia fermata. E allora scrivo.

È come se mi ballasse una giga sul braccio, ma se è felice lei, lo sono anche io! X

Quattro

Apro la porta del Vine e mi guardo attorno. Stranamente è tutto piuttosto buio, con veri tralci di vite dentro le fioriere lungo le pareti. Anche la carta da parati è verde foresta, con un cielo blu notte nella parte alta e strani animali selvatici acquattati qua e là, poco visibili, se non fosse per i loro occhi color ambra.

Al bar, appollaiata su sgabelli di velluto verde, c'è qualche coppietta, ma nessun segno della mia famiglia. Ho lo stomaco chiuso per l'irritazione. Sono le sette precise. Ma perché diamine la gente non riesce a essere puntuale?

Indugio a disagio nell'ingresso, chiedendomi se non sia il caso di farmi servire un drink dal tipo dietro il bancone, o se invece non sia meglio aspettare qui che gli altri arrivino. Il barista adesso mi ha vista, e mi sorride.

«È qui per la festa di Benedict Allard?» mi domanda.

«Penso proprio di sì» gli rispondo, mentre la mia irritazione cresce. A parte il fatto che è *la mia*, di festa. E poi quattro persone oltre a me non mi sembrano esattamente una festa che sia *festa*.

Il barista mi sorride, complice. Il cuore comincia ad accelerare i battiti. Che sta succedendo qui?

«Mi segua» dice, con un gesto d'invito. Le coppiette sugli sgabelli mi sorridono.

Oh mio Dio. Spero proprio non sia quel che penso. Seguo

riluttante il tipo del bar, chiedendomi se non sia il caso invece di darmela a gambe di gran carriera. No, sono ridicola, su, a immaginarmi tutta una serie di situazioni da incubo. Saranno semplicemente seduti in un'altra sala che mi aspettano. Anzi, la cosa più probabile è che Ben abbia detto a tutti di arrivare una decina di minuti prima, e scommetto che ci sarà già una bottiglia di champagne che mi aspetta al fresco nel portaghiaccio. L'imbarazzo che proverò sarà accettabile, e nessuno degli altri avventori noterà niente di strano.

Ma il barista sta andando oltre la sala ristorante.

«Dove va, scusi?» gli chiedo.

Lui si volta indietro per guardarmi, tutto sorridente.

«Nella Sala Scintillante»

La *Sala Scintillante*? Bussa due volte a una porta, poi la spalanca.

«*Sorpresa!*»

Potrei morire dall'imbarazzo e vorrei solo scappare a gambe levate, invece me ne resto lì come un'idiota, con un sorriso così largo che praticamente mi si vedono le otturazioni dei molari. Non riesco a stabilire se sia una sorpresa carina o agghiacciante. E non è neanche una festicciola con una decina di persone: in questa sala abbagliante e gigantesca, tutta muri color argento e candelabri enormi e lucine a cascata tipo mondo delle fate, ci sono ammassate spalla a spalla una marea di persone. Venti, trenta, trentacinque. Oh, aspetta un attimo, ho capito! Gli invitati venuti a festeggiarmi sono esattamente quaranta, uno per ogni anno della mia vita. E tutti stanno sforzandosi di rimanere immobili, come fossero in una fotografia. Poi scoppiano a ridere e sollevano i bicchieri verso di me, lanciando stelle filanti.

Ma io non ho idea di chi sia metà di questa gente! Ovvio, conosco Ben e Simon che sono proprio qui davanti, fighissimi con le loro splendide camicie, i jeans stretti e le scarpe da ginnastica firmate. E con le braccia sulle loro spalle c'è papà, che fa del suo meglio per essere anche lui strafigo, con una camicia nera che gli si abbottona a stento, i jeans stretti nei punti sbagliati e le scarpe stringate dalle quali, invece delle calze, spuntano le sue caviglie bianchicce e pelose. Anna invece è perfetta come sempre, con un tubino in seta senza maniche, che le mette in mostra le braccia modellate dalla palestra, l'unica donna che io conosca capace di indossare i tacchi a spillo come se fossero comodi come pantofole.

E ci sono Nadine e Magda una accanto all'altra, che stanno cantando 'Tanti auguri a te'! Me l'hanno fatta alla grande! Nadine ha un vestito nero attillato e porta enormi bracciali d'argento dal fascino gotico, Magda indossa un vestitino a fiori molto morbido, da ragazzina, che le starà anche bene, forse, ma non c'entra un bel niente con lei. Magda di solito indossa abiti corti, aderenti, sexy, e i tacchi alti, mica queste ballerine rosa. E come mai questo cambio di stile? E chi è la ragazza accanto a Nadine, quella con i lunghi riccioli biondi e le frange dorate sul vestitino bianco, con il tacco dodici? È l'esatto opposto di Nadine, eppure un po' le somiglia. Non mi dire che è la sua sorellina Natasha! E lei cosa cavolo ci fa qui?

Oh mio Dio! Ma come ho fatto a non vederla per prima? C'è anche Lottie, la mia adorata Lottie, che corre verso di me saltellando e mi avvolge nel suo abbraccio. Indossa un miniabito di satin che le aderisce al corpo come una sottoveste (oddio, non sarà *davvero* una sottoveste?) con gli anfibi color argento.

«Mamma! Sorpresa, sorpresa, sorpresa!» esclama, come una bambina. «È stata tutta una mia idea, lo sapevo che sarebbe stata una figata! Tu non l'avevi capito, vero?»

«No, per niente» le rispondo. «Ma guarda questa stronzetta, che mi ha infarcito di palle sui treni cancellati!»

«Lo so, mi dispiace, non avevo considerato che ti avrei lasciata sola tutto il giorno. Ho dovuto venire qui prestissimo per aiutare Ben e Simon a organizzare tutto e ad accertarci che venissero tutti. Non ci sei rimasta troppo male, vero, mamma?» mi chiede ansiosa, scrutandomi.

«Ma certo che no, scemotta» le rispondo. A raccontare palle sono brava quanto lei. «Ma come diavolo siete riusciti a trovare tutte queste persone?»

«Facile! L'ultima volta che sono tornata a casa ti ho tolto il cellulare dalla borsetta mentre stavi lavorando su Myrtle, e mi sono copiata tutti i numeri di chi mi sembrava in tema con la festa. Poi Ben, Si e io abbiamo fatto i detective. Ci siamo divertiti da matti». Si avvicina tanto che sento il suo profumo al sandalo, e mi sussurra all'orecchio: «Quarant'anni però sono tantissimi, per cui ci è toccato includere alcuni tappabuchi. Sguardo alla tua destra!»

Oh mio Dio, ma quella è la zia Freda. Sembra più vecchia e più cattiva che mai, con uno dei bizzarri completi a maglia che si fa da sola, stavolta in una brutta tonalità di ocra. Ricordo che, sempre a mano, mi faceva dei maglioni terrificanti, che non solo non mi stavano mai giusti, ma pizzicavano da morire. Quando ero piccola mi diceva sempre, sospirando: «È davvero disdicevole che una ragazza sia costretta a mettere gli occhiali. È possibile che non si riesca proprio a fare niente per quei capelli da selvaggia?» Quando poi sono rimasta incinta così giovane, mi ha trattata come una Puttana di Babilonia minorenne. Strano che non mi abbia fatto un golf con la lettera scarlatta.

Accanto a lei c'è mio cugino Nigel. Neanche con lui sono mai andata d'accordo. Da bambino era piuttosto strano, voleva dormire solamente nel sottoscala, come un Harry Potter dei poveri. Ora ha un buon lavoro in un'impresa edile, e sono sicura che gli altri membri ne abbiano molta stima; a me, comunque, continua a sembrare proprio un po' inquietante. A poco gli serve la cravatta in lana fatta a mano.

Ma ci sono anche Cath e Pete, due insegnanti della mia scuola, i miei preferiti; che carini sono stati a venire fino a qui. Probabilmente sapevano già di questa festa quando venerdì ho portato in sala professori ciambelle per tutti per festeggiare il mio compleanno, ma non si sono fatti sfuggire niente. Ma è un'altra collega, quella vicino a loro? No, è troppo vecchia. Ma chi cavolo è? Ha la tipica aria inconfondibile degli insegnati di ginnastica... Sussulto. È la professoressa Henderson, proprio la *mia* vecchia insegnante di ginnastica, il mio incubo. Da dopo la scuola non l'avevo più vista. E di certo il suo numero non è nella mia rubrica! Lei vede la mia faccia scioccata e scoppia a ridere. In effetti, adesso sembra una simpatica signora in là con gli anni, ed è ancora in ottima forma, nel suo completo pantaloni.

«Vieni, mamma» mi dice Lottie, afferrando due calici di champagne dal vassoio di un cameriere. Poi brinda con me. «Buon compleanno! Non ti preoccupare, non ho intenzione di ricominciare a cantare tanti auguri a te. Ma sei contenta, vero, di questa sorpresa?» mi chiede, sorridendomi.

Io bevo un sorsino di champagne – oddio, diciamo pure una bella sorsata – e la guardo, raggiante.

«È una cosa fantastica, tesoro mio. Mi sa però che adesso mi toccherà mettermi a fare il giro dei saluti, giusto?» chiedo con una smorfia.

«Fai con calma, mamma. Aspetta di aver bevuto il secondo bicchiere, così sarà più facile. Ci stanno pensando Ben e Simon a fare in modo che gli invitati si amalgamino tra loro. Prima dai una bella occhiata in giro e fatti venire in mente chi sono tutti. Se hai bisogno, ti aiuto io. Ho dovuto sgobbare un sacco per rintracciarli» m'informa la mia Lottie con orgoglio.

Le do un altro abbraccio. La mia adorabile figlia che ormai è cresciuta, che mi organizza una festa, ed è perfettamente a suo agio. Faccio un cenno di saluto a un uomo stempiato con la barbetta. È Andy, il direttore artistico del settimanale per il quale lavoravo come freelance. Dovrò parlargli a quattrocchi, prima o poi; potrei aver bisogno di riprendere la mia collaborazione con loro, ora che i soldi del *Guardian* non entreranno più. In questo momento sta parlando con una donna un po' più vecchia di me, con i capelli corti stile folletto. Ma è Carol! Ha avuto una bambina lo stesso giorno in cui è nata Lottie, e quando le nostre figlie erano piccole ci vedevamo spesso, cosa che facciamo ancora ogni dicembre, per scambiarci i regali di Natale; e quindi la ragazza con la faccia a cuore e gli enormi occhi azzurri dev'essere Katy, sua figlia. Era una bambina davvero carina, e adesso è diventata bellissima.

Poi vedo un tizio con un completo dal taglio sartoriale, che però non riesce a nascondergli del tutto la pancia, che mi sta sorridendo tutto pomposo.

Do un colpetto col gomito a Lottie.

«E chi cavolo sarebbe quel borioso imbecille?» le sussurro.

Il suo sorriso vacilla. «Ah, lui. Non ero sicura se invitarlo o no. È stata un'idea di Ben. È lui che lo ha rintracciato. È Russell» mi risponde Lottie.

Non appena pronuncia quel nome, risputo il vino che stavo bevendo nel bicchiere. Russell, il primo ragazzo con cui ho avuto una storia seria, adesso è irriconoscibile! Sono stata con lui per ben quattro anni, e pensavo che fosse meraviglioso. Mi sento come Titania quando capisce di essersi innamorata di un asino. Lui se ne sta col braccio sulle spalle di una donna spaventosamente impeccabile nel suo costoso vestitino nero da cocktail. Ha una lucente criniera di riccioli scuri appena uscita dal parrucchiere, tipo che con tutta probabilità avrà speso una fortuna da Toni&Guy perché le addomesticassero la chioma. Non sarà mica sua moglie? Probabilmente è la ragazza per la quale mi ha mollata tanto tempo fa. Oh, be', tanti auguri, signora mia. Sembrano proprio fatti l'uno per l'altra.

«Ma perché diavolo a Ben è venuto in mente di invitare *quello lì*?» sibilo, rivolta a Lottie.

«Voleva che Russell vedesse chi sei diventata, che sapesse

della tua striscia sul *Guardian*, e che capisse che era stato un totale idiota a mollarti».

«Oh, be', che pensiero carino» mi limito a dire, perché non ho nessuna intenzione di farle sapere adesso che Myrtle è ormai acqua passata.

Ma cos'è questo, un viaggio da incubo nel mio passato? Chi altro hanno riesumato Ben e Simon? Devono essere diventati matti per scovare quaranta ospiti.

Mi guardo in giro circospetta, cercando un tipo sfigato con il parka e il cappello con il pon pon – quel disagiato di Daniel, altra reliquia del passato – ma per fortuna non c'è.

C'è invece la mia agente Jude, e Cassie, l'editor del *Guardian* – 'ma dai!' – e poi... no, non può essere, e invece sì, c'è Nicola Sharp, l'autrice dei libri di fiabe che adoravo da bambina, la stessa che mi aveva mandato una lettera quando mi ero iscritta al concorso artistico all'ultimo anno delle medie. La prima persona ad apprezzare Myrtle Mouse.

Figuriamoci se non vorrà parlarmi di Myrtle, del grande successo che ho avuto, anche perché negli anni è stata così carina da mandarmi dei messaggi, di tanto in tanto; e lo farà proprio di fronte a Jude e alla dannata Cassie, che imbarazzo!

«Mamma? Tutto bene?» mi chiede ansiosa Lottie.

Mi rendo conto dell'espressione che devo avere mentre cerco in ogni modo di non scoppiare in lacrime di fronte a tutti. E in un attimo mi ritrovo di fianco Ben, preoccupatissimo.

«Ellie? Cosa succede? Questa storia della festa ti fa schifo? Guarda che lo so benissimo che non sei un tipo da feste, ma l'idea di Lottie era troppo bella e non ho potuto resistere. Non sei arrabbiata con me, vero?»

«Ma figurati! Voi due siete il miglior fratello e la migliore figlia del mondo» rispondo loro, abbracciandoli. «È solo che mi sento un po'... sopraffatta! E guarda che posto di lusso! Vi sarà costato una fortuna!»

Ben fa un gesto per scacciare le mie apprensioni. «Non ti preoccupare, è stato papà a scegliere questo posto, e ha voluto pagare lui. Noi abbiamo solo organizzato il tutto. E credimi, è stato un lavoro da matti. Ma ci è venuto bene, no?»

«Da paura! Lottie poi mi ha riempita di bugie, tanto che avevo pensato non avesse nessuna voglia di venire» mi scappa detto.

«Oh, mamma!» esclama Lottie. «Non mi sarei persa il tuo compleanno per niente al mondo! Stanotte resto a dormire dal nonno e da Anna, poi domani mattina torno con te a Londra, e non devo nemmeno ripartire per il campo estivo fino a domenica sera. I miei amici si sono offerti tutti di coprire i miei turni, perché sanno che questa è una cosa davvero importante per me. E tu sei bellissima. Nessuna tra le persone che conosco ha una mamma così giovane e figa».

E come faccio a non adorarla!

«E adesso è ora di regali!» esclama, estraendo dalla pochette un pacchettino avvolto nella carta velina. Io lo tasto per cercare di capire, poi sciolgo il fiocco blu e lo scarto. È un bellissimo braccialetto, fatto di cristalli color blu-viola.

«È di iolite color indaco. Significa saggezza e lunga vita. Io ti trovo molto saggia, e voglio che tu viva per sempre!» dice Lottie in tono solenne.

E a questo punto sì che scoppio a piangere.

«Oh, mamma, sei un disastro! Dai, mettiti il braccialetto. Anzi, dacci il polso, te lo mettiamo noi». Cerca di prendermi il polso sinistro, ma io sposto bruscamente il braccio. Voglio farle vedere Myrtle, ma non adesso, davanti a tutti.

«Preferisco metterlo sul polso destro» le dico precipitosamente.

«Va bene». Mi mette il braccialetto e io lo ammiro, deliziata.

«Ti sta una meraviglia» constata Lottie, tutta contenta. Poi si guarda attorno. «In teoria adesso avrebbero già dovuto cominciare a passare con i canapè. Meglio che vada a dargli una svegliata. Ci metto due minuti».

Nadine e Magda mi fanno dei cenni di saluto con la

mano. Non vedo l'ora di raggiungerle, ma temo che prima mi tocchi salutare papà e Anna. Ma come mai papà ha deciso di pagare tutto lui? È davvero generoso da parte sua, e tuttavia un po' mi dà fastidio. Doveva proprio fare un gesto così teatrale? Una sala di un pub qualsiasi sarebbe andata benissimo per una festa a sorpresa, no? Perché deve sempre prendere lui il controllo?

Adesso mi tocca dimostrarmi grata per qualcosa che neppure volevo. Oddio, forse sono la figlia più ingrata del mondo. Lo vedo che mi guarda. Alza entrambi i pollici, con la testa inclinata. Ha un'aria vagamente insicura, e mi addolcisco. Oh, ti voglio tanto bene, papà. Gli corro incontro, alzo il bicchiere e brindo con lui.

«Grazie per tutto questo, papà!» Lo bacio sulla guancia, che è piena di chiazze rosse. Ha un odore che mi fa pensare che abbia cominciato a bere già molto prima che servissero lo champagne. Forse era nervoso. Sento un'ondata di affetto per lui.

«Ho una sola figlia femmina, no?» mi dice. «Non posso credere che tu abbia già quarant'anni. Sei bellissima, tesoro mio». Rimane per un attimo in silenzio. Ha gli occhi umidi. «Tua mamma sarebbe stata molto orgogliosa di te».

«Oh, papà» mormoro, commossa.

«Certo che ne hai fatta, di strada» continua, grattandosi la testa. «Però, non so, mi sembra di averti vista un po' giù, in quest'ultimo anno».

Lo guardo, stupita. Papà è sempre stato così concentrato su se stesso, soprattutto da quando è andato in pensione. E io, ogni volta che tornavo a casa, stavo molto attenta a farmi vedere sempre allegra e pimpante. Non pensavo proprio che si accorgesse del mio stato d'animo. Gli infilo una mano sotto il braccio e mi accoccolo su di lui, come facevo da bambina.

«Forse è perché Lottie mi manca molto» ammetto. «Sono un po' patetica, vero?»

«Proprio per niente! Quando te ne sei andata tu all'Accademia d'Arte, non hai idea di quanto mi mancavi. Ero diventato un vecchio brontolone, ancora più di quanto non lo sia normalmente».

«Dai, di più non è umanamente possibile, papà» lo prendo in giro io.

«Invece sì. Dimmi, Ellie, ti senti davvero così sola?» mi domanda, ansioso.

«Papà, ma se sono in una stanza circondata da quaranta persone!»

«Non dico in questo momento. Ma in generale? Quando te n'eri andata tu, io mi sentivo tanto solo, anche se avevo Anna e Ben. Ma la mia Ellie aveva lasciato un vuoto enorme».

«Non sottolineerei troppo la parte dell'enorme» scherzo. «Ti ricordi quella volta che mi hai chiamata Ellietubby?» Rido, ma ancora mi fa un po' male.

«Non posso averti detto una cosa simile, vero?» Poi papà si copre la bocca con la mano, e sembra davvero scosso. «Era solo un gioco di parole su quegli inquietanti Teletubbies. Ma è stata una cosa proprio sgradevole da dirti. Oddio, non dirmi che è per questo che ti eri messa a fare quella dieta folle, quando avevi tredici anni?»

«No, assolutamente no, te lo giuro. Era solo un momento un po' triste, per me».

«E oggi invece sei felice?» insiste ancora.

«Ma sì!» gli rispondo. Poi, in un raro rigurgito di onestà, aggiungo: «Be', quasi sempre».

«Adesso ti faccio una domanda ancora più indiscreta, ma non posso farne a meno. Non ti senti sola senza un uomo?» mi chiede papà.

«Ehi, *questa sì* che è una cosa sgradevole da dire!» ribatto. «Siamo nel ventunesimo secolo, papà. Non puoi dire una cosa del genere a una donna indipendente che lavora. Sto benissimo così».

«E non hai mai pensato di iscriverti a un sito di incontri?»

«Ma papà! No che non l'ho pensato!» (Naturalmente, l'ho pensato).

«So che le serate con gli incontri a giro sono imbarazzanti, ma c'è un sito solo per professionisti single che mi sembra molto più adatto a te».

«Ma non è che per caso ci vai *tu*, su questi siti?» gli domando con ripugnanza.

«Macché! Io ho Anna, e la amo molto. E poi non avrebbe senso per me cercare di incominciare una nuova relazione adesso. Chi lo vorrebbe, un vecchio scorreggione come me?»

Chiaramente vuole che lo contraddica, ma io non sto al suo giochino.

«Piantala, papà» gli rispondo. «E, per favore, smettila di preoccuparti per me. Non voglio nessun uomo nella mia vita, grazie! La favoletta che tutti noi abbiamo un'anima gemella da qualche parte non me la bevo proprio».

Non sono più una ragazzina. Mi ricordo quando stavo a scrivere con aria sognante il nome di Russell sul mio diario scolastico, circondandolo di cuoricini e stelline. Mi piacerebbe adesso essere al posto di quella moglie attaccata al suo braccio? Assolutamente *no*.

«Comunque, sarà il caso che io giri un po' tra gli ospiti» gli dico, ansiosa di finire quella conversazione.

«Ti voglio tanto bene, Ellie» mi dice papà, afferrandomi per il polso mentre mi sto allontanando. Il dolore mi schizza lungo il braccio e mi fa fare una smorfia. «Cosa c'è? Ti ho fatto male?» esclama lui, allarmato.

«Non è niente. Mi fa un po' male il polso, tutto qui» gli dico, cercando di liberare il braccio.

Ma lui non molla. Mi solleva la manica e vede le bende.

«Oh mio Dio» esclama. «Ma cosa ti sei fatta? Non avrai mica cominciato a farti dei tagli, vero?»

«Ma no!» esclamo. Poi mi chino verso il suo orecchio e sussurro: «È un *tatuaggio*!»

«Cosa?» mi fa lui, sgranando gli occhi. «Fantastico! Cosa ti sei fatta tatuare?»

«È solo un piccolo personaggio dei fumetti» gli rispondo.

«Tipo... Braccio di Ferro?»

Finalmente riesco a liberare il braccio. «Macché Braccio di Ferro! Mi sono fatta tatuare Myrtle, la mia topolina».

«Oh, giusto! Idea geniale! Fammela vedere, dai!» mi chiede papà, entusiasta.

«No, oggi devo tenere il polso fasciato» ribadisco.

«Lo sapevi che ce l'ho anch'io, un tatuaggio?» mi domanda papà. «Me lo sono fatto un secolo fa, quand'ero alla scuola d'arte».

«Ma davvero?»

«Sì. Mi sono fatto tatuare un sole sul buco del culo».

«Ma *papà*! Oddio, non credo di volerlo vedere, grazie» gli dico, pensando a quale sia stata la reazione di Anna la prima volta che l'ha visto.

Quando vado a ringraziarla, glielo domando. Pensavo che fosse rimasta agghiacciata, invece per niente.

«Sono scoppiata a ridere» mi dice.

«Oh, be', contenta tu» ribatto, sorpresa.

«Com'è che ci siamo messe a parlare del tatuaggio di tuo padre?» mi domanda.

Spero che non mi sgridi. Ma che dico, ho quarant'anni, santo cielo! Se mi va posso farmene fare quaranta, di quei cazzo di tatuaggi, una vera mamma illustrata.

«Pensa, me ne sono appena fatta fare uno anch'io, ma non posso fartelo vedere perché è ancora coperto da una benda».

«Anche tu sul didietro?» mi chiede Anna.

«No! Sul polso!» le rispondo. «Non preoccuparti, è piccolino. È Myrtle, la topolina delle mie strisce».

«Scelta perfetta» commenta Anna, sorridente, senza alterarsi per niente.

Io sto per dirle che Myrtle non esisterà più, ma non è né il luogo né il momento.

Così invece le dico: «Ho saputo che papà ha voluto essere lui a pagare per questa festa. Ha fatto una cosa meravigliosa».

«Lui ci tiene moltissimo a te, Ellie. E anche io. Però mi dispiace averti dovuto infliggere questa festa, lo so che non è proprio il tuo genere di cosa. Io avrei preferito chiedere *a te* come avresti voluto festeggiare i tuoi quarant'anni, ma Lottie, Ben e Simon ci tenevano troppo all'idea di una festa a sorpresa. Non sai quanto si sono dati da fare, è stato un delirio, perciò, per favore, cerca di sorridere e di fare buon viso a cattivo gioco per un paio d'ore, tesoro».

«In realtà, alla fine questa festa è divertente, una volta passato lo choc». E davvero sono commossa che si siano dati tanto da fare per rintracciare e far venire tutte queste persone.

Ben e Simon stanno girando dappertutto per presentare gli invitati tra loro, e là ci sono le mie migliori amiche, che mi guardano raggianti! Corro da loro. «Oh, Nadine, Magda, che gioia che siate venute! Ma perché non mi avete detto *niente*, quando vi ho telefonato?»

«Ma scusa, che festa a sorpresa sarebbe stata allora?» fa Magda.

«Ma tu non dovevi restare con Chris e i suoi figli?» le domando.

«Non mi sarei persa la tua festa per niente al mondo!» esclama lei. «Ed è un tale sollievo prendermi una pausa da quei dannati bambini! No, dai, in fondo sono carini. Solo che a quanto pare non gli piaccio. Ma suppongo che comunque sia una cosa naturale odiare la tua matrigna».

«Matrigna?» le chiede Nadine.

Entrambe le guardiamo la mano sinistra. Nessun anello. Ma Magda si sta toccando proprio quel dito.

«Magari prima o poi» ci dice, malinconica. «In realtà, tra noi stiamo parlando della possibilità di fidanzarci». Nadine sbatte gli occhi.

«Ma lo conosci solo da poche settimane!» le dico.

«Per l'esattezza sono cinque mesi. E vi ricordo che io sono

quella che ha *sposato* Dave dopo tre mesi che lo conoscevo» replica Magda.

«E infatti, vedi com'è andata a finire» mormora Nadine.

Tra noi, Magda è l'unica a essersi sposata. Non solo una volta. Due. Con Dave è stata una storia travolgente che è durata solo un anno, perché poi Magda ha scoperto che andava ancora a letto con la sua ex ragazza. Dopo il divorzio ci è andata leggermente più cauta, ma dieci anni fa circa ha sposato il suo personal trainer Mario, determinata a far durare questo matrimonio. Ma litigavano molto, in parte perché lei voleva tantissimo un bambino e lui invece non ci teneva granché. Magda non riusciva però a rimanere incinta, e dopo aver trascinato la storia per un anno o giù di lì, si sono lasciati, ed è stato il divorzio numero due. Nadine e io ci siamo chieste se il motivo per il quale ci tiene tanto a Chris sia che lui i figli ce li ha già, ma a quanto dice lei non è per questo.

«Ma Ben non ha invitato anche Chris?» le chiedo.

«Sì, ha detto di portare pure fidanzati, compagni e quant'altro, ma ci sarebbe sembrato un po' troppo portare anche i bambini, che lui si accolla ogni weekend. Be', per la precisione è lui che vuole averli ogni weekend, perché li ama da morire, ma era convinto che a loro non sarebbe piaciuta una festa con solo adulti, per cui è rimasto a casa con loro. Io sono sicura che non avrebbero voluto venire nemmeno loro. E non credo che si sarebbero comportati bene. Hanno otto e sei anni, ma spesso agiscono come bambini capricciosi di tre anni. Ve l'ho detto, io non gli piaccio molto. Quando avranno saputo che questo weekend io non ci sarei stata, probabilmente avranno fatto i salti di gioia». Magda fa un sospirone.

«Oh, Mags, ma tu sarai una vice-mamma stupenda, se è quello che vuoi. Ci vuole solo un po' di tempo. All'inizio io odiavo Anna, ma adesso penso che sia meravigliosa» le dico.

«Be', a dire il vero, sto per averne uno mio, di bambino» ci dice Magda, e si mette una mano sulla pancia, tirando il vestito per farlo aderire al corpo. È vero: c'è un po' di pancino!

«Oh mio Dio, sei incinta!» esclama Nadine.

«Ma è una cosa meravigliosa!» aggiungo, entusiasta.

«Vero?» concorda Magda, con il volto illuminato.

«E Chris cosa ne dice?» le chiede Nadine.

«È contentissimo anche lui» risponde Magda, in tono sicuro. «All'inizio non gliel'avevo detto, perché avevo molta paura che portasse male alla gravidanza. Lo ha saputo solo da poco. E non l'ho detto neanche a voi due, sempre per scaramanzia» dice Magda, unendo le mani e appoggiandole sul pancino, come se lo stesse cullando. «È meglio non dire niente finché non è passato il primo trimestre. Dopo la dodicesima settimana è tutto molto più sicuro».

«Parli già come un manuale sulla gravidanza!» esclama Nadine.

«Però noi siamo le tue migliori amiche! Ricordati che io te l'ho detto dopo che avevo solo dodici *giorni* di ritardo, e stavo diventando matta pensando a cosa avrei dovuto fare. Ma ti perdono. Ti sono già venute le nausee mattutine?»

«Un po' di nausea ce l'ho quando mi sveglio, ma sono così felice che non me ne importa. Comunque, non c'è da far tanti drammi. Credo che sia la testa a comandare il corpo» dice Magda, serena.

«Questa è una stronzata cosmica!» ribatto. «Io stavo male da morire ogni singolo giorno. Nell'istante in cui entravo in Accademia e sentivo l'odore della pittura vomitavo. Un imbarazzo totale. E dovevo portarmi sempre un sacchetto per il vomito sull'autobus che mi riportava a casa. Se penso a quei poveracci seduti di fianco a me...»

«Sì, ma tu eri molto giovane e spaventata» precisa Magda.

«Non è vero. Cioè, sì che ero spaventata, perché non sapevo se sarei riuscita a finire l'Accademia, e sapevo che non avrei avuto nessun aiuto dal ragazzo che mi aveva messa incinta, ma ero comunque felice di avere un bambino. Per questo non ho dato ascolto a tutti quelli che mi dicevano di abortire».

«Sst!» fa Magda, come se avessi detto qualcosa di terribile.

Nadine mi guarda con le sopracciglia alzate. Dov'è finita la Magda che conosciamo?

«Certo che Chris è stato proprio un rimbecillito, per non aver notato come stava cambiando il tuo corpo» dice, senza mezzi termini. «Ti sono cresciute anche le tette, oltre che la pancia».

«Be', io ho sempre avuto le tette grosse» risponde Magda, con aria compiaciuta. «Era contentissimo di vederle diventare ancora più grosse. Ma un giorno, mentre stava baciandomi l'ombelico prima di prendermi in bocca...»

«Smettila!» grido io. «Se sono anni che non fai sesso, l'ultima cosa che vuoi sentire è qualcuno che ti racconta nei dettagli la sua fantastica vita amorosa».

«Non fai sesso da *anni*?» mi fa eco Nadine, sconvolta.

Nigel l'Armadio è lì accanto e si gira a guardarmi.

«*Sta' zitta!*» sibilo.

«Comunque, Chris in quel momento mi stava dicendo come fossi diventata più sinuosa, e finalmente ha fatto due più due» continua Magda. «All'inizio è stato preso un po' in contropiede. Insomma, gli è crollata la fantasia, diciamo, e abbiamo smesso di scopare, ma siamo rimasti a discutere per ore, che è stato un po' uno spreco, perché era una notte infrasettimanale, i bambini non c'erano e potevamo finalmente lasciarci un po' andare... Un attimo, guardate che non sto dicendo che non voleva il bambino, anzi, era contentissimo, era solo un po' preoccupato per come l'avrebbero presa Nat e Corrie».

«Nat sta per Natasha?» le chiede Nadine.

«Nathaniel e Coriander» dice Magda, in tono ironico. Nadine e io facciamo un verso di disgusto. «Sì, lo so. Ma sono sicura che non sia stato Chris a scegliere i nomi. Pare che la sua ex moglie sia una a cui piace fare la snob eccentrica» continua Magda, proprio lei che è sempre stata la più eccentrica di noi tre. Faccio fatica a restare seria.

«Ma non ti senti tremendamente frustrata, Ellie?» continua imperterrita Nadine. «Cioè, puoi fare sesso anche da sola, ma non è la stessa cosa, no?»

«Ma la vuoi finire?» la imploro, conscia che tutti gli amici e i parenti (e gli ex colleghi di lavoro e i miei ex vicini e anche quelli che so a malapena chi sono) sono tutti attorno a noi, e qualcuno si avvicina per augurarmi buon compleanno.

«Ma non ti manca?» insiste Nadine, senza darmi tregua.

«Non particolarmente» mento. Non è solo il sesso, anche se ovviamente certo che mi manca. È il restare abbracciati dopo, è l'accoccolarsi vicini e sentire un corpo caldo accanto al tuo ogni volta che ti giri. È aprire gli occhi al mattino e sentire qualcuno che fischietta nella doccia. Qualcuno che ti porta un caffè a letto, con cui stai a chiacchierare e a fare giochini stupidi. *Qual è la parte di me che preferisci?* E *Se io fossi un animale, che animale sarei?* E ancora: *Chi dei due può rimanere più a lungo a fissare l'altro senza sbattere le palpebre?* Poi fare di nuovo l'amore, e mangiare insieme delle uova strapazzate e persino fare la doccia insieme, poi ci si veste per andare a girare per un mercatino, mano nella mano, finché non è ora di mangiare e si va insieme al pub, spiluzzicando l'uno dal piatto dell'altro. Poi andare al cinema e tenersi per mano nella sala buia, e se è un film triste tu piangi e lui ti asciuga delicatamente gli occhi quando riaccendono le luci, per poi decidere di tornare a casa a piedi sul lungofiume solo perché è più romantico.

Non riesco a trattenere un sospiro.

«*Lo vedi* che ti manca?» mi dice Nadine.

«Mi manca una storia d'amore» ammetto.

«Sei una ragazza vecchio stile, così dolce» dice Nadine, ma c'è qualcosa di lievemente malinconico nel suo tono, come se anche lei ogni tanto desiderasse davvero una storia d'amore, anziché le solite avventure selvagge. «Tieni, tesoro, buon compleanno».

Mi porge un pacchettino avvolto in raso nero, con un fiocco color argento.

«Ben ci ha detto di mettere tutti i regali su quel tavolo laggiù, ma stasera non riuscirai mai ad aprirli tutti, e voglio che il mio tu lo veda adesso!»

Sciolgo con attenzione il fiocco e vedo che dentro c'è qualcosa di nero, si direbbe una maglietta. Intravedo un disegno sul davanti. Spero che non sia una di quelle band che Nadine ama tanto. Una volta si era messa con un certo Neville, il cantante di una band indie considerata super cool. Era molto carismatico, con il suo stile gotico e dark, ed era anche piuttosto famoso. All'epoca ero rimasta piuttosto colpita da lui, ma si drogava in modo pesante, e sono praticamente certa che anche Nadine stesse cominciando a sperimentare gli stupefacenti, anche se a noi giurava che non era così. Io ero preoccupatissima per lei, specialmente quando le cose hanno cominciato a diventare pesanti e un paio di volte lui le ha messo le mani addosso. Poi faceva di tutto per farsi perdonare, ma per fortuna lei ha cominciato a capire che le cose stavano spingendosi troppo oltre e ha chiuso con lui.

Da allora non è più stata a lungo con qualcuno, ma non credo abbia rimpianti. Se non lo si conosce, Neville continua a fare colpo sulle persone con quella sua aria super cool, e ha moltissimi fan, ma Nadine adesso lo trova solo patetico. O almeno spero.

Tolgo la maglietta dal pacchetto. Per fortuna non ha niente a che vedere con una band. Ma ha moltissimo a che vedere con me! È la riproduzione perfetta di una striscia di fumetti di Myrtle piuttosto recente, nella quale lei ha una crisi da topolina di mezza età. L'ho sempre ritenuta una delle mie strisce migliori.

Sento un nodo allo stomaco. Veder rifiutata la mia Myrtle

è una cosa troppo dolorosa. Speravo tanto che i miei lettori la amassero, ma a quanto pare non incontra più il loro gusto, a sentire Cassie. E adesso me la vedo qui, meravigliosamente ricamata sulla maglietta, altro che un disegno di plastica applicato sulla stoffa.

«È incredibile!» sussurro. «Devi averla fatta fare apposta per me».

«Harry mi ha dato una dritta su un posto meraviglioso, dove creano cose personalizzate. È lì che si fa fare tutte le magliette da lavoro col logo per il suo staff. Sapete, ha appena aperto un'enoteca davvero fantastica. Tipico, non mi aspettavo niente di meno, da lui!» Nadine sorride. Sta con questo Harry saltuariamente da anni, ma lui è sposato e ha dei bambini.

«Quand'è che tu e Harry vi metterete insieme sul serio?» le chiede Magda.

«Stiamo bene così come stiamo. Lui è un tipo troppo regolare, e io non sono ancora pronta alla vita di coppia» dice Nadine in tono lieve.

Noi non siamo affatto sicure che la pensi davvero così, ma facciamo finta di crederle.

«Questa maglietta starà benissimo con il mio tatuaggio» butto lì, rompendo il silenzio.

«Ma tu non hai tatuaggi» dice Nadine.

«Ne ho fatto uno proprio stamattina! Un regalino di compleanno per me stessa».

«Faccelo vedere subito!» comanda Magda.

«Non posso, è ancora bendato. Ma è Myrtle, così adesso ho anche una T-shirt abbinata. Perfetto!» esclamo.

«Facci almeno dare una sbirciatina» insiste Nadine, cercando di sollevare il bordo della benda.

Tutte e due cercano di guardare quel che si riesce, e prorompono in commenti entusiastici.

«Adesso te ne vorrai fare uno anche tu, vero, Magda?» le chiede Nadine.

«In questo momento proprio no, metti che mi faccia infezione» risponde Magda, dandosi dei colpetti sul ventre. «Tieni, apri anche il mio regalo, Ellie. Ho paura che sia un po' troppo banale» aggiunge, estraendo un pacchettino turchese dalla sua borsa a sacco di Chanel (di seconda mano, ma molto amata).

«È di Tiffany» mi dice, nel caso non lo avessi notato.

Nadine e io ci lanciamo uno sguardo veloce. Magda è una vera Holly Golightly. Da Tiffany non ci farebbe solo colazione, ma anche pranzo e cena, se potesse. Se il bambino che aspetta fosse una femmina, scommetto che la chiamerebbe Tiffany. Apro il suo regalo, impacchettato con molta eleganza. È un braccialetto con il simbolo dell'infinito, molto molto carino.

«L'ho scelto perché la nostra amicizia non finirà mai» dice Magda, ed è un pensiero dolcissimo.

L'abbraccio. Anzi, facciamo un abbraccio di gruppo, già un filo alticce dopo solo due bicchieri di champagne.

«Oh, voi tre! Non siete cambiate per niente!» È una voce familiare dal passato. Ci guardiamo attorno. La professoressa Henderson! Ci sciogliamo dall'abbraccio sentendoci in colpa, come fossimo tornate al liceo e fossimo nei guai. E lei scoppia a ridere.

«Ma guarda guarda, non ditemi che ho ancora il Potere?» dice. «Ma voi tre non avete mai avuto *paura* di me, vero?»

«Certo che ci terrorizzava, ma a suo modo ci piaceva anche, professoressa Henderson» le rispondo.

«Datemi del tu, sono Jean. Non c'è più bisogno di essere formali. È così bello vedervi ora, così cresciute. Tanti auguri per i tuoi quarant'anni, Ellie. Mamma mia, avevo la vostra età quando ero la vostra coordinatrice di classe!»

«Ma allora ci sembrava vecchissima, professoressa Henderson – cioè, Jean» dice Magda, non esattamente la reginetta del tatto.

«Eravate voi tre che mi facevate invecchiare. Eravate davvero terribili, a ginnastica: molli come dei fichi e bugiarde seriali. Dicevate sempre di avere il ciclo, e mi imploravate di esonerarvi dalla lezione. Ve lo ricordate?»

«E tu non ci esoneravi *mai*. Però a volte eri anche carina, con noi» le dico.

«Quando eravamo davvero in crisi per qualcosa, tu ci sei sempre stata a sentire, anche se poi non seguivamo mai il tuo consiglio» aggiunge Nadine.

«Tu in particolare non mi hai mai ascoltata, Nadine! Sei ancora molto bella. Cosa fai? La cantante in un gruppo?» prova a indovinare Jean.

«Be', per un po' ho vissuto con il cantante di una band» le risponde Nadine. «Ma ho la voce di una rana, quando canto. Faccio la produttrice per la Gem Radio, che è una piccola radio indipendente, non credo tu l'abbia mai sentita nominare».

«Vedrò se riesco a trovarla sulla mia vetusta radio Roberts» le dice Jean. «E tu, Magda?»

«Io sono dirigente marketing per la Jewel Cosmetics. Ma tra un paio di mesi mi prendo un congedo di maternità».

«Congratulazioni!» esclama Jean. «Perché non mi mandi qualche campioncino dei vostri prodotti, così posso cercare di diventare favolosa come te?»

«Te ne manderò uno scatolone» dice Magda, sorridendo.

«A te non c'è neanche bisogno che lo chieda, Ellie» dice Jean, girandosi verso di me. «Gary mi ha informata che disegni una striscia di fumetti molto popolare sul *Guardian*» e sorride, con aria furbetta.

«Be', magari non è più così popolare» borbotto. Non riesco a dirle che è così impopolare che l'hanno segata. Mi immagino Myrtle che, sotto la benda, si è accasciata.

«E chi è Gary?» le chiede Magda.

«Santo cielo! Non vi sarete mica dimenticate di lui? All'epoca voi tre ne eravate attratte come le mosche al miele» ci dice Jean, ma le nostre facce rimangono inespressive. «Vi dice niente il vostro professore di arte?»

«Il professor Windsor!» gridiamo all'unisono.

«È lui *Gary*?» chiede Magda.

«Lo conoscevamo solo come G. Windsor, ma non siamo mai riuscite a sapere come si chiamasse di nome» dice Nadine. «Avrei preferito un nome da eroe da fantasy, tipo Griffin!»

«Io me lo immaginavo un George» dice Magda. «Magari Georgie».

Io invece mi ero chiesta se non fosse un Gabriel – non l'arcangelo, ma l'eroe di *Via dalla pazza folla* di Thomas Hardy. Di sicuro il professor Windsor era il *mio*, di eroe. Oh mio Dio, e se Ben è riuscito chissà come a contattare la professoressa Henderson, può essere che abbia trovato anche il professor Windsor? Possibile che sia proprio qui, in questa stanza, per farmi gli auguri di compleanno?

Mi guardo attorno, speranzosa. Sarebbe una cosa meravigliosa. Ma vedo che la professoressa Henderson sta scuotendo il capo, con aria divertita.

«Non credo sia stato invitato» mi dice Jean.

«Di sicuro se fosse stato qui lo avremmo notato!» esclama Magda. Aveva anche lei una cotta gigantesca per il professor Windsor, all'epoca.

«È ancora bellissimo?» chiede Nadine.

«Direi proprio di sì» risponde Jean, ridendo. «Ogni tanto ci vediamo per bere qualcosa perché ci piace troppo metterci a parlare malissimo dell'attuale sistema educativo».

«Quando dici 'bere qualcosa insieme' è un eufemismo, vero, Jean?» le chiede maliziosa Magda, davvero sfrontata.

«Questo è un classico commento da ragazzina sfacciata, non da dirigente marketing di successo» le risponde lei, severa. Magda è mortificata.

Poi Jean scoppia a ridere. «Ma è fantastico! Ci rimani ancora male se ti sgrido! Comunque, non è affatto un eufemismo. Sono abbastanza vecchia per essere la madre di Gary!»

Io mi faccio due conti, per capire quanti anni potrà avere adesso il professor Windsor. Mamma mia, avrà cinquant'anni! Sarà diventato un vecchio. Ma che dico, ha solo dieci anni più di me!

«Com'è diventato fisicamente adesso, Jean?» chiede Magda, risparmiandomi dal dover fare io la domanda.

«Non è malaccio» risponde Jean, con un sorrisetto. «Ha ancora tutti i suoi bei capelli».

«Insegna ancora?» le chiedo.

«Adesso è in una scuola maschile. Era una scuola molto selettiva, e ancora oggi è un liceo prestigioso».

«Io insegno in una scuola pubblica. È una bella sfida, ma i ragazzi sono fantastici» le dico. «Perciò il professor Windsor, cioè, Gary ha visto i fumetti della mia Myrtle Mouse?» Cerco di avere il tono di una a cui non importa più di tanto, ma sono sicura che non le faccio fesse.

«Sì, e li trova fantastici. Mi ha detto che all'epoca cercava di dissuaderti dal continuare a disegnare fumetti, perché pensava che stessi sprecando il tuo talento, ma tu gli hai dimostrato che si sbagliava di grosso. Quando gli ho detto che ero stata invitata alla festa per i tuoi quarant'anni, mi ha detto di farti molte congratulazioni da parte sua».

Io la guardo a bocca aperta. Il professor Windsor che sa cosa sto facendo. Non credo che lei me lo avrebbe detto, se non fosse vero. Pazzesco. Anche Magda e Nadine sembrano molto colpite.

«Ma poi il professor Windsor ha continuato la storia con quella fotomodella fighissima?» chiede Magda.

«No, si sono lasciati molto tempo fa. Direi che lui ha avuto una vita sentimentale piuttosto movimentata. Credo che si sia anche sposato, una volta, ma non è durata».

«E adesso con chi sta?» le chiede Nadine.

«Mmm... Al momento non credo abbia una storia, o almeno niente di serio» risponde Jean.

«Perfetto, Ellie! Ricontattalo!» grida Nadine.

«Taci!» le dico con un grugnito.

«Guarda che se non ti sbrighi a farlo tu, lo faccio io!» dice Magda. So che non dice sul serio – è molto presa da Chris, e per di più è pure incinta – ma vedo comunque una scintilla nel suo sguardo.

«Voi tre! Non siete cambiate proprio per niente» ci dice Jean, con un sorriso pieno di affetto.

«Professoressa Henderson, cioè, Jean, posso chiederti come ha fatto Ben a contattarti?» le chiede Nadine.

«In realtà è stato Simon. Frequentiamo lo stesso circolo di badminton. È davvero un ragazzo adorabile, dopo le partite ci fermiamo sempre a bere un frullato e a fare due chiacchiere, siamo un bel gruppetto, e Simon ci stava raccontando della festa a sorpresa che lui e il suo compagno stavano organizzando per un quarantesimo. Poi ha detto che era per la sorella di Ben, Ellie, allora ho fatto due più due, perché Allard non è un nome così comune. Gli ho detto che tanti anni fa sono stata la tua insegnante e lui è impazzito, e ha insistito che venissi anche io».

«Be', sono contentissima che l'abbia fatto» le dico, e ci scambiamo un sorriso. I miei colleghi insegnanti Pete e Cath mi fanno un cenno da lontano, e io rispondo con un gesto. «Sarà meglio che vada a salutarli, anzi, mi tocca proprio fare un giro di saluti in generale» dico con una smorfia.

Mi augurano buona fortuna, io faccio un respiro profondo e mi butto nella mischia.

Cinque

Sorrido e saluto un sacco di gente, ma la sala è così sfavillante che mi abbaglia e non riesco a capire bene chi è chi, anche perché non sono poi così sicura di sapere chi siano alcuni di loro. Vedo volti familiari, ma per qualche motivo (forse due bicchieri di champagne uno dietro l'altro?) non riesco a ricordarmi come si chiamano! E poi qui dentro fa caldissimo. Mi vedo riflessa in uno dei tanti specchi e ho la faccia tutta rossa. Ben mi porge un altro bicchiere di champagne (è una cosa saggia?) e viene a fare un giro della sala con me, facendomi capire in modo furbo chi ho davanti quando vede che mi impappino.

«Adesso mi sento un po' in colpa» mi dice sottovoce. «Volevo che questa festa fosse una bella sorpresa, ma capisco adesso che per te è un po' un calvario. Detesti essere qui, vero?»

«Invece mi sto divertendo da morire» gli rispondo decisa. Guardo il suo volto preoccupato, e anche se vedo l'uomo sofisticato e di successo che è diventato, vedo anche Ovetto, il mio fratellino che mi dava il tormento tutto il giorno, ma che alla fine mi augurava sempre la buonanotte con un grande abbraccio. «Tu, Simon e Lottie siete stati fantastici a organizzare questa festa. Ed è troppo divertente rivedere tutte queste facce dal passato». Oddio, quasi tutte…

Non vedo l'ora di chiacchierare con Lottie, ma continuo a

essere fermata mentre cerco di raggiungerla dall'altra parte della sala. Scambio quattro chiacchiere coi miei colleghi insegnanti, ovviamente parlando male della scuola, e mi dicono quanto io sia fortunata ad avere Myrtle come secondo lavoro. Continuo a sorridere, ma la mandibola mi si irrigidisce. Tirar fuori la verità adesso di certo non gioverebbe all'atmosfera della festa.

Poi dedico un po' di attenzione al caro vecchio signor Roberts, il proprietario della libreria di Kingston, dove ancora va a lavorare il sabato, anche se è anziano. Un tempo ero anch'io una 'commessa del sabato', e il signor Roberts, scherzando, mi dice di essere diventato lui pure un commesso del sabato, visto che ora il negozio viene gestito da Claudia e Ibrahim, che tra l'altro mi stanno facendo segno di raggiungerli mentre chiacchierano con Nicola Sharp. Anche se ho quarant'anni, mi sembra di tornare a essere la ragazzina che le aveva confessato di essere la sua Fan Numero Uno.

Mi avvicino, e mi accorgo che li hanno raggiunti anche Jude e Cassie, le ultime persone che avrei voglia di vedere in questo momento. Istintivamente la mia mano va al polso sinistro come per proteggerlo, con il risultato che il mio bicchiere ondeggia e rischio di rovesciare lo champagne.

Jude mi fa un sorrisino triste e mi dà un colpetto sulla spalla. Cassie è molto più esuberante: corre ad abbracciarmi e a dirmi quanto le dispiace per la decisione che è stata presa su Myrtle, e che se fosse stato per lei l'avrebbe tenuta sul giornale in eterno, e per favore, per favore, per favore, verrò fuori con un'altra idea da proporre al *Guardian*, vero?

Io le sorrido magnanima e mi giro a parlare con Nicola, ma Claudia e Ibrahim si intromettono per chiedere se Nicola riesce a trovare il modo di andare in libreria da loro per un firmacopie, e io non voglio essere invadente. Mentre mi guardo attorno, per assicurarmi di aver parlato con tutti quelli con cui avrei dovuto, con una sensazione di sgomento vedo Russell e sua moglie.

Mi prendo un altro bicchiere di champagne e facendomi forza vado dritta verso di loro.

«Che piacere conoscerti» mi dice sua moglie, che si presenta come Elinor.

«Non ci credo!» esclamo.

«Ma il mio nome si scrive in modo diverso dal tuo, ed è un po' meno comune» precisa, come se questo la rendesse superiore. «Che strano che tu ci abbia invitati per i tuoi quarant'anni!»

«Sì, è stata proprio una sorpresa» ribadisce Russell.

«Mi vien da pensare che servivamo per fare numero» aggiunge Elinor.

Le sorrido, dolcissima. «Credo che Ben volesse solo riunire le persone del mio presente e del mio passato».

«E nel tuo presente c'è un uomo?» mi domanda Russell. «O magari una donna?» Mi fa l'occhiolino, per dimostrare quanto è moderno.

Ha anche fatto lo sforzo di vestirsi da 'ggiovane', mettendo una T-shirt sotto la giacca, e le scarpe da tennis. Elinor invece indossa un abito aderente che le sottolinea le curve. I suoi capelli scuri sono lisci e lucenti, freschi di parrucchiere, ma qualche ciuffo qua e là le si sta già arricciando. Non porta gli occhiali, ma quando si gira le vedo un piccolo segno attorno all'iride. Ha le lenti a contatto, quindi anche lei è miope come me. Che strano, direi proprio che ci assomigliamo, anche se lei è la versione tirata a lucido di me. Abbiamo anche praticamente lo stesso nome. È una replica di me! Mi mordo l'interno della guancia per non ridere.

Ma Russell se ne rende conto? Ci manca solo che anche lei sia un'artista. No, a quanto pare fa la dentista.

«Al Centro Dentale Tocco Gentile» precisa, facendo balenare i suoi denti bianchissimi.

«Elinor è anche una specie di scrittrice» aggiunge Russell, con orgoglio. «Sta scrivendo una serie di libri per bambini. I nostri due figli li adorano».

«Davvero? Allora li cercherò in libreria» commento, per pura cortesia.

«Be', in effetti non sono ancora stati pubblicati. Anzi, ci stavamo chiedendo se potresti presentarci la tua amica Nicola Sharp. Per farci dare qualche dritta sulle possibilità di pubblicazione, e capire se abbiamo bisogno di un agente o meno» dice Russell.

Continua a usare il plurale. E all'improvviso realizzo.

«Ma sei tu che li illustri, Russell?»

«Be', in effetti sì. E mi diverto moltissimo. Ricordi quando ci facevamo i ritratti a vicenda, Ellie?» Il viso gli si è addolcito, e riesco persino a intravedere una traccia del vecchio Russell.

Ma Elinor ha un trasalimento, e io non posso credere alla mancanza di tatto di Russell.

«Penso che andrò a presentarmi a Nicola Sharp, così voi due potete ricordare insieme i vecchi tempi» ci dice.

A questo punto Russell dovrebbe andarsene insieme a lei a rompere le palle alla povera Nicola, e invece rimane fermo dov'è, e non mi toglie gli occhi di dosso. Se Ben lo vedesse, godrebbe come un riccio. Io però no. Non riesco neanche a pensare di provare attrazione per Russell, adesso, e non voglio che mi trascini sul viale dei ricordi.

«Meglio che continui il mio giro di saluti» gli dico in fretta.

«Aspetta un momento, Ellie» mi ferma Russell. Poi abbassa la voce. «Devo chiederti una cosa».

Oddio, e adesso con cosa se ne viene fuori? Si china verso di me, molto, molto vicino, tanto che sento l'odore del suo costoso dopobarba, con un sottofondo di sudore. Mi viene in mente l'effetto che mi faceva tanto tempo fa quando mi veniva così vicino, e mi chiedo che razza di gusti avessi da adolescente.

«Si tratta di Lottie» mi sussurra.

«Lottie?» Mi ha presa in contropiede. Mi giro a guardare mia figlia. Sta raccontando qualcosa ai miei amici della scuola d'arte, qualcosa di divertente, perché scoppiano tutti a ridere. Mi si allarga il cuore. La mia Lottie, la mia ragazza così speciale.

«Sta facendo la maturità adesso, no?» mi chiede lui.

«No! Ha appena finito il primo anno di università».

«Ma dai? E cosa studia?»

«Letteratura inglese». E che altro poteva scegliere? Ha adorato i libri sin da quando, a due anni, le avevo letto *Nel paese dei mostri selvaggi*, e insieme ruggivamo a più non posso.

Ma Russell non sembra per niente colpito. «Certo che, al giorno d'oggi, studiare Lettere sembra un po' una perdita di tempo. Perché non ha scelto invece materie tecnologiche o scientifiche? Sarebbe stato molto meglio per lei, in termini di carriera».

Io drizzo gli aculei. «È la sua passione, Russell» gli dico, secca.

«Ma non si può vivere di passioni» mi dice. «Tu sai quanto io amassi l'arte, ma quanti studenti di arte riescono poi a mantenersi decentemente?»

«Io, per dirne uno» rispondo, punta sul vivo.

«Sì, lo so che tu fai quelle cosette delle strisce a fumetti, ma tuo padre mi ha detto che devi anche insegnare per mantenerti. E al giorno d'oggi non dev'essere facile, con tutti i tumulti che i ragazzini del liceo non fanno che provocare».

Io adesso gli do un pugno in faccia. *Quelle cosette!* E i ragazzini a cui insegno a volte sono sì un po' insolenti, ma sono fantastici. Lui si accorge che ho alzato il mento, e si fa più prudente.

«Mi preoccupavo solo per il futuro di Lottie, tutto qui».

«Lottie non ha niente a che vedere con te» ribatto sprezzante.

«È questo il punto. Non ha *davvero* niente a che fare con me?»

«Cosa intendi dire?»

C'è una pausa carica di non detti. «È figlia mia?» mi sussurra infine, diventando rosso come un peperone.

Io lo guardo con gli occhi spalancati. «Ma sei fuori? Certo che no!»

«Ma ne sei proprio sicura? Non posso non aver notato che un po' mi assomiglia».

«Guarda, non ti somiglia proprio per niente! E, santo Dio, lavori in banca, no? Due conti dovresti saperli fare. Non c'è alcuna possibilità che Lottie sia tua figlia, a meno che i tuoi spermatozoi non fossero campioni olimpici di nuoto di fondo, capaci di resistere anni!» esclamo, dimenticando di tenere la voce a un livello normale.

Solo in quel momento mi accorgo che sono vicino alla zia Freda e a Nigel l'Armadio. La zia Freda ha un'espressione scandalizzata, ma Nigel raddrizza le spalle e viene dritto verso di noi.

«Tutto bene, Ellie?» mi chiede, guardando Russell con aria belligerante.

Io cerco di non sorridere al tentativo di Nigel di trasformarsi nel cavaliere dalla bianca armatura, ma apprezzo molto il suo gesto.

«Sto bene, Nigel, grazie» gli rispondo, e gli do un bacino grato sulla guancia, poi mi faccio largo verso Lottie, con tutta l'intenzione di proteggerla nel caso Russell le si avvicinasse per rivendicarne la paternità.

Ben e Simon stanno per fare un annuncio, fingendo di litigarsi il microfono, come due consumati conduttori televisivi, in versione super elegante.

«Spero che vi stiate tutti divertendo, ma non vi è venuto un certo languorino?» chiede Ben.

«Tra poco verrà servita la cena» aggiunge Simon, e insieme aprono il pesante sipario di paillettes argentate sul fondo della sala. Che poi non è affatto il fondo della sala, perché dietro c'è una meravigliosa zona ristorante, con cinque tavoli da otto persone, e i segnaposti accanto a ogni piatto.

«Accomodatevi, carissimi: la nostra splendida festeggiata cenerà passando da un tavolo all'altro. Noi ci godremo la sua compagnia per gli antipasti, due altri tavoli avranno l'opportunità di chiacchierare con lei durante la portata principale, un altro tavolo per il dolce e l'ultimo tavolo potrà bere il caffè e godersi i pasticcini insieme a lei. Alla fine Ellie tornerà da noi per il momento solenne del taglio della torta» proclama Simon.

«Non preoccuparti, Ellie, ti abbiamo messo in borsetta un pacchetto di pastiglie per l'acidità di stomaco» mi dice Ben, riuscendo a divertire i presenti e renderli complici.

È evidente che Ben e Simon ce l'hanno messa tutta con il menu del mio compleanno, ma è altrettanto evidente che c'è anche lo zampino di Lottie, che sa che amo il cibo semplice. Perciò hanno scelto insalata di pomodori e barbabietole biologici da antiche sementi, filetti di sogliola di Dover con mini patate novelle e fagiolini verdi, gelato alla vaniglia con sorbetto di ribes nero, e piccoli macarons insieme al caffè. Non mi perdono d'occhio un momento, e ogni volta che devo cambiare tavolo sono loro a trasferire per me piatto, bicchiere e posate.

Il vino scorre, ed è sorprendentemente facile intrattenere conversazioni briose con tutti (anche se ho fatto fatica con Russell e la Replicante, la zia Freda e Nigel l'Armadio). È una gioia quando cambio il tavolo per andare a sedermi accanto a Nicola Sharp, anche se mi sento ancora un po' timida, accanto a lei. Mi dice che è una grande fan di Myrtle Mouse.

Io faccio un respiro profondo. Ok, è arrivato il momento. Glielo devo dire. Lei capirà. Magari mi darà anche qualche consiglio.

«A dir la verità, mi hanno appena comunicato che la striscia di Myrtle è stata cancellata».

«Ma davvero? Che idiozia. Non ti abbattere, Ellie. Magari è arrivato il momento di cambiare genere e scrivere un libro, che dici?» mi suggerisce.

«In effetti stavo proprio pensando di provare a fare qualcosa di simile» le dico.

«Ottimo, allora! E sempre con Myrtle?» mi domanda, con sincero interesse.

«Be', io amo Myrtle, ma forse ha fatto il suo tempo. Avrei pensato di cimentarmi con qualcosa di completamente diverso». Esito, perché non vorrei raccontarle tutto, col rischio di vederla dubbiosa sul mio progetto. Non sono certa che una grande della letteratura approverebbe una graphic novel.

«Dammi un indizio!» insiste lei, come se mi avesse letto nella mente.

«Be'... stavo pensando a... a una graphic novel» balbetto.

«Fantastico!» esclama Nicola con mio grande stupore. «Perché non me ne mandi qualche pagina, quando ce le hai pronte? Non vedo l'ora di vedere cos'hai in mente. In teoria non dovrei ancora dirlo a nessuno, ma anche io sto trasformando uno dei miei primi romanzi sulle fate in una specie di graphic novel. Il mio editore pensa che così possa avere una seconda vita».

«Dici sul *serio*?»

«Pare che adesso sia un genere che funziona alla grande. Fallo, Ellie! Sono sicura che sarai bravissima».

«Oh, Nicola!» esclamo raggiante. «Lo pensi veramente?»

«Non lo penso, lo *so*. Avevo individuato immediatamente il tuo grande talento, sin da quando eri piccola» mi risponde. «Centinaia di bambini all'epoca mi mandavano i loro disegni, ma i tuoi spiccavano tra tutti».

«Scommetto che sei ancora sommersa dalla posta dei tuoi fan».

Lei giocherella con la sua lunga collana d'ambra, con un'espressione sarcastica. «Non ricevo più molta posta, di questi tempi. Sia le mie fate che io, ahimè, siamo passate di moda».

Katy, la figlia di Carol, sente queste parole e le dice che lei tiene ancora l'intera collezione dei suoi libri di fiabe come un tesoro. Poi diversi ospiti si mettono in coda dietro di lei per chiederle un autografo e pregarla di disegnare la loro fata preferita sui loro segnaposto. Nicola chiacchiera con tutti, il volto illuminato. Ora ha i capelli grigi, e appoggiato alla sua sedia c'è un elegante bastone da passeggio, ma non sembra molto invecchiata. Anche i miei vecchi compagni dell'Accademia d'Arte sono suoi fan, e vogliono un disegnino.

Tutti loro invidiano la mia striscia su Myrtle. Quel dannato Russell ha ragione. Nessuno tra loro oggi fa un lavoro che abbia anche solo minimamente a che fare con l'arte. C'è chi lavora in ufficio, chi in un negozio di giocattoli, chi fa pane artigianale, e il mio grande amico Jacob fa il giardiniere. Cambio in fretta argomento chiedendo se qualcuno di loro è ancora in contatto con Mick. Mick il Matto. Il mio Mick, che adoravo quando ho cominciato l'Accademia. Probabilmente sarà finito a fare un qualche lavoro improbabile, come l'ispettore sanitario o il vigile urbano.

«Le ultime notizie che ho di lui è che è andato a vivere in una remota isola scozzese» mi dice Jacob.

«Da solo?»

«No, ha un intero harem di ragazze, tipo che è il capo di una setta sinistra» mi risponde.

«Sì, questo è quello che hai sempre pensato di Mick» gli dice Rhona, che era anche lei innamorata di Mick, all'epoca.

«Mi sono sempre chiesta, Ellie... ma la tua adorabile Lottie è figlia di Mick?»

«No! Assolutamente no!»

«Perché un po' gli somiglia» mi dice, un po' nostalgica, osservando Lottie, che ora è seduta con i suoi zii che la guardano con occhi adoranti.

Santo cielo, Lottie assomiglia a *se stessa*, non a Mick, e meno che mai a Russell! Sento l'irritazione che cresce. Ne ho abbastanza di tutte queste speculazioni.

«E allora *chi è* suo padre?» insiste Rhona. Guarda con

sospetto i ragazzi del nostro gruppo. Io mi agito sulla sedia, molto a disagio.

«È stato così tanto tempo fa che lo ricordo a malapena». Che menzogna ridicola.

Perché è chiaro che mi ricordo quell'orribile festa. Forse c'erano anche i miei amici, forse no. Di certo non so cosa ci facessi *io*, lì. So che ero sola, e infelice, e avrei tanto voluto stare ancora con Mick, e poi questo ragazzo mezzo ubriaco ha cominciato a baciarmi, e mi sono ritrovata non so come a fare sesso con lui su un mucchio di cappotti, ma non mi ha forzata. Ci sono stata solo perché stavo cominciando a sentirmi bene, oddio, neanche troppo bene, ma almeno non mi sentivo più così sola.

Non so neanche come si chiamasse di cognome. Era solo Steve qualcosa. Non pensavo che ci saremmo più rivisti, finché non mi sono accorta di essere incinta. L'ho ritrovato un giorno nella caffetteria della scuola, e mi sembrava solo una faccia vagamente familiare. Non ero neanche sicura che fosse lui finché non l'ho sorpreso a guardarmi, allarmato. Era lì con un sacco di amici, ma sono andata comunque al suo tavolo.

«Ehi, posso parlarti?» gli ho chiesto, cercando di sembrare disinvolta.

Lui è venuto a sedersi con me a un altro tavolo. Era un po' riluttante, ma credo che fosse solo preoccupato che potessi fargli una scenata davanti ai compagni di corso.

«Sono Ellie. Ti ricordi di me, vero?» gli ho chiesto.

«Forse» ha riposto lui, guardingo.

«Siamo stati insieme a quella festa, quella a Stoke Newington».

«Se lo dici tu» biascica.

«Te lo dico eccome. E adesso, sfortunatamente, sono incinta».

Lui trasalisce. Poi, com'era previsto, viene fuori con un: «Ma come faccio a sapere che è mio?»

«Perché non sono andata a letto con nessun altro per mesi, né prima né dopo. È sicuramente tuo».

«E che vuoi da me? Soldi? Perché non ne ho» mi dice.

«Non voglio i tuoi cazzo di soldi» ribatto, furiosa. «Volevo solo che fossi a conoscenza del fatto che stai per diventare padre».

«Be', non mi interessa» mi dice lui. «E comunque non puoi provarlo».

Non volevo provarlo. Anzi, sarei stata felice se *non fosse* stato lui. Un tale coglione. Non volevo che il mio bambino si ritrovasse un padre come lui. Ciononostante, quando lui se n'è andato, ho chiesto a una delle ragazze che erano sedute con lui come si chiamava di cognome. Lei mi ha risposto: Steve Fedden. Se Lottie un giorno avesse voluto sapere chi è suo padre, avrei potuto aiutarla a rintracciarlo.

Quando ha compiuto diciotto anni, le ho chiesto se voleva sapere chi fosse suo padre.

«E perché mai?» mi ha risposto. «Ho degli uomini meravigliosi nella mia vita. Ben, e Simon, e il nonno, e tutti i miei amici di scuola. Perché cavolo dovrei andare a cercare uno che non ci ha volute?»

È così matura. Non farà gli errori che ho fatto io. Troverà qualcuno davvero speciale e se ne innamorerà. Quando fa il suo ingresso la torta, illuminata da quaranta candeline, io la voglio vicina ad aiutarmi a spegnerle tutte.

«Non dimenticarti di esprimere un desiderio, mamma!» dice Lottie.

«Sono un po' troppo vecchia per i desideri» ribatto.

Ma poi un desiderio mi viene, cogliendomi completamente di sorpresa.

'Vorrei tanto trovare qualcuno di speciale da amare'.

Sei

Tutti hanno la loro fetta di torta, un pan di Spagna meravigliosamente soffice con tre strati di crema e marmellata di fiore di sambuco, coperto di glassa al limone. L'ha preparata Simon, che si inchina davanti a un meritato applauso, con un sorriso.

Quando torniamo nella Sala Scintillante è stato sistemato tutto per ballare, con tanto di DJ che mette canzoni fantastiche. Il primo a chiedermi di ballare è papà, e lo trovo molto dolce da parte sua. Poi però invita a ballare praticamente tutte le altre donne presenti, rendendosi persino ridicolo quando si mette a fare il brillante con Natasha. Anna riesce a mantenere la compostezza e il sorriso. Ballo con Ben e Simon, poi con Lottie, che però salta di qua e di là e faccio fatica a starle dietro. Quindi ballo con Magda e Nadine, e ci sembra di essere tornate ai tempi della scuola. Conosciamo a memoria le mosse l'una dell'altra, e insieme facciamo i balletti che provavamo insieme nel cortile della scuola, cantando a squarciagola le vecchie canzoni che sappiamo ancora tutte a memoria.

Alla fine, quando il DJ mette *I gotta feeling* dei Black Eyed Peas, si alzano praticamente tutti quanti a ballare. Lottie è riuscita addirittura a trascinare in pista un goffissimo Nigel, anche se provare a convincere la zia Freda è stata una causa persa, si è persino rifiutata di alzare le braccia e muoverle a tempo. Il DJ rimette il brano una seconda volta, visto che è piaciuto così tanto, poi si accendono le luci della sala e la festa è finita.

Gli invitati cominciano ad andarsene, e io rimango sulla porta ad abbracciare tutti e a ringraziarli per essere venuti. Jude mi dice di tenere alto il morale, e Cassie aggiunge che è davvero ansiosa di sapere quale sarà la mia prossima creazione. Nicola Sharp mi fa promettere di inviarle via mail il nuovo libro, quando la prima stesura sarà pronta. Il signor Roberts per caso la sente, e allora dice che mi dedicherà l'intera vetrina della libreria non appena il libro uscirà (sì, magari!), e organizzerà una presentazione e un firmacopie in grande stile. Persino la zia Freda mi dice di essersi divertita, anche se avrebbe preferito che la musica non fosse così forte. Natasha mi dà un grande abbraccio e mi invita anche al suo matrimonio.

Ben, Simon e Anna stanno riponendo con molta cura tutti i miei regali dentro alcuni sacchettoni per poterli portare a casa, e Nadine e Magda decidono di venire con noi a casa di papà e Anna. Quando siamo tutti e otto in casa, ci scoliamo qualche bottiglia di champagne avanzata dalla festa e mangiamo la torta rimasta come bambini felici di fare baldoria oltre la mezzanotte.

È il momento di scartare i regali. Magda, che da personcina responsabile è rimasta sobria, tiene l'elenco di ogni regalo e di chi me l'ha fatto, per poter mandare i messaggi di ringraziamento. C'è una busta che arriva da Anna e papà, che immagino sia solo un biglietto di auguri, visto che hanno pagato loro per la festa. Invece dentro c'è un assegno, e anche molto generoso.

«Papà!» esclamo, stupefatta. «Non posso assolutamente accettarlo. È troppo!»

«Tesoro, voglio che tu prenda questi soldi ora, mentre sono ancora in vita» mi dice lui, mandandomi un bacio da lontano. Ultimamente quando è ubriaco tende a essere sdolcinato. «Vorrei che lo usassi come caparra per un appartamento in una zona un po' più carina di quella in cui stai. Magari in un palazzo d'epoca, come quello di Ben. O anche qualcosa di più moderno. Insomma, dove vuoi tu! Mi preoccupa saperti ancora in affitto in quelle orribili case popolari».

Lo sta facendo di nuovo. Sta cercando di cambiare la mia vita. Ha sempre odiato i miei tentativi di essere indipendente. So che mi vuole bene, ed è un regalo incredibilmente generoso, il suo, ma io *non voglio* i suoi soldi, né le sue preoccupazioni intrise di paternalismo. Odio essere così vigliacca da continuare a fingere di essergli riconoscente. Sento che mi si stringe la gola. No, non mi metterò a piangere! Cerco con tutte le forze di riprendere il controllo.

«A me piace dove abito, papà» gli dico, con il tono più tranquillo che mi riesce. «E non troverò una vista favolosa come la mia da nessun'altra parte».

«Ne sei proprio sicura, mamma? Potremmo trovare un appartamento all'ultimo piano anche da qualche altra parte!» mi incoraggia Lottie, che inarca le sopracciglia nel vedere il numero di zeri sull'assegno. «O potresti anche comperarti una bella macchina, o magari fare un viaggio in un posto dove desideri andare da tempo». Guarda caso, queste sono tutte cose che desidera Lottie.

«Rimetti quell'assegno nella busta, ne parliamo con calma domani, quando saremo meno stanchi» dice Anna, come sempre la pacificatrice.

«È davvero gentile e generoso da parte del nonno» dice Lottie, e va a dargli un bacio pieno d'affetto sul cocuzzolo della testa, dove ha perso i capelli. Sono contenta che almeno *loro* abbiano un rapporto così semplice e affettuoso.

Ora Lottie sta guardando Ben e Simon, con un gran sorriso.

«Aspetta di vedere i tuoi altri regali, mamma!» mi dice. Ben e Simon mi porgono il loro, magnificamente impacchettato con una carta nera e lucida e un fiocco d'argento. «Indovina cosa c'è dentro» ordina Lottie.

«Lottie dice che il tuo vecchio cellulare è il più scrauso dell'universo, per cui Si e io ti abbiamo comperato questo» mi spiega Ben, mentre io scarto il pacchetto e ne estraggo un sottile iPhone nero.

«Ragazzi, è meraviglioso... ma costa una fortuna!» esclamo, di nuovo sopraffatta dall'emozione. «Non dovevate, dico sul serio». A dire la verità, mi fa molto piacere che siano stati tutti così premurosi e generosi, eppure non riesco a sforzarmi di dimostrarmi grata verso papà. Non ci posso fare niente, anche se capisco che forse sono ingiusta.

«Se ti fa sentire meglio, lo prendo io, mamma» dice Lottie. «Forza, apri anche gli altri regali. Giochiamo tutti a indovinare cosa sono».

In realtà è piuttosto facile: candele costose e diverse confezioni regalo di fragranze di Jo Malone, che regalo ad Anna e a Magda, mentre Nadine e Lottie sono felicissime quando do loro le grandi scatole di cioccolatini e di tartufi di cioccolato allo champagne di Hotel Chocolat.

Anche la zia Freda mi ha regalato una scatola di cioccolatini assortiti, ma senza più il cellophane, e quando la apro vedo che mancano tutti i cioccolatini al caramello. Ci sembra esilarante, e ridiamo tutti come matti. Nigel mi ha regalato una bottiglia di sherry, l'alcolico che non beve più nessuno.

«Potrei scommettere che la bottiglia viene dalla riserva speciale della zia Freda» dico ridendo, anche se sotto sotto sono un po' offesa. «Perlomeno questa non è stata aperta».

Poi c'è un pacchettino piatto e rettangolare, che evidentemente è un vecchio DVD.

«Che DVD sarà? *Come affrontare la crisi di mezza età*?» ipotizzo, autoironica.

«*Sesso tantrico*?» dice Ben.

«*Cinquanta sfumature di grigio*?» tira a indovinare Simon.

«Ragazzi, comportatevi bene!» ci sgrida Anna, ma adoro che stia ridacchiando anche lei.

Ma ridiamo ancora di più quando vediamo che viene dalla professoressa Henderson: *101 modi per restare in forma*!

Adesso mi sento emozionata e piena d'amore per tutti loro, persino per il povero vecchio papà, che dorme spaparanzato sul divano, con la testa rovesciata e la bocca aperta.

Tra i regali ci sono diverse fantastiche bottiglie di champagne, e quelle me le tengo io! L'ultimo regalo è un pacco grande e pesante, e spero proprio che sia un libro d'arte. Ed è proprio così: un grande volume patinato sulle donne artiste, che viene dalla libreria Roberts.

«Ma è bellissimo!» esclamo, sfogliandolo con delicatezza.

«Quando abbiamo contattato il signor Roberts per invitarlo alla tua festa, ci ha domandato se c'era un libro che avresti voluto» dice Lottie. «Ho pensato che questo facesse proprio al caso tuo, mamma. Ho scelto bene?»

«Meravigliosamente bene» le rispondo. «E guarda qui, c'è un intero capitolo su Artemisia Gentileschi!»

Io adoro i suoi quadri e l'ammiro come donna. Non riesco a immaginare cosa deve aver provato nel venir torturata con lo schiacciamento dei pollici solo per dimostrare che stava dicendo la verità sull'uomo che l'aveva violentata! E nonostante questo è andata avanti a dipingere, superando in bravura tutti gli uomini del suo tempo e oltre. L'estate prima di entrare in Accademia sono andata in Italia con l'Interrail e sono impazzita davanti ai quadri di Artemisia a Firenze e a Roma.

«Lei è la tua pittrice preferita, vero, mamma?» chiede Lottie, mettendomi un braccio attorno alle spalle mentre guarda con me il libro.

«Assolutamente sì!» le dico, ma mi viene fuori qualcosa come 'asciolutamente scì'. Non è mica una cosa facile da dire, quando uno ha bevuto troppo champagne. «Infatti stavo anche per chiamarti Artemisia».

«Meno male che non l'hai fatto, mamma! A scuola mi avrebbero reso la vita impossibile».

«L'alternativa era Frida, perché ho sempre amato i suoi quadri» le dico, e mi piace passeggiare con la mia bambina sul Viale della Memoria.

«Poi però avrebbero pensato che le avevi dato quel nome in onore della zia Freda!» esclama Ben con una smorfia.

«Neanche Frida Kahlo sarebbe stata una buona scelta, mamma: avrei passato la vita a togliermi le sopracciglia per evitare il cazzo di monociglio» scherza Lottie.

«Lottie!» la rimprovera amorevolmente Anna.

«Per me avresti dovuto chiamarla Nadine» dice Nadine, bevendo a canna dalla bottiglia, perché non trova più il suo calice.

«No, no, no, *Magda*!» la corregge Magda. Ha le mani sulla pancia e gli occhi sognanti, ed è ovvio che sta pensando ai nomi per il suo bambino, sia quelli per un maschietto che per una femminuccia.

«Comunque poi come mai hai scelto di chiamarmi Lottie? Ci sono artiste famose che si chiamano Charlotte?»

«Oh, è per un libro che mi piaceva tanto quando ero piccola» le rispondo. «A scuola avevo fatto un compito di disegno sull'età vittoriana, e ho creato una cameriera di nome Lottie. Devo avere ancora il quaderno degli schizzi in qualche baule, se ti interessa».

Lottie fa quel suono vago, *mmm*, che usa sempre quando non vuole offendermi nel rifiutare una mia proposta. Magda fa un enorme sbadiglio, e si stiracchia come un gatto. Io guardo l'orologio.

«Tu e Nadine non dovreste andare a casa?» le chiedo.

«No» risponde lei, assonnata.

«Questa è la tua ultima sorpresa» mi spiega Nadine. «Dormiamo qui anche noi».

«Evviva!» esclamo con un gridolino. «State a dormire da me come quando eravamo bambine!»

Anna sveglia papà, e io ho la buona grazia di ringraziarlo per la festa *e anche* per l'assegno, anche se ho già deciso di non usarlo mai. Papà mi abbraccia, barcollando in modo allarmante, e incespica verso camera sua, con Anna che lo tiene in piedi. Ben e Simon vanno nella vecchia camera di Ben, Lottie insiste per dormire sul divano del salotto con un cuscino e un piumone, mentre Nadine, Magda e io ci stringiamo nella mia vecchia camera.

È sempre così strano ritornarci. Anna l'ha tenuta esattamente com'era, così che possa sentirmi immediatamente a casa. È come fare un viaggio nel tempo. È una stanza tutta viola scuro, colore che mi sembrava sofisticatissimo, quand'ero adolescente. Anna ha persino lasciato i miei poster attaccati al muro: l'autoritratto di Frida Kahlo con la sua scimmietta, i *Girasoli* di Van Gogh, Leonardo Di Caprio e Claire Danes nel film *Romeo e Giulietta*, e *I mostri selvaggi* di Maurice Sendak. C'è anche un disegno dei Mostri Selvaggi inventati da me, e diverse fotografie fatte nelle cabine per le fototessere di Nadine, Magda e me che facciamo le pagliacce e tiriamo fuori la lingua.

E facciamo le pagliacce anche adesso, mentre sfogliamo vecchie copie di *Sugar* e *Just seventeen*, o quando scoviamo le musicassette delle Spice Girls e dei residui di trucchi della Rimmel sul fondo di un cassetto, dove c'è persino una vecchia bottiglia di Aqua Manda che ha mantenuto un vago odore d'arancia.

Ho sempre avuto il lusso di un letto matrimoniale, per cui, per quanto strette, riusciamo a dormirci tutte e tre. Nadine indossa una camicia da notte nera di satin e sembra Morticia Addams. Magda ha una camicia da notte da bimba in pizzo sangallo che le nasconde il pancino prominente, anche se la scollatura bassa rivela le nuove e ragguardevoli forme del suo seno. Mi prendono in giro quando vedono che indosso ancora lo stesso tipo di pigiama a strisce che portavo da ragazzina.

Magda sta in mezzo tra noi due, perché non vorremmo proprio che cadesse, visto che è incinta. Nadine si allunga di fianco a lei e io mi rannicchio dall'altro lato.

«Questo è il momento in cui ci mettevamo a parlare di ragazzi, vi ricordate?» dice Nadine.

«Sì, vi ricordate quando Ellie ci ha raccontato un sacco di storie sul suo ragazzo Dan, e poi è venuto fuori che era solo un ragazzino goffo che aveva incontrato in vacanza?» dice Magda, arruffandomi i capelli. «Eri bravissima a dire bugie, Ellie».

«Be', volevo solo sentirmi alla vostra altezza. Cos'è, devo inventarmi un nuovo boyfriend anche adesso? Non che ne voglia uno».

«Sincera?»

«Sincera» ribadisco. E sono sicura di quel che dico. Quel desiderio espresso sulle candeline è stato solo un momento di follia. Via, cancellare.

«Penso solo che tu non abbia ancora incontrato l'uomo giusto. E neanche tu, Nadine» dice Magda.

«Cosa? Per me Nadine di uomini ne sta incontrando già a sufficienza» commento io, facendo passare un braccio sopra Magda per stringere la mano di Nadine.

«*Girls just wanna have fun!*» canta Nadine, lasciando libero sfogo alla sua Cindy Lauper interiore.

«Una volta era il mio motto» dice Magda, «ma da quando ho incontrato Chris ho capito subito che era l'uomo della mia vita».

Siamo abbastanza gentili da non ricordarle che aveva detto la stessa cosa dei suoi mariti uno e due, e anche di un bel po' di ragazzi che ha avuto.

«Una volta eri tremenda, Mags» le dico, ridendo. «Ricordi quando facevi la posta al professor Windsor? Ti sei persino presentata a casa sua!»

«Santo Dio, è vero, l'ho fatto sul serio! E ci sono rimasta malissimo quando lui si è comportato da perfetto gentiluomo!»

dice Magda, spudorata. «Oh, be', sono cambiata un bel po', da allora».

«Anche noi siamo cambiate» aggiungo io. Eppure eccoci ancora qua, a spettegolare e a ridacchiare come le ragazzine di tanti anni fa, anche se adesso stiamo morendo di sonno. Sto quasi per addormentarmi quando Magda si stringe il ventre, col corpo che improvvisamente le si è irrigidito.

«Magda? Che succede?» le chiedo.

Nadine ha un sussulto. «È il bambino?»

«Sì, è il bambino, ma va tutto bene, è meraviglioso, sentite! Mettetemi le mani sulla pancia!» Magda è sdraiata sulla schiena, e Nadine e io, esitanti, le mettiamo le mani sul pancino. Non succede niente, poi all'improvviso il ventre le si muove in modo stranissimo.

«L'avete sentito? È il bambino che si sta muovendo!» esclama Magda. «È così, vero, Ellie? Tu ci sei passata. È questo quel che si sente?»

«Certo! Sta dando dei calcetti coi piedini!» le dico. Anche a me si stringe un poco la pancia, al ricordo di Lottie che faceva acrobazie nel pancione. Mi sembrava incredibile che lei fosse davvero un piccolo essere umano, e che lo stessi creando io. «Sai cosa devi fare nei prossimi mesi, Magda?»

«La settimana prossima vado a fare un'ecografia. Chris viene con me. Non ci importa quale sarà il sesso del bambino, vogliamo solo essere sicuri che vada tutto bene. E va tutto bene, vero, piccolino?» sussurra, rivolta alla sua pancia.

«Sì, mamma» diciamo all'unisono Nadine e io, e ci sciogliamo in una serie di risatine ubriache.

«Scusa, scusa» le dico. «Ti giuro che faremo tutto il possibile per non ubriacarci di fronte a lui, o a lei, quando sarà venuto al mondo».

«Saremo le zie elettive più adorabili del mondo!» conferma Nadine.

«Promesso, promesso, promesso» dico io, totalmente felice di essere con le mie due migliori amiche, sapendo che mia figlia è a venti passi da me, che mio fratello e suo marito sono nella stanza qui accanto e che papà e Anna sono in fondo al corridoio. Mi chiedo se anche lo spirito di mia madre sia qui, da qualche parte sopra di me, per augurarmi buon compleanno. Forse si sta toccando le labbra con le dita per lanciarmi un bacio, come faceva sempre quando mi metteva a letto.

«Ti voglio tanto bene, mamma» mormoro, trascinando un po' le parole, e le mie amiche sembrano capire, perché nel buio le loro mani cercano le mie e le stringono.

«'Notte, Magda. 'Notte, Nadine. Grazie per aver reso il mio compleanno così speciale» sussurro. E mi addormento di botto.

Mi risveglio con un mal di testa epocale e la gola che sembra piena di segatura, ma il dopo sbronza non mi impedisce di sorridere alla nuova me di mezza età col pigiama da ragazzina riflessa nello specchio. Mentre sono in bagno mi metto persino a cantare, anche se per colazione mi sento troppo malmessa per riuscire a prendere qualcosa oltre a un bicchiere di spremuta e un toast imburrato. Siamo tutti ammassati attorno all'isola della cucina. Magda è fresca come una rosa, ma il resto di noi è pallido e ha gli occhi cerchiati. Papà non si è nemmeno ancora alzato, anche se Anna è già qui, con una camicia bianca ben stirata e un paio di jeans, che si dà un gran daffare per la nostra colazione.

Vorrei restare ancora, ma devo andare a casa per vedere se va tutto bene con Stella. Sicuramente avrà da ridire per essere stata lasciata da sola.

«E a me tocca andare a casa di Chris per controllare che se la stia cavando, con i suoi figli» si lamenta Magda.

«E io devo tornare nella mia bara da vampiro per dormire per tutto il resto di questa luminosa giornata» mormora Nadine dietro la cortina di capelli neri.

«Mi sa che Si e io dovremo tornare a casa per esonerare i nostri vicini dai doveri di dog-sitter» dice Ben. Hanno due bassotti tedeschi che si chiamano Hockney e Freud, e sono i cani più viziati di tutta l'Inghilterra.

«Io invece non devo andare da nessuna parte per ora, così torno a casa con te, mamma» mi dice Lottie. «Anche perché hai bisogno di aiuto, con tutti quei regali».

Ci rendiamo conto che c'è troppa roba per riuscire a portarla via tutta, per cui prendo solo i regali della famiglia, il libro d'arte e una delle bottiglie di champagne, perché Lottie e io ci sentiamo deboli e fuori forma.

Quando stiamo già per uscire, papà si alza per venire a salutarci. Sembra particolarmente giù di corda, e ha la faccia grigia e sudata.

«Nonno, sembri malatissimo!» esclama Lottie.

«Infatti *sto* male» fa lui, in tono drammatico. «Credo di stare per morire, cazzo».

«E piantala!» gli dice Anna. «L'unico motivo per cui ti senti morire è perché ieri notte hai esagerato col bere. Non puoi fare così, non hai più l'età». Scherza, ma vedo che è preoccupata.

«A quanto pare non c'è più niente che possa fare, alla mia età. Tanto varrebbe essere già morto» borbotta papà.

Lo salutiamo con un bacio e lo lasciamo accasciato in vestaglia su una poltrona. Anna ci accompagna alla porta.

Io la guardo. «Vuoi che rimaniamo un altro po'?»

«No, ora si riprende. Adesso lo rimetto a letto con un grosso bicchiere d'acqua, e quando si sveglia starà molto meglio».

«Sembrava davvero a pezzi» le dico.

«È depresso. Odia sentirsi vecchio. Non che sia poi *tanto* vecchio, ma è così che lui si sente. Ora che è in pensione non sa cosa fare di se stesso. Ho cercato di coinvolgerlo nella mia azienda, chiedendogli di disegnare qualche modello, ma lui è stato piuttosto sprezzante su, cito testualmente, 'quei golfacci di lana che mettono solo gli imbecilli'».

Faccio un verso di disapprovazione. Perché papà deve essere cattivo con Anna, quando lei è così dolce con lui?

«Ma non dipinge più?» chiede Lottie.

«Sì, lo fa ancora, ma sono quadri scuri e tetri, un po' tipo Francis Bacon» dice Anna. «Immagino che sia il suo modo di esprimere cos'ha dentro».

«Certo che per te non dev'essere molto divertente» le dico, abbracciandola.

«È l'aspetto negativo dell'aver sposato un uomo più vecchio, per quanto affascinante. Alla fine si rivelano sempre meno affascinanti e sempre più vecchi. Oh mamma mia, non avrei dovuto dire una cosa del genere! Anche perché è una sciocchezza, ieri sera lui era l'anima della festa, e si divertiva un mondo. Non preoccupatevi, ragazze. Anche io ho un po' di dopo sbronza».

Andando in stazione, ci sentiamo tristi.

«Non osare diventare vecchia, mamma» mi dice Lottie. «Ho solo un genitore, per cui ho bisogno che tu stia bella vispa e arzilla fino ai novant'anni, ok?»

«Farò del mio meglio» le prometto.

Aspetto di essere sul treno, poi le dico: «A proposito di quella cosa dell'unico genitore, Lottie, guarda che tu, ovviamente, *ce l'hai* un padre. Forse è ora che tu ti metta in contatto con lui».

«Oh, no, ancora questa storia. Ieri sera la gente parlava di me, vero?» Fa una pausa. «C'era anche *lui*, alla festa?»

«Ma no, certo che no!»

«Non ne sono così sicura». Mi guarda truce. «Ti prego, dimmi che non è Nigel!»

«Smettila subito, stronzetta. Mi stai prendendo in giro, vero?»

«Può essere. Comunque, mi sono guardata bene tutti i tuoi compagni dell'Accademia. Non mi dispiacerebbe se fosse uno di loro. Mi è piaciuto soprattutto Jacob. Sarei abbastanza contenta se fosse lui» mi dice. Io la guardo, e non sono sicura se adesso stia scherzando o meno.

«Anche a me piacerebbe che fosse Jacob, ma ha un marito che lavora in un museo».

«Be', meglio ancora. Già mi piace avere due zii. Due papà sarebbe un bonus grandioso».

«Lottie, te lo giuro, tuo padre non era alla festa. Oddio, avrei dovuto dirti tutto di lui molti anni fa, sin da quando mi hai chiesto perché da piccola non avevi un papà. Ti ricordi, ti ho tenuta a bada dicendoti qualcosa di fumoso sul fatto che se n'era andato lontano, e tu sembravi esserti accontentata della risposta. Anche se poi, un'altra volta, mi hai domandato se era andato in Australia, te lo ricordi?»

«Oh, ma era perché il padre di una mia compagna di classe viveva in Australia, e lei lo andava a trovare ogni anno, e una volta è tornata con un adorabile koala di peluche» mi racconta Lottie, tutta allegra. «Ne volevo uno anch'io, ma non mi importava niente di avere un padre».

«Neppure quando sei stata più grande?»

«Davo per scontato che si fosse trattato di una storiella occasionale, e che tu fossi troppo imbarazzata per dirmelo». Scrolla le spalle.

«Be', ci hai preso in pieno! Ovvio che mi imbarazzava dirtelo. Il fatto è che lo conoscevo appena. Mi ero ubriacata a una festa. Mi dispiace tanto, Lottie» le dico. «E mi vergogno tanto».

«Non essere sciocca, mamma». Mi dà dei colpetti rassicuranti sulla mano. «Sono cose che succedono».

«Non a te, spero!»

«No, non a me. Promesso».

«Comunque, se vorrai mai conoscerlo, ti darò tutto l'aiuto possibile» le dico sinceramente.

«No, grazie, mamma. Era la tua prima volta?» Le guance mi vanno a fuoco. Siamo su un treno affollato, e Lottie ha una voce potente.

«Vogliamo parlarne più tardi?» le propongo, cercando di farle capire la situazione.

Arriviamo alla stazione di Waterloo, prendiamo la metropolitana e poi ci incamminiamo verso casa.

«È adesso più tardi?» mi chiede Lottie.

«E va bene» le dico, riluttante.

«Allora raccontami della torrida notte del mio concepimento» dice, sorridendo maliziosa.

Io faccio una smorfia. «Mi mette a disagio parlarne con te. Ne farei volentieri a meno».

«Guarda che vi sento quando con Nadine e Magda vi raccontate sottovoce un sacco di cosacce».

«Sì, ma loro sono le mie migliori amiche, non mia figlia!»

«Se mi racconti la tua prima volta, io ti racconto la mia» contratta Lottie.

«Oh, Lottie, dimmi che usi le precauzioni se fai sesso, vero?»

«Ma certo! Anche se non so come avrei potuto rimanere incinta, dato che è finito tutto in un attimo» mi dice Lottie.

«Eh, be', le prime volte può essere così. E di solito la donna non si diverte per niente».

«Non ne abbiamo fatto un problema. Ci abbiamo riso sopra e poi abbiamo ordinato qualcosa con Deliveroo» commenta allegra Lottie. «E dai, mamma. Raccontami della tua prima volta».

«Non è stato con tuo padre. È successo con... Russell» ammetto, riluttante.

«*Cosa?* Con quel totale sfigato con la maglietta bianca translucida? Quello con la moglie?»»

«Ci siamo messi insieme quando eravamo a scuola. E pensa che ero pazza di lui, all'inizio» le dico, anche se adesso mi sembra impossibile. «E siamo stati assieme per una marea di tempo. Ma quando lui è andato a Manchester e io alla St. Martins ci siamo allontanati».

«Grazie al cielo! Non riesco neppure a immaginarvi insieme! E il sesso com'era?» mi chiede Lottie, senza giri di parole.

Sono ben contenta di aver tirato su una giovane donna moderna senza inibizioni, ma io sono una donna di mezza età fatta alla vecchia maniera, e non mi va di parlare della mia vita sessuale con mia figlia.

«Era ok» le rispondo. Per un certo periodo è stato ben più che ok, perché Russell si era studiato per benino un manuale sulle tecniche sessuali. Sapeva quel che faceva, e faceva in modo che fosse bello anche per me, ma avevo la sensazione che seguisse le istruzioni del manuale, applicandosi pedissequamente prima a una cosa, poi a quella successiva, invece di lasciarsi trascinare dalla passione.

«E allora mio padre doveva essere all'Accademia con te?»

«Sì, ma lo conoscevo appena. Non faceva parte del mio gruppo di amici. Io ero innamorata di un ragazzo che si chiamava Mick. E non è *lui* tuo padre. Era esattamente tutto l'opposto di Russell. Bellissimo, ma dissoluto. Selvaggio. Inaffidabile. Pieno di talento. Insomma, il cliché dell'artista. E avevo completamente perso la testa per lui».

«Ah!» esclama Lottie. «A me non è ancora successo».

«Meglio non perderla mai, la testa! Stai lontana come la peste da tutti i Mick del mondo. Comunque, non è durata molto. E poi... sono andata a una festa e...»

«E hai conosciuto mio padre» finisce Lottie al posto mio. «Tipo che i vostri sguardi si sono incrociati in una stanza piena di gente?»

«Più o meno» borbotto io, perché non sopporterei di dirle che storia triste e squallida è stata.

Per fortuna siamo arrivate al Quartiere degli Artisti. Casa nostra è all'ultimo piano del palazzo Constable. Lo squallido cemento anni '70, però, non assomiglia per niente alla Cattedrale di Salisbury, e non ci sono carri di fieno qui attorno, solo una macchina abbandonata senza più volante, una sedia a rotelle rotta e una bicicletta Boris rubata.

Ma per me è casa, e grazie al cielo l'ascensore ha ripreso a funzionare. Quando arriviamo al nostro piano, il quattordicesimo, la mia vicina Andreea esce da casa sua con uno zaino di tela in spalla e un cartone di latte in mano.

«Ah, ecco, Ellie, vado via per una settimana. Vuoi questo latte che mi avanza per il tuo gatto?» mi domanda.

«Che pensiero carino!» le dico, decidendo di non dirle che ai gatti non bisogna mai dare latte di mucca. «Spero che Stella non abbia gnaulato troppo. Oggi probabilmente si è sentita sola».

«Anche io gnaulo quando mi sento sola» ribatte Andreea, porgendomi il latte.

«In effetti, pure io» ammetto.

Quando Lottie e io siamo in casa e io sono già a quattro zampe nel tentativo di riguadagnare il favore di Stella corrompendola con i croccantini che uso come premietto, Lottie controlla il considerevole mucchio di posta accanto alla porta.

«Davvero, mamma?» mi chiede.

«Davvero cosa? Gnaulare?»

«No, davvero ti senti sola».

«Ma certo che no». Faccio un gesto verso la posta, dove ci sono diversi biglietti di auguri. «Guarda quanti amici ho».

«Sul serio? Oltre a Nadine e Magda?»

«Certo!» rispondo, punta sul vivo. «Guarda, giusto ieri ho fatto una nuova amicizia. Alice. L'ho incontrata a nuoto».

«Sì, ma sai con quanta gente si scambiano quattro chiacchiere in piscina?»

«Però poi non si va insieme a fare colazione, e non ti tengono la mano mentre ci si fa un tatuaggio» preciso.

«Davvero? Be', carino da parte sua. Anche se avrei voluto che me lo dicessi, perché *a me* sarebbe piaciuto un sacco andare con te in un centro di tatuaggi. Magari me ne sarei fatta uno anch'io!» esclama Lottie. «Adesso me lo fai vedere per bene?»

Non sono sicurissima di potermi già togliere la fasciatura, ma sbirciando da sotto sembra che sia tutto ok, niente sangue o gonfiore, e allora con prudenza mi tolgo la benda.

«Ma è Myrtle! Che figata! Sono molto orgogliosa del fatto che lavori per il *Guardian*, mamma».

Evidentemente devo aver fatto un'espressione triste, perché lei mi chiede: «Cosa c'è?»

«Non disegnerò più Myrtle» le confesso. «Si sono stufati di lei».

«Sul serio? Stupidi bastardi! Ma sono fuori di testa?»

«Grazie, mi fa piacere che tu dica così. Ma va tutto bene, te lo giuro».

Stella mi guarda fissa, così le do un paio di premietti e lei mi degna di una leccatina di perdono.

«Chissà cosa ci mettono dentro questi croccantini da usare come premietto che piace tanto ai gatti?» mi chiedo, giusto per cambiare argomento.

«Dovremmo assaggiarne uno» propone Lottie, mentre passa al vaglio la posta. «Sai, non credo che toccherò più un solo goccio di alcool. Da domani, solo tè».

«C'è qualche biglietto d'auguri interessante?» le chiedo. In realtà vorrei che ce ne fosse uno da parte di Alice, poi però mi viene in mente che non ha il mio indirizzo. Mi sa che ho un po' sopravvalutato la nostra cosiddetta amicizia. Però sarebbe fantastico se davvero mi potesse aiutare a saperne di più sugli elefanti.

«Ti va di andare allo zoo di Londra a vedere gli elefanti, Lots?» le chiedo, ma controllando su Google scopro che nello zoo non ci sono più elefanti. Il che è un bene, perché gli elefanti hanno bisogno di muoversi a piacimento, e non di restare chiusi in un recinto a beneficio dei visitatori.

«Dove vogliamo andare di bello, allora?» Cerco un po' su Internet. «A-ha! Il mercato di Spitalfields!»

«Grande! Adoro quel mercato!» concorda Lottie.

«Ma guarda, sembra che ci abbiano da poco installato ventuno statue di elefanti in bronzo a grandezza naturale» esclamo felice.

«Ti è venuta la mania degli elefanti adesso, mamma?» domanda Lottie, divertita.

Glielo dico? E se poi pensa che sia un'idea folle? Probabilmente farà finta di esserne entusiasta – ma io capirò benissimo se sta solo cercando di essere gentile. E se anche pensasse davvero che è una buona idea, dirlo ad alta voce potrebbe sfidare le ire degli dei. Preferisco tenere la cosa per me, per il momento. Non l'ho detto neppure a Nicola.

«Sì, mi intrigano molto, ultimamente» le rispondo.

«Anche a me piacciono molto gli elefanti. Probabilmente è per Nellie. Ok, che Spitalfields sia».

Ci divertiamo un mondo a scovare tutti gli elefanti sparsi per il mercato, e io ne faccio anche qualche schizzo. Ci sono alcune persone che sbirciano i miei disegni da sopra la spalla e mi offrono dieci sterline perché glieli venda, con grande divertimento di Lottie. Io ne sono lusingata, ma declino l'offerta. Voglio tenerli per me. Poi facciamo un giro nel mercato. Io compro a Lottie un vestitino vintage, mentre lei insiste per comprarmi un elefantino d'avorio da una bancarella di cianfrusaglie. Poi ci mangiamo un piatto di pasta bevendo spremuta d'arancia appena fatta, e finalmente capiamo che il dopo sbronza è svanito.

Ce ne andiamo a zonzo sottobraccio, camminando lentamente in direzione di casa. Tra poco, accidenti, dovremo uscire di nuovo, perché Lottie deve prendere il treno per tornare a quel cavolo di campo estivo. Odio quando ci salutiamo e lei è sul treno che mi guarda dal finestrino mentre io guardo lei dal binario, e il treno non si muove per cui continuiamo a guardarci, guardarci, guardarci. Anche se amo Lottie con tutto il cuore, è difficile continuare a guardare intensamente qualcuno, per cui lei si mette a fare la scema e io faccio finta di aver visto qualcosa un po' più in là, finché finalmente il treno si muove e allora ci salutiamo agitando la mano come due pazze – e poi lei è andata.

Mi trascino verso casa, con uno dei miei stivali che sfrega sulle dita del piede, la schiena che comincia a farmi davvero male e il dolore alla testa è ritornato.

Davanti a casa, nel parco giochi per i bambini, c'è un gruppo di adolescenti che ridono e fumano sigarette elettroniche e guardano i cellulari. Li conosco quasi tutti, perché sono stata una loro insegnante a scuola, perciò mi gridano con fare amichevole: «Torna da un incontro hot, professoressa?» e scoppiano a ridere, perché per loro è un'idea troppo strana una quarantenne che abbia ancora una qualche vita amorosa. E forse hanno pure ragione, penso tutta mogia.

Ma gli rispondo a tono, dicendo che ho passato un weekend da paura con Harry Styles, e questo li fa ridere ancora di più. È una risata piena di affetto, sono tutti dei bravi ragazzi, solo un po' impertinenti.

«Le piacciono giovani, eh, professoressa? Le piaccio anch'io, vero?» mi dice il più grande di loro, mentre fuma.

'Attenta' mi dico. 'Sta andando un po' troppo oltre. Chiudila qui'.

«Seh, ti piacerebbe» gli rispondo in tono leggero, e vado verso l'ascensore il più in fretta possibile.

A quanto pare, l'ascensore è di nuovo bloccato – magari è qualche ragazzino infoiato che lo sta tenendo fermo apposta così da poter fare un po' di sesso veloce e senza amore – perciò mi tocca scarpinare per quattordici piani, per poi crollare sul divano col fiatone. Stella miagola indignata.

«Non darmi il tormento, Stella, ti prego» la imploro.

Lei mi salta sul petto, cosa che non mi aiuta col respiro, ma è comunque confortante. C'è molto silenzio adesso nell'appartamento. Me ne sto sdraiata a carezzare Stella, e Lottie mi manca tantissimo. E dai, forza, devo smetterla di piangermi addosso, ho passato un weekend fantastico, si sono tutti dati un gran daffare per me, sto *bene*.

Con delicatezza mi tolgo Stella di dosso, le do da mangiare, valuto se stappare o meno una bottiglia di champagne, poi decido saggiamente di optare per un caffè. Il pensiero mi corre agli elefanti. Chiudo gli occhi e li vedo camminare pesanti, in una lunga fila. Poi cerco di guardare meglio il primo elefante, quello che guida il gruppo.

E sento arrivare una sensazione familiare, che mi avvolge come una coperta: il bisogno irresistibile di disegnare. Scelgo un album nuovo, mi siedo alla scrivania con la matita in mano e comincio. È Nellie, ma non un grazioso pupazzetto per bambini com'era una volta. È una Nellie realistica, con la pelle che le pende sulle grandi ossa, la faccia avvizzita e piena di rughe e gli occhi piccoli, come se una creaturina minuscola stesse guardando dalla sua enorme testa. La proboscide si sporge in avanti, curiosa, e io mi ritrovo a ondeggiare da un lato all'altro mentre la disegno, cercando di entrare nei panni di questa magnifica creatura, la regina di una tribù matriarcale.

Ogni tanto esito, perché non sono sicura di quanto possa essere lunga una proboscide, o come sono fatte davvero le sue zampe. Gli elefanti hanno le unghie? Devo controllare un mucchio di dettagli, ma via via lei diventa più reale per me, la mia Nellie. Anche se questo nome non è più molto adatto, adesso che l'ho disegnata come un vero elefante. Devo trovare il nome giusto, per lei e per tutti gli altri membri della sua tribù. Le sue figlie, le sue sorelle, le sue cugine. Ci saranno degli elefantini maschi, piccoli e vivaci, ma niente adolescenti che ti prendono per i fondelli. Quando gli ormoni li chiamano, gli elefanti maschi se ne vanno in cerca di avventura. Probabilmente la vita degli elefanti è organizzata meglio della nostra.

Faccio una pausa per una cenetta veloce – carote crude, un pezzetto di formaggio, una mela, un'altra fetta della mia torta di compleanno e una coca zero (anche se rimango per un bel po' con lo sguardo sulla bottiglia di champagne) – e poi mi rimetto a disegnare, cercando di capire come realizzare una scena notturna. Come dormono gli elefanti? In piedi oppure piegano le ginocchia e si sdraiano sulla terra polverosa? Si mettono in cerchio vicini gli uni agli altri, per proteggere i piccoli? Le madri usano la proboscide per accarezzare i loro cuccioli?

So chi potrebbe darmi tutte le risposte. Potrei mandarle un messaggio in questo preciso momento. Apro e chiudo le dita, poi prendo il cellulare mentre cerco di formulare nella mia testa un messaggio breve e casuale, ma per qualche motivo non riesco a usare il tono giusto: o sono troppo formale o troppo amichevole. Metto giù il telefonino e riprendo la penna. È domenica, sarà con la sua ragazza, certo non è il caso di romperle le palle. Lo farò domani.

Sette

Lunedì, al ritorno da scuola, decido di affrontare prima di ogni altra cosa i biglietti di ringraziamento. Be', più che biglietti, mando messaggini di ringraziamento via cellulare, anche se non voglio farne uno solo che vada bene per tutti. Per ognuno aggiungo piccoli dettagli, un commento sul regalo, e qualcosa di personale che riguarda la persona a cui scrivo. Per alcuni di loro, però, devo mandare dei veri e propri biglietti di ringraziamento, come per la zia Freda, insieme a una nota per Nigel. Per Ben e Simon voglio fare un biglietto di ringraziamento speciale, insieme a un grande mazzo di fiori. Ordino anche dei fiori per papà e Anna, e respiro profondamente prima di scrivere nel biglietto per loro due quanto io gli sia grata per l'assegno. Può anche darsi che lo incassi, dopotutto, mettendo via i soldi per il futuro di Lottie.

Una volta che ho ringraziato tutti, mi sento esausta. Allargo le braccia e mi stiracchio: ho proprio bisogno di una pausa. Mi ci vorranno solo un paio di minuti per mandare un messaggio rapido anche ad Alice. Ne scrivo uno, ma ancora una volta non mi sembra appropriato, e lo cancello. Ci riproverò domani. Intanto per un po' faccio ricerche sugli elefanti attraverso Internet, ma sono tutte informazioni molto generiche. Sono sicura che Alice mi potrebbe raccontare molti dettagli preziosi. Non credo sarebbe un problema, per lei. Tuttavia mi sento a disagio. Non capisco perché. È stata lei a darmi il suo numero, dopotutto. E ci siamo trovate così bene insieme! Mi piacerebbe davvero che diventassimo amiche.

Poi mi metto a pensare alla sua ragazza. Come sarà? Wendy. Un nome così morbido e dolce. Non posso evitare di pensare alla Wendy di Peter Pan. È stato J. M. Barrie, l'autore, a inventarsi questo nome, perché una bambina che ancora non sapeva parlare bene gli aveva chiesto di diventare il suo 'fwendy', invece di *friend*, amico. Chissà se la Wendy di Alice era anche lei morbida, dolce e un po' stucchevole, tipo una che sa trasformare il loro appartamento (perché immagino vivano insieme, no?) in un'accogliente casetta in stile Wendy, tutta cuscini cicciotti e decorazioni carine e fotografie vagamente sdolcinate...

No, è altamente improbabile che una persona figa come Alice possa essere attratta da una donna così. Magari anche Wendy insegna all'università? O è un'attrice? O un'avvocata? Chissà da quanto stanno insieme. Alice deve essere sicura che si tratti di vero amore, per farsi un tatuaggio permanente con il suo nome.

Ma poi, chi se ne frega. Faccio dei giri con la testa per sciogliere la tensione nelle spalle. Poi guardo il mio tatuaggio, che da poco è stato liberato dalle bende. Myrtle è una meraviglia, brillante, vivace, con le braccia magre alzate e i pugni stretti.

«E brava la mia piccola Myrtle» mormoro, e le lancio un bacio. Non ho nessuna intenzione di sostituirla con qualche mio vecchio personaggio. Lei è unica, e unica rimarrà per sempre. Ma voglio comunque fare un tentativo con una graphic novel. Non m'importa se non verrà mai pubblicata, voglio provarci comunque.

Torno ai miei schizzi. La matriarca mi guarda negli occhi. Cerco su Google nomi da donna in swahili. Mi piace Mosi, che significa la prima nata. Una volta si usava solo per i maschi, ma oggi si può usare per entrambi i sessi. E la piccola Nellie, il pupazzetto di tanti anni fa, è stata davvero la prima che ho disegnato.

Vado in camera di Lottie, cosa che di solito cerco di non fare, perché così mi manca ancora di più. È troppo ordinata, mi si spezza il cuore. Il pupazzo di Nellie è su uno scaffale, accanto a una copia letta e riletta di *Babar*. La povera Nellie oramai è davvero lisa, il blu di un tempo è sbiadito ed è diventato l'esatta tonalità di colore chiamata Respiro di elefante del pantone della Farrow & Ball. La proboscide è penzolante, e le zampe hanno ceduto, per cui non riesce più a stare in piedi. Ma è ancora la mia elefantina speciale, quella che mi aveva dato la mia mamma. Do a Nellie un bacino sulla proboscide floscia e la rimetto sullo scaffale di Lottie, perché continui a godersi il meritato riposo della pensione. Non mando nessun messaggio ad Alice, anche se nella testa gliene ho scritti almeno altri tre o quattro.

Cerco su Internet libri sugli elefanti e ne compro diversi. Faccio qualche altro schizzo, ma nessuno mi convince del tutto.

Nei giorni che seguono, non riesco a combinare niente di buono, perché sono troppo tarata sull'abitudine di creare nuove idee per Myrtle ogni settimana. Anche la scuola non mi occupa troppo, perché gli esami di fine anno e quelli di maturità sono finiti, e io posso rilassarmi e fare progetti con gli allievi anche al di fuori del piano di studi.

Agli allievi degli ultimi anni chiedo cosa gli piacerebbe dipingere o modellare, e il solito brillantone risponde subito: «Un nudo, professoressa! Possibilmente con una vera modella». Magari è uno di quelli che faceva lo spiritoso con me domenica sera. Sono tanti i ragazzini con quella specie di fascino arrogante, con il sorrisetto sfrontato e la camminata da spaccone.

Grazie al cielo, in ambiente scolastico non si spingono mai troppo oltre. Li distolgo dall'idea del nudo – non che io abbia qualcosa contro, ma credo che il preside avrebbe delle riserve. Suggerisco loro invece di fare un disegno su un libro che gli è piaciuto, o un film o, meglio ancora, su qualcosa che scelgano loro.

Come speravo, qualche dipinto buono c'è, ma la maggior parte di loro conferma lo stereotipo: i ragazzi disegnano storie violente di guerra o di crimini, usando tanta tempera scarlatta, mentre le ragazze dipingono donne di fantasia, con figure snelle e capelli lunghissimi, in estasi tra le braccia di uomini forti, con la mascella possente e i bicipiti gonfi. Con mio gran divertimento, un ragazzo ha dipinto uomini vestiti di pelle talmente rudi che al confronto i maschioni dei fumetti erotici di Tom of Finland sembrano delle signorine (probabilmente ha guardato un sacco di porno vecchio stile), mentre una ragazza ha dipinto un branco di unicorni chiaramente in calore. Chissà con chi è stata *lei*, di recente.

Di fatto, il compito li tiene tranquilli, e io riesco a disegnare i miei elefanti. Cerco di farlo con discrezione, ma qualcuno mi vede, e me li ritrovo tutti attorno alla cattedra. Sono sorprendentemente entusiasti, al suono di: «Porco cane, prof, ma lei è un genio!», cosa che mi imbarazza ma mi fa anche piacere.

Più disegno e penso agli elefanti, più domande mi faccio su di loro. Quanto ci mette una femmina a partorire un cucciolo? E gli altri le stanno attorno per incoraggiarla? La proteggono attivamente dai pericoli? C'è un legame stretto tra parenti?

'E scrivi ad Alice, cretina!' mi dico, ma non lo faccio. Decido di aspettare fino a sabato, quando la vedrò in piscina. Venerdì sera metto la sveglia di sabato sul presto, così potrò incontrarla 'casualmente' a nuoto.

Arrivo in piscina che è prestissimo, e temporeggio nello spogliatoio comune per un tempo infinito, ma non la vedo. Controllo se sia già entrata in piscina, metti che mi sia passata davanti senza che la vedessi, ma non c'è nessuna ragazza di colore con il costume bianco che fa vasche avanti e indietro. Sospiro, sentendomi delusa, anche se è ridicolo. Faccio la mia nuotata, allungando il collo ogni tanto per vedere se la scorgo in un'altra corsia, ma non c'è proprio. Mi aveva detto che veniva regolarmente ogni sabato mattina presto, ma non è che magari, per qualche motivo, mi sta evitando? Ma no, dai, figurati; perché devo essere sempre così paranoica? Cosa c'è che non va in me? Ci possono essere centinaia di motivi per cui non è venuta.

Dopo la piscina vado al caffè dove siamo state e mi prendo un croissant, ma Alice non è neppure qui.

«Hai visto Alice, per caso?» chiedo a Rosa.

Lei alza le spalle e scrolla il capo.

Quando esco, faccio su e giù per la strada, guardando dentro tutti i caffè e i ristoranti, sbirciando attraverso le vetrine dei negozi di manicure, dei centri scommesse e dei mini-market, poi prendo un autobus e vado nelle librerie vere e proprie, metti caso che riesca a trovare qualcosa sugli elefanti da WH Smith, poi vado a piedi fino da Waterstones, ma niente neanche lì.

Continuo a bighellonare senza costrutto, compro alcune cose da mangiare da Marks per concedermi qualche vizietto, comprese sei lattine di birra, così non avrò la tentazione di bere lo champagne, che poi mi sbatacchiano nel sacchetto tutto il tempo finché non arrivo a casa.

Ora che arrivo nel mio caseggiato, il Constable, è ora di pranzo. Dopo la nuotata ho i capelli più ricci che mai, e le mie cose da nuoto sono appallottolate tutte fradice nella borsa da piscina. L'ascensore ha ripreso a funzionare, grazie a Dio, anche se un paio di volte cigola e dà scossoni che mi fanno salire il cuore in gola. Non ho mai sentito di nessuno che sia morto precipitando con l'ascensore, in questo palazzo, e da quando ci vivo sono rimasta bloccata in ascensore solo una volta. È successo quando Lottie era piccola, così, per rassicurarla, avevo dovuto far finta di non avere paura, ed essere tirate su con un argano è stata quasi un'avventura. Che non voglio ripetere, però. Magari lo spendo davvero, quell'assegno, così lascio una lauta caparra per un appartamento privato, preferibilmente a pianoterra...

Eppure odio l'idea di rinunciare alla mia fantastica vista a perdita d'occhio sui tetti di Londra, con lo sfondo delle silhouette più iconiche della città. La guardo mentre cammino sul ballatoio che passa davanti a tutti gli appartamenti, e solo arrivata alla mia porta mi accorgo di un mazzo di fiori che mi aspetta lì davanti.

Mi chino a raccoglierlo. Rose rosse. Non un bouquet elaborato da fiorista, circondato ad arte dai fiorellini bianchi della gipsofila e legato con un fiocco dello stesso colore. Queste sono normali rose fresche del giardino, avvolte nella carta velina e tenute insieme con un elastico.

Quando sono in casa, le adagio con cura sul tavolo della cucina. Cerco un bigliettino, che magari si è infilato nella carta velina. Niente. Sono sempre più curiosa. Metto dell'acqua nel vaso di ceramica che mi aveva fatto Lottie a scuola, e ci sistemo le rose. Hanno un odore meraviglioso, proprio da rose. Sono forse un regalo di compleanno tardivo da parte di Andreea? No, mi aveva detto che stava partendo. Inoltre, è vero che siamo in rapporti abbastanza amichevoli, ma non al punto da regalarci dei fiori – e comunque, non rose rosse. Che non sono fiori qualsiasi. Significano amore e passione...

Mi lambicco il cervello. Sono in buoni rapporti con Jason, il tipo sorridente che sta dall'altro lato del mio appartamento, che ho il serio sospetto sia uno spacciatore, visto il continuo viavai di gente dentro e fuori da casa sua. Però è una persona carina, e andiamo d'accordo, ma a giudicare dalle ragazze con cui qualche volta lo vedo, di sicuro io non sono il suo tipo. E allora chi diamine può essere stato? Penso ai ragazzini che mi prendevano in giro nel parchetto. È il loro modo di chiedere scusa? Qui non ci sono giardini, ma possono avere rubato le rose nel giardino di qualcun altro. No, io ho insegnato a questi ragazzi, li conosco bene. A volte riescono a essere sorprendentemente dolci con me, ma non sono mai sentimentali.

Può essere uno scherzo? Sarebbe proprio crudele. Perché qualcuno dovrebbe farmi credere di essere segretamente innamorato di me? È una cosa anche un po' inquietante. Rabbrividisco e mi abbraccio da sola. Che idiota sono. Che m'importa da dove vengono questi fiori? Magari li hanno solo lasciati davanti alla porta sbagliata.

Controllo il telefono, magari ci trovo un messaggio che spiega tutto. Ci sono diversi messaggi e mail in risposta ai miei ringraziamenti per i regali. Mi passo una mano tra i capelli, già esausta al solo pensiero di dovere rispondere ringraziandoli, poi loro mi ringraziano di averli ringraziati e via così fino alle calende greche. Poi una mail dalla professoressa Henderson caccia via ogni mio pensiero sulla provenienza delle rose.

Ciao Ellie.
Sono stata davvero felice di rivedere te, Nadine e Magda! Mi fa davvero piacere che le cose vi stiano andando bene. Ho scritto una mail a Gary per raccontargli della tua favolosa festa di compleanno. Come ti ho già detto, lui è orgoglioso e felice del tuo successo. Ti scrivo il suo indirizzo mail, nel caso tu volessi fargli sapere che è tutto dovuto ai suoi straordinari insegnamenti! Credo che gli farebbe proprio piacere. Baci
Jean X

Ma pensa tu, la prof Henderson che mi manda baci, incredibile! Leggo e rileggo la sua mail, per cercare di capire bene, anche se è piuttosto semplice. Il professor Windsor è orgoglioso e felice che io abbia avuto successo. Gary? Chissà quando lo dico a Nadine e a Magda!

Dunque ora sono due le cose che devo affrontare. Prima cosa: mandare una mail al professor Windsor. Giocherello con i capelli, mormorando possibili messaggi da mandargli mentre cerco di capire come cavolo scrivergli. Devo rivolgermi a lui ancora come mio insegnante, o gli parlo da adulto ad adulto? Per un attimo penso di chiedere consiglio a Nadine e Magda, ma poi cambio idea. Sono grande e vaccinata, santo cielo, sarò pure capace di scrivere una mail.

Salve professor Windsor (proprio non ce la faccio a chiamarlo Gary).
Spero che stia bene. Jean mi ha riferito che lei ha fatto commenti molto carini sui miei fumetti di Myrtle Mouse. È davvero gentile da parte sua. Volevo davvero ringraziarla per le sue lezioni di arte: sono state una grande fonte di ispirazione per me. Lei è stato sempre adorabile con me, Nadine e Magda. La ricordiamo con tanto affetto.

E adesso come lo saluto? Non è che posso scrivere 'baci, Ellie'. Ma un 'cordiali saluti' è troppo noioso. E odio anche il 'cordialmente'. 'Calorosi saluti'? Nah, un po' troppo formale. Solo 'Ellie' con una X di bacio? Tra me e Jean può anche andar bene scambiarsi dei baci, ma fa un po' strano mandare baci all'insegnante che, quando eravamo ragazzine, era giovane e sexy e metà della classe era innamorata di lui. Basta, ci metto solo il mio nome e la invio, prima che ci ripensi.

Adesso tocca ad Alice. È ora di smetterla di tergiversare. Prendo il cellulare e vado su WhatsApp.

Ciao, sono io, la ragazza di Myrtle Mouse!

Ma per carità, ho quarant'anni, cazzo, quale ragazza. Evidenzio tutto e cancello.

Ciao, grazie ancora per essermi stata vicina quando mi sono fatta il tatuaggio di Myrtle Mouse. Non ne sono affatto pentita, anzi, lo adoro. Comunque, ti volevo chiedere se puoi darmi una mano con alcune informazioni sugli elefanti. Vorrei davvero saperne di più per un progetto che ho in mente, perché mi sono resa conto che ci sono tantissime cose che ancora ignoro. Naturalmente ti pagherò per la consulenza, e/o ti offrirò un bel po' di croissant alle mandorle. Fammi sapere! X

Mi accorgo di aver aggiunto istintivamente la X di bacio, ma si fa così tra ragazze, no? Anzi, *donne*! Premo *invio* prima di cambiare idea. Poi mi preparo un caffè e comincio a disegnare una fila di elefanti, con Mosi alla guida. Gli elefanti sì che fanno le cose come si deve. Quando le femmine invecchiano, la loro saggezza e la loro esperienza sono tenute in gran conto. E accanto a Mosi c'è un'altra elefantessa, ma un po' più piccola di lei e più vivace, che ondeggia da un lato all'altro come se stesse per mettersi a ballare.

Vado a cercare altri nomi femminili in swahili. *Binti*! Significa 'figlia'. La mia Mosi avrà anche altre figlie e figli, ma Binti sarà la sua primogenita, e quindi la più speciale, per lei. Poi il secondo nato sarà un maschio, un cucciolo pestifero che dovrà essere costantemente tenuto d'occhio, ma Binti aiuterà sua madre e se ne prenderà cura sin da piccolo, dandogli dei colpetti con la proboscide quando fa il monello e spingendolo fuori dall'acqua del lago quando esagera con gli spruzzi.

Riprendo a cercare sul computer, questa volta nomi maschili in swahili. Poi il telefono fa un bip e mi fermo. È già Alice che mi risponde? Non c'è bisogno che il cuore acceleri, magari è solo la pubblicità di qualche colorificio, o la notifica del libro del mese da Waterstones. Prendo il telefonino.

Non è Alice. È una mail dal professor Windsor!

Ciao Ellie.
Sono contento che tu mi abbia scritto. Come stai? Be', io so come stai tu: sei una donna di grande successo e so anche che sei in gran forma, a sentire Jean. Non credo che tu ti ricordi, ma per diverse lezioni vi avevo parlato molto di Paula Rego. Bene, c'è una sua personale in una galleria d'arte di Mayfair (guarda l'allegato). Immagino che tu sia presissima, ma io pensavo di andarci questo pomeriggio verso le tre. Perché non vieni anche tu?
Gary Windsor

Oh mio Dio! Mi impadronisco di Stella e la sollevo finché non siamo faccia a faccia.

«Il professor Windsor vuole vedermi questo pomeriggio!» le dico.

Lei non sembra molto colpita. La rimetto a terra e le riempio una ciotola con la sua pappa. Che faccio, telefono a Nadine e Magda? Non c'è tempo! Devo darmi una mossa!

Ma davvero voglio andarci? E se sì, cosa mi metto? Devo vestirmi bene? Oggi, una volta tanto, non sono messa troppo male. Mi guardo allo specchio la camicia di seta nera extralarge, i jeans che fanno pendant con il braccialetto di Lottie e le scarpe da tennis color argento. Mi passo sconsolata le dita tra i capelli, ma non posso mettermi a sistemarli adesso.

Mi metto un filo di trucco, cercando disperatamente di non sbavare l'eyeliner. Stella salta sulla mia toeletta e mi guarda come per dirmi: 'Ma per favore!'

«Insomma, Stella, non sto così male, no?»

Mi dà un'altra lunga occhiata, poi salta giù sul tappeto, sul quale vede bene di farsi le unghie, anche se le ho detto cento volte che è un persiano e costa una fortuna. Poi gira le spalle e se ne va. Non è una gatta molto solidale.

Tocco la foto di Lottie che c'è sulla toeletta, e vorrei tanto che fosse qui per darmi un po' di supporto morale. Ma se lei fosse qui mi sentirei una scema a farmi vedere così agitata. Probabilmente mi prenderebbe in giro, anche se con affetto.

Poi mi ricordo che non ho ancora risposto alla mail. Sto per dirgli che sono già stata alla mostra, ma esito. Se glielo dico, sembrerà proprio che vado lì solo per incontrare lui, e non per vedere la Rego, no? E potrei sembrargli un po' troppo disponibile. Così gli scrivo solo: 'Bella idea! Ci sarò. E'. e la spedisco al professor Windsor – Gary, Gary, Gary, devo abituarmici.

Uscendo di casa, guardo i messaggi. Ancora niente da Alice.

I ragazzi più grandi se ne sono andati, ma ci sono dei ragazzini accovacciati in un angolo che stanno colpendo le zolle irregolari del prato con dei bastoncini per 'fare giardinaggio'. Tre ragazze adolescenti sono appollaiate sulle altalene e chiacchierano fitto fitto. Ma come riescono ad avere tutte l'eyeliner perfetto? All'improvviso scoppiano a ridere, coprendosi la bocca con le mani. Le ricordo bene, quelle risate inarginabili! Sorrido ricordando quando a me, Nadine e Magda veniva una ridarella irrefrenabile, a volte persino in classe. E spesso proprio durante le lezioni del professor Windsor.

Hai voglia a fare quella *easy*: il fatto di rivederlo è pazzesco. Colgo la mia immagine riflessa in una vetrina e mi chiedo cosa penserebbero di tutto questo le Nadine, Magda e io tredicenni.

In metropolitana cerco di immergermi nella lettura della *Signora Dalloway*, ma non è proprio una lettura senza impegno, così finisco con il mettermi a guardare i messaggi sul telefono, come chiunque altro nel vagone.

Esco a Piccadilly Circus e percorro a passo sostenuto una viuzza laterale. Non troppo rapidamente, però, perché non voglio arrivare tutta sudata. Ci stringeremo la mano, in modo formale? Ci abbracceremo? Un abbraccio imbarazzato tipo padre/figlia?

Oddio, magari adesso lui sarà diventato simile a mio padre, con la pancia e la piazza tra i capelli, e si sarà vestito cercando disperatamente di sembrare ancora figo. E cosa penserà, quando mi vedrà? Sa che sono bassa e cicciottella, ma magari si è fatto un film sul brutto anatroccolo Ellie che all'improvviso cresce di cinque centimetri, perde venti chili e si trasforma in un sofisticatissimo cigno...

Mentre mi avvicino alla galleria d'arte, vedo un uomo lì davanti. È lui, è proprio lui, il professor Windsor, cioè Gary, quel che è! E, meno male, non è cambiato per niente! Anzi, adesso che è più vecchio è persino meglio. Ancora snello, con una camicia di Paul Smith e dei jeans aderenti che gli mettono in risalto la pancia piatta, non ha perso neanche un ricciolo dei suoi capelli biondo scuro. Alza gli occhi, mi vede. E sorride.

Otto

«Ehi, Ellie» esclama, come se ci fossimo visti la settimana scorsa.

«Ehi... mmm... come devo chiamarla?» Stupida, stupida! Voglio fare la figa, la disinvolta, e invece sono qui a balbettare come un'idiota.

«Chiamami Gary, e dammi del tu! Non vorrai davvero continuare a chiamarmi professor Windsor?» mi dice.

Avevo dimenticato il suo modo di sorridere. Un sorriso lento, mentre mi guarda negli occhi. E mi ero dimenticata anche di come fossero belli i suoi occhi. Gesù, mi sembra di essere in un romanzetto rosa. E se davvero ci potesse essere qualcosa di romantico tra di noi? Smettila, scema, datti una calmata!

In qualche modo riesco a sorridergli anch'io. «In effetti sarebbe un po' strano – d'altronde questa situazione in effetti *è* un po' strana, no?»

«Strana?»

Io scuoto la testa. «Be', un po' sì».

«Ma non sei più una mia allieva» si affretta a ricordarmi lui.

«No, direi proprio di no».

«Anzi, a questo proposito, buon compleanno per la settimana scorsa. Fammi capire, hai invitato Jean e non me?»

«Non sono stata io a fare gli inviti, era una festa a sorpresa» gli spiego. «È stato Ben, mio fratello. Suo marito vede Jean al circolo di badminton. Mia figlia Lottie si è presa il mio cellulare per un paio d'ore e ha scaricato tutti i miei contatti; c'erano tanti numeri, ma non il tuo».

«Be', però un tempo sapevi dove vivevo. O quantomeno lo sapeva Magda» mi dice, sollevando le sopracciglia. «Ti aveva detto che tanto tempo fa si era presentata a casa mia?»

Gli sorrido. «Certo che me l'ha detto. Non so cosa le fosse venuto in mente».

«La tua amica era una ragazzina molto impertinente. E anche Nadine, se per questo. Jean è rimasta molto colpita dal fatto che siate ancora così amiche» mi dice.

«Ma certo che lo siamo!»

«Anche se avete preso strade molto diverse» dice Gary. «Siete tutte ancora single?»

«Magda si è sposata due volte, e adesso è innamoratissima di un uomo divorziato, Chris, che ha due figli che pare siano delle vere pesti. Adesso però con Magda stanno per avere un bambino, e siamo davvero felici per lei. Desiderava avere dei figli da tantissimo tempo».

Siamo fermi fuori dalla galleria d'arte, ma lui non dà segno di voler entrare. «E tu hai figli, Gary?» gli domando.

«No, sfortunatamente no. Non ancora».

«E quella bellissima modella? Avete rotto?»

«Sì, non è durata. Da quel che mi ha detto Jean, anche la tua grande storia d'amore con Russell non è andata avanti».

«No» confermo. Poi alzo gli occhi al cielo. «Grazie a Dio!»

«E hai una figlia deliziosa, giusto?»

«La mia Lottie. È davvero un amore. Ma non è assolutamente figlia di Russell».

«Sei ancora in contatto con suo padre?»

«No. E ne sono felicissima».

«Be', dev'essere stata dura per te, Ellie, essere una madre single così giovane. Ma è anche una cosa bella» mi dice.

Rimaniamo in silenzio. Devo dirgli di più di Lottie e me? No, non è né il luogo né il momento per raccontarci la nostra vita. Questo silenzio però sta durando troppo a lungo. Apro la bocca per dire qualcosa, ma non so cosa.

«E Nadine?» mi chiede lui. «Jean mi ha detto che è ancora bellissima».

«Oh, sì. E ha diverse storie con uomini interessanti, naturalmente, ma ama troppo la sua libertà, e al momento vuole solo divertirsi». Non c'è bisogno che scenda nei dettagli.

«Fa bene» commenta Gary. Ancora una pausa. «E anche tu ti diverti, Ellie?»

Arrossisco. «Mm... Non in modo così selvaggio. La maggior parte del tempo la passo in casa a lavorare».

«Creando fumetti fantastici ogni settimana. Sono davvero straordinari, Ellie!» Sembra proprio sincero. Mi viene male al pensiero di dirgli che adesso sono un'ex disegnatrice di fumetti.

«E poi sono diventata anche io un'insegnante di arte» gli dico.

«Sì, Jean me l'ha detto. E ti piace insegnare?» mi chiede, inclinando la testa da un lato.

«Insomma» gli rispondo. «Sai com'è. A volte ti diverti un mondo, e a volte è davvero una merda». Oh santo cielo, sto dicendo parolacce davanti al professor Windsor. Divento ancora più rossa. Probabilmente se fossimo ancora a scuola mi avrebbe messa in punizione, ma adesso si limita a ridere.

«Verissimo» commenta. «E per le vacanze te ne vai in qualche bel posto?»

Bella domanda. Adesso che Lottie non c'è, non ho fatto alcun piano. Cerco di trovare qualcosa di interessante da dire, ma non mi viene in mente niente. Alzo le spalle. «Sono una ragazza da last minute, decido sull'onda dell'impulso del momento». Ma che ragazza, donna! E poi perché dire una cosa del genere, quando io sono l'esatto opposto: non mi muovo senza un itinerario preciso. Rilassati, Ellie, rilassati! Non devi mica fare colpo su di lui. È solo il tuo vecchio insegnante. Anche se sembra un divo del cinema.

Per fortuna una coppia che sta uscendo dalla galleria ci distrae.

«Vogliamo entrare?» mi dice Gary, e io annuisco, sollevata.

La stessa ragazza bionda della volta scorsa è appoggiata elegantemente al banco d'ingresso, e giocherella con una ciocca dei suoi lunghi capelli. Per un attimo temo che mi riconosca, ma mi guarda con la stessa espressione vacua e lo stesso sorriso professionale della volta scorsa.

«Che meraviglia!» esclamo, guardandomi attorno. E non sto fingendo: il lavoro di Paula visto la seconda volta ha un impatto persino maggiore. Lui mi guida in giro per la mostra, dicendomi cose che in realtà so già.

«Ti sono così grata per avermi fatto conoscere il lavoro della Rego» gli dico, sperando di non sembrargli troppo sdolcinata.

Ma il suo viso si illumina, e mi dà un colpetto sulla spalla.

«Per me vuol dire molto che uno dei miei allievi ami i suoi quadri».

«Ha voluto dire molto anche per me, all'epoca. Stavo attraversando un periodo difficile». Il viso mi si contrae leggermente, ricordando la mia fase quasi anoressica, quando avevo cercato in ogni modo di smettere di mangiare. «Ne eri a conoscenza, vero?»

«Be', molti insegnanti erano preoccupati per te. Stavi diventando troppo magra» mi dice.

«Ovviamente adesso ho recuperato» gli rispondo, ironica.

«Ma se sei bellissima, Ellie» mi dice. D'altronde, è la classica cosa giusta da dire.

Non so bene come prendere il suo complimento, perciò mi concentro sui quadri, e lo stesso fa Gary.

«Facciamo un altro giro?» mi propone, quando arriviamo alla fine. Questa volta non riesce a resistere e comincia a raccontarmi il contesto in cui sono stati dipinti i quadri e le varie interpretazioni a riguardo, e la cosa comincia a diventare un po' strana. Non sono più al liceo, perché continua a comportarsi come un insegnante? E poi gli ho detto che Paula Rego è una delle mie passioni, sono tutte cose che conosco benissimo. Il fatto che lui dia per scontato che non le sappia comincia a irritarmi. Perché anche gli uomini migliori vogliono sempre spiegarti cose che tu sai già? E perché non faccio che annuire e sorridere, come se fossero tutte novità per me? Magari tutta questa esibizione di sapere è per cercare di fare una buona impressione su di me, e dovrei esserne intenerita.

Arrivati alla fine del secondo giro della mostra, do un'occhiata furtiva all'orologio. Facciamo un cenno di saluto alla ragazza bionda, usciamo e ci fermiamo subito fuori, guardandoci.

«Grazie mille per avermi detto della mostra. È stata fantastica» gli dico. C'è una piccola pausa in cui restiamo ancora un attimo a guardarci, poi distogliamo lo sguardo e poi torniamo a guardarci. «Dovrei andare» gli dico, a disagio.

«Ma come, così presto? Hai qualche altro impegno?»

«In realtà no» rispondo.

«Allora perché non andiamo a sederci da qualche parte, e ci raccontiamo di tutti questi anni?» Lo dice veloce, in tono casuale, ma verso la fine s'inceppa leggermente. Forse non è così sicuro di sé come sembra.

«Volentieri» gli rispondo, cercando anch'io di tenere un tono disinvolto.

«Ottimo! Andiamo a fare una passeggiata, e intanto cerchiamo un posticino tranquillo».

Mi prende con delicatezza per il gomito e ci guida verso Piccadilly. Mentre passiamo davanti alla vetrina di Hatchard sorrido al nostro riflesso, proprio come la signora Dalloway, poi Gary mi porta in un caffè che vorrebbe sembrare tradizionale ed elegante e sceglie un tavolino accanto alla finestra. Ci sediamo l'uno di fronte all'altro, sollevando gli occhi, abbassandoli, improvvisamente persi.

«Ti va bene questo posto?» mi chiede, indicando il bar con un gesto. Ha mani bellissime: unghie curate, niente nocche pelose, niente anelli. Si accorge che gliele sto osservando, e allora sposto rapidamente lo sguardo sui dolci nell'espositore.

«Quale prendi?» mi chiede.

«Nessuno, grazie, mi basta un caffè».

«E dai, su! Che ne dici di quel bignè al cioccolato? E guarda quella pazzesca torta di fragole!»

Vorrei ribadire che gli ho appena detto che non voglio dolci, ma lui ha citato proprio i due che, al vederli, mi erano sembrati i più allettanti.

«E va bene. Prendo il bignè... no, anzi, la torta».

«Ordiniamoli entrambi, e ce li dividiamo» propone Gary.

Annuisco contenta. È il genere di cosa che faccio con Lottie, o con Nadine e Magda. Lui mi sorride, consapevole di avermi fatto piacere.

«Allora, da quanto tempo non ci vediamo, io e te?» mi chiede.

Alzo le spalle, anche se lo so benissimo.

«Eri al primo anno di liceo, quando ho cominciato a insegnare» mi dice. Anche lui fa un po' il vago, ma sono sicura che se lo ricorda.

«Sì. Quando ti abbiamo visto eravamo eccitatissime. Prima di te c'era stata una vecchia insegnante coi capelli tinti di nero pece, che portava sempre un completo di maglia fatto a mano pieno di peli di gatto» ricordo, e subito mi spazzolo le ginocchia, sperando che Stella non mi abbia lasciato peli dappertutto, perché adoro carezzarla mentre chiude gli occhi sognante e fa le fusa beata.

Perché poi sto pensando a Stella? Forse perché ho avuto un'improvvisa visione di me nuda con Gary che mi accarezza ovunque? Mi ricordo che anche al liceo avevo la stessa fantasia su di lui, quando cominciavo a imparare come darmi piacere. Oddio, sono arrossita.

«Allora avevo fatto colpo su voi ragazze?» chiede Gary, tutto contento.

«Be', non era difficile: eri l'unico uomo al di sotto dei sessanta in una scuola femminile che sembrava un convento» ribatto, perché non voglio che si senta troppo compiaciuto.

«Alle mie prime lezioni tremavo come una foglia» mi racconta. «Mi sembravate tutte così mature. Sfrontate. Però in fondo non mi dispiaceva, sai?»

«Anch'io a volte tremo prima di una lezione, anche se spero che non se ne accorgano. Specialmente quando mi capitano i ragazzi del primo anno. L'unica cosa che hanno in testa è scopare, e ciondolano senza costrutto, riescono sì e no a prendere in mano una matita. Questo quando invece non sono gasati come una lattina di Red Bull, e cercano in ogni modo di andarmi contro».

«I tuoi studenti sono proprio fortunati ad avere una ragazza come te come insegnante», commenta lui.

Io mi infastidisco un pochino alla parola 'ragazza', anche se l'ho usata anche io poco fa. Vuol essere un complimento? O è un atteggiamento paternalista? Decido di non farne un problema.

«Sanno che sei l'autrice della striscia su Myrtle Mouse?» mi chiede.

Faccio una smorfia. «Gary, i miei alunni non hanno mai preso in mano nemmeno il *Sun*, figurati il *Guardian*! Per loro un giornale è una strana reliquia del passato, come il telefono fisso o il videoregistratore».

«Scommetto però che sono colpiti dal fatto che te la sei tatuata» mi dice lui, prendendomi il polso.

L'ha notato, ha visto che cosa rappresenta, e adesso *mi tiene il polso*, ruotandolo per vedere meglio la mia Myrtle. Mi sfiora appena, ma il suo tocco per qualche motivo è incredibilmente intimo. Devo stare immobile per cercare di trattenere un brivido.

«È un tatuaggio molto recente. Me lo sono fatta fare il giorno del mio compleanno. Mi ha convinta una mia amica» dico. «Alice» specifico, senza che sia necessario.

In quel preciso momento, sento vibrare il telefono nella borsa. L'ho evocata, per caso? Strano però che mi telefoni, invece di mandarmi un messaggio.

«Scusami» gli dico. «Devo proprio rispondere».

Frugo nella borsa a caccia del telefono, così agitata che rispondo senza neanche guardare chi è. E non è affatto Alice. È Nadine. Faccio un respiro profondo, schiaccio il tasto verde e prima che possa dire una sola parola le dico: «Ciao, Naddie. Posso chiamarti più tardi? Sono fuori».

C'è una lunga pausa, poi: «Ellie Allard, stai avendo un appuntamento galante, vero? Lo capisco da come parli. Chi è?»

«Non è un appuntamento. È... sono... con Gary... il professor Windsor. Stiamo...»

«Oh mio Dio!» urla. «Stai scherzando? Stai uscendo con il professor Windsor? Ti *scopi* il professor Windsor? Ma che...»

«Ti chiamo dopo» la interrompo, e chiudo la telefonata. Ho il viso in fiamme. Avrà sentito? Oso appena lanciargli un'occhiatina. La sua faccia è inespressiva, ma ha gli occhi che gli brillano.

«Un'amica» mormoro.

«Quale? La ragazza del tatuaggio? Magda? Nadine?» mi chiede, con un'espressione talmente sorniona che capisco che deve aver sentito. Ma ora che Nadine l'ha messa in parole, non riesco a togliermi quell'idea dalla testa. Sento un formicolio dappertutto. E ovviamente comincio a preoccuparmi della mia biancheria intima, di non aver pensato a farmi la ceretta, per non parlare dei contraccettivi. È una vita che non penso a queste cose, tanto non ce n'era motivo. Ma è già stato abbastanza brutto rimanere incinta a vent'anni, figuriamoci se voglio correre il rischio a quaranta, per carità.

Ma cosa cavolo *mi prende*? 'Calmati' mi dico, 'piantala coi bollori, sei una sofisticata donna matura adesso, comportati come tale'.

«Sì, era Nadine» rispondo leggera. «Credo si sia appena alzata dal letto».

«Immagino che tu abbia detto a lei e a Magda della nostra piccola gita alla galleria, vero?» mi chiede, con tono innocente.

Ha sentito, non c'è più alcun dubbio. La faccia mi va di nuovo in fiamme.

«Ancora oggi ci raccontiamo tutto, anche troppo» ammetto con imbarazzo.

«Speravo che voi tre rimaneste in contatto».

«Be', è carino che anche tu e la professoressa Henderson, cioè Jean, siate ancora amici. È un legame che dura sin dai tempi della nostra scuola, vero?»

«Eravamo ottimi colleghi» mi risponde. «Parlavamo spesso di voi tre, specialmente quando Jean è stata la vostra insegnante di riferimento. A volte la tiravate scema, ma eravate anche le sue allieve preferite, perché eravate molto divertenti».

«Davvero? E anche per te eravamo divertenti?»

«Tu cosa ne dici? Certo, vi trovavo fantastiche». Di colpo cambia espressione. «Non in un modo inappropriato, per carità. Eravate solo delle ragazzine. Invece adesso fare l'insegnante è diventato complicatissimo. Devo sempre stare molto attento a non rimanere da solo con una studentessa, e se qualcuno vuole parlarmi in privato devo essere sicuro che nell'aula di disegno ci sia anche qualcun altro, che non ha senso se la conversazione doveva essere a quattr'occhi. Lo sai anche tu com'è. Cioè, capisco benissimo il perché di tutte queste nuove regole, ma adesso insegnare è diventato un campo minato. Sinceramente, sto pensando sempre più spesso di mollare».

«Per fare cosa?» gli chiedo.

«Lo sa il cielo. Mi piacerebbe rimettermi a dipingere, ma con l'arte non ci si paga il mutuo, no?»

«Mio padre diceva sempre che, quando fosse andato in pensione, avrebbe passato tutto il tempo a dipingere, ma in realtà praticamente non ha quasi mai toccato i pennelli da allora».

«Era un tentativo di essere incoraggiante, Ellie?» mi chiede, ironico. «Sono un bel po' più vecchio di te, ma di certo non ho l'età di tuo padre».

«No, certo» rispondo, agghiacciata all'idea di averlo offeso. «Non sei neanche paragonabile al mio povero vecchio papà».

Lui si passa una mano sul collo. «Senti, forse non avrei dovuto riprendere i contatti». Mi guarda diretto. «In effetti *è* un po' strano, vero? Se non ci fossimo conosciuti tanti anni fa, non ci sarebbe problema. Se ci fossimo conosciuti su una app di incontri di nicchia per gli appassionati d'arte, mi riterrei estremamente fortunato a essere qui adesso insieme a te, e magari anche a te non sarebbe dispiaciuto».

Il sangue mi gira più veloce. Allora è *davvero* un appuntamento?

Sta facendo cenno al cameriere per chiedere il conto. «Ma visto che così non è, non devi rimanere per gentilezza. So che lo stai facendo perché sei una ragazza molto dolce. È stato davvero bellissimo rivederti, ma probabilmente è stato un errore».

'Non è vero!' vorrei gridargli. 'Sei esattamente come ti ricordavo. Anzi, meglio! È che ancora non mi sembra vero di essere qui insieme a te. Ma voglio che sia un vero appuntamento!' Faccio un respiro profondo.

«E se non volessi andare via?» gli dico.

Ci guardiamo. Trattengo il respiro.

«Allora ti propongo di andarci a prendere qualcosa da bere in un posto come si deve, un pub tranquillo da qualche parte, e di fare finta di esserci appena incontrati. Senza ricordi del passato. Sei d'accordo?»

«Più che d'accordo» rispondo, e riesco persino a sfiorargli lievemente la mano. Voleva essere un tocco rassicurante, ma lui mi prende la mano, e subito mi parte un altro brivido. Oh mio Dio, sarò pazza, ma lui mi piace sul serio. E so che forse è follia, e probabilmente mi sento così perché sono secoli che non ho un vero e proprio appuntamento con un uomo e perché odio avere quarant'anni, ma non m'importa. Voglio che succeda.

Gary paga il caffè e i dolci. Io cerco di pagare la mia parte, ma lui non ne vuole sapere. Andiamo in un pub in una viuzza laterale nella zona di Piccadilly, che è meravigliosamente poco illuminato, e lui ordina una bottiglia di vino. Non siamo neanche vicini alle sei di sera, che è l'ora decente per cominciare a bere qualcosa, ma chi se ne frega? Ci va di bere, e giochiamo a far finta di non esserci mai incontrati prima, e gli racconto della mia triste storia d'amore di quand'ero in Accademia, e della scopata casuale da ubriaca, e dei lunghi anni passati a tirare su Lottie. Gli racconto persino del paio di storielle disastrose che ho avuto mentre lei stava crescendo. Gli parlo di Myrtle, e di quanto fossi felice quand'era stata pubblicata sul giornale, e che adesso hanno deciso di eliminare la mia striscia perché, dannazione, pare non sia più gradita ai lettori.

«Piace a me» mi dice lui, e carezza il mio tatuaggio. Poi la sua mano scivola in avanti e ora mi carezza il palmo della mano. Mi parla della donna che ha amato di più, e che l'ha lasciato per il suo migliore amico, una storia in cui si è sentito umiliato, e il fatto che me la stia raccontando mi riempie di tenerezza verso di lui. Gli siedo più vicina, e lui mi mette un braccio attorno alle spalle. Io mi abbandono appoggiandomi a lui, e devo farmi forza per non mettere le labbra sulle sue. Ma che mi sta succedendo? Io non faccio queste cose. Ci siamo incontrati solo un paio d'ore fa. Ciononostante, quando è lui ad avvicinarsi, lo bacio senza esitazione. All'inizio poso solo le labbra sulle sue ma, dopo qualche istante di puro desiderio, diventa un bacio profondo e appassionato. Pazzesco. Assolutamente pazzesco, cavolo, meglio che nelle mie fantasie. Ci stiamo baciando, con lui che mi tiene la mano dietro il collo, e lo desidero follemente, e so che lui desidera me.

Quando alla fine ci stacchiamo, ci guardiamo con gli occhi appannati.

«Non riesco a credere che stia succedendo davvero» mi sussurra. «Che facciamo, adesso? Potrei ordinare un'altra bottiglia e possiamo ubriacarci per bene. O possiamo fare una passeggiata nel parco mano nella mano, e poi andare a cena in un posticino tranquillo e romantico. O... o possiamo andare a casa mia e ti cucino io qualcosa».

«Direi... casa tua?» suggerisco, esitante.

«Casa mia» conferma lui, con voce roca.

Non sarebbe un gran viaggio arrivare a Earlsfield, dove abita – tre fermate di metropolitana, e altre tre con il treno da Waterloo Station – ma lui chiama un Uber.

Ci sediamo nel retro, e non ci baciamo. Gary chiacchiera con l'autista, una conversazione banale e piacevole, ma per tutto il tempo mi tiene la mano, e me la carezza in modo molto sensuale. Sembra che mi stia carezzando da tutt'altra parte, e mi sciolgo completamente.

È un viaggio lungo per via del traffico intenso, ma vorrei che non finisse mai. Non vedo l'ora di essere a casa di Gary, ma allo stesso tempo ho ricominciato a preoccuparmi. E se a casa sua ci sentissimo molto a disagio? Magari il sesso non funziona per niente, e sarebbe davvero imbarazzante, e comunque forse stiamo precorrendo i tempi. Di solito sono una ragazza all'antica, aspetto il terzo appuntamento per fare sesso, o anche di più. Non voglio che lui pensi che faccia così con tutti. Però non avevo mai baciato appassionatamente un mio ex insegnante, prima. È una cosa che mi libera e mi inibisce al tempo stesso. Ho lo stomaco chiuso dal nervosismo.

Finalmente la macchina comincia a rallentare e Gary dà le ultime indicazioni all'autista mentre percorriamo una via tranquilla, costeggiata da casette ben tenute. Nel giardino sul fronte di una casa svetta una grande palma; in un altro ci sono degli gnomi tutti in cerchio; c'è una porta con i colori dell'arcobaleno; un battente a forma di uomo con la bombetta stile Magritte. La casa di Gary da fuori è semplice e senza pretese di *grandeur*, ma piena di stile. Il prato è ben tagliato, la porta d'ingresso di un bel blu e le tende sono semplici, grazie al cielo non quelle con le stampe di William Morris.

«Entra» mi dice. Grazie a Dio. Una volta un tipo mi ha detto: 'Benvenuta nella mia umile dimora'. Un altro ha aperto la porta dicendo: 'Bene, si scopa' – che era un dato di fatto, in effetti, ma non esattamente il massimo del romanticismo. Lui non mi salta addosso appena varcata la soglia, per fortuna, né mi spinge contro il muro aspettandosi che mi avvinghi a lui come una rana, togliendomi nel contempo le scarpe da ginnastica. Mi fa accomodare in salotto su un divano Chesterfield verde scuro, e ho tempo di guardarmi intorno. Sugli scaffali della sua libreria c'è un insieme interessante di libri della Penguin, quelli vecchi e arancioni, qualche volume recente in brossura, diversi classici moderni con il dorso bianco, grandi libri d'arte e alcuni libri di quand'era bambino, che mi inteneriscono: volumi di Richard Scarry e *Il trenino Thomas*, i romanzi delle *Cronache di Narnia* e una raccolta di fumetti di Beano.

Sto leggendo una striscia dei Bash Street Kids quando lui ritorna dalla cucina con due gin tonic con ghiaccio e limone in bicchieri di cristallo, e una ciotola di noccioline. Per fortuna che non siamo andati a casa mia. Avrei avuto solo lo champagne del mio compleanno, che mi sembra un po' eccessivo, e un sacchetto aperto di patatine stantie. E con tutta probabilità Stella avrebbe lasciato ricordini odorosi nella lettiera, mentre la casa di Gary ha il leggero profumo di limone assai piacevole del suo dopobarba.

«Ti piacciono i fumetti di Beano?» mi domanda, sedendosi accanto a me e porgendomi il mio gin tonic.

«Mio padre non approvava i fumetti per bambini, stupidamente. Comprarli non mi era permesso. Sto guardando come sono impaginati, per capire come funziona». Resto un attimo in silenzio. Sono più intimidita dall'idea di confidargli i miei progetti che da quella di togliermi i vestiti, a quanto pare. Se gli racconto dei miei elefanti, capace che lui se ne venga fuori con tutta una serie di suggerimenti non richiesti e di incoraggiamenti da insegnante.

«Ah!» dice invece. «Ottima idea!» Ma è saltato alle conclusioni sbagliate, perché mi prende il polso per guardare il tatuaggio. «Credo che a lei piacerebbe avere una storia vera e propria, tutta sua». Piega la testa di lato e guarda Myrtle con aria interrogativa. «Un bel librone delle avventure di Myrtle?» propone. Ha la voce un po' più roca di un tempo – fumava, all'epoca? – o forse è più la conseguenza dell'aver gridato per trent'anni a dei ragazzini indisciplinati? Comunque sia, è molto sexy.

Facciamo un brindisi. «A Myrtle, in una nuova veste!» dice lui, e io non mi prendo la briga di correggerlo.

Beviamo entrambi un paio di sorsi, guardandoci negli occhi, aspettando. Non so bene cosa fare, a questo punto. Ci avvinghiamo qui sul divano Chesterfield? È molto bello, ma è di cuoio, scivola. Se fossimo un po' troppo energici, potremmo finire sul pavimento, perfettamente lucidato ma bello duro.

Lui appoggia il suo bicchiere, si fa più vicino e mi bacia di nuovo, con delicatezza al principio, poi con passione sempre maggiore, e io mi sciolgo addosso a lui.

«Vuoi?» mi domanda, quando alla fine ci stacchiamo. Dà uno sguardo al soffitto. Per un secondo penso si riferisca al lampadario, ma poi capisco che mi sta solo chiedendo se vogliamo salire in camera sua.

«Sì, andiamo» gli rispondo.

Ecco fatto. Inspiro profondamente mentre saliamo su per le scale, sentendomi un po' strana, così mano nella mano con lui. Apre la porta della camera da letto. Le pareti sono color blu notte, e dietro il letto c'è un grande poster incorniciato di Lucian Freud: il bellissimo ritratto dell'eterea Lady Caroline Blackwood nel suo letto, appoggiata su un gomito. Io adoro quel quadro, ma in questo momento avrei preferito che Freud avesse scelto di ritrarre la sua prima moglie, Kitty Epstein, perché era un po' più cicciotta e aveva i capelli molto simili ai miei.

«Hai bisogno di...?» Con tatto, mi indica il bagno *en suite*.

Sì che ne ho bisogno, tra l'agitazione, i due caffè e la mezza bottiglia di vino. Il bagno è color verde scuro, con un dipinto di Ila e le Ninfe appeso sopra la vasca con i piedini. Tutte le ninfe sono magre e col seno piccolo, e hanno lunghi capelli lisci. Queste figure di donna così sottili mi inibiscono un po'. È questa la sua donna ideale o ha solo scelto due bei dipinti, uno con un letto e l'altro con dell'acqua, per abbinarli alla funzione delle stanze in cui si trovano? Mi guardo in uno specchio con una cornice irregolare in vetro verde. La mia faccia mi restituisce lo sguardo, ostinatamente tonda e rosata, e nonostante il mio impegno nel cercare di domarli, i miei capelli scappano da tutte le parti. Scopro i denti per assicurarmi di non trovarci pezzetti di noccioline incastrati tra le fessure, e controllo se puzzo di sudore. Ho i pugni serrati, e l'immagine nello specchio si sta mordendo il labbro.

Ce li avrà lui i preservativi? O è una cosa che oggi è considerata patetica e fuori moda? Si aspetta forse che sia io a usare un contraccettivo, per evitargli il fastidio? Magari pensa che io adesso mi stia mettendo la spirale.

La me nello specchio si affloscia. Mi sento ingenua e

piena di vergogne, tutto il mio sentirmi sexy di poco fa sta svanendo alla velocità di un fulmine. Magari anche lui si sente nello stesso modo – e se gli è passata la voglia, per lui diventa anche più imbarazzante che per me. 'Be'' mi dico, 'è ora di uscire e di capirlo'. Faccio una rapida pipì e mi lavo a pezzi, asciugandomi col bordo del suo accappatoio che trovo appeso a un gancio.

Mi viene da pensare che forse per me sarebbe un po' più facile spogliarmi qui da sola. Mi tolgo in fretta i vestiti e mi metto in punta di piedi per guardarmi. Ma perché non ho dato retta ai personal trainer della TV e non ho fatto un po' di ginnastica, cavoli!

Non posso stare qui dentro in eterno. Mi avvolgo nell'accappatoio, affondandoci per un attimo la faccia come una copertina di Linus in cui rifugiarmi, e vado in camera da letto. Ha abbassato le luci, per cui c'è solo una morbida luce calda che viene dalle lampade sui comodini. Lui è sdraiato comodamente sul letto con solo i boxer neri, ed è figo. Molto figo.

«Ciao» mi dice, tendendo le mani verso di me.

«Ciao» gli rispondo, e mi metto sul letto accanto a lui. «Senti, Gary, posso risolvere subito la parte più imbarazzante?»

Mi guarda fissa. «Ci hai ripensato?» mi chiede.

«Per niente!» lo rassicuro. «Ma non sto prendendo la pillola né altro, quindi mi domandavo se magari hai tu dei preservativi».

«Certo» mi dice, come se fosse del tutto normale, e ne prende un pacchetto dal cassetto del comodino. Una confezione da tre intonsa, e io gli sorrido, sollevata.

«Vieni qui, donna stupenda» sussurra.

Mi bacia di nuovo come si deve, meravigliosamente, e il desiderio mi travolge ancora come una marea mentre lui mi abbassa l'accappatoio sulle spalle.

«Hai un seno meraviglioso» mormora. Non me l'aveva mai detto nessuno.

Cerco di pensare a una parte appropriata del suo corpo per ricambiare il complimento. Ce n'è una piuttosto ovvia, premuta sulle mie gambe, ma non sono sicura che termine usare, per cui soprassiedo. A volte il silenzio è la scelta migliore. Mi concentro sul suo petto, sulla sua pancia piatta, con uno sguardo palesemente ammirato, mentre lui mormora un apprezzamento che non mi aspettavo sulle mie fantastiche curve da donna vera, mentre mi accarezza i fianchi.

Poi la mano gli scende, e il commentatore che ho nella mia testa si zittisce di colpo, anche se mi viene in mente la famosa frase della signora Dalloway: «Che delizia! Che tuffo!» 'No, non ora. Non pensare. Senti'.

Quando entra in me, è una cosa così bella e così naturale che non devo aiutarmi con delle fantasie per venire. *Questa* è già la mia fantasia, è meglio di quanto immaginassi, e la sto vivendo mentre grido, e dopo qualche istante grida anche lui. Poi rimaniamo distesi, ansimanti e storditi, finché lui non mi prende tra le braccia e mi stringe forte.

«Che dire, professor Windsor?» scherzo, guardandolo.

«Che dire, signorina Allard!» risponde lui, sorridendo, e la sua facciata di sicurezza si sgretola. «Oh, grazie a Dio, ero preoccupatissimo di fare un casino. Tu sei stata bene, vero?»

«Non sono un'attrice così brava» gli rispondo. «Se dovessi darti un voto, sarebbe un dieci».

Sembra un ragazzino, adesso, appoggiato su un gomito, tutto orgoglioso. Gli arruffo quei bei capelli e lui fa scorrere le dita tra i miei riccioli, poi traccia con tenerezza i contorni del mio viso. Quindi mi stringe a sé, e io mi accoccolo nel suo collo. Gli sento il cuore che batte, ed è accelerato come il mio.

Forse il mio desiderio di compleanno non era così ridicolo, dopotutto.

Nove

Mi prepara una squisita omelette alle erbe accompagnata da un'insalata mista condita alla perfezione. Siamo seduti a mangiare all'isola della sua cucina. È come vivere un sogno romantico: cibo delizioso, bella casa e un uomo meraviglioso che mi guarda ammirato.

Sarebbe stata una striscia fantastica per Myrtle: l'avrei disegnata mentre mangia banane/cocco/pesce seduta a un'isola della cucina su una vera isola deserta, con un focoso ratto pirata che si arriccia i baffi, guardandola. Ma non importa. Mentre sono qui, nuda, con l'accappatoio di Gary sulle spalle e le mie 'fantastiche curve da donna vera' in mostra, il pensiero di Myrtle non mi fa troppo male.

«Posso farti un ritratto così come sei ora?» mi chiede Gary.

«Se ti va, certo» gli rispondo, immensamente lusingata.

Mi siedo un po' più dritta, cercando di adottare la posa più attraente, mentre lui mi disegna su un quadernetto nero, fermandosi di tanto in tanto per prendere un boccone della sua cena.

Non riesco a togliermi un sorriso beota dalla faccia.

«A cosa stai pensando?» mi chiede Gary.

«Penso a quanto sto bene. Quasi troppo, come se fosse tutto una fantasia» gli dico. «E tu?»

«Lo stesso. Ho in testa quella famosa canzone di Kylie, quella che fa *I should be so lucky*, sarei così fortunato».

«Se vuoi ballare, fallo» gli dico.
«Non sono padre, ma credimi, ballo come un padre» mi risponde, scuotendo la testa.
«Avresti voluto dei bambini?»
«In realtà no. Specialmente quando vado a trovare mio fratello, con i suoi due figli più grandi che litigano a gran voce e quello piccolo che urla e pesta i piedi. Ma ti confesso che ogni tanto penso a un piccolo Gary con una faccetta da cherubino che disegna coi pennarelli, o mi immagino mentre giriamo per una galleria d'arte mano nella mano, o costruiamo un castello di sabbia sulla spiaggia».
«Tutte cose che ho fatto con Lottie» gli dico.
«Devi essere una mamma meravigliosa, Ellie. Adesso lei quanti anni ha?»
«Diciannove. Solo un anno meno di quando io sono rimasta incinta».
«Santo cielo. Dev'essere stata dura, per te».
«A volte sì. Ma per la maggior parte del tempo, stavo bene» gli dico.
«E vive ancora con te?»
«No, è all'università, e nelle vacanze si è presa un lavoro in un campo estivo internazionale per bambini. È bravissima. Specialmente quando dovrà dimostrare come si va sul cavo d'acciaio sospeso, la zipline! La professoressa Henderson la adorerebbe; Lottie è molto sportiva, al contrario di me».
«Quindi stasera non devi tornare a casa?» mi chiede, speranzoso.
Il mio cuore accelera. Vuole che rimanga qui! Si comporta come se gli piacessi davvero. Allunga una mano e stringe la mia.
«Per favore, rimani» mi dice.
Lo guardo, lui mi restituisce lo sguardo, e il mio cuore manca un battito. Sì che rimango, e torneremo a letto e faremo sesso di nuovo e poi dormiremo abbracciati e al mattino

faremo colazione insieme e vivremo il sogno della coppia romantica e non posso crederci.

Annuisco felice e vado in bagno, chiedendomi come fare senza lo spazzolino da denti. Sarà troppo intimo usare il suo? Decido che non m'importa. Siamo già molto intimi, ormai. E il sesso è stato fantastico. Mi viene un brivido a ripensarci, e il mio corpo risponde subito. Mi lavo i denti. Non mi sono mai sentita in questo modo con nessuno, prima. Spero che sia lo stesso per lui. È così che dovrebbe essere, è così che ho sempre sognato fosse.

Mi scrollo l'accappatoio dalle spalle per darmi una lavata vera e propria. Dalla tasca esce qualcosa di bianco. È solo un fazzoletto di carta. Lo raccolgo; sopra c'è l'impronta color cremisi di una bocca. Qualcuno ha impresso il suo rossetto sul fazzoletto.

Rimango immobile a guardarlo. Non credo proprio che Gary sia non-binario o transessuale, anche se per un attimo me lo immagino tutto truccato. Probabilmente sarebbe sexy comunque. Sì, sto cercando di scherzarci su, ma non è divertente. Ho cominciato a tremare. Al novantanove per cento è stata una donna a lasciare quelle labbra sul fazzoletto. Una donna con addosso l'accappatoio di Gary.

Che ora giace sul pavimento, una spugna blu scuro, pulitissima – ma le do un calcio lo stesso. Vorrei tanto buttarmi sulle piastrelle immacolate del bagno e mettermi a urlare. Era tutto così bello, così perfetto, ero così felice e mi sentivo così speciale – e invece adesso scopro che c'è un'altra. O magari più di una. Lui è un gran figo, un uomo affascinante che non dimostra per niente la sua età. Ovvio che abbia altre donne.

Mi rialzo a fatica e mi guardo truce allo specchio. Cosa c'è che non va in me? Davvero mi aspettavo che vivesse come un monaco? Ok, a me ha detto di essere single, giusto? Ma forse intendeva solo che non ha una relazione seria.

Apro l'armadietto sotto il lavandino. Rotoli di carta igienica, detergenti, saponette di riserva e un pacchetto di Tampax. Oh mio Dio. Vuol dire che vive con un'altra donna? Anche ammettendo che potrebbe tenere una confezione di preservativi nel comodino giusto nel caso si porti a casa qualcuna, anche perché immagino sia consapevole di saperci fare, col suo gin tonic e le paroline dolci e il suo meraviglioso modo di fare l'amore e tutte le tenerezze del dopo, uno però non tiene un pacchetto di Tampax prevedendo che una che si porta a casa possa avere il ciclo proprio nel momento sbagliato!

No, deve essere una donna con cui ha proprio una storia, se usa il suo accappatoio, gli lascia tranquillamente in tasca un fazzolettino con stampate le sue labbra e se tiene i suoi prodotti sanitari in bagno. Vado ad aprire anche l'armadietto. Ah! Ecco un altro spazzolino, usato. Una spazzola da donna, con dei capelli chiari ancora incastrati tra le setole. E un deodorante Mum, anche se la mia idea della sua fidanzata è tutto tranne che materna. Me la immagino come una femme fatale, un personaggio sexy da fumetto; e se lei è la fidanzata, sono *io* l'usurpatrice, quella che le ruba le attenzioni del suo uomo.

No, dai, ma in che epoca vivo? Siamo nel ventunesimo secolo, cavolo. Siamo liberi e indipendenti e senza legami e tutti scopano senza farsi problemi. Ma allora perché mi bruciano gli occhi e sento un nodo alla gola? Mi asciugo le lacrime, sconvolta. Ma cresci, Ellie! Nadine riderebbe come una pazza di te. E l'avrebbe fatto anche Magda, pre-Chris e pre-bambino. E anche Ben, che prima di incontrare Simon aveva una vita sentimentale molto molto movimentata.

Non posso dire che la mia, di vita amorosa, fosse così affollata, ma ho avuto anche io qualche storia, tendenzialmente disastrosa. Per esempio mi viene in mente quella volta in cui ero convinta che Lottie rimanesse a dormire dalla sua migliore amica e mi sono portata a casa un tizio che avevo incontrato a una presentazione letteraria, e invece Lottie è tornata ed è entrata in camera proprio mentre… no, no, sto ancora male al solo pensarci.

Comunque non sono una santa. Perché dovrei pretendere che lo sia Gary? Solo perché abbiamo fatto sesso in modo sorprendentemente meraviglioso non vuol mica dire che dobbiamo innamorarci.

Mi butto dell'acqua fredda sul viso, cercando di riprendermi ed essere ragionevole.

«Ellie?» È Gary, che sta bussando alla porta. «Ellie, tutto bene?»

«Sì, certo!» rispondo, con voce esageratamente felice. Mi sforzo di rimettere il suo accappatoio, anche se il mio corpo si contrae al pensiero di tutte le donne che l'hanno indossato prima di me.

«Ho tirato fuori del gelato. Al caramello salato. Muoviti, che si sta sciogliendo» mi dice.

«Mmm, che bontà» gli dico. Ridicola. Mi picchietto di nuovo gli occhi con un asciugamano bagnato di acqua fredda e salto fuori tutta pimpante, come se non avessi un pensiero al mondo.

Il caramello salato è pure il mio gelato preferito, e ha anche preparato il caffè. Mi siedo a chiacchierare accanto a lui, fingendo di stare benissimo.

«Mi piacerebbe tanto restare» gli dico, accoccolandomi accanto a lui. È vero, ma ormai si è rovinato tutto. «Però a casa ho una gatta, Stella. Non posso lasciarla da sola tutta la notte, se no mi fa disastri».

Bugia, lei è perfettamente in grado di badare a se stessa, anche se poi le piace parecchio farmela pagare al rientro, quando sto fuori tutta la notte, ma è l'unica scusa che mi viene in mente.

Lui mi guarda accigliato, è perplesso e si vede che ci è rimasto male.

«Ellie? C'è qualche problema?» mi chiede con delicatezza.

«No, niente affatto!» gli rispondo a casaccio. Devo andarmene. Non posso fargli capire che mi sono fatta tutto un film romantico su noi due, come una ragazzina che sogna. Sarebbe troppo umiliante.

«Davvero vuoi tornare a casa per il gatto?» mi chiede Gary. «Sul serio?»

Io annuisco, conscia del fatto che sia una scusa ridicola, e che lui lo capisca perfettamente – ma ha la buona grazia di non farmi altre domande.

Dopodiché, tutto cambia. Lui è gentile, tenero, ma non è più a suo agio. Ci mangiamo il gelato, beviamo il caffè, chiacchieriamo, ma c'è dell'imbarazzo. È strano pensare che solo un'ora fa abbiamo fatto il sesso migliore della mia vita. Di colpo mi sento a disagio, così mezza nuda, e mi affretto a vestirmi, ma lui non vuole assolutamente che prenda il treno e la metropolitana, anche se non è tardi. Chiama un altro Uber che mi porti fino a casa. Gli costa una fortuna, ma non c'è verso di fargli cambiare idea.

Poi mi bacia e in un attimo la magia ritorna, mi sciolgo, e lui può avere centinaia di altre donne, non me ne importa più niente. Nessuno mi ha mai fatto sentire così sexy, così sensuale. E adesso lo voglio ancora di più, come ho fatto a essere così idiota da ostinarmi a voler tornare a casa? Ma l'Uber è già arrivato, e anche se lui mi chiede se non voglio cambiare idea e rimanere – Sì! Sì! – lo bacio un'ultima volta e me ne vado.

«Ci vediamo prestissimo» mi dice, anche se non so se credergli.

Mi affloscio nell'auto, triste e umiliata, perché mi sento come una da una botta e via. Lui certo non mi ha trattata da tale. Era dolce, e voleva che rimanessi. Perché cavolo ho dovuto trovare quel dannato fazzoletto nella tasca? È il più vieto dei cliché.

Eppure mi sento sgualcita come quel fazzoletto di carta. Mi sforzo di mantenere una conversazione casuale con l'autista, cercando di comportarmi come una che ha appena passato una bella serata, grazie mille. Mi trascino sulle scale, entro in casa e chiamo Stella. Lei se ne sta arrotolata come un salsicciotto nella sua torretta per gatti, così rilassata e beata che quando l'accarezzo fa appena un pochino di fusa. Ha una montagna di croccantini nella sua scodella, e anche la ciotola dell'acqua è piena. La lettiera è immacolata. Avrei potuto tranquillamente stare fuori tutta la notte, non c'era alcun bisogno che tornassi per lei.

Mi faccio una tazzona di caffè nero e mi siedo tutta sola a sorseggiarla. Il profumo delle rose rosse nel vaso accanto a me all'inizio era piacevole, ma poi diventa sempre più intenso, tanto da darmi quasi la nausea. Apro il ripostiglio e ce lo caccio dentro, ma il profumo arriva anche da lì. Vado a letto e me ne resto sdraiata senza riuscire a dormire, sentendomi una completa idiota. Ho avuto una reazione completamente sproporzionata. Forse dovrei mandare un messaggio a Gary, e mi metto a scriverlo, ma non so bene cosa dirgli e non riesco a trovare il tono giusto. Così non gli scrivo niente, almeno evito di fare un'ulteriore figura da imbecille.

Non riesco quasi a chiudere occhio, non faccio che pensare e ripensare a quel che è successo, me lo sogno, persino, per poi svegliarmi arrapata e avvilita. Se solo potessi tornare indietro a quel momento nel bagno di Gary, non butterei mai a terra il suo accappatoio e il fazzolettino non uscirebbe mai dalla tasca. O magari lo farei comunque, vedrei il fazzoletto, ma non me ne fregherebbe niente. Poteva essere lì da un incontro di mesi prima. E comunque non aveva senso prendersela tanto. Non è sposato. Ha tutti i diritti di vedere anche una donna diversa ogni giorno della settimana. Se è per questo, anche Nadine ha storie con molti uomini diversi. Se sei single, è normale correre la cavallina, santo cielo!

Ma a me correre la cavallina non piace. Non voglio che

Gary sia solo una bella scopata. Voglio che sia il mio Lui, l'uomo che aspetto da sempre, quello che non mi deluderà.

Sento un bip dal telefono, e mi balza il cuore in gola. Sarà lui? Guardo subito i messaggi, sfuocati, perché non ho su gli occhiali. Per favore, Dio, fai che sia lui che mi chiede un altro appuntamento, e che mi dice quanto è stata importante per lui questa serata insieme. Ma non è Gary. Non è neanche Alice, la quale evidentemente non vuole avere a che fare con me. E non è Nadine. È Magda.

Ho appena parlato con Nadine. Ma scherzi? Il professor Windsor??? Cos'è successo??? Devi dirmi TUTTO! Vi siete baciati? Di più? Non riesco a credere che siate usciti insieme! Chiamami, sono in cucina, che infilo lenzuola sporche in lavatrice. Corrie ha avuto un'infezione intestinale tremenda. Ovviamente dice che è colpa di quel che le ho dato da mangiare, pensa un po'. Fare la madre non è sempre rose e fiori! Magda XXX

Non sono proprio dell'umore per una chiacchierata confidenziale, in questo momento. Inoltre, Magda ha già i suoi, di problemi, non voglio buttarle addosso anche i miei. Sono preoccupata per lei. Odio pensare a Magda che pulisce umilmente i casini fatti da due ragazzini ingrati. Cos'è successo alla mia amica piena di glamour? Sono preoccupata anche per Nadine. Non sono affatto sicura che tutti questi uomini da una botta e via la rendano felice.

E sono preoccupata per me. Dovrei essere quella che ha avuto successo, con i miei fumetti pubblicati su un grande quotidiano nazionale. Era qualcosa che mi definiva. Ora non riesco più a sentirmi una persona in gamba e interessante. Mi manca una parte di me, ora che sono solo un'insegnante che non riesce neanche a mantenere il controllo sulle sue classi. Certo, sono ancora una madre, ma non posso far finta che Lottie abbia bisogno di me come un tempo.

Sta vivendo la sua vita. È ora che viva anche *io* la mia. Ed era quello che stavo facendo oggi, ma ho mandato tutto grandemente a puttane. Mi giro a pancia in sotto e mi metto un cuscino sulla testa, come se dovessi nascondermi da una folla ostile che mi punta il dito contro, mi giudica e ride di me.

Cerco di distrarmi facendo meditazione, concentrandomi su una parte del mio corpo alla volta e cercando di rilassarla. I miei piedi obbediscono, non muovo neanche un dito. Le caviglie, i polpacci, le ginocchia, le cosce. Ogni muscolo è immobile e rilassato. Poi risalgo su per le gambe, arrivo all'inguine e… be', lì sono sveglia come un grillo e ho una gran voglia di attenzioni.

Quando finalmente arriva il mattino, ho bisogno di un'altra tazzona di caffè. Ho anche sete, e mi scolo del succo di frutta scaduto da poco direttamente dal cartone, poi decido di mangiare qualcosa e mi preparo del pane tostato. Guardo nel frigo e scopro di essermi dimenticata di comprare il burro, per cui devo mangiarmi il pane senza niente sopra. Devo smetterla con questa vita sciatta da studentessa. Da quando Lottie non c'è, non m'importa neanche più di mangiare sano.

Dovrei andare da Tesco a fare la spesa. Dovrei tornare a nuotare. Dovrei cercare su Google tutte le notizie possibili sugli elefanti. Dovrei pensare a una striscia alternativa a Myrtle, anche se mi fa star male il solo pensarci. Dovrei andare avanti a leggere *La signora Dalloway*.

Ma non mi va di fare niente di tutto questo. Vado su Google, ma non per gli elefanti. Scrivo: 'Cosa fare se scopri che un uomo con cui hai cominciato una storia vede anche un'altra persona?'

Puoi continuare a vederlo e a stare bene con quest'uomo, e col tempo lui potrebbe anche decidere di voler frequentare solo te.

Ecco. Ma oggi stare con qualcuno vuol dire essere così agili? Non sono affatto sicura di riuscirci. Mando un messaggio a Nadine. Aspetto dieci minuti. Poi la chiamo direttamente, e mi risponde un secondo prima che parta la segreteria telefonica.

«Cosa c'è?» mormora con voce assonnata.

«Scusa, ti ho svegliata, vero? Sono io, Ellie. Stavo cominciando a preoccuparmi, perché pensavo che mi chiamassi molto prima, per chiedermi cos'era successo tra me e il professor Windsor» le dico.

«Tu e chi?» biascica.

«Oh, scusa, sei in compagnia di qualcuno, vero?»

«No, è solo che... non mi sento molto bene» mi risponde.

«In che senso non ti senti molto bene?»

«Oh, devo aver preso un virus» mormora.

«Un virus intestinale? Pare che anche la futura figliastra di Magda abbia vomitato dappertutto, poverina».

«No, è più...»

«Mal di gola? Tosse? Febbre?»

«Non lo so. So solo che mi fa male tutto».

«Ti sei provata la febbre?»

«Non ce l'ho il termometro. E smettila di tartassarmi di domande, Ellie. Ho la testa che scoppia» dice con un lamento.

«Ok, scusa, tesoro. Torna a dormire» le dico.

Adesso però sono davvero preoccupata, e mi mordo il labbro. Deve sentirsi proprio male se non vuole neanche sapere di Gary e me. Questo virus, o qualsiasi cosa sia, deve esserselo beccato alla grande. E Nadine vive da sola, come me. Dovrei telefonare a sua madre? Neanche per sogno. È Ellie la crocerossina che la salva.

Mi lavo e mi vesto in fretta, prendo il termometro, afferro il portafoglio e un sacchetto di tela, do dei croccantini a Stella e alla fine vado da Tesco. Compro succo d'arancia, acqua minerale, tè verde in bustine, paracetamolo, fazzoletti di carta, uva e cracker e li infilo nella borsa di tela, poi prendo la metro. Nadine vive in una zona molto più carina della mia, ma paga pochissimo di affitto perché il tizio sposato che sta frequentando, Harry, tecnicamente sarebbe il suo padrone di casa, e ogni tanto si vedono e integrano con dei bonus l'affitto così basso.

E Nadine è contenta di questa mezza relazione? E le sta bene sul serio avere un sacco di incontri eccitanti con uomini diversi?

Vive in un appartamento con giardino, in un elegante palazzo dei primi del '900. Scendo i gradini e suono il campanello. E risuono. E risuono. Evidentemente è proprio tornata a dormire. O è il campanello che non funziona? Busso, ma la porta rimane chiusa. Apro la linguetta della buca delle lettere.

«Nadine» grido. «Sono io, Ellie! Dai, alzati!»

Sto facendo un casino tale che basterebbe a svegliare l'intero isolato, ma lei non mi apre. Nella mia testa cominciano ad affollarsi immagini orribili di Nadine rovesciata in diverse posizioni, ma sempre morta. Vedo uno stretto passaggio che porta sul retro della casa. È pieno di cassonetti e c'è anche una scala, ma io mi ci infilo in mezzo e arrivo al giardino.

Vado alla sua portafinestra e mi appiccico al vetro. Nadine non è in salotto, ma appoggiando l'orecchio sul vetro sento dei movimenti nell'altra stanza, dove lei dorme. Ha le tende chiuse, ma riesco a sentire la porta del suo armadio che si apre, e dei rumori confusi, come di una che si sta vestendo. Per fortuna è viva.

«Nadine, non stare a vestirti. Sono io, Ellie!»

«Lo so che sei quella rompicoglioni di Ellie!» dice Nadine, avvicinandosi alla portafinestra. Ha la testa abbassata e non riesco a vederle la faccia sotto la cascata di capelli. Toglie il catenaccio, gira la chiave e mi apre.

«Come *rompicoglioni*?» sbotto, arrabbiatissima. «Con tutta la strada che ho fatto per precipitarmi qui a farti da infermiera, come una cazzo di Florence Nightingale!»

«Scusa, scusa. Mi sento uno schifo, ma è solo un dopo-sbornia. Non ho bisogno di nessuna infermiera. Sei stata molto carina, ma sul serio, lasciami in pace a dormire finché non mi passa» mi dice lei.

Non mi guarda negli occhi. Ha la faccia più pallida del solito. Gli occhi sono rossissimi e ha il naso che sembra gonfio.

«Già che sono qui, ti faccio del tè verde. Tu vai a sederti, che ti vedo conciata male» le dico.

Lei sospira appena. «Ok. Sei molto dolce».

Va a sedersi al tavolo della cucina, con la testa china, mentre io le preparo il tè.

«Vado un momento in bagno» le dico. In realtà non ne ho bisogno, ma quando sono in corridoio apro la porta della sua camera da letto nel modo più silenzioso possibile. Il letto è un caos, il piumone e anche i cuscini sono buttati per terra, la sua biancheria intima e i suoi vestiti sono sparsi ovunque nella stanza. Sopra il letto c'è una bottiglia vuota, e il contenuto di un'altra bottiglia rovesciata è sparso sulla moquette. La rimetto in piedi e cerco di asciugare il liquido con un asciugamano. A quanto pare Nadine e l'uomo che era con lei ci sono andati giù pesante, ieri sera.

Il mio cuore fa un tonfo. Oh, Nadine, ma come fai a metterti in situazioni del genere? È una cosa triste e squallida. Che poi, però, chi sono io per reagire così? Ieri notte anche io ho fatto sesso con una persona *relativamente* sconosciuta, anche se il nostro incontro è stato molto meno selvaggio. Scivolo fuori e chiudo la porta senza far rumore, ma quando ritorno da lei Nadine mi guarda sospettosa.

«Sei andata a ficcare il naso» mi dice piatta.

«Sì, ma mica ti dico niente» le rispondo, assumendo un tono allegro per cercare di alleggerire l'atmosfera. «Se piace a te, chi sono io per giudicare, tesoro?»

Nadine si piega ancora di più ed emette un suono. Potrebbe essere un singhiozzo.

«Oh, Naddie!» Le vado vicino e le metto un braccio attorno alle spalle. La sento sussultare. «Che succede? Ti sei fatta male?»

«No! Sto bene» insiste Nadine inutilmente, perché si vede benissimo che non sta bene per niente.

«Dai, dimmi cos'è successo. Ti prometto che non farò la puritana. E togliti quel maglione, starai morendo di caldo». All'improvviso mi ricordo che tanto tempo fa, quando eravamo ancora a scuola, Nadine era arrivata con un grosso segno violaceo sul collo, dopo aver passato una serata molto appassionata con il suo ragazzo. Ma adesso che bisogno c'è di nascondere un succhiotto?

Le abbasso il collo del golf prima che riesca a fermarmi, e resto senza fiato. Sul collo di Nadine ci sono dei lividi lasciati da delle dita: il segno di un pollice da una parte e delle quattro dita dall'altra.

«Oh mio Dio! Qualcuno ha cercato di strangolarti?» grido.

«No! No, non è quel che pensi» mormora. «Era solo un po' di asfissia erotica».

«Come 'un po''? Hai chiamato la polizia o un'ambulanza?»

«Ma no! Era consensuale... be', così doveva essere, almeno. Lui però si è lasciato trascinare un po' troppo, tutto qui. Lo sapevo che avresti reagito così. Sei talmente... provinciale, Ellie» mi dice.

«E per fortuna, se provinciale significa non voler essere strangolata. E comunque veniamo *tutte e due* dai sobborghi, ti ricordo, e se proprio vogliamo puntualizzare, sono io che ho una vita molto più a rischio nella mia zona di Londra, che tu nel tuo quartierino esclusivo. E come sarebbe a dire 'consensuale'? Che tu *volevi* essere strangolata?»

Lei mi lancia un'occhiataccia. «Dicesi asfissia erotica. È un modo del tutto normale di aumentare il piacere sessuale».

«Il *suo* piacere di sicuro, perché deve essere uno di quelle merde che vogliono dominare le donne».

«Anche il mio, di piacere. Ciò detto, quando continuava a premermi le mani sulla gola e non si fermava, allora sì che ho cominciato ad avere un po' paura». Beve un sorso, corrucciata. «Ho continuato a divincolarmi per farlo smettere, e allora mi ha colpita, facendomi sanguinare il naso».

«E allora tu cos'hai fatto?»

«Gli ho dato una ginocchiata nelle palle» mormora lei.

«Hai fatto bene!»

«Poi credo di essere svenuta, solo per un po', e allora lui dev'essersi spaventato davvero, perché quando sono rinvenuta stava buttandomi addosso del vino, per cercare di farmi riprendere i sensi, e piangeva dalla paura di avermi uccisa. Eravamo tutti e due molto ubriachi. So che ti sembrerà una cosa stucchevole e brutta, ma andava tutto benissimo finché lui non ha perso il controllo. Non faceva che scusarsi, dopo». Io la guardo, scioccata. «E smettila di fare quella faccia, Ellie, non è un serial killer pazzo, solo un uomo con poca esperienza che ha visto troppi film porno. Non lo rivedrò nemmeno più».

«E se invece si rifà vivo?» le chiedo, agitata.

«Non succederà. Non credo voglia rivedermi neanche tra un milione di anni. Era così spaventato che è letteralmente scappato via, ed era talmente ubriaco che quasi non riusciva a chiamare un Uber».

Ho pensato a tutti quei gentili autisti di Uber costretti a portare a casa gli ubriachi dopo i loro brevi intercorsi sessuali. Cosa devono pensare di noi?

«Ma perché metti a rischio la tua vita con questi uomini conosciuti online?» le chiedo.

«La maggior parte di loro sono persone normalissime; magari un po' noiosi, oppure così pieni di sé che non mi fanno neppure una domanda. E non sempre si finisce a letto, a volte ci prendiamo solo un caffè veloce e ce ne andiamo ognuno per conto proprio». Si massaggia il collo, mogia.

«Mi fa ancora un po' male la gola. Non voglio parlare troppo, va bene?»

«Non dire più nient'altro, tesoro. Bevi il tè. Mangia un po' d'uva. Ti racconto io del mio incontro di sesso» le dico.

Sul viso di Nadine appare un po' di colore, e spalanca gli occhi gonfi. «Non dirmi che l'hai davvero fatto con il professor Windsor!» dice, e adesso ha una voce un po' più forte.

«Be', sai che non sono una che parla delle sue storie, ma...»

Nadine mi scruta con attenzione. Cerco di restare impassibile.

«E allora perché non sei al settimo cielo? Non ha funzionato? Oh, no, non dirmi che è un disastro a letto!»

«Al contrario, è fantastico» le rispondo. «Un dieci e lode. Anche se ovviamente io non ho molti termini di paragone».

«È una frecciatina a me, questa?» mi chiede Nadine, indignata.

«No, assolutamente no! È alla mia poca esperienza che mi riferisco. In questi ultimi anni ho vissuto come una suora, lo sai benissimo. Con un appartamento piccolo come il mio, non potevo mica portarmi a casa degli uomini quando c'era Lottie, sarebbe stato imbarazzante – e anche se adesso lei è all'università, non è cambiato niente, calma piatta. Fino a ieri».

«E davvero è andata così bene, anche se era la prima volta che facevate sesso?» mi chiede Nadine, piegando la testa di lato.

«Non vorrai che entri in una descrizione grafica?» Domanda inutile.

«Ma certo!»

«Senti, ti basta se ti dico che è stato davvero meraviglioso per tutti e due?»

«Anche per te?»

«Insisto, per *tutti e due*».

«Ma allora evviva!» esclama Nadine. «E non ti è sembrato neanche un po' strano farlo proprio con il professor Windsor?»

«All'inizio un po' sì» ammetto.

«E magari questo ha aggiunto un pizzico di peperoncino all'intera faccenda, no?» chiede Nadine.

«Magari un po'» rispondo, alzando le spalle a disagio.

«Scommetto che *per lui* è stato proprio così» insinua Nadine.

«Ma secondo te trovava eccitante ricordarsi della ragazzina in adorazione che pendeva dalle sue labbra?» ribadisco, disgustata alla sola idea.

«Certo. Che ne so, magari gli dava un senso di potere?»

«Nadine, smettila. Sei tu quella che ha appena avuto un'esperienza orribile con un tizio in pieno delirio di onnipotenza. Ti prego, non proiettarlo su di me» le dico. «Ok, Gary ha passato tutto il tempo a spiegarmi tutto sui quadri di Paula Rego, quando siamo andati a vedere la sua mostra, dando per scontato che non ne sapessi niente, ma ha fatto l'amore con me in modo molto tenero, senza picchiarmi né cercare di strangolarmi. Cosa deve aver pensato quell'uomo di te, per permettersi di trattarti in quel modo?»

Nadine sbatte gli occhi, e due grosse lacrime le scorrono sulle guance.

«Oh, Naddie, vorrei non averti mai detto una cosa del genere. Era crudele. Mi dispiace tantissimo!» La abbraccio, e lei mi singhiozza sulla spalla. Le carezzo la schiena con dolcezza, cercando di consolarla.

«Non importa. Anche io ho detto una cattiveria. Probabilmente ero solo... gelosa» sussurra.

«Ma di me? La scema che si è fatta mettere incinta all'Accademia? La patetica che non è mai riuscita a innamorarsi al cento per cento di nessuno? A parte di Lottie e forse anche di Stella, alla quale non credo che importi un fico secco».

«Stella?» chiede Nadine, cercando di capire, finché non ci arriva. «Ah, Stella la tua gatta! Mi stavo chiedendo se tu non avessi di nascosto una storia con una ragazza. A volte me lo sono anche chiesta se tu non fossi un po' gay».

Cerco di ricordarmi quel che è successo quell'unica volta tra noi, tanto tempo fa. Eravamo praticamente ancora bambine e stavamo giocando a capire cosa volesse dire baciare una ragazza. Ero stata io a fare il primo passo? Smetto subito di accarezzare la schiena di Nadine.

«Non sono affatto gay» affermo. «Anche se ho appena fatto amicizia con una ragazza lesbica. Si chiama Alice. L'ho incontrata in piscina».

«Ma cos'è, stai cercando di mettere in atto tutte le tue fantasie? Ti sei scopata il tuo ex insegnante e adesso ci provi con una ragazza?» esclama Nadine, e ha di nuovo un tono sarcastico.

«Smettila! Sei semplicistica e anche offensiva!» ribatto, e adesso sono furiosa con lei. Mi vien voglia di prenderla e scuoterla violentemente, anche se è triste e sconsolata.

«Ok, ok, te l'ho detto, sono solo gelosa. Avevamo tutte una cotta pazzesca per il professor Windsor, ti ricordi? Tu sei sempre stata la sua preferita, però. Con te era sempre carino e premuroso» dice Nadine.

«Era tanto tempo fa. La dinamica tra di noi adesso è completamente diversa. Siamo due adulti molto adulti. E poi lui mi ha fatto tantissime domande su di te e Magda, ieri, si interessava sinceramente anche a voi due».

«Magari vorrebbe fare una cosa a quattro!» esclama Nadine.

Scoppiamo tutte e due a ridere, anche se Nadine si porta le mani sulla gola. «Mi fa ancora malissimo» ammette.

«Credo che dovremmo andare al pronto soccorso» le dico.

«Sì, e aspettare sei ore per sentirmi dire che mi sono comportata come una ragazzina incosciente e che non devo più mettermi a rischio in questo modo» mi dice Nadine. «Senti, *lo so già* che sono stata una stupida!»

«Non farai più cose del genere, vero?» la imploro.

«No, non ti preoccupare. E poi mi fa male anche da altre parti, se vuoi che te lo dica, e non ho nessuna voglia di fare sesso per un bel po'».

«Invece io non vedo l'ora di rifarlo» le confesso. «Non sapevo che potesse essere così bello. E lui era così amorevole...»

«Tipo che ti ha detto 'ti amo'?» chiede Nadine, incredula.

«Ma no, figurati! Ma è stato tutto molto intenso. Al punto che mi vien da pensare che forse potrebbe essere...» Non riesco neanche a finire la frase per l'imbarazzo.

Nadine mi guarda scuotendo la testa, con un'espressione a metà tra l'affetto e l'esasperazione. «Tu sei tutta matta, Ellie. Sembri uscita da un romanzo rosa».

«Hai ragione. Oh, Nad, ascolta, penso di essermi comportata da matta sul serio. Andava tutto meravigliosamente bene, ed ero così felice, ma poi sono andata nel suo bagno e... e ho trovato...»

«Hai trovato *cosa*? Arnesi per giochi sessuali perversi?»

«Un fazzolettino nella tasca del suo accappatoio. Con un'impronta di labbra fatta col rossetto».

Nadine mi guarda, senza capire. «E?» dice, spronandomi a continuare.

«E ho guardato nell'armadietto del bagno e ci ho trovato una scatola di Tampax. È evidente che ha anche un'altra donna, no?»

«Probabilmente sì. Oh, Ellie! Tu avrai anche vissuto come una suora, ma non ti aspetterai mica che anche lui sia stato un monaco per tutti questi anni, nell'attesa di rincontrare la sua piccola allieva, no?»

«Ma la smetti con questa storia dell'allieva, non è proprio giusto! Non è per niente quel che vuole. Anzi... mi ha detto che gli piacciono le mie curve da donna vera». Oddio, perché gliel'ho raccontato? Mi mordo il labbro, come se potessi rimangiarmi le parole.

Nadine scoppia a ridere, sputacchiando il tè, poi si mette le mani sulla gola, con una smorfia di dolore. Come osa ridere di me! Però sento che anche la mia faccia si contrae, e prima di potermi fermare sto ridendo come una matta anch'io.

«Dai, forse è stato un po' troppo sdolcinato, ma lo ha detto mentre mi baciava, e mi accarezzava i fianchi con *molto* entusiasmo» le spiego.

«E allora proprio non capisco cos'abbia fatto per farti tirare i remi in barca. Ok, vedrà altre donne. Ma a meno che non abbia una moglie e due figli chiusi nell'armadio, non sta facendo proprio niente di *sbagliato*. Non puoi mica aspettarti una relazione esclusiva, almeno *non ancora*» mi dice Nadine.

«È la stessa risposta che ha dato una tipa che tiene una posta del cuore, l'ho letta su Google. Forse sono stata un po' sciocca ad andarmene via».

«In che senso te ne sei andata?» chiede Nadine, trasecolata.

«Non gli ho fatto una scenata, anzi, non gli ho proprio detto niente, se non che dovevo tornare a casa per Stella» le spiego. «E comunque lui non ha cercato di fissare un altro appuntamento. Mi ha solo detto che ci vedremo presto».

«Be', probabilmente sarà così» fa Nadine.

«Ma tu che esci con tutti quegli uomini, è normale sentirsi dire una cosa del genere?»

«Vorrei tanto che la smettessi di parlarmi come se mi scopassi un'intera squadra di calcio al giorno» sbuffa Nadine, esasperata. «È vero, esco spesso con uomini. Vado a cena, o al cinema, o facciamo un picnic, cose così. Di solito sono io la prima che si rompe le palle. Perché o vanno avanti per ore a parlarmi di una loro ex, o si lagnano di non riuscire a vedere abbastanza i figli, o si vantano del loro lavoro e della loro auto o del safari che hanno appena fatto – e in questo caso con l'aggravante che si mettono a mostrarmi cinquemila foto sul loro iPhone».

«Di elefanti?» chiedo distrattamente.

«Cosa? No, di solito si vedono solo leoni spelacchiati, lontani sull'orizzonte. E di animali tipo gli gnu che i leoni si pappano. Non vorrai mica fare un safari, vero, Ellie?»

«No, mi interessano solo gli elefanti» le rispondo.

«Gli elefanti?» Nadine arriccia il naso e poi se lo massaggia con aria mesta, perché è ancora gonfio e dolorante. Poi mi guarda il polso. «Stai già pensando a un nuovo personaggio per un fumetto? Per rimpiazzare Myrtle?»

«Nessuno può rimpiazzare Myrtle» dichiaro, carezzandomi il polso.

«Tu non sai che fortuna che hai. Hai un lavoro che ami, qualcosa di creativo. Il mio lavoro è ok, va bene, ma a volte non ne posso più. Darei tutto per creare qualcosa di speciale» mi dice, malinconica.

«Che tipo di cosa speciale?» Non riesco a resistere. «Un nuovo sex toy?»

«Ma sai che non sarebbe una cattiva idea? Di solito hanno un aspetto così cheap. Io farei qualcosa di classe».

«Un cappio di design in pelle italiana?» scherzo. A Nadine di solito piace l'umorismo nero, ma ora fa una smorfia, e abbassa la testa. Sono andata un po' troppo oltre.

«Scusa, scusa, scusa!»

«Per questa volta te la lascio passare. Giusto perché sei un'amica, per quanto rompicoglioni».

«Be', me le servi su un piatto d'argento! Ma non pensi che prima o poi incontrerai l'uomo giusto?»

«Tipo Magda? Per carità! Cosa ci veda in Chris, proprio non lo capisco. E quei due ragazzini insopportabili. Non la invidio certo. Questa nuova immagine materna non le si addice per niente» dice Nadine.

«Pensi che Gary possa essere quello giusto, per me?»

«Se è questo che vuoi, sì. Ma credi forse che, quando l'entusiasmo di scoparti l'oggetto dei tuoi sogni di ragazzina passerà, e ti ritroverai a vivere con un uomo che russa e si gratta le palle e annusa le calze che ha messo il giorno prima per capire se può rimettersele o no, per te sarà ancora l'Uomo Giusto?»

«Ma sei tremenda!» le dico. Però non ha tutti i torti.

Dieci

Rimango da Nadine per quasi tutta la domenica. Nel pomeriggio si sente già molto meglio, per fortuna. Mangiamo uva e cracker, ma non è un granché, come pranzo.

«Ehi, sai quando ti ho detto dei picnic? Facciamolo!» propone Nadine. «Andiamo a comperarci qualcosa da mangiare, dai. Tipo pollo freddo, insalata, formaggio, un filone di pane, dei mandarini… e anche una bottiglia di rosé!»

«Perfetto!» approvo.

Fuori fa troppo caldo perché Nadine si possa mettere un golf a collo alto, ma si annoda una lunga sciarpa di seta sui lividi, e sotto un top con le ruches e un paio di jeans neri attillati. Ha ancora il naso un po' gonfio, ma dopo aver provato a muoverlo con cautela dichiara che non pensa sia rotto. Gli occhi sono ancora rossi, ma tanto quando esce si mette sempre gli occhiali da sole. È uno schianto, anche col naso gonfio.

Vive in una zona molto esclusiva, per cui comperiamo il cibo da Waitrose, poi chiama un Uber che ci porti al parco di Hampstead Heath. Troviamo un posto perfetto per fare il nostro picnic vicino alla Kenwood House. Mangiamo ogni cosa, e ci scoliamo pure la bottiglia di rosé, anche se Nadine aveva giurato che non avrebbe mai più toccato alcolici.

«Oh, be', questo serve per mandar via i postumi della sbornia» afferma. «Da domani, basta».

«E basta anche con i maniaci che cercano di strangolarti?»

«Assolutamente. Castità, arrivo!» esclama Nadine, anche se sta adocchiando due ragazzi molto più giovani di noi sdraiati sul prato qui accanto.

«Nadine! Sono troppo giovani! Smettila!» sibilo.

«Ma non sto facendo niente. Sono loro che continuano a guardare dalla nostra parte» ribatte Nadine.

Ci accorgiamo però che in realtà stanno guardando due ragazze subito dietro di noi, con l'ombelico scoperto e gli shorts. Eccole fare dei cenni ai ragazzi, che in due minuti sono seduti vicino a loro e brindano con le lattine. Credo che non abbiano neppure notato le due signore di mezza età con i sacchetti di Waitrose.

Nadine ha il buon gusto di mettersi a ridere.

«Per fortuna che ho deciso di essere casta, perché mi sa che al momento questa sia la mia unica opzione. Sai, ne ho davvero piene le palle di uomini incontrati online» mi confessa poi, seria, bevendo il suo vino. «Ma adesso, Ellie, cosa farò del resto dei miei giorni?»

«Riempili di eventi culturali» le suggerisco, togliendomi le briciole dai jeans. «Andiamo a vedere la collezione permanente della Kenwood House? Hanno un bellissimo Vermeer».

Nadine fa una smorfia, ma accetta, e giriamo insieme per la mostra. Nadine guarda gli altri visitatori, io i quadri. *La suonatrice di chitarra* è proprio meraviglioso come speravo. Mi sarebbe tanto piaciuto riuscire a prendere i biglietti per la mostra di Vermeer ad Amsterdam. Di sicuro Gary ci sarà andato! Chissà invece se di recente è stato da queste parti. Potrei mandargli una mail informale, per chiedergli se ha voglia di venire, che sono qui con Nadine. Potrebbe essere l'occasione perfetta per ricontattarlo, senza sembrare troppo pressante. Ri-contattarlo... quel contatto, oh, ieri notte...

«Stai pensando di venire qui con il professor Windsor, vero?» mi chiede Nadine, sorprendendomi.

«Come lo sai?» le chiedo, stupita. Nadine è sempre stata un po' strega – che riesca davvero a leggere nel pensiero?

«Siamo migliori amiche da quando avevamo quattro anni! So *esattamente* a cosa pensi, Ellie Allard» mi dice, scoppiando a ridere. «Magari tu e lui siete davvero anime gemelle, appassionati d'arte come siete. Dovresti dargli una chance. Chi se ne frega se sta vedendo qualcun'altra? Prima o poi capirà che sei l'unica donna per lui».

«Lo pensi davvero?»

«E che cavolo, avete fatto sesso alla grande, vi piacciono le stesse cose, siete entrambi insegnanti, siete fatti l'uno per l'altra. Vedrai che l'anno prossimo, di questo periodo, sarete già lì lì per sposarvi, e se credi che io voglia essere la tua damigella d'onore, te lo sogni. Devo già farlo a dicembre per mia sorella, mi basta e avanza».

«Sì, ha invitato anche me al suo matrimonio, anche se alla mia festa ha flirtato con qualunque uomo non fosse gay!»

«Tipico di Nat. Sarà un matrimonio invernale, con me e le altre damigelle vestite di velluto rosso, bordato alla scollatura, ai polsi e sugli orli di una pelliccetta bianca. Sembreremo tutte Babbo Natale».

Soffoco una risata. «Ma perché vuole sposarsi a dicembre?»

«Oh, le piace l'idea del tema Magico Natale. In chiesa vuole mettere della finta neve, palle di Natale e decorazioni luminose, Cristo santo. Ci manca solo che arrivi Babbo Natale con tanto di renne per dare la sua benedizione alla felice coppia» dice Nadine. «Ehi, però, aspetta un momento. Non puoi venire al matrimonio insieme al professor Windsor, contavo su di te per essere il mio Più Uno. Nessuno degli uomini che conosco è adatto per accompagnarmi a nozze così sui generis. Per non parlare dell'umiliazione di essere la sorella maggiore ancora zitella!»

«Ma tu vorresti sposarti, Nad?»

«Assolutamente no» risponde lei, ma ha la faccia nascosta dai suoi lunghi capelli, mentre si china su un espositore con delle miniature. «Ehi, questa mi piace! Questa, dove c'è dipinto solo un occhio! Ti ricordi che avevo quell'anello da motociclista con un occhio inciso nell'argento? Dovrei cominciare a rimettermelo».

Ha cambiato abilmente argomento, come sempre. Nadine sarà anche capace di entrarmi nel pensiero e leggermi la mente, ma anche io riesco sempre a capire cosa sta pensando lei. In questo momento mi fa un'immensa tenerezza, così magra e pallida e vulnerabile, con la sciarpa di seta a nasconderle il collo.

Le passo un braccio attorno alle spalle. «Ti voglio un sacco di bene, Nadine» le dico, e lei mi abbraccia.

Dopo la nostra dose di arte, ce ne andiamo a zonzo per il parco. Mi guardo attorno, per cercare di capire dove siamo. Vorrei tanto avere un senso dell'orientamento migliore. Ma proprio in senso lato, nella vita.

«C'è un laghetto riservato alle donne, qui da qualche parte» dico. «Ho sempre voluto farci una nuotata. Perché non ci andiamo insieme, prima o poi?»

«Io odio nuotare, figurati poi all'aria aperta, in uno stagno fangoso con le papere che mi vengono a beccare!»

Chissà se ad Alice piace nuotare all'aperto... Sarebbe divertente andarci con lei. Ma è chiaro che lei non ha intenzione di risentirmi. E Wendy comincerà a chiedersi perché continuo a tampinare la sua fidanzata.

Do una rapida occhiata al telefono per vedere se per caso mi ha risposto, ma naturalmente non l'ha fatto. Nadine mi vede a guardare il cellulare.

«Beccata! Stai controllando se Gary ti ha mandato un messaggio!»

«In realtà stavo guardando solo se la mia nuova amica Alice mi ha risposto. Vedi che non sempre riesci a leggermi come un libro aperto?» le dico, anche se a dir la verità ho controllato se non ci fosse un messaggio pure da lui.

Quando più tardi torno a casa, c'è un sacchetto marrone

davanti alla mia porta, con i manici legati da un fiocco rosso. Mi fermo a guardarlo, nervosa. Un altro regalo? Sciolgo il fiocco e guardo dentro. C'è una scatola lunga avvolta nel cellophane, legata con un altro nastro rosso. Ho la salivazione azzerata.

Aspetto di essere dentro casa, poi accarezzo Stella e le do anche da mangiare, prima di avere il coraggio di aprire la scatola. Tolgo il cellophane e scopro che è una scatola di cioccolatini; come quelli di una volta, semplici, ma ognuno è decorato con un petalo di rosa fatto di zucchero.

Ne tolgo uno dal suo pirottino increspato e mi chiedo se possa essere stato contaminato, in qualche modo. Ma la scatola era intatta, e chiusa col cellophane. Ne prendo un morsino. È delizioso. Ma chi è l'ammiratore segreto che mi lascia regali a tema rose?

Questa cosa mi incuriosisce e un po' mi lusinga, ma al tempo stesso è inquietante. Torno fuori e guardo su e giù per il ballatoio che passa davanti agli appartamenti, appoggiandomi alla ringhiera. Come fanno a sapere quando non sono in casa? Mi stanno sorvegliando? Mi immagino un occhio, come quello nella miniatura di Nadine, che osserva ogni mia mossa.

Ecco un'altra idea per Myrtle: un ammiratore segreto che le lascia in dono pezzi di formaggio e una bottiglia di vino in miniatura dentro un secchiello d'argento. Lei guarda meglio e con grande sorpresa scopre che viene da... non lo so. E non ha importanza comunque, perché tanto Myrtle non è più in sintonia col gusto dei lettori.

Torno in casa accarezzandomi il polso sinistro e mi siedo, determinatissima, alla scrivania per disegnare i miei elefanti, mentre mangio i cioccolatini. All'ora di cena mi sono scofanata mezza scatola, e ho la nausea. Se Andreea è tornata, magari l'altra metà della scatola la do a lei. Mi metto in tasca le chiavi, faccio un salto alla porta accanto e le offro i cioccolatini.

«Me li ha dati un ammiratore segreto. Non ho la più pallida idea di chi sia, ma i cioccolatini sono buonissimi, te l'assicuro. È solo che ne ho mangiati troppi. Fammi un favore, prendi tu quelli che restano» le dico.

«Ma che pensiero gentile. Sono cioccolatini che costano un occhio della testa! Vieni dentro che ci beviamo qualcosa. Mia zia mi ha regalato una bottiglia di brandy di ciliegie fatto in casa!»

L'appartamento di Andreea come struttura è identico al mio, ma ha un'atmosfera completamente diversa: ci sono un sacco di tappeti con disegni geometrici, un divano in fibra sintetica e tanti cuscini con delle scene a motivo religioso ricamate sopra. Accanto a me ne ho uno con un Cristo crocifisso dall'espressione straziata, e mi sposto un po' più in là.

«Non sapevo che fossi religiosa» le dico.

«Infatti non lo sono, ma questi erano nel negozio della Oxfam» mi risponde, ridendo. «Mi ricordano mia nonna. In casa sua aveva ogni tipo di oggetto a tema religioso, sfidando il regime».

Versa due generosi bicchieri di brandy, forse un po' troppo abbondanti, perché è un superalcolico, e ho già bevuto mezza bottiglia di vino durante il picnic, anche se è già passata qualche ora.

Mi viene voglia di raccontarle tutti i miei problemi, ma capisco che sono poca cosa rispetto ai suoi. È laureata e parla quattro lingue, ma riesce a trovare solo lavori di bassa manovalanza. Fa il turno di giorno in un ospizio, e lavora anche come cameriera in un ristorante tre sere alla settimana. Ma non si lamenta mai.

Dice che le persone anziane le piacciono e ama ascoltare le loro storie, ed è innamorata del proprietario italiano del ristorante, per cui è contenta di lavorare lì, anche se sa che non ha speranze perché lui ha una moglie e tre figli che adora. Ha circa venticinque anni, ma sembra molto più matura di me.

«Come sta Gatta?» si informa educatamente.

«Benissimo. E grazie per il latte» le dico, anche se me lo sono bevuto io.

«E tu come stai, Ellie? Sembri un po'...» Abbassa gli angoli della bocca, e improvvisamente sembra una Maria Maddalena che piange Gesù ai piedi della croce.

«Sto bene anch'io, più o meno» le rispondo, ingollando il brandy.

E sto bene davvero, molto più che bene, perché quando torno a casa mia e controllo un'ennesima volta il cellulare, ci trovo un messaggio e un vocale.

Il messaggio è di Alice.

> Ciao, sono stata messa KO da un'intossicazione alimentare. Non mangiare mai per nessun motivo la zuppa di okra coi gamberi! Oggi sto un po' meglio, e sto cercando tutti i miei libri sugli elefanti. Se sei libera il prossimo sab mattina andiamo a nuotare insieme, e ci prendiamo un caffè al Cafè, poi andiamo a casa mia così guardi quello che ti può essere utile?

Il vocale è di Gary.

> Ciao, Ellie! È stato bellissimo rivederti ieri. Che ne dici di andare a un'altra mostra sabato prossimo e poi tornarcene a casa mia? Sì?

Ma certo che sì! Sembra molto coinvolto. Di sicuro a casa sua era molto coinvolto. Chiudo gli occhi, e mi abbandono ai ricordi.

Sono troppo timida per richiamarlo; che poi è assurdo, dato che solo ieri ci rotolavamo tutti nudi in un letto. E poi temo che la mia voce possa essere un po' impastata. Quel brandy è stato letale. Allora gli mando un messaggio, e decido di restare sul semplice.

Ciao, Gary. Mi piacerebbe molto rivederti sabato. Stavolta la gatta Stella mi ha concesso in via del tutto eccezionale il permesso di stare a dormire da te. XX

E ora Alice.

Ma povera, l'intossicazione alimentare è orribile! Se l'è presa anche Wendy? Mi piacerebbe venire a casa tua sabato. A presto! X

Poi mando un terzo messaggio.

Cara Nads, ho adorato il nostro picnic. Spero tu sia nella tua cella di clausura a dire il rosario, da brava bambina. XXX

Sono felice che mi risponda immediatamente.

Cara Madre Superiora, sei stata un tesoro oggi. Non dire niente a Mags! Abbracci in casta umiltà. XXXX

Non dico niente a Mags, anche se mi telefona a scuola il giorno dopo durante l'intervallo.

«Ok, El, ho finalmente un momento tutto per me. Raccontami tutto. Nei dettagli. Specialmente quelli sexy».

«Ma non sei al lavoro?»

«Oggi sono in smart working, tesoro».

«Fortunella. Io sono nel mezzo dell'aula docenti, che è piena di gente. Non posso raccontarti i dettagli della mia vita sessuale, Magda!» Credevo di aver parlato pianissimo, ma gli insegnanti vicino a me si mettono a simulare versi da scopata e fanno commenti osceni, specialmente gli uomini più anziani, guarda caso tutti repellenti al massimo con le loro camicie a quadri, le cravatte di maglina e le scarpe di cuoio tutte graffiate. Per fortuna Gary non è neanche lontanamente simile a loro, anche se hanno più o meno la stessa età.

«E allora vai nel bagno delle signore, devo dirtelo io?» sibila Magda.

«Non puoi aspettare che io arrivi a casa?» le propongo. «I bambini sono con la loro mamma, giusto?»

«Per fortuna sì! Ma a volte Chris torna a casa presto. È un amore, ultimamente insiste per preparare lui la cena e non fa che dirmi di tenere in alto i piedi e di riposarmi. È l'uomo più premuroso del mondo, Ellie. È vero che la terza volta è quella giusta!»

«Sì, certo» le dico, ma vorrei che Magda non fosse così infatuata. A volte mi chiedo se non voglia convincere anche se stessa, oltre me. È determinatissima a far funzionare questa relazione, anche se deve cambiare completamente e diventare una persona totalmente diversa per essere giusta per Chris.

«Ti prego, tesoro, vai nel bagno delle donne, così puoi parlare liberamente!» mi implora Magda.

Ma è impossibile parlare liberamente nel bagno, perché ci sono quattro cubicoli, con le docenti che entrano ed escono in continuazione. Cerco di tenere la voce più bassa possibile, specialmente quando sento arrivare il passo pesante degli stivali di Cath, ma riesco comunque a raccontarle qualcosa della serata di sabato.

«Mi giuri che non è tutto uno scherzo?» mi chiede Magda. «Giurami che hai davvero fatto l'amore con il professor Windsor».

Ha un tono incredulo. Io guardo accigliata la porta del mio cubicolo, come se fosse la faccia di Magda. Non c'è bisogno di essere così sorpresa.

«Ieri sera mi ha lasciato un vocale. Vuole che ci rivediamo sabato prossimo».

«E dici che il sesso è stato pazzesco? Ce la fa ancora a diventare duro?» mi chiede.

Ora sono davvero incredula. Gary ha solo cinquant'anni, non ottanta! Perché mi chiede una cosa così stupida? Non è che magari è *Chris* ad avere qualche difficoltà in quel campo?

«È stato il sesso più bello che abbia mai fatto» le dico, e sono sincera.

«Ed è bravo? Tanti preliminari, paroline sexy e nessuna fretta?»

«Sì. E sì. E sì. E siamo venuti praticamente insieme, poi mi ha tenuta stretta e mi ha fatto un sacco di coccole, e mi ha detto cose dolcissime».

«Ah». Magda si è zittita. Sembra così mogia che sento il bisogno di rassicurarla che non è stato poi tutto così perfetto.

«Penso però che abbia un'altra» ammetto.

«Be', c'era da aspettarselo, mi sa» dice Magda. «Ma non era sposato?»

«Non te lo so dire».

«E ha figli?»

«No».

«Buon per te» dice Magda, con voce triste. «Oh, Ellie, come farò? Ce la sto mettendo proprio tutta con Nat e Corrie, ma loro mi odiano. E Chris sta sempre dalla loro parte, anche quando sono davvero tremendi. Tu hai Lottie, e insegni, quindi capisci i bambini molto meglio di me. Puoi passare qui questo fine settimana per dirmi cosa faccio di sbagliato?»

Suona la campanella, fine dell'intervallo.

«Devo andare, Mags. Ho lezione. E sabato non posso venire, perché mi vedo con Gary».

«Allora domenica» insiste Magda. «Anzi, è anche meglio! Puoi nel pomeriggio? Chris ha una delle sue noiosissime partite di golf, e mi lascia sola coi bambini. Ellie, sono disperata. E sono sicura che al mio, di bambino, non fa bene che io stia così. Sta nuotandomi nella pancia come un piccolo piranha».

«Domenica pomeriggio va bene. Devo andare. Ti voglio bene».

Ora ho una prima liceo. Sono ragazzi abbastanza bravi, ma quelli di prima sono sempre un problema, finché non li riesci a capire. I maschi sono ancora ragazzini, ma alcune delle ragazze sembrano già donne fatte, con sopracciglia esagerate e un sacco di fondotinta, e le pose studiate. Oggi però anche queste ragazze mi sembrano bambine, e le loro gonne corte me le fanno apparire vulnerabili e inesperte, tutt'altro che sexy, anche se magari si fanno troppe fantasie, come noi, d'altronde, alla loro età. Anzi, a dirla tutta anche adesso.

Mi aggiro per l'aula di disegno dando consigli, facendo complimenti, scambiando qualche frase. Sono la noiosa, vecchia professoressa Allard, con la sua camicia bianca e i pantaloni neri ed eleganti, da tipica insegnante. Ma col pensiero sono nuda e a letto con Gary, con le gambe spalancate.

Come ci arrivo a fine giornata, e martedì, mercoledì, giovedì e venerdì, prima di poterlo rivedere? Potrei farmi audace e chiedergli di uscire una di queste sere, ma magari deve già vedersi con la Ragazza del Rossetto. O le ragazze, plurale...

Dopo la scuola me ne torno a casa, camminando sul ballatoio sospettosa, ma non c'è nessun ammiratore segreto nascosto, né ci sono fiori o cioccolatini davanti alla mia porta, il che è un sollievo. Mi faccio una doccia, poi mi metto una T-shirt grigia extralarge e i pantaloni della tuta. Se la mia vita fosse una commedia romantica, adesso suonerebbe il campanello della porta e sarebbe Gary, pazzo di desiderio, e se ne fregherebbe di come sono vestita. Mi prenderebbe tra le braccia e mi bacerebbe con tanta passione che gli occhiali mi volerebbero per terra, e faremmo l'amore nell'ingresso, con Stella che ci soffia contro indignata.

Mi do una scossa mentale. 'Smettila di pensare a quel cavolo di Gary! Vai a lavorare ai tuoi elefanti'. Do da mangiare a Stella, mi siedo alla scrivania con una tazza di caffè e stiro le braccia. Chiudo un attimo gli occhi e immagino Mosi e la sua tribù. È l'alba, e stanno camminando in fila, sagome scure contro il fulgido sole arancione. Prendo i miei acquarelli e li dipingo nel modo più intenso che mi riesce, usando l'intera pagina. Le forme non sono ancora perfette, come la posizione delle proboscidi o il movimento delle gambe, ma l'immagine è comunque potente. Potrebbe essere una bella copertina.

Comincio una nuova pagina, un primo piano di Mosi con il suo ultimo nato. Ma gli elefanti intrecciano le proboscidi con i loro piccoli come si vede in Dumbo? Quand'ero piccola lo guardavo e riguardavo, seduta in braccio a mia mamma, e quando la signora Jumbo e Dumbo venivano separati, piangevamo insieme.

Poi anche io e la mamma siamo state separate. Ho pianto ogni notte per mesi e mesi. Sono cresciuta parlandole dentro di me, ma non sono sicura che la voce che immaginavo mi rispondesse fosse proprio quella della mamma. Vorrei tanto che avesse una tomba, per poter andare a trovarla e portarle dei fiori, e sdraiarmi sull'erba vicino a lei.

Papà l'ha fatta cremare, e non ha nemmeno tenuto le ceneri. Le ha sparse in mare, e non mi ha portata con sé perché ha detto che sarebbe stato troppo sconvolgente per me. Per molto tempo non sono riuscita ad avvicinarmi al mare senza chiedermi se per caso tra le onde ci fossero ancora delle particelle della mia mamma che andavano avanti e indietro con la marea.

Ho cercato di parlare di lei con papà, ma lui non riusciva a sopportarlo, e trovava ogni scusa per zittirmi. Poi si è messo con Anna, e io mi sono ritrovata una giovane matrigna. Al principio la odiavo, semplicemente perché non era la mamma. Forse in segreto mi odiava anche lei, ma era quasi sempre gentile e paziente, e perdeva le staffe molto raramente. Io la punzecchiavo in continuazione, cercando di ottenere una qualche reazione. Ma lei mi diceva con la sua vocina tutta precisa: «Adesso calmati, Ellie» mentre io volevo solo che si mettesse a urlarmi contro.

È evidente, vista la mia situazione, che ora per Magda io sia l'amica e la consigliera perfetta. Posso dirle in tutta onestà che col tempo ho cominciato a fare affidamento su Anna. Non come una mamma, però. Adesso per me è diventata più una specie di sorella maggiore. Le voglio molto bene, forse persino più che a papà. No, non di più. Solo... in modo diverso.

Perché a lui voglio bene, naturalmente, ma non siamo mai stati davvero vicini. Quando ero nel pieno dell'adolescenza non lo sopportavo. Voleva continuamente dirmi cosa dovevo fare, e s'infuriava sempre se tornavo a casa tardi, anche se poi era *lui* che spesso se ne stava fuori fino a mezzanotte e oltre.

La suoneria del telefonino mi fa sobbalzare, e mi parte una riga nera che attraversa la testa di Mosi, facendomi imprecare. Afferro il telefono, sperando che sia Gary; e invece no, è Anna! Che strano, stavo proprio pensando a lei. È raro che mi chiami, e non mi manda quasi mai messaggi. Premo il tasto verde un po' preoccupata, chiedendomi cosa possa essere successo.

«Ciao Anna!» le dico, tenendo il telefonino con la sinistra, mentre con la destra tampono la striscia nera con un fazzolettino di carta. «C'è qualcosa che non va?»

«No, no. Be', non proprio».

«È successo qualcosa?» Poso il pennello, e mi preparo.

«Be', ultimamente tuo padre è un po' depresso» dice Anna. Ha abbassato la voce. Immagino che sia in cucina, mentre papà dev'essere in salotto a guardare il telegiornale.

«In che senso?» le chiedo.

«Niente, è un po'... *a terra*. Annoiato. Sembra stufo di vivere. Ho cercato in ogni modo di coinvolgerlo nella mia azienda, ma non gli interessa. Si comporta come se non avesse più uno scopo nella vita».

«Ma che cavolo!» esclamo, arrabbiata.

«Però, visto che al tuo quarantesimo si è tanto divertito, mi domandavo se non fosse il caso di fare un'altra piccola festa, solo per la famiglia. Tu e Lottie, spero, se riesce a tornare dal campo estivo. E ovviamente Ben e Simon. Per te andrebbe bene?»

«È una buona idea» le dico, poi però aggiungo allarmata: «Ma quando?»

«Questo sabato. Magari potreste farvi una bella chiacchierata, voi due, così cerchi di capire come sta. Probabilmente con te si aprirà più che con me. E la sera potremmo farci una bella cenetta. Sono sicura che questo lo tirerebbe un po' su di morale, soprattutto se lo facciamo sentire al centro dell'attenzione».

Sabato!

«Anna, possiamo fare un altro giorno? È un'ottima idea, ma sabato purtroppo ho già la giornata piena; mi vedo con delle persone al mattino, al pomeriggio e alla sera. E non posso assolutamente rimandare. Mi dispiace molto, ma mi è impossibile cambiare programma».

A essere onesti, potrei, ma non ne ho nessuna voglia. E mi dispiace più per Anna che per papà. Dev'essere dura per lei.

«E allora domenica? Potresti venire in mattinata, così porti tuo padre a fare una passeggiata, e magari per pranzo ci facciamo un bell'arrosto» propone Anna.

Ma io voglio restare a dormire da Gary, stavolta, e passare la domenica mattina con lui. E ho promesso a Magda che sarei andata da lei nel pomeriggio. Diciamo che passare una giornata con papà in piena crisi esistenziale non è un'alternativa allettante.

«Vorrei tanto, Anna, ma davvero non è possibile». Mi passo la mano libera tra i capelli, sentendomi una figlia orribile, specialmente quando papà ha speso una fortuna per la mia festa, e mi ha *pure* dato quell'assegno. Ma non gliel'ho mica chiesto *io*.

«Non possiamo fare un altro weekend? Così mi organizzo e mi tengo libera?» aggiungo, ansiosa.

«Sì, sì, certo. So che te lo dico proprio all'ultimo momento, e tu hai i tuoi programmi. Mi dispiace, tesoro. Non ti preoccupare. Andrà tutto bene. Forse sono un po' giù anche io, e mi faccio un po' troppi problemi. Bene, sono sicura che hai molto da fare, adesso. Ti voglio bene. Ciao ciao» farfuglia Anna, e riaggancia prima che possa dire una sola parola.

Mi sento davvero uno schifo. Chiamo subito Ben.

«Ehi, Ben, non è che tu e Si potete andare da Anna e papà questo sabato?» gli domando ansiosa. «Anna mi ha appena invitata da loro, ma io ho un appuntamento sexy che non voglio rimandare».

«Oh, caspita, sorellona! Un appuntamento sexy! Dicci tutto! Posso metterti in viva voce, così ti sente anche Si?»

«No che non puoi! Non voglio sfidare le ire degli dei. Ti racconterò tutto più avanti. Ma non potete andare da papà sabato, per farlo contento? Anna mi è sembrata davvero disperata».

«Purtroppo usciamo con Dean e Michael, abbiamo prenotato in un ristorante gettonatissimo» mi risponde.

«Ok. Allora al più presto cerchiamo di andare insieme in missione per rallegrare i genitori in crisi di vecchiaia» gli propongo, e concludo la telefonata.

Non chiamo Lottie, ma le mando un messaggio. Non posso chiederle di rifare il viaggio fino a casa solo per andare a trovare il nonno, ma le chiedo se può mandargli un po' di foto di lei con i bambini del campo estivo, con un messaggio affettuoso.

La povera Anna dovrà cavarsela da sola. Non posso cancellare tutti i miei piani solo perché papà è un po' giù.

Eppure durante la notte non faccio che svegliarmi, sentendomi un peso sulla coscienza.

Undici

Lavoro duramente per tutta la settimana: vado a scuola ogni giorno, disegno le idee che mi vengono sugli elefanti tutte le sere, cerco di tenermi occupata per distrarmi. Venerdì medito anche di prendere un treno subito dopo le lezioni per andare da Anna e papà, e portarli fuori a mangiare, per poi riprendere un treno per tornare a casa a tarda sera. So che Anna ne sarebbe contenta. Magari riuscirei persino a tirare un po' su di morale papà.

Ma di cosa potremmo parlare? Mi piacerebbe vedere i nuovi bozzetti di Anna per la collezione di maglieria invernale, e soprattutto sapere come sarà il suo esclusivo golf natalizio di quest'anno, ma papà diventa mogio quando Anna parla del suo lavoro. Non c'è niente da fare, è il classico marito vecchio stile che non riesce ad accettare il successo della moglie, soprattutto adesso che è andato in pensione. Papà poi di sicuro non avrà niente di nuovo da raccontare perché non fa *niente*, tranne starsene seduto in casa a decomporsi.

Io invece di novità ne ho, ma non voglio ancora parlare di Gary. Papà di sicuro disapproverebbe, anche se, alla mia età, chi frequento non sono certo affari suoi. E forse persino Anna si sentirebbe vagamente a disagio.

Alla fine, non seguo il programma di andare dai miei venerdì sera. Invece mi dedico a prepararmi per domani: mi depilo per bene, provo a scovare nell'armadio un vestito che sia bello e che mi stia anche benissimo, e butto giù tutte le domande sugli elefanti che mi vengono in mente e che non sembrino troppo stupide.

Consulto uno dei miei nuovi libri sugli elefanti impilati sopra la mia nutrita collezione di libri d'arte. Sorrido nel vedere due volumi identici sui Preraffaelliti. Uno mi è stato regalato per Natale dal piccolo Nick Rivers, il mio alunno preferito. È un ragazzo molto dolce di sedici anni, che però ne dimostra dodici. Ha giusto una lievissima peluria sopra il labbro superiore, ma per il resto sembra che la pubertà gli sia passata accanto senza sfiorarlo. È molto bravo nello studio della teoria, ma non altrettanto nella pratica artistica. Ha scelto arte come seconda materia da portare alla maturità, «perché io amo le sue lezioni, professoressa Allard» mi aveva detto.

Preferisco di gran lunga essere chiamata 'professoressa Allard' anziché con l'irritante 'prof' che usano tutti gli altri. Quando prima delle vacanze di Natale mi ha regalato quel libro, gettandolo sulla cattedra, era rosso come un peperone. Anche se ne avevo già una copia a casa, l'ho ringraziato profusamente per il pensiero gentile.

All'improvviso mi porto la mano sulla bocca. Ho parlato a tutti i miei allievi di Dante Gabriel Rossetti perché alcuni di loro vivono nel gruppo di case che porta il suo nome. Ho tenuto loro un'intera lezione sull'importanza delle rose nei suoi dipinti. Che sia stato il piccolo Nick Rivers a lasciare il mazzo di rose davanti alla mia porta? Ritengo altamente improbabile che si sia spinto tanto in là, però non è impossibile. Che sollievo se fosse stato lui, anche se rimarrei un po' delusa che non fosse qualcuno di più eccitante.

Devo riuscire a intercettarlo lunedì e chiederglielo con il maggior tatto possibile. Purtroppo per lui, non riesce a evitare di diventare rosso come un peperone. So che mi basterà mormorare 'davanti alla mia porta' e, se è lui il colpevole, diventerà bordeaux.

Rimango un po' in compagnia della signora D. poi mi rannicchio sotto le coperte, con Stella sdraiata sul letto accanto ai miei piedi. Basta poco e il suo respiro si fa regolare, con addirittura un lieve russare, ma io per un bel po' non riesco proprio a prendere sonno.

Poi suona la sveglia, e finalmente è sabato. Salto fuori dal letto, mi faccio la doccia, ingurgito un pezzo di pane tostato, ingollo un caffè ustionante, do a Stella un sacco di croccantini, poi esco con la borsa di tela rigonfia, con dentro l'asciugamano da piscina, lo shampoo e la crema per il corpo.

Ho il coraggio di cambiarmi nello spogliatoio comune solo perché sotto la maglietta e i jeans ho già messo il costume, però Alice non è ancora arrivata. Eppure eravamo d'accordo. Mi sorprende quanto io mi senta delusa. Ho bisogno davvero di saperne di più sugli elefanti.

Rimango a tergiversare per una decina di minuti, mentre donne piene di energia entrano ed escono dallo spogliatoio, ma comincio a sentirmi a disagio, perché non vorrei che pensassero che sono lì per guardarle spogliarsi. Poi mi viene in mente che Alice potrebbe essere già in acqua, e vado a bordo piscina per dare un'occhiata. Senza occhiali sono miope come una talpa e quando una mano all'improvviso esce dall'acqua e mi afferra la caviglia caccio un grido.

Poi scoppio a ridere quando capisco che è Alice che mi sorride.

«Scusami! Non volevo spaventarti!» mi dice.

Io la guardo, raggiante. L'acqua turchese all'improvviso sembra scintillare, con le piastrelle della piscina comunale bianche come il marmo.

«Buttati!» mi grida Alice.

Di solito io entro dalla scaletta un gradino alla volta, per abituarmi all'acqua fredda, ma stavolta faccio come mi dice. Peccato che non siamo nella parte più profonda della piscina, perché sono brava a tuffarmi, ma cerco di entrare nel modo più aggraziato possibile. La schizzo, ma non sembra importarle.

«Allora, come va?» le chiedo.

«Molto meglio, grazie. Adesso ho sempre fame» mi risponde. «E non vedo l'ora di mangiare il mio croissant alle mandorle. Allora riesci a venire a casa mia dopo la colazione, vero?»

Mi piace che dica *mia*, e non *nostra*. Anche se proprio non so perché mi debba importare.

«Mi fa molto piacere» le rispondo.

Lei allunga una mano e mi prende il polso. All'improvviso faccio un po' fatica a respirare, mentre lei guarda Myrtle.

«Perfetta!» esclama. «Com'è andata? Ti ha fatto molto male dopo?»

«Per niente. E mi piace molto».

«Mi sa che ti ho portata sulla cattiva strada. Non mi diventerai mica una fanatica dei tatuaggi? Da bambina ho letto un libro su due sorelle la cui madre si riempie di tatuaggi, e poi si dipinge tutto il corpo per coprirli» mi racconta Alice.

«L'ho letto anch'io!» le dico, tutta contenta. «Non ti preoccupare, non arriverò fino a quel punto».

Un'altra nuotatrice si infila tra di noi, si gira a guardarci e se ne va, sbattendo le gambe un po' più del dovuto per schizzarci d'acqua, giusto per farci capire che non è il posto dove fermarsi a chiacchierare.

«Direi che è stata piuttosto esplicita, eh?» commenta Alice, alzando un sopracciglio. «Comunque forse è meglio che ci togliamo da qui».

Fa strada lei, guizzando nell'acqua come un pesciolino. Io nuoto più forte che posso, ma non riesco a raggiungerla. A dirla tutta, quando l'ora è finita lei mi ha già doppiata due volte, cosa sorprendente, se si considera che è stata ammalata. Mi aspetta con un sorriso trionfante.

Quando ci rivestiamo ci diamo le spalle. Io cerco sempre

di togliermi il costume sotto il telo, mentre Alice non si fa problemi.

«Ehi, hai davvero perso peso» le dico senza pensarci, poi vorrei mordermi la lingua, perché adesso sa che la stavo guardando.

«Lo so» dice lei con una smorfia, come se si trattasse di qualcosa di brutto. E magari per lei lo è davvero, visto che era già molto magra. «Sto pensando di pubblicizzare la mia nuova dieta miracolosa: basta prepararsi una zuppa di okra e aggiungerci una confezione di gamberetti dall'aria sospetta, ed è fatta!»

«Devi essere stata davvero male! Wendy ti ha preparato bevande energetiche e pane tostato mentre eri malata?»

«Col cazzo» mi risponde piatta. «Ha continuato a dirmi che non era un'intossicazione alimentare. Sosteneva che fosse una gastroenterite, e che probabilmente me l'ero presa da uno dei miei studenti».

Alice sembra molto arrabbiata, e non la biasimo. Wendy non sembra una partner tanto empatica. «Be', se anche lei ha mangiato la zuppa e non si è ammalata, forse potrebbe aver ragione» commento, restando sul vago.

«Il punto è proprio questo, *non l'ha mangiata*! L'ha preparata lei perché era il suo turno di cucinare, ma poi ha deciso che i gamberetti, così piccoli e rosa, le mettevano tristezza, e che da quel momento era pronta a diventare vegana integrale. Perciò ho mangiato tutto io, e a me invece quei dolci gamberetti piccoli e rosa hanno fatto sentire molto *peggio* che triste».

«Eh, be'» dico, in mancanza di un commento più appropriato.

«Scusami. Non c'è niente di più noioso dei battibecchi familiari» dice Alice. «Forza, andiamo a prenderci il nostro croissant».

Quando usciamo dal centro sportivo sta piovendo, ma tanto abbiamo già i capelli bagnati e non ci importa. Tutta la fatica di ieri per domare i miei ricci è stata una totale perdita di tempo, mentre i capelli corti di Alice sono carinissimi, come sempre. Oggi indossa una maglietta nera molto attillata, jeans neri aderenti con una cintura e grossi anfibi neri. Vorrei tanto poter entrare anche io in jeans così stretti. E mi piacciono i suoi Doc Martens, che sembrano un'autoaffermazione. Lottie ha il suo stesso stile. Ricordo quando disegnavo sui suoi piccoli stivali con le cose che le piacevano di più: personaggi della Disney, unicorni, sirenette. Li chiamava i suoi stivali magici, e adorava indossarli.

«Tutto bene, Ellie?» mi chiede Alice.

«Benissimo» mi affretto a risponderle. Forse le sono sembrata un po' triste. «Stavo solo pensando a mia figlia. A volte mi manca». Mi manca *sempre*.

«Dev'essere stupendo avere una figlia, soprattutto adesso che è grande» dice Alice. «Wendy e io parlavamo spesso di avere dei bambini, nei primi tempi della nostra relazione».

«E come mai non l'avete fatto?»

«Ne parlavamo sempre al futuro, per l'anno dopo, o quello dopo ancora. E ormai questo è il terzo 'anno dopo', e mi sa che non succederà mai». Alice ha un tono piatto, per cui non si capisce se la cosa le importi o meno.

«Oh, be'» commento, non sapendo bene cosa dire. «Probabilmente è... complicato».

«In realtà no» mi dice lei. «Siamo amiche di questi due stupendi ragazzi che vorrebbero tanto essere padri. Ci sarebbero sempre per un loro figlio; quattro genitori al prezzo di due».

«Ah, ecco. Be', il padre di Lottie non c'è mai stato, per lei. Ma noi due stiamo benissimo così. Non abbiamo nessun bisogno di lui».

«Lei l'ha mai conosciuto?» mi domanda Alice.

«No. Non sappiamo neppure dove sia. E comunque, dice che non vuole conoscerlo. Che nella sua vita ci sono già mio fratello e suo marito, e mio padre, e un sacco di altri uomini adorabili. In effetti, ho appena incontrato una persona che mi piace moltissimo, e se le cose tra noi dovessero andare avanti sarei contenta di farglielo conoscere, ovviamente. E sarebbe bello, perché lui è adorabile, lei è adorabile, e andrebbero d'accordissimo, o almeno spero».

«Bene» dice Alice. Poi resta in silenzio a guardarmi. «Cos'ha di speciale questo tuo nuovo uomo? Come vi siete incontrati?»

«Oh, grazie a un'amica comune. Che poi in realtà l'avevo già conosciuto una marea di anni fa, quand'ero adolescente, e adesso ci siamo ritrovati». Per qualche motivo, non mi va di dirle che era il mio insegnante. «È un po' più vecchio di me, ma va bene così. Gli uomini della mia età sembra che vogliano solo delle ventenni. O anche più giovani». Faccio una pausa. «Succede così anche con gli elefanti?»

Alice scoppia a ridere. «Le femmine di elefante sono più avanti di noi. Sono animali tribali, e le femmine più anziane fanno in modo di proteggere quelle più giovani per evitare che rimangano incinte troppo presto. I maschi non vanno tanto per il sottile. Diventano molto aggressivi, e scuotono le orecchie per diffondere il loro odore».

«Come molti ragazzi! Ma le femmine di elefante hanno mai relazioni tra di loro?»

«Sì. Si puliscono a vicenda e intrecciano le proboscidi l'una all'altra e si dimostrano tanto affetto. Sono adorabili».

«Allora è vero che gli elefanti intrecciano le proboscidi! Ed è vero anche che le figlie stanno con le loro madri per tutta la vita?»

Alice mi guarda, pensierosa. «Vorresti essere un elefante, Ellie?»

Rido. «Eccome! Peccato che non hanno mani, e non possono disegnare».

«In realtà possono. Hanno dato a certi elefanti asiatici dei pennelli speciali che possono afferrare con la proboscide e li hanno messi davanti a un cavalletto, e dipingono bene!»

«Stai scherzando?»

«No, è vero. Naturalmente fanno disegni astratti, ma sono davvero decorativi». Siamo arrivate al caffè, dove Rosa ci accoglie calorosamente.

«Caffè e croissant alle mandorle?» ci chiede.

«Ti sembro troppo abbuffona se me ne prendo due?» mi chiede Alice.

«Assolutamente no! Piuttosto sono io che forse non dovrei prenderne neanche uno» le rispondo, dandomi dei colpetti sulla pancia.

«Ma sei matta? Non avrai mica problemi col cibo, vero?» Poi ha un'espressione imbarazzata. «Scusa, sono stata un po' troppo impicciona».

«Figurati. Be', da ragazza ho avuto un problema con il mangiare, non proprio anoressia conclamata, ma ci sono andata molto vicino. E se devo essere onesta, sono ancora un po' ossessionata dal peso. Soprattutto in una nuova relazione; la prima volta che devo togliermi i vestiti mi imbarazza moltissimo» le dico. Oddio, com'è che le sto raccontando tutte queste cose quando la conosco appena? Eppure mi viene così naturale, mi sento a mio agio, come con Nadine o Magda.

«Oh, la prima volta è sempre imbarazzante» conferma Alice, sorprendendomi. Sembra così a suo agio e sicura di sé. Pensavo che fosse una che si spoglia senza nessun problema.

E mi ritrovo a chiederle: «Quand'è stata la tua prima volta?» Ora sono *io* a essere impicciona, ma lei non sembra farci caso.

«Oh, avevo circa quindici anni, con una compagna di scuola. Non sapevamo nemmeno bene cosa stavamo facendo. E tu?»

«Io avevo più o meno un anno più di te. Eravamo impacciati e imbarazzati, ma a suo modo è stato bello. E dopo un po' di volte, le cose sono andate decisamente meglio».

Faccio una smorfia. «Pensa che quello della mia prima volta l'ho rivisto proprio l'altro giorno. Adesso non sarebbe per niente il mio tipo».

«E poi ora hai incontrato quest'uomo speciale, no?»

Alzo le spalle. «Potrebbe in effetti essere quello giusto». Prendo un respiro. Posso permettermi di chiederle quando la sua relazione con Wendy è diventata 'esclusiva'? No che non posso, potrebbe pensare che in realtà le sto chiedendo se la sua è una coppia aperta, e che le sto facendo un'avance. E ovviamente non è così.

Per fortuna arrivano i nostri caffè con un grosso vassoio di brioches: sia croissant alle mandorle che lisci, e poi brioches a spirale con le uvette e trecce danesi all'albicocca.

«Prendete quelle che preferite!» ci dice Rosa.

Alice sorride, ed entrambe ci lanciamo sul vassoio. I croissant alle mandorle spariscono per primi. Poi lei si prende la brioche con le uvette, e allora io non riesco a resistere e mi prendo la treccia danese. Alice mangia il suo *pain au raisins*, seguendo la spirale pezzo per pezzo, per tenere il centro mieloso per la fine.

«Anche Lottie la mangia così, precisa!» esclamo.

«Perché, c'è forse un altro modo, 'dice Alice'?» mi chiede lei.

«La riconosco! È la poesia di A. A. Milne, *C'è il cambio della guardia a Buckingham Palace*!»

«'Christopher Robin ci andò con Alice'» prosegue lei, felice che io abbia colto la citazione. «Mia mamma me la leggeva sempre, e io aggiungevo il 'dice Alice' alla fine di ogni strofa. Mi leggeva anche le storie di Winnie the Pooh. Il mio soprannome era Pimpi».

«Anche la mia, di mamma, me le leggeva. E poi io le ho lette a Lottie» le dico.

«Tua mamma c'è ancora?» mi chiede con delicatezza, cogliendo la punta di tristezza nella mia voce.

«No, è morta quand'ero piccola. Ma ora va bene, vado

molto d'accordo con la mia matrigna Anna. Vado più d'accordo con lei che con mio padre, a dire la verità. Adesso poi è un periodo che papà si piange addosso. Ha insegnato arte al college per una vita, e ora che è stato costretto ad andare in pensione è un po' perso, sai com'è».

«Lo capisco» mi dice Alice. «Io invece, se me lo offrissero, accetterei volentieri un pensionamento anticipato, così sarei ancora abbastanza giovane da vivere delle avventure. Magari potrei addirittura tornare in Africa».

«E Wendy che cosa ne pensa?»

«Oh, Non ce la vedo proprio Wendy in Africa» fa Alice.

«E perché? 'Leoni, tigri e orsi, povera me'?»

«'Ho la sensazione che non ci troviamo più in Kansas'» continua Alice senza esitazione.

«Pazzesco! Noi due parliamo la stessa lingua! Quante volte l'hai visto, *Il mago di Oz*?»

«Be', lo danno in TV ogni Natale, e comunque ho anche un'edizione speciale in DVD, per cui devo averlo visto almeno una trentina di volte» dice Alice. «Lo so tutto a memoria. E imito anche le vocine dei mastichini. Vuoi che te le faccia?»

Lancio uno sguardo in giro nel bar, che si sta riempiendo velocemente. «Magari non qui...»

«Eh, magari anche no. Dai, scherzavo».

Ci sorridiamo. Come se ci conoscessimo da tutta la vita. Anche se non è proprio quel conoscersi sin troppo bene, così rassicurante e scontato, come con Nadine e Magda. È qualcosa di nuovo ed eccitante, che mi fa sentire viva.

Cerco di convincerla a mangiare una terza brioche, solo per vedere se ce la fa, ma è abbastanza saggia da rifiutare. Quindi paghiamo, e quando siamo fuori rimaniamo lì un po' incerte.

«Sei sicura che ti va bene se andiamo a casa tua?» le chiedo.

«Ma certo. Possiamo prendere un autobus, o farci una passeggiata. Sono circa venti minuti. Che ne dici?»

«Andiamo a piedi? Così possiamo far finta di smaltire le migliaia di calorie che ci siamo mangiate».

«Ellie! Piantala con questa storia delle calorie!»

Se me l'avessero detto Nadine o Magda, me la sarei presa, ma per qualche motivo non m'importa di essere sgridata da Alice. E poi, non lo sta dicendo per rimproverarmi. Non riesco a credere che siamo arrivate a questo livello di confidenza in così poco tempo. Di solito è molto più difficile diventare amici, da adulti.

Nadine e io siamo state migliori amiche sin dal primo giorno d'asilo solo perché ci eravamo fatte a vicenda delle collanine. Quando abbiamo conosciuto Magda al liceo c'è voluto un po' più di tempo, ma stavamo a scuola insieme cinque giorni alla settimana, e all'inizio tutte e tre ci sentivamo nuove e piene di insicurezze, anche se facevamo il possibile per sembrare a nostro agio e molto cool. Poi, dopo la nostra prima lezione di educazione fisica, ci siamo messe a parlare male della professoressa Henderson e ci siamo lamentate di quanto fossero orribili le docce comuni, e da quel momento siamo diventate le migliori amiche.

Naturalmente ho avuto altri amici, i miei compagni all'Accademia e i miei colleghi insegnanti, ma non siamo mai arrivati a confidarci praticamente tutto da subito. Forse è perché Alice è una persona molto amichevole, e non solo con me. Andando verso casa sua, quattro persone diverse le fanno un cenno di saluto o le danno il buongiorno, e un'anziana signora si ferma a chiacchierare con lei e a raccontarle a lungo del suo nuovo nipotino, con tanto di fotografie esibite con orgoglio. A me sembra il bambino più ordinario del mondo, ma Alice è immensamente entusiasta, e l'anziana signora si allontana felice. Oddio, forse sono *anche io* una delle anziane signore di Alice, e fa finta di interessarsi a me perché è gentile d'animo? No, è una stronzata. Lo fa perché le piaccio, ne sono sicura. O almeno, *spero* di piacerle.

Prendiamo una scorciatoia attraverso il parco, che è pieno

di persone che portano a spasso il cane, e a quanto pare Alice ne conosce molti, di questi cani, che corrono subito da lei: un grosso pastore tedesco, un terrier che abbaia come un matto, un volpino di Pomerania che sembra un batuffolo di cotone. Alice fa loro un sacco di feste, e dalla tasca tira fuori un biscottino per ciascuno.

«Non sai cosa darei per avere un cane tutto mio» mi confida. «Ma non sarebbe giusto. Io sono fuori tutto il giorno a insegnare e Wendy non si alza fino al pomeriggio».

Non capisco. Ha un lavoro che prevede dei turni? È infermiera? Poliziotta?

«Lavora di notte?» le chiedo.

«Sì» risponde Alice, vaga, poi viene distratta da un adorabile cagnolone dorato senza guinzaglio che le salta tra le braccia e le lecca la faccia con affetto.

Anche a me piacciono i cani, ma non sono sicura che mi piaccia essere sbavata su tutta la faccia, mentre ad Alice non sembra dare alcun fastidio. È lì che coccola il cane facendogli i grattini sotto il mento, sembra che lo incoraggi. La proprietaria del cagnolone è una donna senza fronzoli, con i capelli cortissimi, che saluta Alice con entusiasmo, quasi come se anche lei volesse leccarle la faccia.

Capisco di essere solo l'ultimo membro del nutrito fan club di Alice, e la cosa un po' mi infastidisce. Vorrei sentirmi speciale, non una dei tanti. Ma che mi prende? Adesso pretendo l'esclusività non solo nelle relazioni, ma anche nell'amicizia? Penso a Gary e alla Ragazza del Rossetto. La vede spesso, due o tre volte la settimana, o è una storia da una volta al mese? E ce ne sono altre? Mi immagino una fila di donne stupende davanti a casa di Gary, che aspettano il loro turno per entrare nel suo letto, tutte più giovani di me e tutte magre come delle silfidi. È un'immagine deprimente.

Sospiro, e all'improvviso mi viene in mente che avrei dovuto telefonare a papà. Mi scuso con Alice e gli mando un messaggino.

Ehi, papi adorato. Come va? Grazie ancora per avermi organizzato la festa più bella della mia vita. Ci vediamo prestissimo. Ti voglio bene XXX

Spero che lo faccia vedere ad Anna, così lei non penserà troppo male di me.

Alice mi sta guardando. Non riesco a capire a cosa stia pensando. È infastidita? Preoccupata? Divertita?

«Scrivi al tuo nuovo uomo?» mi chiede.

«No, a quello vecchio, molto vecchio. Mio padre. Sai che ti dicevo che si sente un po' giù in questi giorni» le spiego con tono di scusa.

«Oh, ma che cosa dolce» mi dice.

No, non sono dolce per niente – un micragnoso messaggino non compensa il fatto che non sono andata a trovarlo – ma lascio che Alice pensi il meglio di me.

«Dev'essere bello essere in buoni rapporti con tuo padre. E tua madre» dice lei con la faccia lunga, anche se non credo se ne renda conto.

«Perché, tu non lo sei?» le chiedo con gentilezza.

«No. Hanno un grosso problema con il fatto che sono lesbica. Sperano ancora che si tratti solo di una 'fase'» spiega, con un sospiro.

«Ma ancora al giorno d'oggi?»

«Già».

«Dev'essere dura per te».

Mi lancia un sorriso grato, e camminiamo per qualche minuto in confortevole silenzio. Non mi ero mai sentita così rilassata con qualcuno appena conosciuto.

«Be', questa è la mia via».

Mi guardo attorno, curiosa. Ci sono due file di villette a schiera senza giardino sul davanti. Alcune hanno i mattoni a vista, altre sono dipinte di bianco e una di una bella sfumatura di blu. Una persona piena di orgoglio omosessuale ha dipinto un grande arcobaleno sulla facciata della sua casa, ma l'arco è leggermente decentrato e l'indaco e il violetto si sono mischiati insieme. Alcune case hanno vasi di fiori ai lati della porta d'ingresso, e una ha una bizzarra statua di una pecora che arriva all'altezza dei fianchi.

La casa di Alice non è quella dell'arcobaleno, né della pecora; è una delle banali case bianche, con una pianta rampicante che risale un graticcio lungo il muro. È poco curata, pende lasca e non cresce bene.

«Sarebbe un glicine, ma come vedi sta morendo» spiega lei. «Tu sei brava con le piante, Ellie?»

«No. Quello bravo è Simon, il marito di mio fratello. Se vuoi gli chiedo se ha qualche consiglio da darti».

«Ottimo. Avevo in testa l'immagine di meravigliosi fiori viola sul muro bianco, ma finora, niente».

«Mi sembra di capire che neppure Wendy abbia il pollice verde» le dico.

Alice mi lancia un'occhiata in tralice, come per dire 'ma quando mai?'. Cerca le chiavi nella borsa, apre la porta e mi fa cenno di entrare.

«Dobbiamo parlare a bassa voce?» le mormoro.

«No, ha il sonno pesante» risponde Alice. Alza gli occhi verso una scala stretta. «E la porta della camera da letto è chiusa».

Lungo la scala ci sono grandi fotografie incorniciate, e sono tutte di elefanti! Ce ne sono di bellissime con le madri e i cuccioli che intrecciano le proboscidi, un ritratto di un'enorme testona grinzosa con piccoli occhi pieni di saggezza, un gigantesco elefante maschio con le grandi orecchie aperte, uno scatto di un intero branco che si staglia in controluce su un cielo color arancio, proprio come me l'ero immaginato.

«Che meraviglia!»

Alice ne è contenta.

«Posso fare delle foto alle *tue* foto?» le domando. «Così posso avere un riferimento per disegnare gli elefanti in modo corretto. Queste foto sono infinitamente migliori di quelle che ho trovato online».

«Ma certo» mi dice, accendendo la luce delle scale.

Io fotografo tutto col cellulare e poi la seguo in salotto, dove rimango a bocca aperta. Speravo di trovarci altre foto di elefanti, ma le pareti sono coperte di scaffali. Sopra c'è qualche libro, ma soprattutto sono stracolmi di vecchi vinili, tutti sistemati con cura ossessiva, e c'è anche un'enorme consolle musicale dall'aspetto molto tecnico che mette in soggezione.

«Sei una vera appassionata di musica, a quanto pare» le dico, dando un'occhiata alle copertine degli LP. Sono di artisti che per la maggior parte non avevo mai sentito nominare.

«Non proprio» mi risponde. Penso che sia una battuta, e sorrido. «No, dico sul serio. Questi sono tutti di Wendy».

Scuoto la testa, incredula, e Alice nota la mia sorpresa.

«Ma non te l'avevo detto? Lei fa la DJ da Catz». Dalla mia espressione vuota vede che non ho idea di cosa sia. «È una discoteca molto famosa, che sta aperta fino alle quattro del mattino. È lì che ci siamo incontrate. Non è un posto che frequento di solito, ma un paio di ragazze che conosco adorano andarci quando ci sono le serate gay e mi ci hanno trascinata. L'ho vista mentre ballava e faceva la DJ, e ho pensato che fosse fantastica. Be', lo è tuttora».

Non mi viene in mente neanche un commento da fare. La Vecchia Wendy che avevo immaginato scompare, e al suo posto arriva la Nuova Wendy. Quella fantastica.

Mi siedo in pizzo a un divanetto, sentendomi molto fuori posto. Questo non è un vero salotto. È lo studio di Wendy. Mi chiedo se ad Alice questo non dia qualche problema.

«Il mio studio con tutto il mio lavoro di ricerca è al piano di sopra» mi spiega, come se mi avesse letto nel pensiero. «Preparo un po' di caffè, poi ci andiamo».

Guardo la libreria. I libri sono sistemati in ordine alfabetico, e infatti sono giustapposti e non c'entrano niente l'uno con l'altro: libri di musica, autobiografie di celebrità, manuali di mindfulness accanto a tomi sulla natura e sugli animali e a romanzi tascabili – Maya Angelou e Toni Morrison, Bernardine Evaristo e Zadie Smith. È facile capire a chi delle due appartengano i vari libri. Io non sopporterei di vederli tutti così mischiati. Li ho sempre sistemati in scaffali ben distinti, persino i libri di Lottie li tenevo separati dai miei. I miei libri sono una parte di me, una manifestazione fisica della mia personalità.

Alice rientra con due tazze di caffè.

«Tutti i miei libri sugli elefanti li ho di sopra. Vieni?»

La seguo sulle scale, ammirando ancor di più le foto degli elefanti, ora che ci passo davanti. Vedo la porta della camera da letto chiusa, il bagno e un'altra porta che conduce a una stanza più piccola. Solo che non è una camera da letto, è lo studio di Alice, con altre foto di elefanti, una grande scrivania, un PC, varie cartelle e documenti, DVD registrati da lei stessa e diversi libri. Ha anche una tribù di elefantini di legno in marcia sul davanzale della finestra, sistemati con cura, con una grande matriarca che guida la fila seguita da varie sorelle elefante, e tutti i cuccioli attentamente protetti dai più adulti.

«È proprio così che marciano?» le chiedo.

«Assolutamente sì» mi risponde Alice.

«Posso fotografare anche questi?»

«Puoi fotografare tutto quello che vuoi. E consulta pure liberamente le mie ricerche. Ti tratterò come una dei miei studenti» mi dice con un sorriso. «Spero che consegnerà il suo compito per tempo, signorina Allard».

«Ce la metterò tutta» le rispondo.

«Dimmi, cos'altro vorresti sapere? Vuoi che ti faccia una breve sintesi della mia conferenza introduttiva ai ragazzi del primo anno?»

«Sì, per favore!»

Comincia a parlare veloce, mentre io prendo freneticamente appunti. Fa in modo di essere coinvolgente e non troppo scientifica, raccontando anche parecchi aneddoti. Comincio ad avere le idee più chiare su come sviluppare la mia storia e darle maggiore profondità.

«Però c'è un problema» le dico. «Anzi, una marea di problemi, ma il primo è cosa scrivere nelle nuvole dei fumetti. Ci sarà una parte di racconto, ma ovviamente una graphic novel vuol dire anche dare voce alle illustrazioni con i fumetti. Ho dato ai miei elefanti dei nomi in swahili, perché suonano molto meglio dei nomi inglesi, ma ovviamente non posso scrivere in swahili anche i loro discorsi. Non voglio però che usino un linguaggio disneyano, tipo: «Ehi, ma', già che sei lì mi passi un po' di latte?» Sarebbe orribile. Mi domandavo quindi se usare per loro un linguaggio arcaico, come gli animali del *Libro della giungla*. Che ne dici? Fuori dai denti, per favore!»

«Penso che tu abbia avuto l'idea giusta» mi dice, ed è quello che speravo.

Mi racconta di come le femmine ascoltino tutti i maschi con cui vogliono accoppiarsi e scelgano quelli che fanno più rumore. Questo ha senso solo se vuoi fare dei cuccioli grossi e sani ma non se cerchi un compagno.

«Infatti hanno bisogno dei maschi solo per accoppiarsi» continua Alice. «Poi se ne liberano, mandandoli via. È come se gli elefanti vivessero in una sorta di utopia femminista».

«Forse hanno più sale in zucca di noi» commento io.

Lei ride.

«Alice?» chiama una voce, e la porta si apre. È una giovane donna, che si gratta la testa mentre sbadiglia. È bellissima, con due meravigliose trecce che le cadono sulle spalle. Ed è completamente nuda.

Wendy.

Dodici

«Wendy, ma santo cielo!» esclama Alice, dura.

«*Mi pareva* di averti sentita chiacchierare» dice Wendy. Non fa neanche il tentativo di coprirsi. Mi sorride. «Io sono Wendy» si presenta, senza che ce ne sia alcun bisogno. «Tu chi sei?»

«Piacere, Ellie» le rispondo, arrossendo. «Alice mi sta mostrando il suo lavoro di ricerca sugli elefanti».

Perché mai mi devo sentire così agitata e in colpa?

«Ma non mi dire» commenta Wendy, alzando le sopracciglia.

Poi si volta e torna dritta in camera.

«Si rimette a dormire?» sussurro.

Alice alza le spalle, a disagio. «Può essere».

Ma Wendy ritorna quasi subito, con addosso un kimono di seta. Adesso che la posso guardare vedo che ha un inconfondibile tatuaggio attorno alla caviglia: una ghirlanda di margherite con un cuore. Lei e Alice probabilmente se lo sono fatto insieme, quando sono diventate una coppia.

«Dunque ti occupi anche tu di elefanti?» mi chiede, con un'espressione divertita. «Sei una studentessa dell'Università della Terza Età?»

«Ma no!» le risponde Alice. «Wendy, lei è Ellie Allard. La famosa fumettista. Hai presente? Myrtle Mouse?»

Wendy chiaramente non ha presente, e non gliene può fregare di meno.

«Hai messo su del caffè?» chiede ad Alice. «Tanto vale che a questo punto resti in piedi, visto che ormai mi hai svegliata. Andiamo di sotto, forza. Qui c'è troppa gente».

«Scendi tu. Io sto cercando delle foto e degli appunti per Ellie. Sta scrivendo una graphic novel sugli elefanti».

«Figo» fa Wendy, indifferente. «Dovresti farti chiamare Nellie, Ellie. Come l'elefantessa della canzone» e la canticchia.

Faccio un blando sorrisetto di circostanza. Le matte risate proprio. Sai quanti ragazzini a scuola hanno fatto quella battuta, negli anni?

Wendy trotterella giù per le scale. Alice e io cerchiamo di tornare al punto in cui eravamo arrivate, ma non è più la stessa cosa. È come se Wendy fosse ancora qui nella stanza a sbadigliarci in faccia. Qualche minuto dopo sentiamo una musichetta. È *Nellie the Elephant*.

«Come diavolo fa ad avere questa canzone? Se è un disco, è un reperto storico!» commento.

«Forse l'ha trovata su Internet. Anche se in effetti ha diversi dischi di vecchissime canzoncine per bambini, e a volte li usa per mixarle con canzoni di oggi. Quando vuole sa essere molto divertente. Da Catz tutti pensano che sia una DJ pazzesca» mi dice Alice. A guardarla, si direbbe che lei non la pensi esattamente allo stesso modo.

Può essere che non sia più così innamorata?

Poi la musica cambia. È la vecchia canzone degli Smokies, *Alice*, mandata a tutto volume. Ricordo quando la ballavamo alle feste, ai tempi della scuola, e ci sentivamo tutti molto disinibiti quando cantavamo a squarciagola '*Who the fuck is Alice?*'.

Alice sospira. «Forse è meglio che scendiamo a prendere un caffè con lei, se no non la smette più. È come una bambina che non sopporta di essere ignorata».

«Penso che comunque sia arrivato il momento che io me ne vada» le dico, a disagio. «Ti ho già rubato fin troppo tempo».

«È stato bello vederti» mi dice Alice, e penso che sia sincera. «È bello trovare qualcuno con cui puoi parlare, e non solo di elefanti».

«Sono stata benissimo anche io» le dico.

Ci guardiamo e ci sorridiamo timidamente.

Adesso il volume della musica è ancora più alto. Alice afferra dei faldoni e un paio di libri, e scendiamo di sotto. Wendy ci sta aspettando ai piedi delle scale e mi fa ciao ciao con le dita, soddisfatta che io me ne stia andando. Alice esita un momento, poi mi dà un rapido abbraccio.

«Ci vediamo in piscina la settimana prossima? E nel frattempo divertiti con il tuo nuovo ragazzo» mi dice.

«Grazie» le rispondo, in totale disagio.

Poi sono fuori e senza esitare mi dirigo verso casa, con il materiale di Alice sugli elefanti ficcato dentro una borsa di tela che lei mi ha prestato e che mi sbatte sul fianco, e la borsa della piscina piena di cose bagnate che mi rimbalza sul fianco opposto. Mi domando come sarebbe vivere con Alice – nel senso, con qualcuno come lei – e abitare insieme in una villetta a schiera. Probabilmente inizieremmo prendendoci il caffè insieme la mattina, chiacchierando e programmando la giornata. E poi, tornate stanche dal lavoro, magari ci rilasseremmo con un bicchiere di vino, cucinando la cena a turno, per poi guardarci una serie in TV e poi…

Finalmente sono arrivata a casa. Grazie a Dio, l'ascensore funziona. Mi avvio lungo il ballatoio, e il cuore mi batte più forte mentre controllo con lo sguardo la mia porta di casa; ma davanti non c'è niente, e sento che le spalle mi si rilassano. Entro, chiamo Stella e mi faccio un'altra tazza di caffè, ben contenta di bermelo qui invece che con Wendy. È inutile negarlo: non mi piace. E forse ormai anche Alice non è più così innamorata di lei, e non pensa più che sia tanto fantastica.

«Sei tu la mia ragazza fantastica, dopo Lottie» dico a Stella, accarezzandola. Lei inarca la schiena, compiaciuta.

Mentre bevo il caffè comincio a sfogliare il contenuto di un paio dei faldoni di Alice. Il tono è piuttosto asciutto e scientifico, ma ogni tanto riconosco il suo modo di dire le cose, per come costruisce la frase. Dopo le prime pagine, comincio ad appassionarmi. Prendo altri appunti, poi do una rapida occhiata ai libri e comincio a copiare sul blocco da disegno un paio delle fotografie. Mi sorprende come possano essere diverse le zanne, da un elefante all'altro, e di come alcuni esemplari abbiano le orecchie molto più irregolari di altri. Disegno anche un paio di cuccioli, così, per il puro piacere di farlo, e sperimento quale potrebbe essere il loro modo di giocare insieme. Decido che arriverà solo verso la fine della storia una nuova cucciolina, e potrebbe avere qualche difficoltà durante la crescita, o si caccerà in qualche guaio... magari sarà vittima di un'imboscata di leoni? Ma Mosi e le sue figlie più grandi – e anche il cucciolo maschio, che fino a quel momento era stato piuttosto bellicoso con l'ultima nata – cercheranno di proteggerla.

La storia si sta quasi scrivendo da sola. Potrebbe cominciare con la morte della madre di Mosi, e il periodo del lutto, e poi prenderà il suo posto come matriarca. Avrà già una figlia, Binti, che è la sua compagna più leale, e anche altri figli maschi, che hanno già lasciato la tribù. Uno potrebbe essersene andato da poco, e magari se ne va in giro in compagnia di un altro giovane maschio. E addirittura tra di loro si potrebbe sviluppare un affetto speciale, praticamente Ben e Simon trasformati in una coppia di elefanti.

Ci sarà una siccità, e la situazione si farà disperata, ma ci sarà una scena bellissima quando finalmente riusciranno a raggiungere uno splendido lago. Potranno bere quanto vogliono, giocare e schizzarsi addosso l'acqua. Disegno a più non posso, solo abbozzi senza un ordine definito, ma ci sto arrivando, alla storia che voglio scrivere, e c'è anche tutto lo spazio per inserire le nuove idee che mi verranno.

Sono così assorbita dalla mia graphic novel che mangiucchio un panino e bevo un caffè: il mio tipico pranzo di lavoro. Gary mi telefona mentre sto provando a disegnare un gruppo di elefanti visti da dietro, cosa tutt'altro che facile, con lo splendido sederone floscio di Mosi in primo piano, e gli elefantini più piccoli nascosti tra le sue gambe.

«Gary? Che succede? Non ce la fai per oggi pomeriggio?» gli chiedo.

«No, volevo solo essere sicuro che tu sappia dove andare quando arrivi a Russell Square» mi dice lui. Mi aveva già mandato un messaggio in cui mi proponeva di andare al Foundling Museum, il museo dei Trovatelli, spiegandomi che metropolitana prendere dalla stazione di Waterloo. «Se per te è più facile, ti posso venire incontro alla fermata della metro» si offre.

«Sei molto carino, ma conosco bene la zona. Vado spesso al Curzon, nel distretto dello shopping» gli dico. Sto anche per aggiungere che sono già stata al Foundling con Lottie, ma lui è tutto preso a raccontarmi entusiasta ogni cosa sul museo, come se mi stesse svelando il più incredibile dei segreti.

«Sono sicuro che ne rimarrai affascinata, Ellie. E vedrai che fantastica sorpresa che ti aspetta!» mi dice, tutto felice, come se avesse organizzato lui la cosa personalmente.

Non sarà affatto una sorpresa, perché so benissimo a cosa si riferisce: c'è un'opera magnifica e molto triste di Paula Rego intitolata *Oratorio*. È una sorta di pala d'altare, con otto pannelli dipinti e otto statue in legno raffiguranti madri con i bambini. Ero rimasta ferma a guardarla per un'intera mezz'ora, per assorbirne ogni dettaglio. Ma mi sembra davvero brutto interrompere il suo entusiastico flusso di parole, e così lui va avanti facendomi una piccola conferenza su come Thomas Coram fosse così angosciato per i bambini abbandonati da creare un rifugio per i trovatelli, dove potessero venire nutriti, trovare riparo e studiare.

Lottie e io eravamo in lacrime, davanti agli oggetti lasciati dalle madri costrette ad abbandonare il loro bambino. Alcuni sono così umili da strapparti il cuore: una monetina, un ditale, il tappo di una bottiglia.

Una serie di crampi interrompe il flusso dei miei pensieri, e mi massaggio la pancia. Forse ho mangiato il panino un po' troppo in fretta. O forse sono solo irritata dal fatto che Gary mi tratti come una ragazzina.

Ma perché cavolo non lo faccio smettere di parlare e non gli dico le cose come stanno? Penso sia perché non voglio farlo rimanere male, o creare dell'imbarazzo tra di noi. Dico a me stessa che non c'è niente di male nel far finta di niente e lasciarlo concionare, se questo lo fa contento. Dopotutto, sta cercando di portarmi a vedere qualcosa di cui pensa che *io* potrei essere felice.

Quando alla fine la smette, tiro un sospiro di sollievo, e ci salutiamo. Torno ai miei sederi di elefante, ma ormai ho perso la concentrazione, e non riesco a disegnarli con le giuste proporzioni. Così riempio la pagina di scarabocchi, come una bambina frustrata.

Stella mi salta in grembo. Forse vuole consolarmi. Le do un bacio tra le orecchie, sentendomi un po' in colpa.

«Temo che stasera dovrai startene da sola, tesorino. E dai, non guardarmi in quel modo. Ti lascio dei croccantini in più, e dei premietti. E quando torno a casa domani mattina, o al più tardi per l'ora di pranzo, ti cucino del pesce fresco, anche se m'impuzza tutta casa, e magari ci metto dentro anche qualche gamberetto. Che ne dici?»

La coccolo a lungo, anche se so che dovrei già prepararmi. Non voglio arrivare tardi. Mi ricordo che Gary s'irritava molto se arrivavamo nell'aula di disegno in ritardo. Poi scuoto la testa. Perché continuo a scordarmi che adesso siamo entrambi adulti? Non credo che sarà lì a guardare l'orologio dicendo:

«Eleanor Allard, vai subito al tuo banco, stai interrompendo la lezione». Forse non sto ancora riuscendo a metabolizzare il fatto di avere una storia con il professor Windsor.

Mi faccio un'altra doccia veloce, perché l'arrivo di Wendy completamente nuda mi ha fatto sudare per l'imbarazzo. Faccio del mio meglio per domare i capelli, poi ci metto un po' a scegliere cosa indossare, e alla fine opto per un abito rosso scuro che forse è un pochino troppo aderente, ma mette in risalto tutte le mie rotondità. Diciamo che le mie curve da vera donna sono esibite in tutta la loro esuberanza, ma lui le aveva apprezzate, per cui che cavolo, va bene così.

Metto il braccialetto di cristalli indaco che mi ha regalato Lottie su un polso e il bracciale Eternity di Tiffany che mi ha dato Magda sull'altro, poi mi do una seconda passata di eyeliner. Mi guardo allo specchio cercando di capire se l'ho messo giusto, chiudendo un occhio, ma così sembro un gargoyle. Provo con l'altro occhio, ma non sono per niente uguali, così ci rinuncio e mi strucco. Ma perché sto facendo tutti questi ridicoli sforzi per piacergli? Mi chiedo se lui stia facendo lo stesso per me, se si sistemi i capelli per avere un aspetto disinvolto ed elegante, se si metta il dopobarba, o se si provi una polo (no, fa troppo 'campo da golf'), poi una camicia in popeline con disegni fantasia (no, è a un pelo dal sembrare ridicolo) o se si metta spalle allo specchio e testa girata a guardarsi il sedere, per controllare che i suoi jeans non siano troppo stretti per un uomo della sua età. Probabilmente no.

Guardo l'orologio, e caspita, è veramente tardi. Ma odio smettere di disegnare quando uno schizzo mi è venuto male, per cui traccio rapida le forme di un grande elefante maschio in pieno calore, con le orecchie spalancate e un disperato bisogno di accoppiarsi.

Vorrei tanto sentirmi un po' più propensa al sesso, oggi. Ma mi dà un certo fastidio immaginarmi mentre esco a fatica dal vestito rosso e mi sdraio sul letto con Gary, o pensare a lui che mi grugnisce nell'orecchio. Se fossi un'elefantessa, non starei neanche a sentire i versi dei maschi: mi basterebbe continuare a nutrire il mio cucciolo e a parlare con le mie sorelle, completamente soddisfatta così. È stata forse l'idea vagamente perversa di fare sesso con il mio ex professore che mi ha eccitata tanto, la settimana scorsa? Magari è solo perché lui è un uomo ancora piuttosto bello, ma è più vecchio di me, e anche un po' noioso, no? E questi pensieri non sono solo un modo per poi sentirmi meglio nel caso andasse tutto male?

Stella mi lancia un'occhiata piena di commiserazione. 'Stai di nuovo pensando troppo, Ellie' sembra dirmi. 'Vivi le cose momento per momento. Cogli l'attimo'.

E allora colgo l'attimo e mi affretto verso la stazione della metropolitana. Adesso sì che sono davvero in ritardo. Cerco di correre come quando vado a fare jogging al parco, ma il vestito è troppo stretto sulle ginocchia, e con i tacchi alti mi storco una caviglia e sto quasi per cadere. La gente mi guarda, mi sento una scema. Proseguo a testa alta, fingendo di stare benissimo, ma quando sono sulla metro mi massaggio la caviglia, pregando di non essermela slogata. Ho avuto la presenza di spirito di portarmi in borsa uno dei miei libri sugli elefanti, così mentre sono in metropolitana posso concentrarmi su altro, ma poi mi immergo nel libro al punto che per poco non perdo la fermata di Waterloo, dove devo cambiare treno.

Quando esco su Russell Square ho già un quarto d'ora di ritardo. Controllo il cellulare e vedo che c'è un messaggio di Gary.

Sono sulla scalinata fuori dal museo

Niente convenevoli, penso con una smorfia.

Scusa, sono un po' in ritardo, sono quasi arrivata X

Affretto il passo come meglio posso, con la caviglia che mi fa male. Ed eccolo lì, che si guarda attorno con lo sguardo accigliato, esattamente come tanti anni fa. Mi si stringe lo stomaco. Non mi farà mica una scenata, vero? Stringo i pugni, sentendomi al contempo ansiosa e arrabbiata, proprio come ai tempi della scuola.

Ma quando mi vede la sua espressione si rilassa, e mentre mi avvicino viene verso di me e mi abbraccia.

«Ellie, finalmente! Ma sei bellissima!» Mi guarda dalla testa ai piedi, e si vede che apprezza il vestito rosso. «Cominciavo ad aver paura che non saresti venuta. Perché non mi hai avvisato prima che eri in ritardo?»

«In metropolitana non c'era campo. E a un certo punto siamo anche rimasti fermi per un bel po', chissà perché, ed ero fuori di me dalla frustrazione» mento spudoratamente. «Mi dispiace molto. Di quanto sono in ritardo, un quarto d'ora?»

«Quasi mezz'ora» precisa lui, e neanche questo è del tutto vero. «Non fa niente, tesoro. Andiamo».

Tesoro! Ma tesoro in che senso? Difficile capirlo, da come l'ha detto. È davvero un termine amoroso o l'ha detto così per dire, come facciamo io, Nadine e Magda? E poi Lottie non mi aveva forse detto poco tempo fa che i giovani si sentono trattati in modo condiscendente, quando li si chiama tesoro? Mi devo sentire offesa o lusingata? Ma che ne so.

Vorrei tanto che prima ci andassimo a prendere un caffè, o una birra, per poterci rilassare un po' e mettere a nostro agio, ma ci fiondiamo subito nel museo e la visita non è bella come me l'ero immaginata. Amo questo posto, ma lo stiamo visitando con una lentezza pazzesca, percorrendo sala per sala a passo di lumaca, con una solennità francamente eccessiva. Gary si ferma a guardare qualsiasi cosa, e ha un commento da fare su tutto, addirittura mi fa una breve biografia di tutti i pomposi personaggi dipinti nei ritratti. Mi sembra di fare una visita scolastica. Mi viene da dirglielo, ce l'ho proprio sulla punta della lingua, ma so che si sentirebbe offeso, così sto zitta, annuendo e facendo versetti di assenso, e ogni tanto faccio anche un commento che spero risulti intelligente e ne sia soddisfatto.

'Brava, Ellie. Nove su dieci'.

Ma che cos'ho? Lui sta solo cercando di rendere la visita al museo interessante. Non farebbe così, se gli avessi detto che ci sono già stata. Perché la sto mettendo giù così dura?

Gary mi prende per il gomito e mi conduce con gentilezza verso l'opera di Paula. È così felice anticipando la mia sorpresa che gli brillano gli occhi. Ce la sta davvero mettendo tutta.

«Non ha una potenza incredibile?» mormora, mentre arriviamo davanti all'enorme opera d'arte. Mi sta ancora tenendo il braccio e lo sento tremare leggermente. Forse non è così sicuro di sé come sembra.

Così all'improvviso mi intenerisco e mi sciolgo, e mi viene facile fingere di essere sorpresa e colpitissima. E in effetti *sono* sorpresa di essere qui con lui, e sono *colpitissima* dal fatto che abbiamo fatto l'amore così bene, la settimana scorsa, e che tra un paio d'ore saremo di nuovo nudi, e mi starà baciando dappertutto...

Sento un brivido di eccitazione sessuale, grazie al cielo! D'impulso gli prendo la mano. Lui stringe la mia e restiamo vicini vicini a guardare quell'opera così estrema. È triste, selvaggia e meravigliosamente potente. Ora lui non parla, e assapora il momento; poi ci guardiamo, con la naturale e istintiva intimità della scorsa settimana che si è finalmente ristabilita.

Alla fine andiamo a bere qualcosa, seduti nell'angolo di un altro pub buio a condividere come la volta scorsa una bottiglia di vino, rosso come il mio vestito. Ho fatto un pranzo così frugale che sento che il vino mi sta dando alla testa, e anche lui ha gli occhi un pochino lucidi. Alla fine della bottiglia ci ritroviamo seduti stretti l'uno all'altra, e continuiamo a guardarci negli occhi e a pomiciare, incuranti degli altri. Mi bacia sulle labbra senza neppure voltarsi a guardare se qualcuno ci sta osservando.

«Potremmo fare una passeggiata a Coram's Fields per vedere dove si trovava un tempo il vecchio Ospizio dei Trovatelli» mi propone. «Oppure potremmo andare da Skoob, un ottimo negozio di libri usati che è solo a cinque minuti da qui. O anche passeggiare lungo Charing Cross Road, e andare al museo del Ritratto. Vedi, mi sono andato a cercare tutte le cose che potremmo fare insieme, da bravo maestro» dice. Io scoppio a ridere: sa anche essere autoironico, cosa che adoro.

«Mi sembrano tutte ottime idee. O potremmo anche andare dritti a casa tua».

Lui sorride. «Questa mi sembra l'idea migliore».

Nell'Uber che ci porta da lui restiamo mano nella mano. Camminiamo veloci lungo la sua via ed ecco la casa, e appena entrati cominciamo a baciarci sul serio. Le sue mani corrono sul mio vestito rosso, me lo sta tirando su, e mi spinge contro al muro. Ma siccome nessuno dei due è atletico, è più semplice andare sul suo letto.

Mentre lui si spoglia io entro nel bagno, perché non sono ancora pronta a sfilarmi il vestito di fronte a lui, anche se sono così eccitata che ho le mutandine completamente bagnate.

Ma mentre me le tolgo, capisco anche perché sono così bagnate, e mi esce un gemito di disperazione. Anche loro sono rosse. Rosso sangue. Mi sono venute le mestruazioni. E adesso che faccio? Il mio ciclo lo bloccherà? Ad alcuni uomini non importa. Per esempio a Mick, in Accademia, non dava alcun fastidio. Russell invece era schifato, quell'unica volta in cui abbiamo tentato di fare sesso mentre avevo il ciclo, e mentre si lavava freneticamente aveva fatto un sacco di storie per essersi leggermente macchiato.

Penso alle lenzuola pulitissime di Gary. Potremmo usare

uno dei suoi teli da bagno, ma sono tutti bianchissimi e morbidi. Sento il sangue che mi cola fuori, e lo blocco come posso con la carta igienica, poi riempio d'acqua il lavandino e cerco in qualche modo di lavarmi.

Mi metto l'accappatoio di Gary e controllo la tasca. Il fazzoletto con il rossetto non c'è più, ma per fortuna nel mobiletto c'è ancora la scatola di Tampax. Ne prendo uno, grata alla sconosciuta che l'ha lasciato qui. Poi lavo bene le mani, sperando di odorare solo di sapone al limone e basilico.

Rientro in camera col cuore a mille. Gary è seduto sul letto, con un'espressione disorientata.

«Cos'hai fatto lì dentro per tutto questo tempo?» mi chiede.

Io prendo un respiro profondo. Dai, su, siamo adulti. Di certo non è la prima volta che gli capita una cosa simile.

«Gary, mi dispiace tantissimo, ma...»

«Oddio, hai cambiato idea un'altra volta?» mi chiede, affranto.

«No, no, mi è solo venuto il ciclo» lo rassicuro, mentre divento rossa come un peperone.

«Oh, Ellie, è solo per questo?» è la meravigliosa frase che mi dice, uscendo dal letto e abbracciandomi. «Non è un problema, per me».

«E invece è un problema» ribatto mogia. «Non posso macchiarti tutte le lenzuola. E se poi sporco anche il materasso?»

«Useremo un asciugamano».

«Sì, ma se si arrotola?» gli dico.

«Allora useremo due asciugamani, amore. Non essere così preoccupata. A me non importa». Sta facendo del suo meglio per rassicurarmi. A me però *importa* eccome. Non sono mai stata una di quelle donne intrippate con la New Age, che ritengono le mestruazioni un dono di Madre Natura. Ci ho provato, davvero, ma penso che le nostre nonne, che chiamavano il ciclo 'la Maledizione', avessero ragione da vendere. Sono grata di essere fertile, perché se no non avrei potuto avere Lottie, ma a continuare e continuare a essere fertile una si fa due palle così. Sarebbe bello liberarsi del ciclo, però poi questo vuol dire entrare in menopausa, e non è per niente divertente.

Rimango in piedi nel più totale imbarazzo mentre Gary ricopre le sue bellissime lenzuola con un paio di asciugamani, che dovranno restare a bagno nell'acqua salata per una vita, se mai vorrà usarli ancora. Sta cercando di comportarsi come se andasse tutto a meraviglia, e ce la mette tutta per farmi rientrare nel mood. Tuttavia, quando finalmente comincio a eccitarmi e ricominciamo un po' esitanti a fare sesso, dopo che ho fatto una capatina in bagno, è lui quello che ha bisogno di un po' per eccitarsi. Sono così a disagio che mi è difficilissimo lasciarmi andare, tanto che alla fine fingo un orgasmo, purché finisca.

Non riesco neppure ad accoccolarmi tra le sue braccia, dopo. Devo tornare in bagno a darmi una sistemata e a mettermi un altro dei Tampax di Rossetto. Quando esco, mormoro: «Spero di non aver fatto male, ma ho dovuto usare i tamponi che ci sono in bagno».

«Sì, tranquilla» dice Gary. Ha già tolto gli asciugamani, per cui non ho idea dello stato del disastro. «Tesoro, vuoi un bicchiere di vino? O una tazza di tè?»

Sembra non aver colto il sottinteso dietro quel che gli ho detto.

«Ovviamente quegli assorbenti interni non sono tuoi» sottolineo.

«Oh, probabilmente saranno di Kim» dice lui, senza fare una piega.

«E Kim sarebbe...?» gli chiedo, cercando di sembrare solo un filo curiosa.

«Oh, è una mia amica. Cioè, una scopamica» mi risponde. «Ogni tanto stiamo assieme, ma non è un legame serio, se è questo che ti preoccupa».

«No, no, figurati» gli dico, ma so di non essere affatto convincente.

«Siamo solo amici, Ellie» mi spiega pazientemente. «È una delle insegnanti della mia scuola».

Penso a Pete della mia scuola, o anche a Cath. Anche loro sono miei amici, ma non mi viene neanche in mente di fare sesso con loro. «Che cosa insegna?»

«Educazione fisica. Allora, vuoi del vino?»

«Sì, ottima idea. E quanti anni ha?» gli chiedo, mentre sta andando in cucina nei suoi eleganti boxer neri. Mi chiedo se l'ho sporcato tutto di sangue, e la faccia mi va a fuoco. Se così fosse, però, se l'è lavato via in fretta.

«È al suo primo lavoro. Ha ventitré anni» dice Gary, e lo sento stappare una bottiglia. Grazie al cielo dev'essere un bianco con le bollicine. Non sopporterei un altro rosso, in questo momento. Cerco di concentrarmi sul vino, ma il numero *ventitré* mi rimbalza nella testa come una pallottola impazzita.

Ventitré anni, e lui ne ha cinquanta. Una bella differenza di età. Un po' troppa. Sì, troppa. Decisamente troppa.

Mi porge un flûte e vede la mia espressione.

«Ehi, signorina Puritana, non è mica una bambina» mi dice. «Guarda che io avevo la sua stessa età quando ho iniziato a essere il tuo insegnante. E poi ha fatto tutto lei. Sta solo passando il tempo in mia compagnia, nell'attesa di trovare qualcuno di più interessante e meno radicato nelle sue abitudini».

Si accorge che lo sto guardando senza dire nulla. «Ellie, non voglio che ti preoccupi per Kim. Ti giuro che è solo un'amica. E se la cosa ti dà troppo fastidio, smetto di vederla».

«No, non ce n'è bisogno» gli rispondo, mentre dentro di me urlo: 'Sì, certo che sì, è esattamente quel che devi fare'.

«Io vorrei che *noi due* fossimo più che amici, Ellie. Quando Jean è stata invitata alla tua festa e io no, sono morto d'invidia!»

«Te l'ho detto, non sapevo neanche che *ci fosse*, una festa». Faccio una pausa. «Se no ti avrei invitato».

Lui mi bacia, e io riesco a ricambiare il bacio senza rovesciare il vino. È stato totalmente onesto riguardo a Kim. Dice che smetterà di vederla, se questo mi mette a disagio. Cos'altro voglio?

Lui continua a essere tenero e dolce tutta la sera. Anche questa volta mi prepara la cena, un pasticcio di pesce e una mousse di lamponi, entrambi fatti in casa da lui. Gli dico che come cuoco è molto meglio di me. Lui si schermisce sostenendo che sono cose facilissime da preparare, e per provarlo mi snocciola nel dettaglio le ricette. Io annuisco sorridendo, anche se non m'interessa più di tanto. Non avevo bisogno di una lezione di cucina.

Abbiamo ancora tutta la serata davanti, prima che sia ora di andare a dormire. Per un po' chiacchieriamo delle persone che conoscevamo, sia insegnanti che allievi, e lo aggiorno, in versione riveduta e corretta, sulla vita di Nadine e Magda.

Mi chiedo come passi le serate con Kim, quando si vedono. Magari stappano due birre, mangiano patatine e guardano lo sport in TV. Se non avessi le maledette mestruazioni, probabilmente adesso saremmo di nuovo nel letto a fare sesso, ma è troppo un casino in queste condizioni, anche se mi sento un po' indolenzita e insoddisfatta.

Mi metto a guardare i suoi libri sugli scaffali, e sfoglio quelli d'arte. Ci sono anche dei vecchi DVD. Ce n'è uno su Frida Kahlo che non ho mai visto. Gli racconto di quando mi sono vestita da Frida per i miei studenti e lui si diverte ad ascoltarmi.

«I tuoi allievi non si immaginano neanche che fortuna che hanno. *Io* non mi sono mai vestito da Frida Kahlo».

«Guarda, basta solo che ti fai crescere le sopracciglia» gli dico, facendolo ridere.

«Hai visto quel documentario su Frida Kahlo? Ci sono delle bellissime immagini di lei. Se hai voglia, ce lo guardiamo insieme».

Ci sediamo sul divano con del vino e guardiamo il film. Lui mi avvicina a sé, abbracciandomi, e io appoggio la testa sulla sua spalla. È un documentario affascinante, che mi cattura, anche se comincio ad avere un po' di sonno. Un paio di volte ho chiuso gli occhi per qualche secondo, spero che non se ne sia accorto.

E invece dice: «Guardiamo il resto domani mattina. Andiamo a letto a farci le coccole».

Io cambio di nuovo il tampone, sollevata nel vedere che il flusso è un po' diminuito, ma entro nel letto con gli slip che avevo portato per domani, che non si sa mai. Lui è adorabile, mi massaggia la pancia mormorando parole dolci, poi mi accarezza il seno, e il sonno mi passa completamente perché la sua mano entra nelle mie mutandine, e questa volta vengo sul serio. Poi dormiamo abbracciati, proprio come avevo sperato.

Tredici

Ci guardiamo il resto del documentario su Frida mentre facciamo colazione: yogurt greco, mirtilli, pane tostato col miele e caffè. Poi lui si fa una doccia, mentre io torno a letto con un'altra tazza di caffè, sfogliando uno dei suoi libri d'arte, su Tiziano. Che pittore fantastico, non c'è bisogno che lo dica, e poi ho sempre trovato le sue donne molto rassicuranti, perché hanno grandi forme e sono bellissime.

Poi faccio anche io la doccia e mi metto la maglietta della mostra su Alice del V&A, un paio di jeans e le scarpe da ginnastica che mi sono portata da casa. Ovviamente anche Gary ha visto la mostra su Alice, e comincia a fare paragoni con le altre mostre del V&A, facendomi sbadigliare un paio di volte, e mi preoccupa un po' il fatto che le nostre conversazioni abbiano un unico tema: l'arte. D'altronde è quello che insegniamo, santo cielo, non dovrei sorprendermi.

Dopodiché ce ne andiamo a fare una passeggiata nel parco di Clapham Common, ed è proprio come l'avevo immaginato, noi due che camminiamo a braccetto e chiacchieriamo, tanto che comincio a domandarmi se non sia davvero lui l'uomo giusto per me, finalmente. È Gary la persona che ho aspettato tutti questi anni? Dobbiamo essere belli insieme, perché una vecchia signora che porta a spasso il suo Bichon ci sorride con simpatia.

Io coccolo un po' il suo cagnolino bianco e mi viene in mente Alice, e il suo desiderio frustrato di avere un cane.

«Tu hai mai pensato di prendere un cane, Gary?» gli chiedo.

«In realtà ce l'ho avuto, anzi, ne ho avuti diversi. Li adoro. Un tempo stavo con una ragazza che lavorava nel rifugio per animali di Battersea, e si prendeva cura lei stessa di qualche cane, in attesa dell'adozione. Era bello portarli a passeggio la mattina presto, o quando tornavo da scuola. C'era un cane da caccia incredibile, che adoravo. Avevamo anche pensato di adottarlo noi due, ma non eravamo ancora a quel livello di coinvolgimento nel nostro rapporto».

«Ci sei mai arrivato, a quel livello?» gli chiedo.

«Forse un paio di volte. Ma alla fine non ha funzionato. Sto ancora aspettando» mi risponde. Non riesco a capire se lo sguardo che mi lancia sia o meno significativo. E non so nemmeno se voglio che lo sia.

Provo a pensare cosa vorrebbe dire avere un cane con Gary. Vivere insieme. Ma a casa di chi? A me la casa di Gary piace, ma non credo che mi ci sentirei davvero a casa. È troppo ordinata, troppo organizzata, troppo maschile. Non mi pare di aver visto roba ammassata negli angoli. È tutto riposto nei cassetti o negli armadi. Forse a un certo punto metterà via anche me.

Quel che so per certo è che a casa mia si troverebbe totalmente a disagio. Odierebbe le pile di libri, la scrivania piena di roba, le scarpe buttate sul pavimento, la lettiera di Stella… Anche se mi mettessi a pulire come una matta, gli farebbero comunque schifo il mio divano imbarcato e le vecchie poltrone, e i teli in stile indiano che nascondono varie sfumature di trasandatezza. Cercherebbe di far riparare il mio lampadario vintage a bracci perché è rotto, lo infastidirebbero i segni sbiaditi delle varie fasi dell'altezza di Lottie sullo stipite della porta, il mio televisore datato e il mio letto sfatto.

Potremmo lasciare le nostre case e comprarne una nuova dove andare a vivere insieme, ma dove? Gary non starebbe mai a Lambeth, e a me piace Earlsfield, ma non riesco a immaginare di viverci. Dove vanno a vivere le coppie tanto diverse tra loro come noi due? Sempre che *ci arrivino*, a vivere insieme.

Chissà cosa ne penserebbe Lottie. Non so dire se lui le piacerebbe o no; forse lo troverebbe un po' troppo Mister Perfettino. Di certo è diventata troppo grande per identificarlo come una figura paterna. E papà, cosa penserebbe di lui? Potrebbero parlare a lungo di pittura, insieme, ma sarebbe una sfida continua a chi ne sa di più, come in quei tremendi quiz della TV.

Se fossi andata da papà e Anna, ieri sera mi sarei evitata l'imbarazzo di farmi venire il ciclo nel momento più inopportuno. E comunque, dieci e lode a Gary per essere stato così gentile e comprensivo.

Gli stringo il braccio, e lui mi sorride.

«Sei felice?» mi chiede.

«Tanto» gli rispondo.

«Anche io».

Facciamo il brunch in un caffè affacciato sul parco, poi gli comunico che devo fare un salto a casa per dar da mangiare a Stella e da lì devo correre nella nuova casa di Magda e Chris.

«Mi hai detto che è già stata sposata, vero?»

«Due volte».

«Oh, c'era da aspettarselo, da Magda».

Lo dice in un modo che mi fa drizzare gli aculei. «Guarda che è solo stata sfortunata, tutto qui» puntualizzo, piccata.

«Ok, ok! Scusa, non volevo sembrare uno che spara giudizi». Rimaniamo un attimo in silenzio, poi lui prosegue: «E tu hai mai pensato di sposarti, Ellie? Almeno una volta?»

«Assolutamente no» rispondo.

«E se arrivasse l'uomo dei tuoi sogni?»

Alzo gli occhi al cielo. Parla come una rivista per signore. Vuol forse darmi a intendere che sia *lui*, l'uomo dei miei sogni? Ma dai, figuriamoci, certo che no.

«Be', mai dire mai» gli rispondo in tono leggero. Finisco le mie uova strapazzate. Mi sento anche la pancia strapazzata. E non per il ciclo, ma perché sono destabilizzata. Non so cosa stia provando lui. Non so neanche cosa sto provando *io*. Vorrei poter fare un passo di lato e analizzare con freddezza la situazione, perché adesso sono troppo agitata.

Alla stazione della metro ci salutiamo con un bacio, e alla gente sembra una cosa normale. Penso a come avrebbero reagito se fosse successo ventisette anni fa. Probabilmente se all'epoca il professor Windsor mi avesse baciata, io sarei stata emozionatissima, ma anche molto turbata. E lo sarebbe stata anche Nadine, nonostante tutti i suoi sforzi per sembrare sgamata, e per quanto proclamasse di volersi mettere con uno più grande (però, insomma, non *così* più grande). A Magda invece non avrebbe fatto tanto effetto.

Sono sicura che vorrà che le racconti nei minimi dettagli i miei due appuntamenti con Gary, ma per fortuna ci saranno i bambini. Corro a casa a dar da mangiare a Stella e tiro un sospiro di sollievo quando vedo che davanti alla porta non ci sono regali. Raccolgo la posta dal pavimento dell'ingresso. Una lettera di un'associazione benefica, una bolletta e un biglietto di auguri. Sulla busta il mio nome è scritto in un corsivo elaborato, e non c'è né indirizzo né francobollo.

Stella miagola indignata per dirmi che ha fame, e come ho osato lasciarla sola tutta la notte. Ottempero ai bisogni di Sua Maestà e le faccio un bel po' di coccole per scusarmi. Però non riesco a togliere gli occhi dalla busta. Quella scrittura appuntita mi balla davanti allo sguardo. Ho la gola secca. Vorrei buttarla direttamente nel cestino, ma devo sapere cosa c'è scritto dentro.

Quando Stella se ne va verso il suo tiragraffi mi butto sul divano e apro la busta.

Sul biglietto c'è una rosa, una grande rosa rosso fuoco, che mi sembra una provocazione. Apro. Ancora quel corsivo elaborato. È una poesia.

Le rose sono rosse
E viola le pansé
E visto che ti amo
Vuoi tu stare con me?

Nessuna firma. La poesia è talmente patetica che fa pensare a un bambino, ma non è la scrittura incerta di un bimbo. E non è neanche la scrittura di Nick Rivers. Per di più, lui avrebbe scritto una poesia molto più bella. Ma in nome del cielo, chi cavolo è stato? A che gioco sta giocando? Mi stringo le mani dondolando avanti e indietro, agitata.

«Oh, Stella, cosa posso fare? Chi diavolo è questo matto?»

Stella fa un movimento come se stesse alzando le spalle per dire che è un problema mio, non suo. Ed è davvero un problema. A questo punto il mazzo di rose, i cioccolatini e il biglietto mi sembrano in qualche modo minacciosi.

Nascondo il biglietto sotto un mucchio di programmi didattici. Non voglio averlo sotto gli occhi, ma sento il bisogno di non buttarlo. Per cosa? Per usarlo come prova? Non è un crimine mandare a qualcuno un bigliettino, dei cioccolatini e dei fiori. Quel che mi fa veramente paura, però, è che siano stati portati tutti di persona. Lui potrebbe essere lì fuori proprio in questo momento...

Controllo la serratura e il catenaccio. Sembrano sicuri, ma ho visto fin troppe serie TV per non sapere com'è facile entrare in casa di chiunque. Per esempio, Jason, che sta sul nostro ballatoio, si è ritrovato la porta scardinata da uno spacciatore rivale, cosa che mi ha spaventata moltissimo. E sono stata così scema da dirlo a Ben, che l'ha detto ad Anna, che l'ha detto a papà, che così è diventato ancora più determinato a cercare di convincermi a cambiare casa.

Al pensiero di papà mi viene un senso di colpa. Magari dovrei fare una scappata da lui proprio adesso. Potrei fiondarmi a casa sua, passarci una mezz'oretta e poi correre da Magda. Guardo l'orologio. No, farei troppo tardi. Cercherò di organizzarmi per il prossimo weekend. O quando posso. È quasi la fine della scuola, potrei infilare Stella nel trasportino (sempre che ci riesca) e portarla con me per qualche giorno a stare da papà e Anna.

Anche per Gary stanno arrivando le vacanze. Potremmo stare insieme un po' di più, così riuscirei a capire meglio cosa provo davvero per lui. E anche Alice sarà in vacanza. Chissà se è mai stata al Lido di Brokewell... Potrebbe essere divertente andarci insieme. L'estate è piena di possibilità, anche se vorrei che Lottie tornasse a casa.

Vengo travolta da una tale mancanza di mia figlia che, a dispetto di tutti i miei buoni propositi, alzo il telefono e la chiamo, senza neanche mandarle prima un messaggino per chiederle se è un buon momento.

Mi risponde al quinto squillo, e sembra un po' col fiato corto.

«Mamma! Tutto bene? È successo qualcosa?» mi chiede ansiosa. Quelli della sua generazione fanno chiamate dirette solo in caso di emergenza grave, a quanto pare.

«Sto benissimo, Lots. Volevo solo fare quattro chiacchiere» le dico, con tono poco convinto.

«Oh, mamma. Ti senti un po' sola, vero?» mi chiede lei, preoccupata.

«No, no, ho molto da fare, sto lavorando a un nuovo progetto...» No, non è ancora il momento di dirglielo, mantieni il segreto! «C'è anche questa mia nuova amica, Alice, che mi sta dando una mano con le ricerche. L'altro giorno mi sono vista con Nadine e tra poco vado da Magda. Tu che stai facendo di bello?»

«Oh, niente di che» mi dice, e scoppia in una risatina.

Sento una voce alle sue spalle.

«Ah, non sei sola. Scusa, ti chiamo in un altro momento».

«No, mamma, non c'è problema. È solo il mio amico Luke».

Sento una risata. Il-mio-amico-Luke non era mai saltato fuori, prima, e sembrerebbe essere un po' più che amico. Adesso devo procedere con cautela. Non vorrà che le faccia il terzo grado. Ma mi domando che tipo sia questo Luke, se sia affettuoso e comprensivo, se sia degno della mia Lottie.

«Ah, bene» le dico, vaga.

«Com'è andato il tuo appuntamento sexy?» mi domanda lei.

«Siamo stati benissimo» le rispondo, poi, non riuscendo a evitare di vantarmi un po', aggiungo: «Sono appena tornata da casa sua».

«Mamma!» esclama Lottie. «Cioè, vuoi dire che avete passato la notte insieme?»

«Già. Be', ti lascio andare, tesoro. Ti voglio tanto bene». Chiudo la chiamata, con un sorriso. Lascerò che si faccia mille domande. La sua vecchia mamma non è poi così fuori gioco. Che bello parlare con lei, mi aiuta sempre a mettere le cose in prospettiva. Ma ti pare che devo mettermi in agitazione per un cretino patetico che mi manda regali incentrati sulle rose e poesie da bambino?

Sospiro. Sono stanchissima, e ho anche i dolori del ciclo. Vorrei solo accoccolarmi nel letto con Stella e fare un bel sonnellino, ma ho promesso che sarei andata da Magda per aiutarla con i figli di Chris. Non credo proprio che mi piaceranno. Di sicuro per Chris non ho una grande simpatia.

Poche settimane dopo averlo incontrato, Magda ha organizzato una cenetta speciale per fargli conoscere 'le sue due migliori amiche al mondo'. Cioè noi. Forse per questo lui non sembrava troppo entusiasta di conoscerci. Forse era anche preoccupato che Magda ci avesse raccontato i segreti più intimi sulle sue performances sessuali. Cosa che ovviamente lei aveva fatto, perché Magda non riesce a non condividere ogni cosa nei minimi particolari.

Ci aveva già informate del fatto che il suo pene ha una forma strana, un po' a banana, ma giurava che nonostante questo lui fosse un magnifico amante. Nadine le aveva detto: «Un pisello Chiquita» ed eravamo scoppiate a ridere. Sapevamo benissimo di essere perfide e infantili, ma che ci possiamo fare? Se solo gli uomini sapessero cosa dicono le donne alle loro spalle!

Forse adesso che ha deciso che Chris è il suo Uomo Giusto sarà un po' più discreta. Quella cena era stata un calvario, anche se per fortuna i suoi figli erano con la loro mamma. Nadine e io avevamo fatto del nostro meglio per fingere che lui ci stesse facendo una buona impressione, ma entrambe non riuscivamo proprio a capire cosa ci trovasse in lui Magda. Più che una banana, Chris ci ricordava un pallone gonfiato; non faceva che vantarsi dei suoi progressi con il suo personal trainer e continuava a darsi pacche sugli addominali tutto tronfio, e quando Magda ha aperto la seconda bottiglia di vino per cercare di rendere l'atmosfera un po' più rilassata, lui ha alzato le sopracciglia e ha detto, giuro: «Signore mie, insomma, un po' di contegno!» Da non crederci.

La serata è stata un disastro, e Magda se ne deve essere accorta. Ma ha perseverato. Un paio di settimane dopo ci ha invitate da lui per un barbecue. C'erano parecchi colleghi di Chris con le loro fidanzatine e mogliettine adoranti che sembravano fatte in serie, e poi c'eravamo io e Nadine. All'inizio è stato esilarante, perché diversi amici di Chris erano convinti che Nadine e io fossimo una coppia, e allora non abbiamo resistito e gliel'abbiamo fatto credere, finché Magda non ci ha intimato di smetterla.

«Volevo mostrare a tutti quanto voi due foste fantastiche, e vi state comportando da stronze. Siete proprio due bambine» ci ha detto, furibonda. «È importante per me, perché non riuscite a prenderla sul serio?»

Era quasi in lacrime, e noi ci siamo vergognate parecchio.

Perché mai ci eravamo comportate come due ragazzine? Forse eravamo un po' gelose che Magda si fosse innamorata di nuovo e si fosse trovata un tipo quasi decente, secondo i parametri della maggior parte della gente, visto che Nadine aveva solo rapporti toccata e fuga, e io manco quelli?

Allora ci siamo ricomposte, ci siamo separate e abbiamo cercato di essere socievoli, fingendo di mostrarci interessate quando le persone ci parlavano di quanto fosse prestigioso il loro lavoro, o delle loro vacanze in destinazioni esotiche, delle loro nuove cucine da cinquantamila sterline, o degli asili molto esclusivi che i loro piccoli Ava od Oliver frequentavano. Nat e Corrie, i figli di Chris, non c'erano, perché stavano facendo un weekend lungo nel North Norfolk con la madre e il suo nuovo compagno. Saremmo state molto curiose di conoscerli, visto che per Magda erano un incubo.

Tra poco sarò in vantaggio su Nadine, perché li incontrerò questo pomeriggio. Riesco ad arrivare a casa Richmond alle tre spaccate.

«Oh, Ellie, per fortuna sei venuta!» mi dice Magda senza fiato non appena mi apre la porta. Alle sue spalle si sentono urla e grida.

«Ellie Poppins al suo servizio, signora. Vuole che picchi i bambini con il mio ombrello col manico a forma di pappagallo?»

«Sì, per favore!» ansima Magda. «Mi stanno tirando scema. Non hanno voluto mangiare quel che gli ho fatto per pranzo perché dicevano che puzzava di cacca – perché i bambini devono essere così disgustosi? Poi si sono ingurgitati un intero pacchetto di biscotti Hob Nobs, e da quando ho cercato di farli stare buoni con i videogame di Nat non hanno fatto altro che accusarsi a vicenda di barare, e se cerco di intervenire smettono di urlarsi addosso e cominciano a urlare contro di me. Nat mi ha persino chiamata stupida puttana. Pensi che abbia sentito Chris chiamarmi in quel modo?»

La abbraccio.

«Va tutto bene, Magda. Ci sono qui io per domarli. E non è stato perché Chris ti ha chiamata stupida puttana, è il classico linguaggio dei ragazzini da scuola privata. Stanno cercando deliberatamente di esasperarti».

«Mia figlia non si rivolgerà mai a me in quel modo, vero?» mi chiede Magda.

«Figlia? Allora avrai una bambina?» le chiedo, felice.

«Oh merda, avevo giurato a Chris che avrei mantenuto il segreto! Be', sì, è una femmina, e sono al settimo cielo. Ho cominciato a comprarle un sacco di vestitini deliziosi, ma ho dovuto tenerli nascosti, perché non vogliamo ancora rivelare il sesso del bebè. Be', a questo punto però posso mostrarteli, no? Sono troppo carini! Ma non voglio che i bambini li vedano».

Mi affaccio alla porta del salotto. Nat e Corrie smettono di urlare e mi guardano curiosi. Mi aspettavo che sembrassero i piccoli mostri dei cartoni animati, ma sorprendentemente sembrano teneri. Nat, il bimbo di otto anni, è piccolo per la sua età, con una curiosa riga di lato nei capelli, ma mi piace la sua faccetta vivace. Arriccia il nasino guardandomi, e io arriccio il mio. Pensavo che Corrie, che ha sei anni, avesse i riccioli e un vestitino elegante, e invece ha i calzoncini e la maglietta di Barbie, con i capelli che sono in quella strana fase in cui crescono tutti irregolari. Anche la bambina è nella fase sgraziata e irregolare, poverina, e si succhia il pollice.

«Ciao, bambini, io sono Ellie, l'amica di Magda. Se ve ne state buoni come dei topolini per dieci minuti, senza squittire, poi prepariamo insieme un dolce per il tè, che ne dite?»

Mi guardano, sbattendo gli occhi.

«Non sappiamo fare dolci» dice Nat, incerto.

«Tra un po' lo saprete, vi insegno io. Immagino che però sappiate *mangiarli*, vero?»

«La mamma dice che mi fanno diventare grassa» bofonchia Corrie, senza togliersi il pollice di bocca.

«Ma adesso non siete con la mamma. Siete a casa di papà e di Magda. E Magda mi ha detto che di domenica li potete mangiare, i dolci. Vero, Magda?»

Magda annuisce.

«Allora, zitti zitti come topolini. Le vedete le mie orecchie?» dico loro, scostando i ricci. «Sono grandi, vero? È perché io riesco a sentire tutto, anche i sussurri. Continuate pure a giocare».

E i due riprendono a giocare, in silenzio perfetto.

Usciamo dal salotto e ci chiudiamo la porta alle spalle. «Bene, adesso fammi vedere i vestitini che hai comperato e poi magari riusciamo anche a berci un caffè».

«Stanno zitti *sul serio*!» dice Magda. «Ma tu sei un *genio*!»

«No, sono solo bravissima a fare patti coi bambini. Dopotutto, sono un'insegnante! Alla loro età, li freghi con niente».

Saliamo di sopra. Ci sono quattro camere da letto, e io sbircio nella più grande. È immacolata, tutta nelle tenui sfumature di bianco e blu di Farrow & Ball, con i letti che fanno pendant con le pareti. Chissà se Magda e Chris si scatenano mai su quei cuscini di satin? La seconda stanza è molto più in disordine, con impronte di piedi sul piumone giallo. Mi sa che Nat ha usato il suo letto come trampolino. Il pavimento è pieno di magliette arrotolate, calzini, mutande e centinaia di mattoncini Lego.

La stanza lilla di Corrie è più in ordine, ed è occupata per la maggior parte da un'enorme casa di bambole. A vederla sembrerebbe che una mini Marie Kondo abbia messo in atto una drastica azione di riordino, perché la maggior parte del contenuto della casa è ammucchiato su un panno di flanella verde che rappresenta il prato.

Magda apre la quarta stanza, che è chiusa a chiave. È tutta bianca e rosa, ed è perfetta, con le lenzuola a righe pastello nella culla e un orsetto rosa seduto sul tappeto di pelliccia bianca. C'è un piccolo armadio bianco, che Magda apre con un gesto plateale. Ci sono già sei completini appesi, e molti sono di stilisti famosi. Sono tutti estremamente femminili, e il rosa è il colore predominante.

«Qui non mi pare che il sesso del neonato sia proprio un segretone!» commento.

«Tu sei la sola persona che ha visto la cameretta, a parte Chris».

«E hai fatto tutto questo dopo l'ecografia?» le chiedo, incredula.

«Mi sono presa una settimana di ferie dal lavoro e ho dipinto io le pareti. Ti piace?»

«È bellissima» le dico. Ma la guardo con una certa preoccupazione. Sta mettendo talmente tanto sforzo nella stanza della bambina che ha finito col dimenticarsi di se stessa. Ha appena un filo di trucco ed è vestita con l'ennesimo abito a fiori stile premaman e le scarpette da ginnastica bianche. Da quando ha compiuto tredici anni, non me la ricordo un solo giorno senza tacchi alti. Adesso cammina che sembra una papera.

«È un incanto, Mags» le dico, e le do una carezza leggera sulla pancia. «Avrai la mamma migliore del mondo, piccolina». Poi prendo in mano la stoffa del suo abito. «Ma che sono tutti questi vestitini a fiori, Mags?»

«Be', sto per diventare una mamma» mi risponde.

«Sì, ma non vuol dire che devi smettere di essere te stessa! Dov'è finito tutto il tuo trucco da diva, e i capelli biondi e i vestiti attillati che mettono in risalto le tue forme?»

«Ma che forme vuoi che abbia, adesso, Ellie! Sto già diventando grossa» mi dice, tirandosi il vestito sul corpo per farmi vedere.

«Ma per favore, hai meno pancia di me, e io non sono neanche incinta!» le dico, e tra me e me ringrazio il cielo di avere il ciclo. «Comunque il punto non sono i vestiti, il punto sei *tu*. Non devi cambiare il tuo modo di essere perché diventi mamma. Guarda Beyoncé, Rihanna, guarda tutte le donne che si vestono come vogliono anche da incinte».

«Sì, capisco quel che intendi dire, ma Chris è un uomo all'antica, e io non volevo essere diversa da tutte le altre mamme del suo vasto giro di amici bene» si giustifica Magda.

«Oh, Magda! Lui ha mai voluto una di loro? No! Ma quando ha visto te, con le tue curve sexy e i tuoi capelli luminosi e il rossetto scarlatto, ha pensato: '*Questa* è la donna per me!'» le dico. «Si è innamorato di te perché tu sei *tu* – e allora smettila di cercare di sembrare un'altra».

Magda mi fissa, incerta. «Sicura?»

«Al cento per cento. E non devi nemmeno essere tutta dolce e remissiva con i suoi figli. Tienigli testa, e impareranno a rispettarti».

«Ma io voglio che mi *amino*» piagnucola Magda.

«Be', magari succederà, o magari no. Dammi retta, io mi sono trovata nella loro situazione, e so esattamente cosa significa avere una matrigna. Quando lei e papà si sono messi insieme, odiavo Anna con tutte le mie forze, perché pensavo che avrebbe voluto prendere il posto di mia mamma. Non cercare di essere una mamma per Nat e Corrie. Sii un'amica, ma anche un'adulta che non accetta i loro capricci. Non essere servile. Dì loro le cose come stanno».

«Santo cielo, Ellie! Ti sei trasformata nella Tata Matilda» mi dice Magda.

«Be', sì, perché sono brava a risolvere i problemi degli altri. Il dramma è quando si tratta dei miei, di problemi, però» le dico, con un sospirone.

«A me sembra che tu abbia una vita fantastica. E a proposito, questa storia con il professor Windsor... come sta andando? È bravo a letto?»

«Devo essere sincera? Sì» le rispondo.

«Allora avete fatto sesso?» grida Magda. «Io scherzavo!»

«L'abbiamo fatto eccome, e più di una volta. Ed è stato davvero bello. Poi però ieri...»

«Vi siete già rivisti una seconda volta? Allora gli piaci sul serio?»

«Credo proprio di sì. Ma ieri mi è venuto il ciclo».

«Oh, no! E lui? Non ha più voluto far niente?»

«No, ha detto che non gli dava nessun fastidio»

«Davvero? Ma che mito!» dice Magda.

«Peccato che desse fastidio *a me*. Ma poi stamattina è andato tutto benissimo».

«Non ci posso credere! Il professor Windsor!» esclama Magda, ridendo come una matta. «Ma non ti è sembrato strano andare a letto con lui? Cosa gli hai detto mentre lo facevate: 'Oh, sì, professor Windsor!'?»

«Ma dai, lo stai facendo sembrare un filmetto soft porno!» protesto, ma non posso fare a meno di ridere anch'io.

«Ma perché state ridendo?» Nat irrompe nella cameretta e si guarda attorno, sbigottito. «Cos'è successo qui? Questa stanza era il ripostiglio».

«Infatti, era così incasinata che ho deciso di metterla a posto» gli risponde Magda. «Scusa, ma Ellie non vi aveva chiesto di starvene da basso zitti come topolini, altrimenti non avreste preparato il dolce con lei?»

«Sì, ma ha detto dieci minuti, e invece voi due siete state via a parlare per ore» protesta Nat.

«In effetti hai ragione» gli dico io. «Allora forza, andiamo giù a preparare un dolce».

«Questa è una stanza da bambine» commenta Nat. «È per Corrie?» Sta già facendo il broncio per la presunta ingiustizia.

«No, al momento non è di nessuno» gli dice Magda. «Dai, andiamo giù». Cerca di prenderlo per mano, ma lui si scansa.

«Tu non puoi dirmi cosa devo fare» le dice Nat. «Non sei la mia mamma».

«No, ma è la tua matrigna, per cui devi fare di tutto per essere carino con lei» gli dico io. «Qual è la tua torta preferita, Nat?»

Lui esita, distratto. «I biscotti d'avena?»

«Non credo che tecnicamente possano essere considerati una torta, ma è un'ottima scelta, perché sono facilissimi da fare. Mangiate mai del porridge per colazione, quando siete da papà?»

Nat annuisce, spiazzato.

«E dimmi che avete della melassa nella dispensa!»

«Penso di sì» risponde Nat.

Io gli do il cinque. «E allora possiamo senz'altro fare i biscotti d'avena, bello mio!»

«Ma tu sai come si preparano?» mi sussurra Magda a fior di labbra.

Tipico di Magda. I suoi genitori hanno un ristorante, ed è da quando aveva dodici anni che è in grado di preparare una cena elaborata di almeno tre portate. È l'unica persona che conosco che sa preparare una torta a più strati da zero – non solo, la fa buona da morire. Ma non ha mai fatto il dolcetto più semplice del mondo.

«Basta mescolare avena, burro e zucchero con della melassa, poi si mette tutto in una teglia e si cuoce. Può farlo anche un bambino di sei anni, non ti preoccupare» le dico.

«Ma scusa, io ho otto anni e mezzo!» esclama Nat, indignato.

«Pensavo a tua sorella» gli dico. Corrie è sulla porta.

«È la mia nuova camera?» ci chiede, con gli occhi spalancati.

«È la camera di Magda» rispondo io.

«Ma lei dorme col papà!» puntualizza Nat, con una smorfia.

«Be', poverina, ha bisogno di un posto tutto per lei, con voi due che la fate diventare matta ogni singolo finesettimana» ribatto. «Adesso filate in bagno, tutti e due, e lavatevi le mani per bene. Non si cucina con le dita sporche».

«Ti prego, devi venire ogni fine settimana» mi implora Magda. «Sei bravissima con loro!»

«È solo questione di pratica. Quando Lottie era piccola ero terrorizzata. Non faceva che piangere, e io mi sentivo totalmente impotente. Pensavo che fosse perché non le piacevo io. Poi un giorno mi ha fatto un sorriso ed è stato incredibile».

«Voglio nutrire mia figlia ogni volta che avrà fame, così non piangerà mai» dichiara Magda.

«Seh, buona fortuna!» le dico, con un abbraccio. «Hai già pensato a un nome? Non lasciare che sia Chris a sceglierlo!»

«Magari la chiamerò Ellie, come te» dice Magda. «Ma mi sa che non posso, perché Nadine se la prenderebbe a morte».

«Povera Nadine» dico io, soprappensiero.

«Perché? Cosa le è successo?» si preoccupa subito Magda.

Io vorrei disperatamente confidarmi con lei, perché sono davvero molto preoccupata per Nadine, ma le ho promesso che non ne avrei fatto parola con nessuno, specialmente con Magda.

«È un periodo che sta un po' giù» dico, rimanendo sul vago. Dal bagno arrivano urla e rumori di schizzi d'acqua. Io vado a fermare i bambini, mentre Magda cerca di asciugare l'acqua sul pavimento. Si becca anche uno schizzo, ma subito lo restituisce a Nat e lui si blocca, sorpreso.

Porto i bambini in cucina mentre Magda si toglie il vestito a fiori, che è tutto bagnato. Ci mette un po', e mentre stiamo infilando la teglia nel forno, eccola di nuovo. Restiamo tutti a guardarla a bocca aperta: indossa un vestito blu aderentissimo, con uno scollo molto profondo che le mette in mostra l'attaccatura del seno. Si è messa un rossetto rosso fuoco, si è gonfiata i capelli e ha cambiato le scarpe da tennis con un paio di scarpe bianche con i tacchi alti.

«Sei uno schianto!» esclamo.

«No, sta facendo vedere le tette. È volgare» dichiara Nat.

«Per me è bellissima» dice inaspettatamente Corrie. «Mi fai mettere il tuo rossetto, Magda?»

«Ma certo! Puoi tenerlo solo quando siamo in casa, però».

Va a prenderlo e mostra a Corrie come tirare le labbra per stendere il colore nel modo giusto.

«Che brutta! Sembri una scema» dice Nat.

«Ne vuoi mettere un po' anche tu?» gli chiede Magda.

«No! I maschi non si mettono il rossetto!»

«Alcuni sì. E anche i clown» ribatte Magda.

Usa il suo costosissimo rossetto di Chanel per trasformare Nat in un clown davvero inquietante. Ma sono soldi ben spesi, perché il bambino si comporta molto meglio da clown che quando è un normale ragazzino.

«Devo assicurarmi che si puliscano la faccia prima che torni Chris» dice Magda. «E anch'io!»

«Scommetto invece che rimarrà a bocca aperta, vedendoti» le dico. E non riesco a trattenermi dall'aggiungere: «Le tue curve da vera donna sono molto più belle delle mie».

«Le mie cosa?»

«Non metterti a ridere. Oddio, ridi pure, invece, ma è quel che mi ha detto Gary mentre stavamo... be', tu sai cosa» le sussurro.

«Chi è Gary e che cos'è che Magda sa?» ci chiede Nat, piazzandosi tra noi due attentissimo.

«Ti piacciono le patatine della Walker?»

«Sì»

«Allora saprai per forza chi è Gary Lineker» gli dico.

«Tu conosci Gary Lineker?» mi chiede Nat, sbalordito.

«Certo, perché sono la sua ragazza» dichiaro. «Ma è un segreto! Per questo dico 'tu sai cosa'».

«Io so cosa» fa Nat, annuendo con aria complice.

«Non sono certa che Tata Matilda approverebbe i tuoi metodi con i bambini, ma per me sei un genio» mi dice Magda, con il suo smagliante sorriso rosso fuoco.

Quando i biscotti d'avena escono dal forno e si sono raffreddati lasciamo i bambini in cucina a sgranocchiarli felici, e ci prendiamo un caffè in salotto, dove posso raccontare senza censure a Magda dell'incontro con il vero Gary.

«Come sei fortunata, Ellie! Se non avessi Chris, sarei pazza di gelosia. Devo controllare allo specchio di non essere diventata verde comunque. Sarai al settimo cielo!»

«Be', sì. Più o meno» le rispondo, un po' esitante.

«Sarai consapevole, spero, che il professor Windsor – scusa, Gary! – è il tuo più grande acchiappo di sempre. Ma dimmi, è ancora un gran figo? La prof Henderson alla tua festa aveva detto che ha ancora tutti i suoi splendidi capelli».

«È davvero in gran forma, con tutti i capelli sulla testa! Proprio non dimostra l'età che ha».

«E a sentire te è anche un meraviglioso scopatore, attento e premuroso e tenero, e ti tratta come una principessa» sottolinea Magda.

«Sì, è vero, ma... a volte sembra che sappia tutto lui. È sempre lui a decidere cosa fare, e continua a spiegarmi cose che so già benissimo» le dico, con un sospiro. Come vorrei che smettesse di farlo.

«È perché è un uomo, scema. Fanno tutti così» ribatte Magda. «Cos'è, vorresti un pappamolla che non prende mai posizione e vuole che sia tu a decidere tutto?»

«Non penso proprio».

«C'è forse qualche altro problema con il prof... con Gary?»

«Non ci sono problemi. Lui è fantastico. E hai ragione, sono assolutamente al settimo cielo. Alle stelle, direi. All'intera Via Lattea».

Posso ripetermelo quante volte voglio. Ma perché non lo sono veramente?

Quattordici

Ci penso durante tutto il tragitto verso casa. Sono brava a dare consigli saggi a Magda e Nadine, e lo faccio col cuore. Ma perché non riesco a risolvere quello che non va in *me*? Forse però non c'è niente che non va, sono io che mi arrovello troppo su ogni cosa.

Probabilmente non sono travolta dall'emozione perché sono spompata, dopo aver visto prima Alice, poi Gary e adesso Magda. Ieri notte poi non ho dormito molto, per la paura di sporcare il letto di Gary con delle perdite. Adesso voglio solo arrivare a casa, farmi qualcosa per cena e accoccolarmi insieme a Stella a leggere un libro, o a guardare la TV, e andare a dormire presto. Sarà meglio che non ci sia un altro regalo che mi aspetta davanti alla porta di casa. Odio anche il solo pensiero del biglietto con la rosa che ho lasciato sul tavolo. È come se l'ammiratore misterioso si fosse appiattito e mi fosse scivolato in casa attraverso la buca delle lettere sulla porta. Non appena arrivo, lo faccio a pezzi, quel biglietto, e poi lo mescolo alla sabbietta della lettiera di Stella.

Detto fatto: non appena entro in casa, saluto Stella e vado dritta a strappare il biglietto. Ma è un cartoncino patinato così spesso che diventa un lavoraccio. Ci riproverò dopo, con le forbici: adesso la mia vescica reclama attenzione, così vado in bagno, e già che ci sono controllo il telefono. Ci sono tre chiamate perse, ricevute mentre ero in metropolitana per tornare a casa, tutte da Anna.

Oddio, ancora per papà e la sua depressione? Forse dovrei riprendere immediatamente metropolitana e treno fino a casa loro. Chiamo Anna.

«Ciao, Anna, scusami, ho perso le tue chiamate. Ascolta, mi dispiace davvero molto di non essere venuta a trovarvi, volete che faccia un salto stasera per cena?» le dico, prima che lei possa aprire bocca.

«Ellie, tuo padre ha avuto un arresto cardiaco».

«Cosa dici? Un attacco di cuore?» farfuglio, incapace di connettere.

«No. Il suo cuore si è proprio fermato» replica lei, ansimando. Credo che stia piangendo.

«È... è morto?» balbetto.

«No. Gli ho fatto il massaggio cardiaco finché non è arrivata l'ambulanza, ma non va bene per niente, è ricoverato in terapia intensiva al Kingston Hospital. Io sono qui, adesso, ma mi hanno detto che non credono che possa farcela» mi spiega, e ora sta proprio singhiozzando.

«Oddio! Oddio!» esclamo, cominciando a piangere anch'io. «Arrivo subito, Anna. Faccio il più in fretta possibile. Mi dispiace, mi dispiace, arrivo!»

Non riesco a pensare lucidamente. Mi agito senza costrutto, caccio in una borsa un cambio di vestiti, i tamponi e il necessario per la toilette, do il cibo a Stella e le riempio di acqua la ciotola, recupero la chiave di riserva e mi precipito dalla vicina. Racconto tutto ad Andreea il più velocemente possibile per chiederle di occuparsi di Stella, e scappo via.

Corro alla metropolitana. Ho la vista offuscata dalle lacrime. Non riesco a credere a quel che è successo. Forse sto solo avendo uno di quegli orribili incubi creati dal senso di colpa perché non sono andata a trovare papà, e adesso la mia coscienza mi sta facendo attraversare l'inferno, poi mi sveglierò in un bagno di sudore ma sollevata perché era solo un sogno, non la realtà. E invece è reale, è tutto vero, sento di nuovo la voce di Anna nella testa, la sua paura, la sua sofferenza, il suo dolore, e mi sento malissimo.

Se fossi stata lì con lei avrei potuto aiutarla, avremmo fatto a turno nel praticare il massaggio cardiaco a papà. Avrei potuto dirgli quanto bene gli voglio, essergli vicina, oh mio Dio, *perché* non sono andata a cena da loro ieri sera? Come ho potuto essere così egoista? Sapevo benissimo che Anna non mi avrebbe *mai* pregata di andare da loro se non fosse stata disperata. Se l'avessi fatto, magari papà si sarebbe tirato un po' su di morale, e adesso starebbe bene, starebbe guardando il suo *Country File* o qualche altra trasmissione, e sarebbe tutto a posto. Ho ucciso io mio padre con il mio egoismo.

'Prendi fiato' mi dico. Non è ancora morto. E non morirà. È in terapia intensiva, il che significa che si staranno *intensamente* prendendo cura di lui, così guarirà e io sarò d'ora in poi la figlia che ha sempre sognato. Ho già perso la mamma. Non potrei sopportare di perdere anche lui. Ho bisogno di lui, gli voglio tanto bene, voglio averlo accanto a me per sempre. Quando scendo dalla metro e salgo sul treno, vado su Google a cercare 'arresto cardiaco', ma subito mi pento di averlo fatto. La maggior parte della gente non sopravvive. Solo uno su dieci. Ho lo sguardo annebbiato, ma questi numeri mi restano impressi sulla retina. *Uno su dieci!*

Vado a cercare le cause dell'arresto cardiaco. E leggo che in una persona relativamente sana – cioè papà, che ha un po' di pancetta, ma per il resto sta bene – la causa può essere lo stress. Lo stress di sentirsi vecchio e di non saper cosa fare di se stesso, con la sua unica figlia femmina che non si degna neanche di andare a cena a casa sua, anche se lui ha fatto di tutto per dimostrarle quanto le vuole bene.

Mi sfugge un lamento, e una signora si china verso di me e mi dà dei colpetti sulla spalla.

«Sta bene?» mi domanda. Poi indica il mio cellulare. «Brutte notizie?»

Io annuisco, incapace di proferire parola.

«Mi dispiace tanto, cara. Posso esserle d'aiuto in qualche modo?»

Scuoto la testa, ma vorrei tanto che per magia le spuntassero le ali e si trasformasse nella fata madrina, che sistema tutto. Le lancio uno sguardo disperato, ma è solo una signora gentile che indossa abiti di White Stuff, e ha tra le mani una borsa della Royal Academy dopo aver passato la giornata fuori con un'amica. Vorrei che mi lasciasse in pace, ma è talmente gentile che rimango lì seduta a fare sì con la testa e a cercare di sorridere, finché non giungo alla fermata più vicina all'ospedale. Bofonchio un ringraziamento e scendo di corsa dal treno, mentre sento la sua voce alle mie spalle che mi grida: «Spero che vada tutto bene!»

Corro per dieci minuti fino all'ospedale, e sono talmente senza fiato che quando entro nella hall non riesco neanche a parlare. Mi ci vogliono altri dieci minuti dentro e fuori da una serie di ascensori e di corridoi prima di trovare finalmente il reparto di terapia intensiva, dove un'infermiera mi conduce alla famigerata sala d'attesa dei parenti in cui trovo Anna in lacrime, con Ben da un lato e Simon dall'altro.

Io li abbraccio tutti e tre insieme, e stringo forte Anna. Forse qualche volta l'avrò anche vista piangere, ma mai così, con i lacrimoni che le inondano le guance, il naso che cola e il bel viso deformato dal dolore.

«Oh, Anna, dev'essere stato terribile per te. Spiegami bene cos'è successo. Ha perso i sensi?» le chiedo con voce gentile, asciugandole il volto con un fazzoletto.

«Aveva detto che non si sentiva bene. Che aveva la nausea e gli girava la testa, e che gli faceva male il petto. All'inizio non l'ho preso troppo sul serio, perché anche altre volte ha avuto gli stessi sintomi, ma credevo che fossero attacchi di panico perché ultimamente era davvero agitato» dice Anna.

«Poi però mi ha chiesto di chiamare un'ambulanza, e grazie al cielo gli ho dato retta, perché proprio mentre stavo parlando con la persona che mi ha risposto lui all'improvviso si è afflosciato in avanti ed è caduto dalla sedia. Non ha picchiato la testa, è solo scivolato sul tappeto, ma quando mi sono inginocchiata accanto a lui, ho capito che non respirava più».

«Oddio!» mormoro, tenendola stretta.

«Ero terrorizzata, ma la donna al telefono è stata meravigliosa, era calmissima. Mi ha spiegato come fargli il massaggio cardiaco, parlando con me in viva voce tutto il tempo – si è messa persino a cantare quella vecchia canzone dei Bee Gees, *Staying alive*, per darmi il ritmo giusto – e mi è sembrato che il cuore avesse ricominciato a battergli, ma non ne ero sicura, per cui ho continuato a spingere sul suo petto per un tempo che mi è sembrato infinito, finché non è arrivata l'ambulanza. Mi hanno detto che gli ho salvato la vita, e io ho pensato che si sarebbe risolto tutto, ma adesso lui è attaccato alle macchine e l'hanno messo in coma farmacologico e sono ancora lì che cercano di stabilizzargli il battito cardiaco».

«Vedrai che ci riusciranno, mamma. Papà ce la farà anche stavolta» le dice Ben, tenendole stretta una mano. «Papà è forte come un toro. L'hai visto alla festa di Ellie, che ballava e cantava come uno con la metà dei suoi anni».

«Ha adorato quella festa, dopo però era sempre più depresso» dice Anna, piangendo.

«E tu mi avevi pregata di venire a trovarlo e io non l'ho fatto, e adesso è quasi morto ed è tutta colpa mia!» singhiozzo.

«Non è affatto colpa tua, Ellie. Non è colpa di nessuno» mi dice Anna, e adesso è lei che mi abbraccia. «Non possiamo mica controllare come funziona il cervello di tuo padre, né possiamo impedire ai vasi sanguigni del suo cuore di andare in tilt».

«Lo dici per gentilezza, sei sempre carina con me» le dico, asciugandomi gli occhi.

«Non è colpa nostra, ma è anche solo colpa nostra» si intromette Ben. «Anna ha chiesto anche a me e Si di venire a cena e le abbiamo detto di no, perché ci dovevamo vedere con degli amici. Anche perché era il nostro anniversario».

«Oh, no, me n'ero completamente dimenticata, non vi ho neppure mandato un biglietto di auguri! A voi, che avete organizzato quella festa meravigliosa per me. Mi sento la persona peggiore del mondo» singhiozzo.

Poi la porta della sala d'attesa si apre ed entra un'infermiera, che ha un'aria molto solenne. La guardiamo terrorizzati.

È Simon che, schiarendosi la gola, riesce a chiederle: «Brutte notizie? Il signor... il signor Allard è mancato?»

«No, è ancora tra noi, ma temo stia molto male. I medici stanno ancora cercando di stabilizzargli il cuore, ma non sappiamo se sarà possibile. C'è qualche altro membro della famiglia stretta che volete sia qui, nel caso doveste dirgli addio?» ci domanda, con tono gentile.

Addio. È una parola comune, ma sentirla è uno shock.

«Lottie?» sussurro io. Non vorrei che vivesse questo momento, e neppure che fosse costretta a prendersi dei giorni dal lavoro per la seconda volta, ma lei adora suo nonno, che oltretutto le ha fatto anche da padre.

«Lottie» conferma Anna, annuendo.

«I dottori resteranno con lui ancora per un po'. Volete un caffè? Potrei anche recuperare qualche panino rimasto, volete? Potreste anche andare a farvi un giretto fuori, per prendere una boccata di aria. Mi segno il suo numero di telefono e la avviso io, signora Allard, quando potrete entrare da lui».

«La ringrazio molto, ma preferisco non muovermi da qui» le risponde Anna.

«Vado io a prendere del caffè per tutti» propone Simon. Dà un veloce bacio sulla testa a Ben ed esce.

Telefono a Lottie, senza preavvertirla con un messaggio.

«Mamma? Ehi, devi raccontarmi tutto su quel tuo nuovo tipo!» esclama allegra.

«Ascolta, Lottie, tesoro mio. Temo che il nonno non stia bene».

«Come non sta bene?»

«In questo momento è in terapia intensiva. Ha avuto un arresto cardiaco».

«Ma ce la farà, vero?» chiede Lottie, e all'improvviso la sua voce sembra quella di una bambina.

«Speriamo, ma non è in buone condizioni e potrebbe... potrebbe non farcela. Pensavamo che avresti voluto venire qui in ospedale insieme a noi. Siamo al Kingston».

«Ma certo!» mi dice subito. «Parto immediatamente».

«Hai abbastanza soldi per un altro treno?» le chiedo. Sento che sta parlando veloce con qualcuno.

«Non preoccuparti, mi porta Luke».

«Sicura?» le chiedo, e intendo se è sicura che la macchina di Luke non si rompa, che lui guidi in modo prudente, che non abbia bevuto e che la porterà qui sana e salva.

«Fidati, mamma. Ci vediamo il prima possibile. Dì al nonno di tenere duro e che gli voglio un mondo di bene, se lo vedi prima di me» mi dice, e chiude la telefonata.

Mi guardo attorno e vedo Ben, che sembra perso, senza Simon accanto. Lui, che è sempre così brillante e divertente e in gamba, improvvisamente sembra tornato il mio fratellino piccolo.

Lo abbraccio, e per un po' resta aggrappato a me. Poi includiamo nell'abbraccio anche Anna, che per la maggior parte del tempo tiene gli occhi chiusi, e mi domando se stia pregando, anche se non credo sia mai stata religiosa. Forse sta solo sperando che papà si riprenda. Lo vorrei tantissimo anche io, ma purtroppo ho letto troppe cose su Google mentre ero in treno. Se anche papà riuscisse a sopravvivere, potrebbe aver subito un danno cerebrale. E se non fosse più in grado di parlare, di camminare, non fosse più autonomo?

Quando Simon ritorna portando un vassoio con caffè, tramezzini avvolti nella plastica e una manciata di Kit Kat, le mani mi tremano così forte che non riesco neanche a bere il caffè. Cerco di respirare lentamente, inspirando ed espirando, ma non serve, e finisce che mi rovescio il caffè sul vestito. Anna assaggia appena il suo, di caffè, e si limita a scuotere la testa quando le offro qualcosa da mangiare. Io mordicchio una barretta di cioccolato. Ben trangugia diversi tramezzini, poi passa ai Kit Kat. Sta già mangiando il secondo quando all'improvviso si precipita in bagno.

Simon lo segue e dopo un po' lo riporta nella sala bianco cadaverico e sudato. Simon prende un po' d'acqua dal boccione e la dà a Ben, aiutandolo con delicatezza a sedersi.

«Come faremmo senza di te, Si?» gli dico. Per me è davvero come un parente stretto. Mi chiedo se Gary potrebbe mai diventare parte della nostra famiglia nello stesso modo. Con me è gentile e premuroso, ma non so bene come si relazionerebbe al resto dei miei.

Penso che per un po' papà abbia vissuto un po' come Gary, passando da una storia all'altra, a volte persino con le sue studentesse, cosa che ai suoi tempi non destava scandalo come oggi. Ma a mamma è stato fedele, e spero anche ad Anna.

Ero furiosa con papà quando pensavo che frequentasse allegramente un sacco di donne. Mi sembrava anche un po' patetico, con tutto quel suo parlare dei suoi quadri, che in segreto pensavo fossero poco originali, anche se non glielo dicevo: grandi tele con figure distorte e piene di angoscia. Non mi piaceva nemmeno il suo modo di fare con gli studenti, sempre in cerca della loro ammirazione, della loro adulazione. Ma ora che giace in coma in una stanza orribilmente sterile, con uomini e donne con le mascherine che gli infilano tubi dappertutto e monitorano ogni suo respiro e ogni suo battito cardiaco, sono disperata per lui. Forse non è riuscito a essere sempre un marito perfetto, ma sotto molti punti di vista è stato un ottimo padre, e in tutti questi anni ha sempre fatto del suo meglio per offrirmi il suo sostegno e il suo amore, anche se a volte andava un po' troppo oltre, con la sua invadenza e il suo disapprovare spesso e volentieri le mie scelte. Con Lottie comunque è stato un nonno fantastico. Le si spezzerebbe il cuore se lui dovesse morire.

Lottie arriva in ospedale due ore e mezza più tardi, mentre siamo ancora lì ad aspettare. È insieme a un ragazzo in tuta da ginnastica, coi capelli ricci, le ciglia lunghe e gli occhi castani, che sembra desideroso di essere d'aiuto, come un grosso cucciolo di cane.

«Il nonno è...?» mi chiede Lottie con un filo di voce, precipitandosi accanto a me.

«Sta ancora tenendo duro. Ma devo proprio dirtelo, Lots, i medici non sono sicuri che possa farcela».

«Certo che ce la farà!» esclama Lottie. «Il nonno è uno tosto, mamma, come te, come me».

«Spero tanto che tu abbia ragione, tesoro mio». Poi mi rivolgo a Luke. «Grazie per averla accompagnata».

«Ah, già, questo è il mio amico Luke. Tutti i ragazzini al campo estivo lo adorano» ci dice Lottie, orgogliosa, anche se ha le lacrime che le rigano le guance.

Luke ci fa un educato cenno di saluto, e sussurra qualche parola di solidarietà, poi si siede, mentre Lottie abbraccia stretta Anna, che le racconta ancora una volta tutta la storia dell'arresto cardiaco di papà.

I medici potranno davvero fare ancora qualcosa per lui? So che papà è in coma, ma se gli dovessero fare una defibrillazione gli farà male? Forse dentro di sé sta gridando? Devo trattenermi dal lanciarmi nel corridoio e irrompere in camera sua e andargli accanto.

A un certo punto entra nella sala d'attesa un medico in camice bianco, e noi tratteniamo il fiato, in silenzio. Io tengo per mano Lottie mentre lo ascoltiamo, e ci stringiamo strette strette. Papà è vivo. È ancora instabile e ha bisogno di un macchinario perché il cuore gli batta come dovrebbe, ma possiamo andarlo a trovare, uno o al massimo due per volta.

«Anna, prima tu» le dico.

Lei mi fa un cenno di ringraziamento, si asciuga gli occhi e si sistema i capelli, anche se sa che papà è ancora in coma. Si incammina a testa alta, rimboccandosi le maniche come se si stesse preparando per una battaglia.

«Mamma mia, che cosa terribile» dice Lottie.

«Vieni qua tra noi due, Lots» la chiama Ben, con voce fievole.

Lei si incunea tra Ben e Simon. Luke la guarda, con un'espressione preoccupata. È evidente che ci tiene molto a lei. Mi chiedo se si sono incontrati solo al campo estivo o se sono anche compagni di università. Ma non è certo questo il momento di mettersi a fare conversazione.

Penso a quando Lottie era piccola e mi raccontava sempre tutto: sin dall'asilo mi parlava di quanto fosse carino il suo 'ragazzo', e quando ha cominciato a uscire davvero con i ragazzi, avrà avuto quattordici o quindici anni, mi raccontava ogni cosa nei minimi dettagli. Ma adesso ci sono tantissimi aspetti della sua vita di cui non so più niente.

Immagino sia capitato lo stesso tra me e papà. Io sono sempre stata legatissima a mia mamma, ma quando lei si è ammalata, papà ha fatto davvero di tutto per cercare di rassicurarmi e di starmi vicino, e quando poi è morta, ogni volta che avevo un attacco di pianto mi prendeva sulle ginocchia e mi cullava. Ero angosciatissima all'idea che morisse anche lui, ma lui mi teneva stretta e mi prometteva che non sarebbe mai morto, che non mi avrebbe mai lasciata tutta sola.

Dev'essere stato terribile per lui affrontare il suo lutto e al contempo dover consolare in continuazione la sua bambina tanto triste. Dopo che la mamma è morta, nel primo anno siamo stati vicinissimi, finché non è arrivata Anna. Solo adesso riesco a capire quanto fosse solo e quanto disperatamente avesse bisogno di qualcuno accanto. Sono certa che sperava anche di fare la cosa migliore per me, dandomi un'altra figura materna. Non si aspettava assolutamente che odiassi Anna sin dal primo istante, convinta che stesse cercando di prendersi il posto di mia madre; per lui è stato uno choc. Sono stata proprio una peste, come i figli di Chris. Dev'essere stato terribile, per papà.

Da allora non siamo più riusciti a sentirci davvero vicini, anche dopo che Anna e io abbiamo cominciato ad andare d'accordo. Era come se in qualche modo lo ritenessi responsabile della morte di mia madre. Oh, papà, non morire adesso. Quand'ero piccola me l'hai promesso. E ora ho più che mai bisogno di te!

Mi alzo e mi metto a camminare per la stanza, impossibile rimanere seduta. Ovviamente inciampo in una delle lunghe gambe di Luke, e lui immediatamente si profonde in scuse, anche se è mia la colpa.

«Siediti, Ellie» mi dice Ben. «Se vuoi, dopo Anna puoi andare tu».

«Mamma?» mi chiama Lottie con una vocina. «Possiamo andarci insieme?»

«Ma certo» le rispondo.

Lottie guarda Luke. «Va bene per te?» gli chiede.

Luke annuisce subito, comprensivo, e probabilmente per lui è un sollievo che Lottie non gli abbia chiesto di andare insieme a lei.

«Ma certo, Blotto» le dice. *Blotto?* Nessuno l'ha mai chiamata così. Blotto, ubriacona. Non oso neanche pensare da dove derivi quel soprannome.

Anna ritorna, in lacrime.

«Va bene» ci dice subito. «Il cuore batte. Ma sembra così diverso. Così inerme. E io lo amo così tanto».

Non credo di aver mai sentito Anna dire che ama mio padre. Di solito è una donna molto misurata, piena di decoro e di autocontrollo. Questo, più di ogni altra cosa, mi fa realizzare che è tutto vero, che mio padre potrebbe morire, e non importa quanto io gli dica con la stessa intensità di una bambina che gli proibisco di lasciarmi, non c'è nulla che io possa fare.

Lottie si alza.

«Andiamo da lui, mamma» mi dice.

Fuori dalla porta ci fermiamo per metterci la mascherina e il camice, poi ci portano al reparto di terapia intensiva, da papà. Bisogna che ci indichino loro qual è il suo letto, perché papà è irriconoscibile. Anche lui ha una mascherina, e ha un tubo tracheale in gola, e Dio sa quanti altri tubicini e cavi e sacchetti ovunque.

Noi ci mettiamo ai due lati del letto. Lottie è più composta di me. Gli prende la mano con naturalezza, si china su di lui e comincia a parlargli all'orecchio. Non c'è privacy, perché qui è pieno di medici e infermieri, e ci sono anch'io, ma per lei è come se non esistessimo.

«Devi rimetterti, nonno. Hai ancora molti anni da vivere, ok? Non sopporterei di perderti. Rimani con noi, mi senti? Ti voglio bene, bene, bene».

Non c'è alcuna reazione dal corpo nel letto, ma forse papà è ancora lì, almeno con la testa, e le sta dicendo che anche lui le vuole bene.

Ora tocca a me. Non so cosa dirgli. Mi sento strana e in imbarazzo. Prendo l'altra mano di papà, e mi rendo conto che è un gesto che non facevo più sin da quando ero bambina. Mi aspetto di trovarla fredda come la cera, e invece è calda, come quella di un uomo vivo, e questo mi aiuta molto. Mi chino su papà, ancora più vicina di Lottie.

«Ti voglio tanto bene, papà» gli mormoro. «Mi dispiace di averti reso la vita difficile. Ma non ha importanza quanto io abbia litigato e lottato contro di te, ti ho sempre voluto tanto bene. Ti prego, cerca di rimetterti, dammi la possibilità di scusarmi. Tra un milione di padri, tu saresti il migliore».

Forse sto un po' esagerando, adesso, ma ho bisogno di dirgli così.

Papà non apre gli occhi, né si mette a sedere. Il monitor continua con i suoi bip bip, né più veloci né più lenti. A pensarci, ultimamente papà è diventato un po' sordo. Forse non ha sentito una parola di quel che gli ho detto.

«Ti voglio bene, papà» gli ripeto a voce più alta, e mi rimetto dritta. Vorrei rimanere qui per sempre, ma devo lasciare il posto a Ben e anche a Simon, che per papà è come un altro figlio.

Lottie e io usciamo dal reparto abbracciate. Non si capisce bene chi sia delle due a essere di supporto all'altra, ma non ha nessuna importanza.

Quindici

Papà non è il migliore tra un milione di padri, forse riuscirebbe a essere il migliore tra una decina, ma solo forse. Lo tengono in coma farmacologico da diversi giorni, mentre noi ormai viviamo accampati qui in ospedale, e migliora un pochino ogni giorno, lentamente, ma migliora. Poi ci dicono che cercheranno di farlo uscire dal coma, e noi ne siamo felici e terrorizzati al tempo stesso, perché nessuno sa se e quali saranno i danni che avrà riportato il suo cervello, in questo calvario. All'inizio non fa che dormire, ed è anche irritabile. Anna ci dice che le sue prime parole sono state 'ma sei *ancora* qui?', e pure in tono seccato. Lei è scoppiata a piangere per la gioia, e ha deciso di prenderle come un tentativo di fare una battuta.

Quando possiamo vederlo, Lottie e io ci prepariamo a una reazione del genere. Lui ci guarda fisso, e poi dice con una certa chiarezza: «Ma che cazzo!»

Siamo così sorprese che scoppiamo entrambe a ridere. Papà ha sempre odiato le parolacce, diceva che erano un segno dell'impoverimento del vocabolario. Quando ero un'adolescente malmostosa e ho osato dire 'cazzo' davanti a lui per la prima volta, è andato su tutte le furie, spedendomi in camera mia come la caricatura di un padre dell'epoca vittoriana.

«Cos'avete da ridere tanto, voi due?» ci chiede. Ha la voce debole e rauca, a causa del tubo che aveva in gola.

«Ridiamo perché hai detto una parolaccia, papà!» gli rispondo. «E per di più davanti a Lottie!»

«A Lottie non dà fastidio, vero, amore?» dice papà. «E quanto a te, Ellie, ti ho sentita imprecare come uno scaricatore».

Oh, la gioia assoluta di vedere che sa chi siamo, che è ancora se stesso, per quanto sia anche un po' cambiato, perché di solito non gli piace che si usi spesso la parola 'amore', sostenendo che così se ne svilisca il significato. Forse il fatto di essere quasi morto l'ha un po' addolcito – o forse è solo ancora un po' disorientato, e non è ancora pienamente se stesso. Ma chi se ne frega! È vivo, anche se forse non ancora vegeto.

Nei giorni che seguono, ci sono ancora alcune anomalie nel suo elettrocardiogramma, ma a poco a poco sta facendo progressi. Ho chiesto alla scuola un permesso straordinario che, vista la situazione, mi è stato concesso, anche perché ormai siamo quasi a fine anno, così posso rimanere tutto il tempo con Anna.

«Adesso fuori dai piedi, andate tutti a casa» ci dice, quando viene trasferito nel reparto di cardiologia.

Anna ogni giorno passa ore con papà. Ben e Simon sono rientrati al lavoro, con la promessa di tornare nel weekend per dare il cambio ad Anna, anche se siamo sicuri che lei non si muoverà di lì. Ha perso molto peso, e ha occhiaie scure sotto gli occhi, segno che dorme poco, anche se adesso torna a casa tutte le sere. Ma ha ripreso il controllo. Ora negli occhi ha una determinazione ferrea, non più lacrime.

«Sono assolutamente certa che si rimetterà completamente, anche perché adesso lo terrò io sotto controllo, lo farò mangiare sano, bere meno e fare molto più esercizio» ci dice.

«Buona fortuna!» esclama Lottie. «Perché non ce lo vedo per niente il nonno a fare vita sana».

Ha rispedito al campo estivo l'adorabile Luke e, quando è certa che il nonno sia fuori pericolo, deve tornarci anche lei, stavolta con il treno. La accompagno in stazione e l'abbraccio forte. Lei ricambia l'abbraccio, poi mi guarda dritto negli occhi.

«Devo chiederti una cosa, mamma» mi dice, mordendosi il labbro, come fa sempre quando è in ansia, sin da quand'era piccola.

«Dimmi tutto».

«È solo che… insomma, quando il nonno era in coma tu piangevi come una disperata, e gli dicevi parole dolci. Non avevo mai capito quanto lui fosse importante, per te».

«Be', pensavo che stesse morendo» le dico.

«Ma era bellissimo vedere quanto sia profondo il tuo rapporto con lui. E questo mi ha fatto riflettere…» Lottie esita.

Deve avere qualcosa di grosso da dirmi. Di solito è molto diretta. Le metto un braccio sulle spalle e la stringo a me, per darle coraggio.

«Riguarda il *mio*, di padre» mi dice infine. «Adesso non faccio che chiedermi come sia. So che sembra pazzesco e che tu, il nonno, Anna, Ben e Simon siete la mia vera famiglia e lo sarete sempre – ma adesso vorrei conoscerlo, mamma. Tu la prenderesti molto male?»

Deglutisco. Oh mio Dio! Tutte le volte che ho cercato di chiederle se volesse parlare di suo padre era perché cercavo di essere una buona madre ma mai mi sarei sognata che lo volesse davvero conoscere. Certo che la prendo male, Lottie. Ma perché ho paura per te, non per me. Se lo incontrerai, capirai che pezzo di merda è. Lui non ha mai provato neanche una volta a mettersi in contatto con te. Non gliene è mai fregato niente, né di te né di me. Sarà un disastro.

Ma non posso dirle questo. Ha il diritto di conoscere suo padre. Cerco in qualche modo di sorridere.

«Ma certo che non la prendo male» le dico.

«Lo sapevo! E anche Luke me l'aveva detto che saresti stata fantastica» esclama Lottie, e si vede che è immensamente sollevata.

Cerco di non sentirmi ferita del fatto che ne abbia parlato con lui, prima che con me.

«Mamma?» mi dice lei, guardandomi in faccia. «Dimmelo se non vuoi che cerchi di contattarlo».

«Ma no, tesoro, va benissimo» le dico in fretta.

«E allora, come si chiama?»

Prendo un profondo respiro. «Steve. Probabilmente è Stephen. Era in Accademia con me».

«Hai la sua mail? O il suo numero, o qualcosa?»

«No, ma è possibile che riesca a rintracciarlo tramite Internet. Magari qualcuno dei miei ex compagni, tipo quelli che sono venuti alla mia festa, potrebbero sapere come trovarlo. Farò tutto quello che posso per rintracciarlo, lo contatto io. E se decidesse di incontrarti, tranquilla, vengo con te».

Lei ci pensa un attimo. «Credo di volerlo contattare io, per prima. E vorrei incontrarlo da sola. Se ci sei anche tu, le cose potrebbero diventare un po' più complicate» aggiunge, per scusarsi.

Cerco di mantenere il sorriso, anche se non posso fare a meno di sentirmi rifiutata. Probabilmente ha ragione lei. Se lo rivedessi sarei ostile e piena di rabbia, ed entrambi se ne accorgerebbero, cosa che non aiuterebbe certo il loro potenziale rapporto. Ma ci sarà mai, questa possibilità? Lui è stato odioso con me, dicendomi con chiarezza che se ero rimasta incinta era un problema mio, non suo. Non sopporto il pensiero che possa dire anche a lei una cosa del genere, perché Lottie ne rimarrebbe molto ferita. Potrebbe persino negare di essere suo padre...

Cerco di dirmi che allora lui era molto giovane, e che probabilmente era spaventato a morte dall'idea che quella ragazza strana, di cui non gli importava niente, avesse un figlio da lui. Potrebbe essere cambiato in modo radicale, anche fisicamente. Non ho la più pallida idea di quale sia il suo aspetto, ora. Sono sicura che se ci passassimo accanto per strada non ci riconosceremmo nemmeno.

Ma è suo padre, e lei ha il diritto di avere l'occasione di conoscerlo, anche se lui finirà col non piacerle affatto o se la deluderà.

«Se riesco a trovare qualcosa su di lui ti invio subito tutto, e deciderai tu cosa fare. Ma nel frattempo, cerca di stare tranquilla, tesoro mio. E volevo anche dirti che penso che Luke sia adorabile, tienitelo stretto».

Lottie si illumina. «Lo penso anche io. Ma al momento per me è solo un amico molto speciale. Non me la sento ancora di fare coppia fissa con qualcuno».

«Com'è che sei così più saggia di me?» le domando, sentendo montare un'ondata d'affetto.

«Ma dimmi come sta andando la tua, di vita sentimentale, mamma! Allora c'è o non c'è un uomo nuovo all'orizzonte?»

«Potrebbe esserci» le dico, un po' evasiva. Poi guardo il tabellone delle partenze. «Vai che se no perdi il treno, amore mio».

«Posso sempre prendere quello dopo! Voglio che tu mi racconti tutto di lui! Come si chiama?»

Morale, finisce che ci prendiamo un drink insieme al bar della stazione.

«Si chiama Gary» dico a Lottie, masticando patatine.

«E lo conosci da tanto?»

«Da ventisette anni, più o meno» le dico, col tono più casuale possibile.

«Cosa? Vuol dire che l'hai incontrato quando avevi... Aspetta... tredici anni! Un amore dell'adolescenza?» mi dice ridendo.

«No, era solo uno dei miei insegnanti» le spiego, come se fosse la cosa più normale del mondo.

«*Mamma!*» grida, e quasi cade dallo sgabello del bar. Si china verso di me, con gli occhi che le brillano. «E com'è che vi siete rincontrati?»

«Siamo andati a vedere una mostra insieme, tutto qui» le dico, cercando di mantenere un filo di dignità.

«E poi siete andati a letto insieme?» Lottie non mi dà tregua.

I ricordi mi si riaccendono nella mente come fotografie, e so che sto arrossendo.

«Non sei brava a fare la misteriosa, mamma! E pensi che sia anche lui uno *da tenersi stretto*?»

Bevo un abbondante sorso di vino. «Non ne sono sicura» le dico con sincerità. «Cioè, è davvero fantastico sotto molti aspetti, ma...»

«Ma cosa?»

«Forse non voglio un uomo nella mia vita in questo momento, una storia seria. Sono troppo abituata a stare per conto mio» le dico.

«E io quando lo conoscerò?»

«Be', quando avrò il coraggio di presentartelo. Sempre che duri».

«Fa' solo quel che pensi sia giusto fare, mamma» mi dice Lottie, che è buffo, perché è quel che le dicevo sempre io quando mi chiedeva consigli sulle sue storie d'amore.

Ci stiamo godendo una chiacchierata madre-figlia così meravigliosa che Lottie per poco non perde anche il treno successivo. Io torno in ospedale sentendomi felice, e ci trovo Anna, persino più felice di me, perché papà si è messo a sedere, e ride e scherza, e cerca persino di contenersi con le parolacce.

«I dottori sono molto soddisfatti della sua ripresa» mi racconta. «Adesso dicono che con tutta probabilità starà bene. Dovrà prendere tantissime medicine, e gli ci vorrà qualche giorno dopo l'operazione per mettergli un defibrillatore interno, ma pensano di rimandarlo a casa tra una settimana, o anche prima, praticamente come nuovo».

Passo i due giorni che seguono tra l'ospedale e la casa di papà e Anna, mandando messaggi ad Andreea per capire se può continuare a badare a Stella.

Mando messaggi anche a Nadine e Magda, e loro, pronte ad aiutarmi, si offrono di venire da me per non lasciarmi sola, ma dico loro che papà sta meglio e io tengo botta, e mi mandano grandi abbracci e baci.

Anche Gary mi manda un messaggio, ovviamente ignaro del fatto che papà sia stato così male, e mi chiede se vogliamo pranzare insieme sabato, e stare insieme il più possibile.

Mi manchi già tantissimo, Ellie! Anzi, perché aspettare fino a sabato?
Ci vediamo domani? Oggi? Quando? G X

Io gli rispondo:

Anche tu mi manchi, ma non posso prendere impegni. Mio padre ha avuto un arresto cardiaco domenica, ma per fortuna sembra che si stia riprendendo, anche se siamo ancora molto preoccupati per lui. Devo stare con lui, al momento. So che mi capirai. Ellie X

Mi risponde quasi subito.

Povero tesoro, che cosa terribile! In quale ospedale sei? Vengo a farti compagnia! Posso restare anche tutta la notte. Qualsiasi cosa. G X

Sospiro, senza neanche rendermene conto. Anna e papà mi guardano.

«Che c'è, Ellie?» mi chiede lei.

«È solo un messaggio di Gary» mormoro.

«Gary?» mi chiedono all'unisono.

«È il mio nuovo...» Non so proprio come definirlo. Fidanzato? Amante? Nessuna delle due cose mi sembra corretta. «È un uomo con cui mi sto vedendo. Dice che vorrebbe venire qui per starmi vicino».

«Be', è molto carino da parte sua, no?» dice Anna.

«Sì, credo di sì. È solo che lo trovo un po'... invadente».

«Per me non c'è problema» interviene papà. «Anzi, sono curioso! Cosa fa per vivere?»

«Ma come parli? È ridicolo, sembri uno dell'Ottocento! Comunque, fa l'insegnante» gli rispondo, cauta.

«È l'insegnante che c'era alla tua festa?» domanda Anna, sorpresa.

«No, non lui. Tutt'altra persona. Comunque vive piuttosto lontano, e davvero non voglio che venga» insisto.

«Lottie ha portato Luke» mi ricorda Anna.

«Sì, certo, perché sono giovani e sono ancora nella fase dell'innamoramento in cui è tutto bellissimo» commento.

«Noi siamo ancora in quella fase» dice papà, prendendo la mano di Anna. Lei lo tiene stretto, come se non volesse più lasciarlo andare.

Mi commuove vedere quanto si vogliano profondamente bene. Chissà se Gary e io arriveremo mai a quel punto. Ci rimane un po' male quando gli dico di non venire in ospedale, ma fa finta di capire.

A dire il vero, quasi quasi vorrei aver accettato la sua offerta. Le giornate qui non passano mai. Papà viene ancora sottoposto a parecchi esami, e dorme molto più del solito, e quando è sveglio ho l'impressione che voglia soprattutto stare a parlare con Anna.

So che potrei tornare a casa, perché ormai è fuori pericolo, ma ho bisogno di restargli vicina ancora un po', per cercare di costruire con lui un rapporto molto più stretto, ora che le circostanze mi hanno fatto capire quanto sia importante per me. Quando Anna si decide a fare un pasto come si deve, o se deve andare a fare un po' di spese, papà e io chiacchieriamo un sacco, ricordando di quando io ero piccola, di quando era viva la mamma. Ricordiamo a vicenda le nostre prime vacanze estive, e le feste di compleanno, e le gite allo zoo.

Vorrei che la smettesse di flirtare con tutte le infermiere più giovani, ma loro stanno al gioco, ribattendogli in tono brusco ma affettuoso, e le ho persino sentite dire che papà è un uomo adorabile. I dottori lo chiamano Miracle Man, il miracolato, anche se è stata la loro bravura a salvargli la vita; ed è Anna che davvero ha fatto il miracolo di fargli ripartire il cuore.

«Com'è stato quando il cuore ti si è fermato, papà? Quando eri tecnicamente morto? Ti ricordi qualcosa?» gli chiedo, quando è sveglio.

Lui si tira la barba, pensieroso. Alla fine scuote il capo.

«A essere sincero, non mi ricordo nulla. Mi sono sentito male, e la stanza ha cominciato a girarmi attorno, come quando sei ubriaco perso, e mi pare che stessi parlando con Anna, probabilmente stavo brontolando su qualcosa... e poi mi sono risvegliato qui in ospedale, con tutti quei dannati bip dei macchinari. Mi faceva male il petto, anche se non credo fosse il cuore, doveva essere la costola incrinata da tutti quei colpi per farmi ripartire il battito. Mi fa ancora un male cane. Non oso neanche ridere! Che spreco, eh? Sono letteralmente tornato dalla morte, un'esperienza unica, e pensa tu, non mi ricordo un cazzo di niente».

«Ma per fortuna sei ritornato» gli dico. Allungo una mano sulla sua, cercando di evitare la cannula dell'endovena, e lui me la prende tra le dita e rimane così qualche secondo.

«Ti avevo promesso o no che non sarei morto?» mi dice, commosso. «In vita mia avrò anche raccontato qualche balla, ma le promesse le ho sempre mantenute».

«Giusto. Quindi ora ti tocca guarire» gli dico, dandogli un bacio.

«Già. Sarebbe un bello spreco del tempo e degli sforzi che state facendo tutti per me, se schiattassi subito. E poi, se devo essere sincero, la vita adesso mi sembra proprio bella».

La vita sembra bella anche a me. Il venerdì notte torno a casa, e sono contenta di non trovarmi davanti alla porta regali a tema di rosa dal mio ammiratore misterioso. Faccio moltissime coccole a Stella per scusarmi con lei, e do ad Andreea una grande scatola di cioccolatini e una bottiglia di prosecco che le ho comprato in stazione.

«Mi fa piacere curare Stella quando hai bisogno, Ellie» mi dice. «È una gattina così dolce. Quasi quasi mi prendo anch'io un gattino».

Mi siedo alla scrivania con Stella accoccolata sulle gambe, cosa un po' scomoda, a dire il vero, e finalmente riprendo a disegnare i miei elefanti; faccio schizzi di Mosi da tutte le diverse prospettive e a tutte le età, godendomi il poter rimanere assorta in ciò che amo fare, dopo tanti giorni di stress. Ma mi rendo conto che c'è ancora moltissimo che non so sugli elefanti. Ho tantissime domande per Alice. E comunque ho proprio voglia di vederla. Così prendo di slancio il telefono e le mando un messaggio.

Ti va se ci vediamo domani per farci una nuotata? Mio padre ha avuto un arresto cardiaco, ma incredibilmente sta riprendendosi.
Mi sembra di tornare a respirare solo ora.
E ho bisogno di nuotare, subito! X

Mi risponde immediatamente.

Mi dispiace tanto per tuo padre! Certo che vengo in piscina domani.
Non vedo l'ora di vederti X

Sabato mattina mi alzo presto e volo in piscina. Lei mi sta aspettando nello spogliatoio e mi corre incontro, abbracciandomi forte. È così piena di calore, e partecipe e confortante che non riesco a evitare di farmi un piantino. Lei mi asciuga le lacrime con il suo telo e ci sediamo sulle panchine a doghe, così le racconto tutto di papà. Quando ho finito, mi abbraccia di nuovo.

«Come mi dispiace, Ellie. Dev'essere stato terribile per te. Come stai adesso?» mi domanda.

«Sto bene, giuro. Papà sta molto meglio. Ed è stato bello parlare con lui negli ultimi due giorni, ci ha fatto sentire più vicini» le dico, accennando un sorriso.

«Che bella cosa. Sono felice per voi. Per me non sarebbe possibile rinsaldare il legame con mio padre, neppure in circostanze simili» mi dice con amarezza. «Mi ha detto chiaramente che non sono più la benvenuta in casa sua, a meno che non riconosca il mio grave torto e chieda perdono a Dio».

«E tua madre? Con lei sei ancora in contatto?» le chiedo.

«A volte ci vediamo, al bar che c'è nei grandi magazzini John Lewis, forse perché per lei quello è il luogo più moralmente neutro che le venga in mente».

«E anche lei pensa che tu sia una peccatrice?»

«Direi di sì. Una volta però è venuta a casa nostra, ma era totalmente a disagio. Come se avesse paura che ci mettessimo a fare sesso davanti a lei. E non si è fatta problemi a farmi sapere che disapprovava totalmente Wendy».

«Caspita» le dico, empatizzando con Alice, anche se neanche a me Wendy piace.

Mentre nuoto, penso a che fortuna che ho ad avere due genitori come papà e Anna. Non hanno mai avuto niente da obiettare al fatto che Ben è gay. Be', forse nel periodo in cui passava tutto il tempo a girare tra le discoteche qualcosa glielo dicevano, ma non appena ha incontrato Simon tutto si è sistemato.

A corto di fiato, mi fermo alla fine della corsia e guardo Alice che scivola fluida avanti e indietro, bellissima, con la sua pelle scura e il costume bianco nell'acqua turchese. Mi piacerebbe davvero tanto approfondire la mia conoscenza con lei, ma non voglio assolutamente tornare da Wendy dopo la nuotata e la colazione.

Dopo la piscina, mentre beviamo il caffè e mangiamo i croissant alle mandorle, senza pensarci le chiedo se stavolta ha voglia di venire lei a casa mia. Non appena ho pronunciato l'invito, però, vorrei rimangiarmi le parole. Con il passare degli anni, sono diventata la persona meno socievole che io conosca, e non ho più invitato nessuno a casa mia. È il mio spazio privato – be', mio e di Lottie. Ho ottimi rapporti con i miei vicini, ma non ne ho mai invitato nessuno a cena da me, anche se ogni tanto prendo un caffè con Andreea.

Spero che Alice mi dica che purtroppo deve tornare a casa. Invece sembra contentissima.

«Mi farebbe molto piacere!» esclama.

Dieci minuti più tardi, quando vede che vivo nel Quartiere degli Artisti, corruga le sopracciglia.

«Io sono nel palazzo Constable. Era il meno ambito fra tutti a causa del nome, abbastanza *contestabile* – la gente che vive qui non aveva idea che fosse il nome di un pittore» le spiego. «Un tempo questa zona era malfamata, ma adesso è tranquilla e rispettabile. Be', quasi».

Oggi, il solito gruppo di ragazzotti sta togliendo le ruote da un'auto abbandonata arrugginita. Mi lanciano saluti amichevoli.

«Ehi prof, chi è quella? La sua ragazza?»

«Ehi voi. È una mia amica. *Amica*, capito?» rispondo, lanciando uno sguardo di scuse ad Alice.

«Ti chiamano prof?» mormora.

«Alcuni di loro sono miei allievi» le spiego.

«Wow!» esclama Alice. «Che coraggio che hai! E io che pensavo che insegnassi ai bambini a dipingere con le dita».

«Be', i miei studenti spesso *si comportano* come bambini, ma la maggior parte di loro in fondo sono dolci, quando impari a conoscerli».

Spero tanto che i miei ragazzotti tanto dolci non abbiano deciso di urinare nell'ascensore, o peggio, ma per fortuna è relativamente pulito e funzionante.

«Stai proprio in cima?» mi chiede Alice, mentre saliamo.

«Sì. Lottie e io eravamo solite guardare fuori dalla finestra immaginando di essere uccellini».

«E avete vissuto qui tutte sole?» chiede Alice. «Il padre di Lottie non c'era?»

«No» le rispondo, mentre le porte dell'ascensore si aprono. «Eccoci arrivate. Spero che tu non soffra di vertigini».

«Oh, ma è fantastico qui!» esclama Alice, guardandosi intorno. «Meglio della ruota panoramica del London Eye! Si vede lontanissimo!»

Io sono felice come una Pasqua. Le piace davvero! Magda era terrorizzata, la prima volta che è venuta a trovarmi, e non riusciva a guardare giù dalla ringhiera. Nadine è sempre stata più avventurosa, e ha fatto finta che per lei questo fosse un posto figo in cui vivere, ma poi si guardava attorno nervosa se sentiva dei passi alle sue spalle, e si teneva la borsa stretta al petto.

«Vieni, entra» dico ad Alice, aprendo la porta.

Lei fa un passo all'interno e si guarda attorno come se fosse nel Paese delle Meraviglie.

«La adoro» dice in un soffio.

Io mi guardo attorno, cercando di guardare la casa con i suoi occhi. Non è una di quelle case che mettono sui giornali. Tutti i miei mobili vengono da negozi di seconda mano (è stato un inferno far entrare il divano in ascensore) e ormai sono malconci e logori, ma ne ho ricoperto la maggior parte con teli indiani a buon mercato, per cui tutto sembra pieno di colore e molto decorativo. Ho sabbiato e lucidato io stessa il parquet, e non sento il bisogno di avere la moquette, sono orgogliosissima del mio tappeto persiano. I muri sono bianchi, ma si vedono a malapena: una parete è completamente coperta di libri, e le altre tre sono piene di quadri e poster. Alcuni quadri li ho dipinti io, soprattutto ritratti di Lottie e di Stella, e ho incorniciato alcuni disegni di Myrtle, mentre il resto sono poster: uno delle donne cane di Paula Rego, un autoritratto di Frida Kahlo con una scimmia, diversi ritratti di Kitty e Lady Caroline di Lucian Freud, un tondo che ritrae piccoli santi fiamminghi, con le guance rosee e i capelli dorati, una Madonna sul Trono di Crivelli, un poster di Picasso, quello delle due donne che corrono sulla spiaggia, e il poster di una donna languidamente sdraiata su un divano di Delvaux.

Alice gira per la stanza, guardando ogni poster.

«Sono tutte donne» commenta.

«Non è intenzionale» specifico.

«E sono tutte donne bianche» aggiunge lei. «A parte Frida, naturalmente».

«Anche questo non è *assolutamente* intenzionale!» le dico, temendo che possa pensare che sono razzista.

«Sto scherzando» mi dice. «Anche se adesso mi toccherà trovare un quadro di una donna nera da aggiungere alla tua collezione».

«Una femmina grigia può contare, nel frattempo?» le chiedo, indicando il mio miglior ritratto di Stella seduta su un cuscino come una principessa felina.

«Eccome» dice Alice, guardando il tiragraffi a torre che sta nell'angolo. «È la tua gatta?»

«Sì, la mia Stella, l'amore della mia vita. Anche se in questo momento ce l'ha a morte con me perché non sono mai a casa. Stella? *Stella?*»

Alla fine mi tocca come al solito agitare la scatola dei croccantini, e solo allora una bellissima testolina grigia emerge dalla mia stanza da letto, dove molto probabilmente ha riempito il mio cuscino di peli.

«Ma è assolutamente stupenda!» esclama Alice, mettendosi a sedere a gambe incrociate sul pavimento per mettersi al livello di Stella. «Stella? Qui, bella!»

La chiama come farebbe con un cane. Sto per dirle di non prendersela quando Stella la ignorerà sprezzante, ma con mio assoluto sbigottimento la gatta zampetta sui suoi delicati cuscinetti e dà una testatina sulla coscia di Alice per farsi fare un grattino. E Alice non ha neanche in mano i croccantini. Ce li ho *io*, eppure Stella è lì a fare un sacco di fusa a lei, che l'accarezza.

«La donna che sussurra ai gatti! Stella non fa mai così, neanche con me» le dico, mettendo su il caffè. «Perché tu e Wendy non prendete un gatto? Wendy potrebbe tranquillamente starsene a dormire fino al pomeriggio. Un gatto si arrotolerebbe accanto a lei e le dormirebbe vicino».

«Oh, Wendy comincia a starnutire anche solo se *vede* un gatto» risponde Alice, con voce piatta.

Devo lottare con me stessa per non dirle che questa Wendy è una rompipalle colossale.

«E un criceto?» le domando.

Alice mi guarda, per capire se sto scherzando. Non lo so neanche io. Non ridiamo, non diciamo niente, ma condividiamo un sorrisetto. Ci prendiamo un sorso di caffè, poi Alice dice: «Forza, fammi vedere i tuoi disegni degli elefanti».

Speravo che me lo chiedesse, e speravo anche che *non* me lo chiedesse. Non li ho fatti vedere a nessuno. Lei è troppo gentile per criticarli apertamente, ma so che me ne accorgerò, se dovesse pensare che sono orrendi. Mentre li vado a prendere, ho il cuore che mi batte forte e la gola secca, nonostante abbia appena bevuto una tazzona di caffè. E quando glieli do, ho la mano che trema.

Lei sta seduta con la schiena dritta, guardando ogni disegno con attenzione.

«Quella è Mosi, e questa è sua figlia maggiore, Binti, mentre il cucciolo qui è Amani, che significa pace, anche se non lo farò nascere fino a tre quarti della storia» le dico, timidamente. «Non sono versioni definitive, sono solo idee. Magari ora di iniziare le avrò cambiate tutte. Sempre che inizi. Forse sto solo perdendo tempo».

«Oh, Ellie! Sono meravigliosi! Sono degli schizzi, ovviamente, ma ci sono dettagli perfettamente accurati. E sono dei personaggi, con un loro carattere. Sono tutti individui a sé stanti. E le pose! Cosa vuol dire 'sempre che inizi'? Devi iniziare adesso!»

Sedici

Vorrei restare insieme ad Alice tutto il giorno, ma Gary ha organizzato un pranzo speciale. Quando mi ha proposto di andare a mangiare un boccone, ho pensato che intendesse al bar di un museo o roba del genere, non certo un posto così elegante e costoso come il Wolseley. Avevo sempre desiderato vedere com'è, sin da quando avevo letto che Lucian Freud cenava lì ogni sera. Quando Gary mi ha detto che era lì che saremmo andati, ho cercato su Google e sono rimasta basita nel vedere quanto fosse elegante e ricco di stile, così meravigliosamente Art Deco. Per quanto mi dispiacesse lasciare Alice, non potevo fare a meno di essere gasatissima.

Passato mezzogiorno, ci salutiamo con un abbraccio e l'accompagno alla porta. Poi mi precipito in camera, cercando disperatamente una *mise* che mi faccia apparire speciale, intonata all'ambiente. E mi tocca ricorrere ancora al vestito rosso scuro che, grazie al cielo, adesso mi sta un po' meglio. La preoccupazione e le porzioni scarse della mensa dell'ospedale mi hanno fatto perdere un paio di chili. Se c'è stato un periodo della tua vita in cui sei stata vicina all'anoressia, non puoi fare a meno di esultare ogni volta che perdi un po' di peso, anche se sai che alla lunga può rappresentare un problema.

Infilo i piedi nelle mie scarpe più eleganti, quelle col cinturino, mi spazzolo un'ennesima volta i capelli e infilo nella borsa di tela un cambio di vestiti e un paio di scarpe da tennis – anche se sono assolutamente decisa a non fermarmi a dormire da Gary, perché mi sento in colpa verso Stella, l'ho trascurata troppo ultimamente. Mi porto anche *Guida rapida agli addii* di Anne Tyler. L'avevo comprato in ospedale per cercare di distrarmi un po', ma ero così tesa e preoccupata che non riuscivo a concentrarmi sulla lettura; ora però che non devo dire addio a mio padre almeno per il momento, posso godermi questo romanzo così tenero sulla perdita e sul lutto, perfetto da leggere in treno o in metropolitana.

Per l'ennesima volta lascio alla povera Stella molto cibo, acqua e piccoli snack. Lei mi guarda sprezzante e mi dà l'impressione che a breve immergerà un artiglio nel mio Inchiostro Professionale Liquitex per scrivere una lettera indignata alla Lega per la protezione del gatto. E non posso biasimarla. Credo che, se solo ne avesse la possibilità, si trasferirebbe nella casa accanto da Andreea.

Incontro Gary fuori dalla stazione della metropolitana di Green Park. Anche lui si è vestito piuttosto elegante, con un completo di ottimo taglio e una cravatta gialla a pois arancioni, giusto perché si capisca che ha anche un lato eccentrico. Non voglio esagerare, ma devo ammettere che è proprio un gran figo, un uomo di mezza età da nove su dieci, mentre a me darei al massimo un cinque, soprattutto per essere una che la mezza età l'ha appena raggiunta. Eppure lui mi guarda come se fossi bellissima e mi bacia sulle labbra, in modo molto casto, anche se a me fa venire un brivido.

E gli sorrido, ma intanto mi faccio mille domande. Da dove mi viene tutta questa esitazione? Lui è fantastico. Anche il Wolseley è magnifico, coi suoi lampadari, le colonne, le piastrelle bianche e nere tirate a lucido, le immacolate tovaglie di lino bianco, il maître che ci dà un caldo benvenuto e i camerieri pieni di sollecitudine. Leggendo il menu tiro un gran sospiro di sollievo: è scritto senza tante iperboli, e i piatti che servono sono in gran parte normali, come piace a me.

Gary mi incoraggia a ordinare le ostriche, la cosa più costosa del menu, ma io non le ho mai provate in vita mia e non ho idea di come si mangino. Scelgo il pollo, e Gary decide di prenderlo anche lui, e per dessert scegliamo entrambi torta di mele con la crema. I beveraggi, però, sono leggermente più esotici: un bicchiere per uno di champagne Pomeroy, seguito da una bottiglia di Albarino, vino che non avevo mai sentito nominare prima, ma che è buonissimo.

Di solito a pranzo non bevo, perciò ora della fine del pasto sono un po' brilla, ma in modo allegro. Gary mi sta parlando della Wallace Collection a Marylebone, dice che mi piacerebbe molto. Io gli sorrido e faccio dei versetti per simulare interesse, ma è un altro museo che conosco bene. Ma perché non gli viene mai in mente che potrei esserci già andata, in questi musei? E non sono proprio dell'umore di arrancare per le sale affollate con uno che mi dice cosa devo guardare. Preferisco di gran lunga andare dritta a casa di Gary, infilarmi nel suo letto e fare un sesso grandioso.

Quando usciamo da Wolseley lo prendo sottobraccio e glielo propongo, ma ha una reazione davvero delusa.

«L'idea è molto invitante» mi dice, cortese, «ma sono assolutamente convinto che adoreresti la Wallace Collection. Fidati di me, tesoro».

E senza aspettare risposta, fa cenno all'usciere del Wolseley di chiamarci un taxi. Che mi piaccia o no, si va alla Wallace Collection, e non in metropolitana o a piedi, ma in grande stile. Entro nel taxi che sto ribollendo di rabbia, ma dopo qualche minuto mi sorgono dei dubbi. Ma non è che sto facendo troppe storie? Come mi sentirei io se avessi organizzato tutto un bel programma e lui volesse solo scopare? Se solo per una volta, però, mi chiedesse cosa vorrei fare io…

Ora che accostiamo accanto al grande palazzo, sono riuscita a farmi venire un umore migliore, ma poi entriamo nel museo. Mi sembra di avere nelle orecchie un'audioguida invisibile. Gary comincia a dissertare sull'opulenza della straordinaria magione, parlandomi delle sale di rappresentanza nelle quali sir Richard e lady Wallace ricevevano gli ospiti più importanti. Sembra che parli in automatico, come se avesse imparato a memoria una lezione.

E in effetti comincio a pensare che sia esattamente così. È come se avesse diligentemente preparato una lezione privata per la sua allieva preferita. Man mano che va avanti a concionare sulle porcellane di Sèvres e sull'Orologio Astronomico, mi sento sempre più esasperata.

Si smolla un po' nella sala delle miniature, dove ci divertiamo a sollevare tutte le protezioni in pelle che riparano i preziosi ciondoli dipinti dalla luce del sole. Osservo con molto interesse la bellissima miniatura della Ruota della Fortuna. Dovrei sentirmi al settimo cielo: sto con un bellissimo uomo più grande che sta facendo di tutto e di più per affascinarmi e fare colpo su di me. Dovrei sentirmi gratificata e commossa per tutti gli sforzi che fa. E invece eccomi qua, l'ingrata.

«Sono molto contenta di essere qui» gli dico, piena di buona volontà, e sembra che gli faccia davvero piacere.

Non rimaniamo troppo nelle infinite sale delle armature, ma andiamo al piano superiore, passando dalla sala con i dipinti di Boucher. Con mia sorpresa, Gary è entusiasta davanti alle sue ninfe tutte rosee e nude, anche se avrebbero bisogno di perdere qualche chilo. E io ho sempre amato le scene pastorali di Watteau, che sembrano uscite da una fiaba, con i personaggi così delicati e sognanti.

Dico a Gary che da adolescente amavo leggere gli eleganti romanzi di Anita Brookner.

«Lei era una vera esperta di Watteau, e questo mi ha aiutata ad apprezzare i suoi dipinti. Era una donna davvero strana. Ha fatto persino la spia per Anthony Blunt, anche se non credo ne fosse pienamente consapevole» gli racconto.

«Davvero?» replica Gary, dubbioso e chiaramente poco entusiasta di entrare nel ruolo dell'allievo, foss'anche solo per un attimo. Improvvisamente mi sento stanchissima. Ho bisogno di sedermi un momento. Ho davvero esagerato col cibo e con il vino.

Mi riprendo però quando arriviamo ai quadri di Madame Vigée Le Brun, peccato che Gary ricominci a pontificare, spiattellandomi il bigino della sua biografia, e l'irritazione di prima mi ritorna con tanto di interessi. Ma come fa a pensare che io non ne abbia mai sentito parlare, quando sono così appassionata di arte al femminile? Torniamo in un'atmosfera da fiaba con *I fortunati casi dell'altalena* di Fragonard, che è dipinto con maestria, ma è un po' troppo lascivo per i miei gusti, anche se mi piacevano le miniature erotiche di donne nude che ho visto prima. A questo punto direi che Gary ha visto curve da vera donna a sufficienza da avere voglia di far subito l'amore con me, e invece mi porta a Venezia con Canaletto e Guardi.

«Sei mai stata a Venezia, Ellie?» mi chiede.

«Sono stata a Roma e a Firenze, ma non sono mai riuscita ad andare a Venezia. Dev'essere meravigliosa».

«Magari ti ci porto, un giorno» dice Gary, mentre passeggiamo per la Great Gallery, e io sorrido all'idea. Abbiamo quasi terminato: ci manca solo l'arte olandese e si torna all'aria aperta, sotto il sole. All'improvviso però mi blocco davanti a un quadro che avevo dimenticato: *Donna che sbuccia delle mele con una bambina* di Pieter de Hooch. È un bel quadretto domestico, una madre gentile che offre alla sua bambina una lunga striscia di buccia di mela. Mi ricordo che mia madre faceva la stessa cosa con me quando preparava la torta di mele (buona come quella di Wolseley). Mia mamma non assomigliava assolutamente alla placida donna pienotta con la gonna scarlatta, e io non ero carina come la bambina con la cuffietta e il vestitino lungo, ma il loro gesto mi riporta al tempo in cui pensavo che la mia mamma ci sarebbe sempre stata. Gli occhi mi si riempiono di lacrime, sfocando l'immagine.

«Ellie? Cosa c'è?» mi chiede Gary, preoccupato.

Abbasso la testa e mi asciugo gli occhi col dorso della mano. Non voglio dirgli niente. Parlare con papà mi ha riportato alla memoria ricordi meravigliosi della mamma, ma sono cose mie, troppo profonde, e il dolore è ancora troppo vivo per parlarne con Gary.

«Stai pensando a tuo padre?» mi chiede, mettendomi un braccio attorno alle spalle con fare protettivo.

Io annuisco, perché è più facile così, e in fondo è parzialmente vero.

«Ma mi hai detto che ora sta meglio, vero?»

«Sì, è vero. Mi sento solo un po' giù, tutto qui, anche se sa il cielo perché. Mi dispiace, tu sei così carino e premuroso con me» gli dico.

«Invece sono stato insensibile a trascinarti in giro per musei. Probabilmente sarai esausta, con quello che hai passato. Mi dispiace tanto. Torniamo a casa mia. A meno che... è molto lontana, perché non andiamo da te?»

Sono così sorpresa che non so cosa dire. Ho fortissima la sensazione che non ce lo voglio, a casa mia. So che odierà il quartiere, e il mio appartamentino con i mobili di seconda mano e il casino e tutti quei colori. Dio benedica Alice, a cui casa mia sembrava piacere davvero. Penso che lei l'ho invitata perché in fondo sapevo che l'avrebbe apprezzata.

Per non parlare del fatto che stamattina sono uscita di corsa, e ho lasciato il letto sfatto. Anzi, non sono neanche troppo sicura che le lenzuola siano pulite. Metà del mio armadio è sparso in giro per la stanza. Nel lavandino in cucina probabilmente sono rimaste le tazze del caffè e i piatti di ieri. E Stella ha di sicuro usato la lettiera. È il tipico squallore che ti aspetti da una studentessa ventenne, non dalla casa di una professionista di quarant'anni.

Non che Gary mi farebbe delle critiche, non si permetterebbe mai. Cercherebbe di ignorare il casino, e ci siederemmo sul mio divano sfondato a bere del vino... No, un attimo, non c'è neanche vino, solo lo champagne del mio compleanno, e quello lo voglio tenere per un'occasione davvero speciale.

«Preferirei di no» dico alla fine. «È tutta in disordine».

Lui ride, indulgente. «Sei sempre stata disordinata, Ellie, sin da quando eri una ragazzina».

Non mi piace il suo tono. Come tengo casa mia sono fatti miei. E adesso non se ne parla proprio di farlo venire nel mio appartamento. Mi incupisco, e lui capisce il messaggio.

«Va bene, allora andiamo a Earlsfield» concede, con una certa grazia.

Adesso fuori fa veramente caldo, e sarà per il pranzo, il vino e l'emotività, in metropolitana mi addormento, e deve svegliarmi lui quando dobbiamo scendere.

Mi è venuto mal di testa e mi è difficile tenere una conversazione vivace. Mi sto anche chiedendo se non c'era una precisa ragione per cui lui volesse andare a casa mia. Forse da lui c'è Rossetto? Rossetto Kim, che tira la palla sul muro vestita da ginnastica, col fischietto che le balla sulle tette da vera donna. Mi massaggio la fronte con la mano, cercando di smetterla di pensare queste idiozie.

«Povera Ellie» mi dice Gary con delicatezza. «Hai un'aria esausta e sei pallidissima. Immagino che ultimamente tu non abbia dormito granché. Ti va di fare un riposino?»

Quando entriamo a casa sua (immacolata, come sempre, e senza nessuna traccia di Rossetto o di altre donne) lui con gentilezza mi sfila il vestito rosso, mi slaccia le scarpe e mi mette a letto, rimboccandomi le lenzuola pulite e inamidate. Poi si toglie anche lui i vestiti ed entra nel letto con me.

Mi accarezza piano, con dolcezza, e io finalmente mi rilasso e mi addormento quasi subito. Quando ore dopo mi sveglio, lui non è più nel letto. Vado in bagno, mi sciacquo la faccia e mi lavo i denti, poi vado a cercarlo.

È seduto all'isola della cucina, che beve un caffè e legge il giornale, in vestaglia.

«Buonasera!» mi saluta. «Ti senti un po' meglio, vero? Perché sei bellissima».

Oggi mi sono messa la biancheria intima della Rosie Lingerie, che so che mi sta molto bene. Lui si alza e mi abbraccia, cominciando a carezzarmi in modo completamente diverso. E in breve, senza più biancheria intima, torniamo a letto e facciamo l'amore. Non ci sono più pensieri, adesso, solo il buio e un bisogno incalzante di sentire di più, di più, finché non vengo.

Forse lui è davvero l'Uomo Giusto. 'Vivitela' dico a me stessa. 'Vivitela un giorno per volta, poi un altro e un altro ancora. Vai a Venezia con lui. Vai in capo al mondo con lui. Resta con lui finché non sarete entrambi vecchi e canuti'. Be', vecchi lo stiamo già diventando; io ho già diversi fili grigi tra i ricci, e per quel suo biondo scuro credo faccia ricorso a un aiutino, perché è un colore che non fa il paio con i peli del suo corpo.

Molto più tardi telefono ad Anna, solo per essere sicura che papà non abbia avuto un peggioramento.

«Sta benissimo, Ellie. Si è alzato dal letto e adesso è seduto in poltrona. Te lo passo!»

Mi sento un po' a disagio, qui, nuda nel letto, ma cerco di sembrare ragionevolmente tranquilla.

«Ciao, papà, come ti senti?»

«Benissimo, grazie, tesoro» mi risponde.

Poi mi parla della chiacchierata che ha fatto con i dottori, che sperano di impiantargli il defibrillatore interno la prossima settimana, dopodiché potrà tornarsene a casa.

«Sicuro come l'oro. O come la pioggia, come si dice qui» mi dice. «Che poi non c'è da stupirsi che in Inghilterra la pioggia venga considerata una certezza, no? Pensa che stavo proprio pensando di mettermi a dipingere la pioggia, di recente. Non un acquazzone, solo quella pioggerellina che fa brillare tutto, come nei quadri di Atkinson Grimshaw. Ma lo sapevi che di mestiere faceva il poliziotto?»

Oh, no, non bastava uno, adesso sono due gli uomini che mi spiegano cose che so già benissimo! Oltretutto mi pare che fosse il padre di Atkinson Grimshaw a essere un poliziotto, non lui. Ma assecondo anche papà, scambio ancora due parole con Anna e poi li saluto. Per tutto il tempo Gary è rimasto nel letto accanto a me, appoggiato a un gomito, a guardarmi con dolcezza. Io gli vado vicina e lo bacio.

Mi cucina delle crepes per cena, molto leggere e soffici. Le mangiamo insieme a un bicchiere di sidro, poi ci mettiamo sul divano abbracciati e scegliamo qualcosa da guardare in TV. Io vorrei vedere la prima stagione di *Heartstopper*, per capire come hanno trasformato una graphic novel in un film; non che io sia così fuori di testa da pensare che si potrebbe fare anche per la mia graphic novel, più che altro perché girare in Africa con un cast di soli elefanti selvatici immagino sia un po' troppo costoso.

«Oh no, non ne posso più di ragazzini!» si lamenta Gary. «Non ne vediamo già abbastanza tutti i giorni?»

Ma l'adattamento è fatto benissimo e gli attori sono adorabili, e dopo poco a lui comincia a piacere tanto quanto a me. Sto troppo bene per pensare di andare a casa, ora. Andreea ha ancora le mie chiavi di riserva, e le mando un messaggio per chiederle se è così gentile da andare a dare un'occhiata a Stella. Poi Gary e io andiamo a letto. Sotto sotto spero che faremo ancora del sesso, ma lui si accoccola e rimane lì abbracciato a me. Farlo più volte in un giorno magari è pretendere un po' troppo da un uomo della sua età. Questo è un vantaggio che le donne hanno rispetto agli uomini.

Dormo profondamente tutta la notte, nonostante il lungo sonnellino pomeridiano. Quando ci svegliamo facciamo ancora l'amore, un sesso caldo, assonnato e sensuale. Alla fine Gary si addormenta di nuovo, mentre io rimango seduta sul letto a guardarlo e a chiedermi cosa provi davvero per lui. Nel sonno sembra più giovane e più vulnerabile, con i capelli arruffati e un'espressione vagamente corrucciata, come se stesse pensando a qualcosa. Forse anche lui si domanda cosa prova per me.

Esco dal letto e vado in bagno. Le tasche del suo accappatoio sono vuote, e il pacchetto di Tampax è ancora quasi pieno. Kim ha smesso di venire da lui, o è Gary che pulisce meticolosamente tutto, dopo che lei è stata qui? Vado in cucina e accendo il bollitore. Mi immagino qui a cucinare, o a passare il mocio sulle piastrelle splendenti, dopo aver comprato un gran numero di detersivi per il pavimento. Se venissi a vivere con lui, non sono sicura che mi sentirei mai davvero a casa.

Non sarei me stessa senza le mie pareti colorate, i miei poster, i miei libri, i miei teli indiani, che qui non c'entrerebbero niente. *E io c'entro?* Sento il miagolio di Stella nelle orecchie. Magari a Gary non danno fastidio i gatti, ma di certo non gli piacerà il tiragraffi tutto rovinato, le crocchette puzzolenti e la lettiera sporca.

Ma soprattutto, e Lottie? Perderebbe la sua *casa*. Probabilmente farebbe di tutto per andare d'accordo con Gary per amor mio, ma sarebbe una situazione troppo strana, tutti e tre in vestaglia a fare colazione. Oltretutto le due camere sono una di fianco all'altra. Sarei troppo a disagio all'idea che possa sentire cosa stiamo facendo nella camera accanto; e lo stesso varrebbe per lei, se stesse con qualcuno. Oltretutto dovrebbe chiedere a Gary se lui fosse d'accordo che si portasse un ragazzo. Sarebbe comunque casa sua, con le sue regole e il suo modo di fare le cose.

Sospiro e gli porto il caffè.

«Ehi, dormiglione» gli dico, posando il caffè e dandogli un bacio.

Lui si sveglia di soprassalto. «Oddio, scusami! Sono io che dovrei portarti il caffè a letto». Ne beve un sorso. Non dice niente, ma è evidente che pensa che non l'abbia preparato come si deve, anche se così è esattamente come piace *a me*. Mi viene in mente che ai tempi della scuola non si faceva scrupolo di dipingere le sue correzioni direttamente sui miei quadri, per farmi vedere qual era il modo giusto di fare le cose. E probabilmente con le sue correzioni il quadro era effettivamente meglio, ma avrei sempre desiderato che lo lasciasse come l'avevo dipinto io.

Lui si mette a sedere sul letto e mi racconta i progetti che ha fatto per la mattinata. Pensa che sarebbe bello andare al Richmond Park per fare una passeggiata fino ai Pen Ponds per guardare i cervi, e poi andare a mangiare in un ottimo pub lì vicino.

Ma mentre parla capisco che ho bisogno di un po' di spazio, e cerco disperatamente una scusa. «Magari la settimana prossima?» gli propongo. «Le scarpe col tacco non sono l'ideale per fare passeggiate. E poi devo andare a casa a dar da mangiare a Stella».

Lui sospira, deluso.

«Che peccato! Ma va bene, lo faremo la prossima volta» dice, prendendo un altro sorso di caffè con una leggera smorfia.

Mi sento un po' in colpa, e faccio del mio meglio per essere dolce con Gary prima di andarmene. Gli chiedo delle sue lezioni di storia dell'arte a scuola, e lui, tutto contento, me ne parla per mezz'ora, raccontandomi tutto nei minimi dettagli. Poi mi chiede delle mie, di lezioni, ma mi accorgo che dopo due minuti ha smesso di ascoltarmi. Allora gli chiedo come fosse *lui*, da bambino, se amava già dipingere. Pare che il Gary bambino amasse i libri da colorare, quelli con le forme geometriche incastrate tra loro, e se per caso usciva dai bordi per sbaglio, cambiava disegno e ne cominciava uno nuovo. Io ho sempre odiato quel genere di libri da colorare; oddio, in generale *tutti* i libri da colorare. A me piaceva disegnare quel che volevo io.

Gary prepara la colazione: un altro caffè, fatto alla sua maniera questa volta, e toast di pane fatto con lievito madre coperto di avocado e una vinaigrette speciale fatta da lui.

«Non dirmi che l'hai fatto tu il pane con il lievito madre» gli dico.

«In effetti sì». Mi dà un'occhiata sospettosa. «Ma mi stai prendendo in giro?»

«Ma quando mai! È meraviglioso che tu sappia fare il lievito madre» ribatto, ma mi viene da ridere.

«Mi domando se tu, Magda e Nadine ridiate parlando di me, come facevate quando eravate ragazzine».

«Assolutamente no» gli rispondo, il che è verissimo, ma solo perché ultimamente le nostre vite sono state così frenetiche che noi tre insieme non ci siamo viste dalla mia festa di compleanno. «E poi dai, scommetto che *ti piaceva* sentirci ridere, perché sapevi benissimo che eravamo tutte e tre pazze di te».

Ora tocca a lui prendermi in giro. «Be', Magda era la più effervescente, e non nascondeva che le piacessi. Ma Nadine era molto cool, con i lunghi capelli neri e le lunghe unghie nere a fare pendant. Difficile scegliere, tra le due».

Io aspetto. «Ma eri *tu* quella che mi piaceva di più, Ellie, e lo sai» mi dice. «Per carità, in modo assolutamente appropriato».

«E tu invece hai detto alla professoressa Henderson – a Jean – che ci stiamo vedendo?» gli chiedo.

«Certo che no! Non sono sicuro che approverebbe. Le ho raccontato che siamo andati a vedere una mostra insieme, e basta. Non le ho detto che insieme abbiamo fatto ben altro!»

«E a Kim hai detto di me?» gli chiedo, col tono più casuale possibile, senza guardarlo.

«Le ho detto che mi sto vedendo con una persona che conoscevo».

«E a lei non importa?»

«E perché dovrebbe? A me non importa che lei veda altri uomini».

«E ti importerebbe se *io* vedessi anche qualcun altro?»

«Questo è un altro paio di maniche» dice lui.

Non posso crederci! Ma non voglio litigare.

Dico a Gary che è ora che vada, perché ho tante cose da fare. Gli do un bacetto veloce per salutarlo, ma lui mi afferra e mi stringe a sé. Non credo sia travolto dalla passione, solo non vuole che me ne vada. Va a finire che ci abbracciamo in modo goffo sul suo divano, abbraccio che gradualmente diventa molto più intenso, il che significa che poi devo andare a farmi un'altra doccia.

Tanto valeva che restassi da lui, perché ora che arriverò al Quartiere degli Artisti avrò solo dieci minuti per cambiarmi e fare due coccole a Stella, prima di uscire di nuovo per andare in ospedale. Tutti questi viaggi stanno cominciando a diventare costosi.

Quando arrivo alla mia porta, rimango di ghiaccio. C'è una busta imbottita che esce dalla cassetta delle lettere.

'Ti prego, fa che sia una normale lettera! Una pubblicità, la lettera di un ente di beneficenza, un estratto conto, una bolletta'.

La tiro fuori e sento che dentro c'è qualcosa di piccolo e duro, avvolto in carta velina. E – oh no, oh no – un'altra busta con scritto sopra il mio nome, in quel corsivo inconfondibile. E c'è una cartolina, anche questa con delle rose rosse. E un messaggio.

Spero che ti piaccia il mio regalo! Ci vediamo prestissimo.
XXX

Tolgo la carta velina strappandola, con le mani tremanti. È una spilletta in argento dorato a forma di rosa. Controllo lungo il ballatoio, domandandomi se lui sia lì in agguato che mi osserva. Faccio fatica a infilare la chiave nella serratura, ed entro veloce in casa, perché mi viene da vomitare. Mi precipito verso il bagno con la mano sulla bocca, e di colpo mi blocco.

C'è qualcuno in casa! Sta facendo scorrere l'acqua, e mormora qualcosa che non capisco. È lo stalker pazzo? Arrotolo i manici della borsa di stoffa sulle dita, pronta a usarla al bisogno come arma contundente, e irrompo nel bagno.

Si sente un urlo, e un miagolio acuto di Stella. Non è il pazzo, è solo quel tesoro di Andreea, che si stava lavando le mani dopo aver pulito la lettiera della gatta.

«Oddio, Ellie, mi hai fatto venire un colpo! Ho quasi fatto pipì su me stessa!» Il suo inglese è ottimo, ma a volte dice le cose in modo un po' strano.

«Scusami! Pensavo che fossi quel pazzo che continua a lasciarmi messaggi anonimi» le dico, col fiato grosso.

«Ho visto che ce n'era un altro nella cassetta della posta, ma ho pensato che fosse meglio lasciarlo dov'era, nel caso tu volessi chiamare la polizia».

«Secondo te dovrei? Dopotutto sta solo lasciandomi dei biglietti e dei regalini un po' inquietanti. È un crimine?»

Lei nota la spilletta che ho in mano.

«Ah, l'hai aperto. È carina, questa spilla. Se non la vuoi, la prendo io» dice.

«Ma prenditela subito!» grido, cacciandole la spilletta in mano.

«Erano buoni anche i cioccolatini» aggiunge Andreea, con un guizzo negli occhi. «Magari aspetta una settimana o due prima di chiamare la polizia».

«Pensi che possa davvero essere pericoloso?» le chiedo, anche se che ne può sapere, lei. «O è solo patetico?»

«È innamorato» risponde lei, pensandoci su. «Be', nessun uomo mi ha mai cercata che è così romantico. Magari aspetta di vederlo. Potrebbe anche essere un figone».

«Ne dubito» le rispondo, calmandomi un po'.

«Io penso che tu hai già trovato un figone» mi dice. «Specialmente per il sabato sera».

Io arrossisco in modo ridicolo. «Può essere» mormoro.

«Bene, buon per te. Ti meriti di divertirti un po'» mi dice. Stella si sta strusciando sulle caviglie di Andreea ignorando le mie, e facendo un sacco di fusa speranzose. Andreea probabilmente è molto più generosa di me con i premietti. O forse Stella vuole solo farmela pagare per averla lasciata sola per l'ennesima volta.

Quando Andreea se ne va, con la spilla appuntata sul cardigan, io mi siedo a carezzare Stella, per rientrare nelle sue grazie, e quando siamo di nuovo amiche mi infilo una maglietta, un paio di jeans e gli anfibi, prendo dalla libreria un romanzo di Jane Austen e corro alla stazione della metropolitana, guardandomi continuamente attorno con la paura di trovare un debosciato acquattato dietro un muro o in agguato in un vicolo.

'Ci vediamo prestissimo, prestissimo, prestissimo'! Forse *dovrei* andare dalla polizia. Potrei passare prima da papà in ospedale, e poi fare un salto al presidio di zona. Cerco di distrarmi leggendo *Persuasione* in metropolitana, e mi dà da pensare il fatto che a ventisette anni Anne Elliot sia considerata un fiore appassito, destinata allo zitellaggio a vita.

Avrei dovuto prendere un regalino per papà. Non gli piacciono tanto i fiori, e anche se so che adorerebbe una maxi confezione di barrette Mars, in teoria dovrebbe stare a dieta secca. Un quadratino di cioccolata amara a settimana è probabilmente il massimo che può permettersi. Non gli piace nemmeno l'uva, e sputa fuori i semini con aria disgustata. Ho solo il mio libro, e sono ahimè sicura che Jane Austen non sia proprio cosa per lui. Corro in edicola e gli compro l'*Observer* e il *New Statesman*, abbastanza patetico, come regalo, ma a quest'ora non posso fare nient'altro.

Ben e Simon invece non l'hanno deluso, portandogli il volume patinato della biografia illustrata di Francis Bacon. Anna gli ha portato un grosso cestino di fragole giganti di cui approfittiamo tutti – poi sentiamo un passo zoppicante avanzare lungo il corridoio, e quando vediamo chi è ci lanciamo sguardi orripilati. È la zia Freda, col patetico Nigel che le tiene il braccio e l'aiuta a camminare. Stranamente, però, lui ha la faccia che è tutta un sorriso.

Mentre la zia Freda è impegnata a dire a papà che il suo arresto cardiaco è tutta colpa sua, che dovrebbe darsi una calmata e smetterla di comportarsi da scemo come quand'era ragazzino, tipo ballando come un pazzo al compleanno di Ellie e bevendo come una spugna e bla bla bla, Nigel mi guarda con aria speranzosa.

Gli faccio un cenno di saluto con la testa. Lui si avvicina e si china su di me.

«Non stai indossando la tua nuova spilla!» mi sussurra all'orecchio.

Diciassette

Io lo guardo a bocca aperta, scioccata. È *Nigel* il mio ammiratore segreto? Nigel, il cugino disadattato, quello che ho sempre temuto fosse uno di quei misogini che incolpano le donne per non essere mai riusciti ad avere una relazione con loro? È pazzesco che voglia una relazione con *me*!

Mi sta facendo l'occhiolino in un modo davvero strano, che lui immagino ritenga affascinante, ma che è solo ridicolo. Mio Dio, fa che Ben e Simon non lo vedano, se no scoppierebbero a ridergli in faccia. A loro non posso raccontare niente, così, davanti a tutti. E nemmeno ad Anna o al povero papà, che è ancora tenuto in ostaggio dalla zia Freda.

«Nigel, credo che sia ora di andare al bar. Vuoi venire con me ad aiutarmi a portare il caffè per tutti?» gli domando con voce dolce.

«Ma certo, Ellie» risponde, con un sorriso da lupo che mi fa rabbrividire (e non in modo piacevole).

Ben e Simon si guardano, inarcando le sopracciglia, e persino Anna sembra sorpresa, ma io mantengo una calma dignitosa finché non siamo fuori vista, diretti al bar che c'è a pianoterra.

Spero tanto di non peggiorare la situazione come mio solito. «Quindi sei tu il mio ammiratore segreto, Nigel?» gli chiedo, cercando di apparire tranquilla.

«Certo! Lo avevi capito subito, vero?» Mi sta venendo

sempre più vicino, facendo delle disgustose smorfiette di complicità, e io mi sposto di lato.

«No, Nigel, non avevo idea di chi fosse. È uno scherzo, vero?» Spero tanto che abbia la prontezza di dirmi che è così, e salvarsi la faccia.

E invece no. Mi guarda attonito, e fa un sorriso sbieco con troppi denti, che gli storce la faccia. «Certo che no! Ti sto proprio corteggiando».

Mi viene un conato. «Ma come mai hai deciso di... di farmi la corte?» Faccio fatica persino a dirlo.

«Be', sei tu che mi hai fatto capire chiaramente che ci saresti stata» mi dice, chinandosi su di me e dandomi un colpetto con l'indice. «E ho pensato che un po' di romanticismo sarebbe stato perfetto, con te».

Tutto questo è così orribile che ho paura di svenire, come l'eroina ottocentesca che lui evidentemente pensa che io sia. Avrei dovuto rileggere *Orgoglio e pregiudizio*, invece di *Persuasione*. Lui è la copia di Collins.

«Cosa ti ha fatto credere, scusa, che... che ci stessi?» gli chiedo.

«Il tuo messaggio!»

«Nigel, credo che qualcuno ti abbia fatto uno scherzo... cioè, lo abbia fatto a tutti e due. Ti giuro che non ti ho mai mandato un messaggio in vita mia».

«E allora quel biglietto vecchio stile con sopra una ragazza proprio uguale a te, con tutti i capelli ricci, nel giardino di rose?» mi dice Nigel.

Ho capito! Avevo usato dei vecchi biglietti con sopra un quadro dei Preraffaelliti per ringraziare per i regali dopo la mia festa. La ragazza dipinta da Rossetti però non mi assomiglia affatto, ma neanche lontanamente. Com'è possibile che abbia preso quel biglietto col mio breve messaggio di ringraziamento come un incoraggiamento a farsi avanti?

«Quel biglietto era per tua madre, Nigel, per ringraziarla del regalo di compleanno» gli dico, cercando di controllare la voce, perché non so se sto per mettermi a ridere o a piangere.

«Sì, lo so che era anche per la mamma, ma tu hai aggiunto: 'Dì a Nigel che gli voglio bene', e lo sai benissimo. Era per dirmi chiaramente cosa provi per me».

«Ma quella era solo... la tipica frase di prammatica. Non volevo finire con 'Distinti saluti' o 'Tante care cose'! Era solo un modo per chiudere il ringraziamento! Oh, non sai come mi dispiace che tu l'abbia mal interpretato!»

«E dai, su, Ellie! Me l'hai anche fatto capire chiaramente alla tua festa. Mi hai dato un bacio!» ribatte lui.

Io *l'ho baciato*? Cerco di ricordarmi. Aspetta, gli avevo dato un bacino sulla guancia quando aveva cercato di proteggermi! Ricordo ancora la sensazione umidiccia della sua pelle sotto le labbra. Qua siamo alla follia. Come ha fatto il povero Nigel a pensare che potesse piacermi? Ma neanche tra un milione di anni! Ora mi guarda sbattendo gli occhi, con aria confusa.

«Credevo che ti fossero piaciuti tutti i miei regalini in tema di rose» continua. «Noi due non siamo i tipi che vanno a letto insieme come niente fosse. So che ti piace l'arte, ti piacciono i libri e robe del genere. Perciò ti ho regalato le rose, perché erano i fiori nel giardino sul tuo biglietto. E poi i cioccolatini con le rose, e poi...»

«Ma perché non hai semplicemente bussato alla porta e non me li hai dati direttamente?» gli domando. Le gambe mi tremano così tanto che devo appoggiarmi al muro del corridoio.

«La prima volta infatti ho bussato, ma tu non c'eri. Allora ho lasciato le rose sullo zerbino, così tornando a casa avresti avuto una bella sorpresa. Poi ho pensato che questo potesse diventare il nostro segreto. Ti avrei lasciato dei regalini ogni tanto, e ti sarebbe piaciuto molto, e non avresti visto l'ora di rivedermi faccia a faccia. Ed eccoci qui, pronti ad avere una relazione!»

Aiuto, si va di male in peggio. Faccio un respiro profondo.

«Nigel, noi due siamo cugini! Non possiamo avere una relazione» gli dico, nel mio miglior tono fermo da maestrina.

«Non ti preoccupare, ho controllato. È assolutamente legale, te l'assicuro» mi dice. È così vicino che devo di nuovo spostarmi di qualche centimetro.

«Ma noi ci conosciamo da tutta la vita. E non ci siamo mai *piaciuti*! Non abbiamo mai giocato bene, insieme. Tu volevi attaccare le figurine nell'album e costruire modellini di aeroplani, io volevo solo disegnare e dipingere. Ci parlavamo a malapena!»

«Eravamo bambini, allora. Adesso siamo due adulti, e finora non è che la vita ci sia andata tanto bene, no?»

«Be', non direi» gli rispondo. «A me la mia vita piace abbastanza».

«Sì, ma tu sei finita con una bambina e senza anello al dito, e non sei una vera e propria artista, fai solo quella roba dei fumetti».

Io divento paonazza dalla rabbia.

«Non devi vergognarti, a me va bene così, non mi importa» insiste, capendo tutt'altro. «Neanche io sono un tipo per cui perdere la testa. Ho un buon lavoro in una società edile, ma non ho mai avuto molta fortuna con le donne. E siamo soli tutti e due. Questa è la nostra occasione di trovare il vero amore».

Di colpo si fa avanti, spiaccicandomi sul muro, e mette le labbra sulle mie, in una parodia bavosa di bacio.

«Levati subito» gli dico non appena riesco a liberarmi. «Stai facendo un terribile errore! Tu non mi piaci! Non voglio aver niente a che fare con te, capito?» Lo spingo via, e lui mi guarda, sbalordito. Poi la sua faccia sembra andare in pezzi, e se la copre con le mani.

È così solo e così patetico che mi prende un senso di rimorso.

«Oddio, Nigel, non starai mica piangendo, vero?» gli chiedo, preoccupata.

«Ero così felice in queste ultime settimane» mormora lui. «E adesso viene fuori che mi sono solo illuso. Persino *tu* non mi vuoi».

Persino io? Vorrei dirgli in faccia cosa penso di lui, ma non voglio essere stronza. Come posso fare perché non si senta totalmente umiliato? Poi mi viene un'idea, un'idea bomba, infallibile!

«Non è che non voglio *te*, Nigel» gli dico, asciugandomi ancora le labbra con un brivido di disgusto. «Non voglio nessun uomo. Sono gay».

Lui ha un sobbalzo, e arretra un pochino.

«Non mi dire che sei una *lesbica*!» esclama incredulo.

«Eh già. Proprio così. Mi piacciono solo le donne» dichiaro con fermezza.

Un'infermiera grassotta ci oltrepassa, diretta al Costa. «Buon per te, tesoro!» mi dice.

Nigel lascia uscire il fiato, lentamente.

«Cioè, sia tu che Ben siete delle *checche*?»

«Se la vuoi mettere così, sì».

«Per cui ho solo perso tempo» dice.

«Mi dispiace. Ma magari un giorno incontrerai la donna giusta, che adorerà i tuoi gesti romantici. Però, se fossi in te, sarei un pochino più diretto, perché non vorrei che si facesse un'idea sbagliata e pensasse che sei uno stalker» gli dico.

Lui fa un verso di disgusto all'idea. Andiamo a prendere i caffè senza dirci più nient'altro, e restiamo zitti finché non torniamo in reparto. Mi sembra di essere tornata a quando eravamo bambini. È un vero sollievo essere di nuovo con papà e Anna e Ben e Simon. Persino con la zia Freda. Mi chiedo se avesse idea di quel che passava per la testa di suo figlio. Probabilmente no. Tanto comunque mi ha sempre disapprovata, una ragazza madre, figuriamoci!

Mi sa che tutti capiscono che Nigel e io abbiamo avuto

una discussione, perché ce ne stiamo distanti e facciamo di tutto per non guardarci in faccia. Fortunatamente, la zia Freda sta già cominciando a diventare irrequieta. Si lamenta del caffè, e della sedia troppo dura, poi dice a Nigel che vuole tornarsene a casa immediatamente.

Dà a papà un brusco colpetto sulla mano e se ne va, appesa a quel suo strano figlio. Quando sono fuori portata d'udito, Ben chiede subito: «Dimmi, Ellie, cos'è successo? Ha cercato di baciarti?»

Ridono tutti fragorosamente, come fosse una battuta.

«Invece è successo davvero» gli dico, e mi godo le loro espressioni inorridite.

«Be', poteva capitarti di peggio» mi dice papà.

Io lo guardo sbigottita, chiedendomi se in fondo qualche danno al cervello non l'abbia riportato, ma lui scoppia a ridere di nuovo.

«Papà! Ma dai!» gli dico, facendo finta di essere scandalizzata.

Io sono brava a stare al gioco con gli scherzi, ma quando continuano a prendermi in giro diventa seccante, perciò appena posso me ne vado.

Quando arrivo a casa (niente pacchi davanti alla porta, niente rose, niente biglietti, alleluia!) mando un WhatsApp a Nadine e a Magda per chiedere se ci andiamo a prendere uno (o più) drink insieme al Moon and Hare, a Bloomsbury, questa settimana o la prossima.

Poi faccio un respirone e mi costringo a cercare Steve Fedden su Google. Le mani mi si sono fatte improvvisamente maldestre, e le dita inciampano sulla tastiera. Ce ne sono diversi, su Facebook, Instagram e LinkedIn. È facile capire qual è quello giusto. C'è anche una foto. Non è che proprio lo riconosca, ma ce n'è solo uno dell'età giusta che lavora in uno studio di design. Ho la sua mail di lavoro.

Sono tentata di scrivergli io per prima, per pregarlo di essere gentile con Lottie almeno per un paio d'ore, anche se non vuole avere ulteriori contatti con lei. O, nel caso che non volesse nemmeno vederla, di farglielo sapere nel modo più garbato possibile. Non dirle che lei per te non significa niente, Steve. Perché è tua figlia, che ti piaccia o no.

Ma non posso, perché Lottie mi ha chiesto di non farlo. Vuole gestire la faccenda da sola. Le mando l'indirizzo mail e le scrivo: *Buona fortuna, Lots. E tanto, tanto amore. Mamma. XXX*

Lei non mi risponde, anche se vedo che ha letto il messaggio. Forse ci sta pensando su. E non può lasciare il suo lavoro al campo estivo perché ha già chiesto sin troppi giorni liberi, non vorrei si spingesse troppo oltre.

Neanche Nadine mi risponde. Spero che vada tutto bene e che non si sia messa con un altro sadico. Non si fa viva neppure Magda. Forse i bambini l'hanno buttata giù dalle scale. Invece mi scrive Gary.

Ellie, tesoro, ti voglio nel mio letto in questo istante!

Quante volte mi ha chiamato tesoro? Tre? Anche quattro o cinque, mentre facevamo sesso. Mi viene in mente l'esatto momento, e mio malgrado mi partono brividini ovunque. Mamma mia! Ho fatto più sesso in queste ultime settimane di quanto non ne abbia fatto in anni. Continuo a leggere.

So che sarebbe da pazzi chiederti di rifare tutta la strada fino a Earlsfield. Ma forse potremmo trovarci da qualche parte a Londra, se non vuoi che venga a casa tua. Devo dirti una cosa! G XX

Parte uno scambio di messaggi:

Ma quando?

Ora!

Non riesci ad aspettare fino a sabato?

No! Ti prego! Ne sarai entusiasta, te lo prometto.

Ma non puoi dirmelo adesso? Per telefono?

Voglio tenerti tra le braccia quando te lo dico.

Non riesco a trattenermi dall'alzare gli occhi al cielo. Cosa diavolo può essere? Ha detto addio a Rossetto Kim? Anche se poi adesso non mi importa neanche più tanto di lei.

Penso di rispondergli di no, ma non vorrei che questo causasse dei dissapori. *Dove?* gli scrivo, e quando mi dice il nome di un pub vicino alla stazione di Waterloo comincio a prepararmi. Niente vestito rosso, stavolta. Camicia nera su un top color argento, una gonna corta nera, calze nere e ballerine nere. Do la cena a Stella. Mangia con lentezza, delicata, fermandosi ogni tanto per lanciarmi uno sguardo di disapprovazione.

«Scusami, lo so che sono una mamma terribile per te» le dico con voce dolce, accucciandomi di fianco a lei per accarezzarle la testa.

Lei fa un po' di fusa, d'accordo con me. Poi mi guarda e abbassa lentamente le palpebre diverse volte, che è un segno di accettazione e di affetto, adorabile, ma quando mi rialzo fa una faccia offesa. So esattamente a cosa sta pensando.

'A che gioco stai giocando? Ti precipiti fuori per quest'uomo e non sei neanche sicura che ti piaccia!'

E dai, Stella, lasciami in pace. Sono anni che vivo come una suora.

Stella fa un miagolio di disapprovazione. Smette di mangiare e se ne va, con la coda dritta. Allora esco di corsa per incontrarmi con Gary.

Lo trovo ad aspettarmi fuori dal pub, con i jeans, una camicia casual e una giacca in denim, un po' come si vestiva ai tempi della scuola. Improvvisamente al suo posto vedo un giovane professor Windsor, un po' più snello e con i capelli un po' più chiari. Sbatto gli occhi, e torna a essere Gary, grazie a Dio.

Sembra felicissimo di vedermi. C'è gente che sta bevendo fuori dal pub, quasi tutti più giovani di noi, le ragazze con i loro cocktail estivi, i ragazzi con le loro birre, che ridono, chiacchierano e si godono la serata calda. Gary mi prende e mi bacia, e io mi sciolgo all'istante. Quando quel povero disagiato di Nigel mi baciava mi faceva così schifo che ho dovuto spingerlo via. Quando mi bacia Gary, invece, è così bello che devo trattenermi dallo stringerlo ancora di più.

«Non sono sicuro di questo posto» mi dice. «L'ho cercato online perché sembrava il più comodo sia per me che per te, ma c'è troppa gente».

«Che c'importa? Vuol dire che contribuiremo a renderlo ancora più affollato».

Entriamo e ci facciamo strada a fatica verso il bancone. Non è esattamente il posto dove bere vini raffinati. Gary ordina una birra e io mezza pinta di sidro, poi guardiamo il menu, perché nessuno di noi due ha ancora mangiato.

«Tutte cose banali, da turisti» commenta Gary, arricciando il naso. «Vogliamo andare da un'altra parte?»

«A volte mi piace prendere cose da turisti» gli dico io. «Ti dirò, mi attira abbastanza questo: 'Il miglior pesce impanato fritto dell'Inghilterra, con patate al forno dorate'».

«Ok, allora io mi prendo 'Le migliori salsicce d'Inghilterra con cremoso purè di patate'» dice lui, sorridendo.

«Allora, cosa volevi dirmi?» gli domando, quando troviamo un tavolo sul retro e ci sediamo.

Lui tira fuori il telefono, ci clicca sopra un po' di volte, poi mi mostra la schermata. Io la guardo. È difficile da leggere. È una specie di lettera di conferma. Lancio uno sguardo a Gary, che mi sta fissando in trepida attesa.

«Cos'è?» gli chiedo.

«Non riesci a leggere?»

Strizzo gli occhi, sforzandomi. «Biglietti aerei?»

«Per due. Venezia» mi dice. Poi cambia pagina. «E un piccolo hotel fuori dal centro, che spero sia romantico».

Io resto lì a fissarlo, troppo stupita per dire niente.

«Non ti preoccupare, non è per l'estate, perché Venezia è troppo afosa e calda. È per la fine di ottobre, quando si spera faccia ancora abbastanza caldo, e noi abbiamo le vacanze di fine trimestre!»

«Oh mio Dio!»

«E c'è anche la Biennale. È una grande mostra di tutte le arti che si svolge ogni due anni. E poi andremo anche al museo dell'Accademia, ovvio, e al Peggy Guggenheim e in tutte le chiese… aspetta di vedere che meravigliosi quadri di Bellini ci sono, e a proposito, se ti divertono le cose un po' turistiche, ci prendiamo anche un Bellini all'Harry's Bar. E possiamo anche fare un giro in gondola, se vuoi».

Sono così trasecolata che non so davvero cosa dire, e allora lo bacio… e siamo ancora lì che ci baciamo quando il cameriere ci porta un cestino pieno di posate e di condimenti vari. Tossicchia e scambia uno sguardo complice con Gary. Io mi districo dall'abbraccio e cerco di riprendere un contegno.

«Capisci perché volevo dirtelo di persona?» mi fa Gary, trionfante. «Sapevo che ne saresti stata entusiasta».

Sono entusiasta. Be', entusiasta che lui abbia fatto un gesto così incredibilmente romantico. Sarebbe bellissimo andare a Venezia. Ok, comincerà con le sue conferenze nell'istante stesso in cui metteremo piede in un museo, ma che m'importa? Ed è vero che ha già deciso lui ogni cosa che faremo, ma vuol dire solo che non dovrò stare lì a leggermi tutte le guide e a perdere gli occhi sulle cartine. E non sarà solo arte e cultura. Il Bellini all'Harry's Bar dev'essere una figata. E anche il giro in gondola, anche se ho sentito dire che sia caro come il fuoco. In realtà tutto questo viaggio dev'essergli costato una fortuna.

«Dividiamo le spese, però» gli dico, anche se sa il cielo dove troverò i soldi.

«Neanche per idea» mi risponde, deciso. «È un mio regalo».

Ha agito d'impulso, senza neppure chiedermi se avevo già dei progetti per le vacanze di fine trimestre. Io speravo di passare qualche giorno con Lottie. O magari avrei potuto fare una breve vacanza al mare in un posto caldo con Nadine. O avrei potuto andare a fare spese per la bambina con Magda, o aiutarla con gli esercizi preparto, o cose così. Insomma, il punto è che vorrei mettere verbo anch'io su cosa fare del mio tempo.

D'altronde, una sensuale settimana a Venezia con un uomo romantico vince a man bassa su tutto, no? Mi vedo già mentre camminiamo tra i canali illuminati dalla luna fino al nostro hotel, e poi saliamo in camera, tiriamo le tendine di merletto veneziano, ci sdraiamo insieme e facciamo l'amore in modo meraviglioso, notte dopo notte...

Avrei solo voluto che me l'avesse chiesto prima.

Arriva da mangiare, il che mi offre un diversivo quanto mai opportuno. I piatti devono essere rimasti un bel po' ad aspettare in cucina in attesa che ce li portassero, perché il cibo è appena tiepido, e se il pesce e le salsicce sono le migliori d'Inghilterra chissà cosa devono essere le peggiori. Ciononostante mangiamo di gusto, e ci facciamo portare altra birra e altro sidro, poi ce ne andiamo.

«Per l'amor del cielo, Ellie, perché non possiamo andare a casa tua, adesso?» mi implora Gary.

Io cerco affannosamente delle altre scuse, ma quando i miei occhi incontrano i suoi, capisco che non accetterà un altro no, questa volta. E già mentre gli dico sì, so benissimo che sto facendo un errore. Lui chiama un Uber, ma quello che trova accetta nel frattempo un'altra chiamata e dobbiamo ricominciare a cercare, e non capisco perché fare tutte queste storie quando è così semplice arrivare da me in metropolitana. Persino a piedi ci arriveremmo in una mezz'oretta. Ci mettiamo a discutere anche su questo, e non ha senso, perché per lui era solo un gesto romantico nei miei confronti.

Nell'auto a malapena ci rivolgiamo parola, guardando entrambi ostinatamente fuori dal finestrino. Quando arriviamo nel mio quartiere, Gary resta senza fiato. Appena usciamo dall'auto, comincia a lanciare occhiate guardinghe nella nebbiolina.

«Ma davvero tu vivi qui?» mi domanda, incredulo.

«Sì. Ma accidenti, non c'è mica bisogno che ti comporti come se ti dovessero accoltellare da un momento all'altro» rispondo, irritata. «Sei al sicuro. Qui ci vivono solo persone normali e perbene, ormai. Non essere così snob».

«Non capisco proprio come tu possa voler vivere qui da sola».

«Mi sembra di sentire mio padre!» ribatto, poi me ne pento e lo guardo, per vedere qual è la sua reazione. E non è buona.

«È così che mi vedi? Come una figura *paterna*?» mi domanda brusco.

«Be', visto che tu continui a trattarmi come una ragazzina della scuola e non fai che dirmi cosa devo fare» ritorco, furiosa.

Adesso siamo su un terreno pericoloso. Sarebbe facile andare oltre e cominciare a dirci cose che non riusciremmo poi a dimenticare. Credo che questo spaventi entrambi.

«Mi dispiace che la pensi così» mi dice lui, poco convinto.

«È solo che vado sulla difensiva se criticano la mia casa. Era il meglio che mi potevo permettere per Lottie e me. Mio padre voleva aiutarmi, me l'ha proposto mille volte, ma ero determinata a essere indipendente».

«È stato ammirevole da parte tua» mi dice, mettendomi cauto un braccio attorno alle spalle. «Sei stata fantastica a crescere una figlia da sola. Ma suo padre non ha nemmeno avuto la decenza di contribuire economicamente?»

Io faccio una smorfia. Ha toccato un nervo scoperto, anche se non può sapere perché. Chissà se Lottie ha già scritto a Steve? E lui le avrà risposto? Potrebbero davvero incontrarsi?

Gary vede la mia espressione. «Ti chiedo scusa» mi dice, e adesso è sincero. «Non sono affari miei».

«Non importa. Non ho alcun contatto con lui, oramai. Forza, andiamo. Sto all'ultimo piano».

«All'ultimo piano?» mi chiede, guardando verso l'alto. Ha un sussulto. «Chissà che vista avrai» aggiunge valoroso.

Prego che l'ascensore funzioni, e per fortuna va. Percorriamo il ballatoio. Gary si aggrappa con forza alla ringhiera scrostata. Mentre cerco la chiave nella borsetta, la porta di Andreea si apre, e lei esce con in mano un sacco della spazzatura da mettere nello scivolo per i rifiuti. Ci guarda, sorpresa.

«Ah!» esclama. «È lui tuo ammiratore segreto, Ellie?»

«No! Lui non c'entra assolutamente niente» le rispondo.

«Caspita! Fortunella! Alcuni di noi fa senza uomini, e tu ne hai due!» scherza lei.

«Ma Andreea, ti pare il caso?» Alzo gli occhi al cielo e apro la porta. «Ci vediamo dopo, eh?»

«Spero che anche questo ti ha portato dei cioccolatini» mi dice, e io tiro dentro Gary.

«Eccoci qua» dico, accendendo la luce. «Entra pure».

C'è una pausa, in cui lui si guarda attorno, sbattendo le palpebre.

«Ma che carina» dice in fretta, anche se si vede lontano un miglio che pensa esattamente l'opposto. «È molto... colorata».

Stella sguscia fuori dalla cucina e miagola imperiosa, chiedendo ragione di questo estraneo.

«Lei è Stella, l'amore della mia vita, insieme a Lottie». La prendo da terra e lei fa un paio di tentativi di divincolarsi, facendo la difficile, poi però si rilassa e mi spinge la testa sul collo.

Gary si avvicina. «Ciao, Stella» le dice.

Sento che il suo corpicino elegante si irrigidisce, e le orecchie e i baffi si muovono in avanti. Gary ha il buon senso di non cercare di accarezzarla.

«Magari tra un po' diventeremo amici» dice.

«Ottima risposta» gli dico, annuendo soddisfatta. «Hai passato il primo test. Vuoi un caffè?» Accendo il bollitore e apro il frigo, per vedere se ho abbastanza latte. La bottiglia di champagne del compleanno è ancora lì. «Anzi, meglio. Champagne?» gli propongo, mettendocela tutta. Una vacanza a Venezia è un'occasione abbastanza speciale, direi.

«Tu sei la stessa ragazza che dice che Uber costa troppo, e poi hai una bottiglia di Bollinger in frigo?» mi prende in giro lui.

Ma va bene, c'è un'atmosfera diversa, adesso. Ci sorridiamo mentre tiro fuori lo champagne, e lui mi prende di mano la bottiglia.

L'irritazione si fa di nuovo strada, ma non voglio rovinare la ritrovata serenità dicendogli che sono perfettamente in grado di stappare una bottiglia da sola. Che poi, chi se ne frega. Andiamo in salotto con la bottiglia e due bicchieri da acqua, perché non ho calici. Il suo entusiasmo davanti alla parete dedicata alle donne pittrici sembra genuino, e sta facendo di tutto per fingere di non notare le tazze del caffè sporche, le scarpe sparse in giro, il mucchio di vecchie lettere e giornali, e i libri impilati in una torre pericolante.

Cerca di guardare a cosa sto lavorando sbirciando sulla scrivania, ma io copro rapidamente ogni cosa.

«Non che sia un segreto, ma sto ancora sviluppando un'idea, e per il momento non voglio far vedere niente a nessuno» gli dico.

«Faccio anche io così, quando sto lavorando su un progetto» commenta lui. «Non ti preoccupare».

Ci sediamo sul divano e brindiamo a noi con i nostri incongrui bicchieri da acqua. «E a Venezia» aggiunge lui, e io gli sorrido.

«Sai che è fatta da centodiciotto isole separate da centocinquanta canali?» comincia Gary.

«Ssh, zitto, Uomo Google!» ho il coraggio di dirgli. Forse mi sono spinta un po' troppo oltre, ma lui mi sorride, soddisfatto.

«È anche la città più romantica del mondo» aggiunge poi, e mi bacia. Beviamo ancora e ci baciamo ancora, poi prendiamo bicchieri e bottiglia e andiamo verso la camera da letto. Come temevo, il letto è sfatto, ma lui non fa commenti. Ci pensiamo noi a disfarlo ancor di più facendo l'amore appassionatamente. A un certo punto mi accorgo che è entrata Stella. Capisco che sta assottigliando gli occhi mentre ci guarda, chiedendosi perché la mia testa sia su e la sua giù, poi se ne va disgustata.

Alla fine ce ne stiamo abbracciati, bevendo altro champagne, entrambi felici.

«Spero che tu non abbia portato tra queste lenzuola anche il tuo ammiratore segreto» dice Gary.

E io che speravo che avesse scelto elegantemente di ignorare il commento di Andreea. Arriccio il naso.

«Ma mi stava solo prendendo in giro».

«Be', l'avevo capito. Ma davvero hai un ammiratore segreto?» mi chiede, sollevandosi su un gomito a guardarmi.

«Ce l'avevo. Ma adesso ha smesso di ammirarmi, grazie al cielo» gli dico, accucciandomi addosso a lui. Non voglio raccontargli di Nigel, al solo pensiero mi viene la pelle d'oca.

«Ma si tratta di uno sconosciuto?» chiede Gary, allarmato.

«No, anzi, in realtà è un mio parente. Un cugino. Che pensava che fossi una triste zitella di mezza età che sarebbe saltata dalla gioia all'idea di poter avere una storia con lui».

«Tu, una triste zitella di mezza età?» dice Gary, mettendo il dito nel suo bicchiere di champagne e facendolo scorrere dal mio seno verso il basso. «Tu sei la ragazza più bella del mondo».

So che non è vero, ma mi piace tanto che lui lo dica, e mi piace ancora di più quando comincia a leccare la scia di champagne che ha lasciato sul mio corpo.

Rimane a dormire da me e facciamo colazione insieme. Ho solo del pane piuttosto stantio ma ce lo mangiamo tostato e imburrato in totale armonia, poi ci salutiamo con un bacio.

Io mi rimetto a letto, pensando a lui. È tenero, gentile, romantico, bravissimo a letto. È incredibilmente generoso. Non ha nemmeno criticato il mio appartamento. Ha lasciato che Stella si prendesse i suoi tempi. E che io lo prendessi in giro.

Cosa posso volere di più, da un uomo?

Diciotto

Lottie non risponde al mio messaggio. Forse alla fine ha deciso di non contattare suo padre. O forse l'ha fatto e lui non si è degnato di risponderle. Vorrei tanto chiamarla per sapere se sta bene, ma devo rispettare il suo desiderio di affrontare questa cosa da sola.

Poi però comincio ad aver paura che le sia successo qualcosa, una paura che mi morde le budella. Ancora non la chiamo, ma un altro messaggio glielo mando.

> Lots, tesoro, come va? Spero che i tuoi ragazzini non ti stiano facendo diventare matta. Ti voglio tanto bene XXX

Lei mi risponde quasi subito.

> Ciao, ma', sì, tutto bene. I ragazzini sono uno spasso, in realtà. Oggi Luke e io li portiamo in spiaggia. Ti voglio bene XXX

Che sollievo! Però sono ancora punto e a capo. Sto meditando di farle la domanda diretta, ma non voglio che pensi che sono un'impicciona. Non ho molta fortuna nemmeno nel cercare di organizzare l'appuntamento con Nadine e Magda, che finalmente mi hanno risposto. È tutto un avanti e indietro di proposte. Adesso che la scuola è chiusa per le vacanze estive, per me ogni giorno della settimana va bene, ma loro due sono o in ufficio o bloccate a casa in smart working. E durante il weekend non mi va tanto di vederle, perché il sabato mattina sono in piscina con Alice, e poi passo il resto della giornata con Gary, e probabilmente anche buona parte della domenica, e poi voglio anche andare a trovare papà. Magda di domenica non può quasi mai, con Chris e i bambini. E anche per le sere è un casino, perché Nadine dice che ora ha un lavoro temporaneo in una nuova enoteca di lusso, dove sta dando una mano al suo amico Harry, che è il proprietario dell'enoteca ed è anche il suo padrone di casa, il quale sta avendo difficoltà col personale, perciò è libera solo il lunedì sera. Per non parlare del fatto che Magda la sera preferisce approfittare dei momenti in cui può restare sola con Chris, senza i bambini.

Ma insomma, ci eravamo giurate che saremmo restate migliori amiche per sempre, da ragazzine. Dobbiamo assolutamente trovare il modo di vederci!

Mando un messaggio vocale molto chiaro: «Ma porca miseria, ragazze, battiamo il ferro fin che è caldo, o come cavolo dice quello stupido proverbio. Vediamoci stasera! Tu non lavori oggi, Nadine, e Chris per una sera potrà pur fare a meno di te, no, Magda?»

Finalmente ci mettiamo d'accordo per vederci al pub Hare and Moon alle sette. Tutto bene, finché Gary non mi telefona dicendo che ha prenotato due biglietti per vedere il documentario su Maggie Hambling al cinema, *stasera*!

«Sei stato molto carino, tesoro». Ecco, ho preso anche io l'abitudine del 'tesoro'. «Però purtroppo stasera mi devo già vedere con Nadine e Magda».

«Non puoi rimandare a domani sera, o un'altra sera? Il documentario sulla Hambling lo danno solo stasera, e so che ti piacerebbe moltissimo».

«È vero» gli dico. Una volta tanto non è qualcosa che ho

già visto, e Gary ha ragione, sono certa che mi piacerebbe molto. «Ma non posso dar loro buca adesso».

«Le tue amiche sono più importanti di me?» mi chiede in tono leggero, ma capisco che ci è rimasto male.

«No!» gli dico, cercando di rassicurarlo. «Ma sai come siamo legate. È un po' che non ci vediamo tutte insieme. È già tutto deciso, ci vediamo stasera alle sette allo Hare and Moon. È il nostro posto speciale. L'ha scoperto Nadine. È in uno splendido palazzo gotico vittoriano, e il pub ha arredi antichi e meravigliosi quadri e riproduzioni d'epoca. Ci vanno tanti artisti alternativi». Faccio una pausa. Forse anche Gary si sente un artista alternativo. Cosa faccio se insiste perché esca con lui? Questa è la sera di noi ragazze. Cerco veloce una via d'uscita. «Sono quasi tutte donne. Non è proprio un posto per maschi. A te farebbe schifo».

«D'accordo. Ma ci sono trecentosessantacinque sere in un anno. Figurati se tu e le tue amiche non potete trovarvi un'altra sera, così oggi puoi venire al cinema con me. Sono sicuro che ti pentiresti di non aver visto il documentario sulla Hambling, lo danno solo stasera».

Quando gli rispondo, lo faccio in tono più secco. «Ti ho detto che ormai abbiamo già organizzato. Avresti dovuto chiedermelo, prima di prendere i biglietti. Non puoi continuare a fare progetti per tutti e due senza prima parlarne con me».

«Mi piace farti delle sorprese. Quando ti ho detto di Venezia eri felicissima».

Vero, ma avrei comunque voluto che me ne avesse parlato, prima di prenotare. Devo essere più chiara con lui. Perché mai dovrei sempre assecondarlo remissiva? Perciò rimango ferma nei miei propositi e mi rifiuto di disdire l'appuntamento con le ragazze. È ora che la smetta di lasciare che sia sempre lui a prendere le decisioni al posto mio. Finiamo la chiamata salutandoci a malapena.

E io passo tutta la sera preoccupata, a chiedermi perché la nostra relazione sia così instabile. Bisticciamo per delle inezie, poi facciamo un sesso pazzesco e quindi ricominciamo a battibeccare. Devo parlarne con Nadine e Magda, stasera.

Poco dopo l'ora di pranzo suonano alla porta. Non sarà mica Gary, venuto fin qui per discutere e cercare di convincermi? Per favore, no! O Nigel che viene a farmi le sue rimostranze? Peggio mi sento. Invece è Alice, *Alice*!

«Dimmi chiaramente se ti disturbo, Ellie!» esordisce ansiosa.

«Non mi disturbi affatto!» esclamo. «Vieni dentro. Che bello vederti!»

«Scusa se non ti ho scritto per avvisarti ma ho il telefono scarico. Ho appena trovato delle carte che stavo cercando per te. Ci sono delle fantastiche foto della nascita di un elefantino, devi assolutamente vederle!»

Preparo il caffè e ci sediamo insieme a guardare le foto, che mi fanno fare dei gridolini di gioia e sono davvero fantastiche. Cerco di fare un paio di schizzi veloci della mamma elefante che sta partorendo, con la testa del piccolo che appare, la placenta che cade a terra, e il piccolo che prova a muovere le orecchie mentre lotta per entrare nel mondo.

Alice mi guarda. «Adoro come riesci a rappresentare perfettamente un'immagine con pochi tratti. Vedrò di trovare qualche altro documento del genere. Pensi che ti possa essere utile?»

«Utilissimo! Forse ora che siamo in vacanza potremmo anche vederci più spesso» le dico, un po' timidamente. Poi mi sento in imbarazzo. «Anche se immagino che tu e Wendy ve ne andiate in vacanza insieme».

Alice fa una smorfia. «Lei è presa col lavoro, c'è una valanga di gente a luglio e agosto al Catz. E in ogni caso Wendy è un po' un vampiro. L'idea di una spiaggia assolata le fa venire la pelle d'oca».

«Dev'essere un po' difficile per te, vero?» le chiedo, mentre preparo un altro caffè. Lei non guarda schifata il caffè solubile, come fa Gary.

Alice alza le spalle. «Avevo capito sin da subito che tipo di donna era Wendy. Ma, come ti ho detto, per me era stato un colpo di fulmine».

«Oh» commento io, goffamente. «Che bello».

«Be', all'inizio sì. Un tempo. Adesso però non è più così» dice Alice.

«Non va bene tra di voi?»

Alice scuote il capo. «Non più del solito» risponde con un sospiro. «Comunque ti posso prestare queste foto, tienile per tutto il tempo che vuoi. Le ho fatte io, per cui non devi preoccuparti del copyright».

«Ma grazie! Senti... sei sicura che non vuoi parlare un po' con me della tua situazione?» le chiedo, e non per ficcare il naso, ma perché sono preoccupata per lei. Sembra così triste, anche se cerca di far finta del contrario.

«Tra noi non è più come una volta» mi dice.

Io sento un piccolo brivido di esultanza, ed è una cosa orribile, perché Alice mi piace moltissimo e vorrei che fosse felice. Ma che razza di persona sono?

«Magari è solo un periodo difficile» le dico.

«Può essere» dice Alice, ma non sembra affatto convinta. «Oh, ma insomma, raccontami tu invece del nuovo tipo con cui ti stai vedendo. Come sta andando?»

Glielo dico? Non voglio che pensi che con Gary siano tutte rose e fiori, quando la sua storia è in crisi. «Bene, direi. In ottobre mi porta a Venezia».

«Dev'essere molto preso di te» mi dice Alice. Ce la sta mettendo tutta, ma si vede che è proprio giù.

«Sì, è un gesto molto romantico. Ma non mi ha chiesto prima se avessi voluto andarci».

«È un po' controllante?» ipotizza Alice.

«Sì. Più di qualsiasi altro uomo con cui sia stata, e questa cosa mi manda in bestia. Va tutto bene solo quando facciamo sesso, anche perché lì mi piace che abbia lui il controllo» le confesso, arrossendo. Come mi è venuto in mente di dirle una cosa del genere? È che quando sono con Nadine e Magda non mi faccio problemi nel raccontare loro tutto quello che mi passa per la testa.

«Se state bene sessualmente, vale la pena di fare uno sforzo in più per far funzionare anche il resto» dice lei.

«Lui è sempre pronto a fare sesso. E anche io, se è per quello. Ma il problema è come stiamo tra di noi quando non facciamo sesso».

«Ma se il sesso funziona, va bene anche stare insieme solo per questo, non c'è niente di sbagliato» fa Alice. «Oddio, parlo come una sessuologa. E invece ne avrei bisogno io, di una sessuologa, visto che al contrario io di sesso non ne faccio per niente».

C'è un momento di silenzio.

«Cioè tu e Wendy non…»

«È da un bel po' di tempo. O, per dirla meglio, *noi due* non facciamo sesso. Penso che Wendy invece lo faccia con altre persone che incontra in discoteca».

Io la guardo, sbalordita. «E a te non importa?»

«Oh, un tempo m'importava eccome» dice Alice, con un altro sospiro. «Penso però che ormai mi ci sono abituata».

«Be', ma Wendy è matta. Se io fossi lesbica, tu saresti esattamente il tipo di ragazza per cui perderei la testa».

Arrossisco di nuovo, ma è vero.

«Magari tu lo fossi!» butta là Alice come fosse una battuta, ma le sue parole restano sospese nell'aria. Il cuore comincia a battermi forte. Sta dicendo sul serio? È talmente imbarazzata che probabilmente è così.

«Be', io sono molto felice di averti incontrata» dico alla fine.

Dopodiché lei rimane un altro paio d'ore, ma l'atmosfera è cambiata. Siamo entrambe a disagio ed è tutto un po' imbarazzante, con quella conversazione che aleggia tra di noi. Usciamo insieme, lei per tornare a casa e io per vedermi con Nadine e Magda. Cerca di andarsene senza abbracciarmi, ma io la stringo a me, e dopo qualche secondo la sento abbandonarsi. Ci guardiamo con un sorriso timido e ci separiamo.

Arrivo allo Hare and Moon per prima, e compro una bottiglia di Albarino per tutte e tre. Poi mi viene in mente che Magda non può bere... e vabbè, chi se ne importa, ce ne sarà di più per me e Nadine. Resto a sorseggiare il vino da sola per una decina di minuti, sentendomi leggermente in imbarazzo. Avevo voglia di mettermi un po' in ghingheri e così ho indossato dei pantaloni bianchi a righine appena comperati e una camicia di seta bianca. Non volevo arrivare al punto di mettermi una cravatta, però ho scelto un nastrino di velluto nero.

Nadine e Magda se la stanno prendendo comoda, uffa. Ho già cominciato il mio secondo bicchiere di vino quando irrompono insieme a braccetto nel pub. Sono una coppia stupenda. I capelli di Nadine le arrivano oramai quasi alla vita, drittissimi e di un nero-blu lucente. Ha il viso bianco come il gesso, ma ha un rossetto scarlatto. Sembra una Biancaneve gotica, col lungo vestito nero aderente con una fila di bottoni sul davanti, e con le scarpe a tacco alto nere sembra ancora più alta di quanto già non sia. Magda si è tinta di nuovo i capelli di biondo, con dei piccoli colpi di sole rosa, e indossa un nuovo vestito rosa, molto scollato e aderente alle sue curve. Il pancione è orgogliosamente in evidenza, ed è bellissima.

«Compro io la seconda bottiglia di vino per dopo» dichiara Nadine. «E per te, Magda? Succo d'arancia?»

«Un Virgin Mary. Farò finta che ci sia dentro la vodka» dice, con un sospiro.

«Sei bellissima, Magda. E anche tu, Nadine».

«Tu pure hai un aspetto magnifico, Ellie» dice Nadine. «Sexy e piccante».

«C'è poco da stupirsi, adesso che ha un nuovo amante» dice maliziosa Magda. «Forza, dicci tutto di lui, Ellie. Vogliamo i dettagli!»

«Non azzardatevi a iniziare prima che io sia tornata dal bar!» ci grida Nadine, allontanandosi.

Magda fa un ruttino delicato e cerca nella borsa un pacchetto di pastiglie anti acido.

«Ma povera!» esclamo, solidale. «Mi ricordo che anche io avevo una perenne acidità di stomaco, quando ero incinta di Lottie».

«Mi chiedo come tu abbia fatto ad affrontare questo calvario così giovane» mi dice Magda. «Ho cominciato il corso preparto, ma ci sono troppe cose da tenere a mente. E non riesco a capire bene la respirazione che devo avere durante le contrazioni, sembro un cane con l'asma!»

«Lo capirai quando le doglie le avrai davvero».

«Ma fa proprio così male?»

«Sì, fa malissimo» le dico, e mi trattengo dall'aggiungere: 'è un dolore indicibile e non finisce mai'. «Ma ti assicuro che quando avrai la tua bambina tra le braccia per la prima volta, ti sembrerà di scoppiare di gioia».

«Questo dopo che sei scoppiata per lo sforzo di darla alla luce» si intromette Nadine, tornata con i beveraggi.

«Taci, tu, che non hai mai avuto bambini» le dico secca.

«E neanche li vorrò mai» ribatte Nadine.

«Vi ricordate di quando ci siamo giurate che avremmo avuto tutte e tre delle figlie femmine nello stesso anno, per farle crescere insieme e diventare migliori amiche come noi?» dico io.

«Be', tu hai bruciato i tempi, e Magda è partita con un bel po' di ritardo. Io poi proprio mi rifiuto di gareggiare» dice Nadine, passando le patatine.

«No, grazie. Sto attenta al sale» dice Magda, ma dopo che vede Nadine e me masticare con gusto, non resiste e ne prende anche lei.

«Cosa pensi di fare, Nadine? Vuoi continuare a lavorare in enoteca?» le chiede Magda. «E lavori ancora alla Gem Radio di giorno? Sarai distrutta! Guardati! Stai lavorando troppo, sei pelle e ossa». Magda si carezza il pancione. Ha un aspetto meraviglioso, sembra una rosa nel pieno della fioritura. Oddio, ora comincerò a dirle anche io che ha delle bellissime curve da vera donna.

«Mi piace lavorare in enoteca. Così ho qualcosa da fare, di sera. Per un po' voglio darmi una tregua con gli appuntamenti» dice Nadine, lanciandomi uno sguardo complice. «E poi l'enoteca di Harry è proprio un posto di classe. Lo è anche lui, anche se in maniera un po' troppo appariscente. Si è comprato un Rolex vintage, e sembra un bambino con il suo giocattolo nuovo. Continua a tirarsi su i polsini e a controllare l'ora in modo molto plateale». Anche se sta ridendo di lui, Nadine lo fa con affetto.

«Ma voi due adesso state... state insieme, in un certo senso?» le chiedo con delicatezza.

«Be', 'in un certo senso' è la definizione perfetta. Ieri sera, dopo che abbiamo chiuso l'enoteca, io e lui abbiamo fatto gli straordinari, per così dire, ma non deve per forza diventare qualcosa di regolare. Lui è tutto preso per far sì che l'Altro Harry abbia un grande successo».

«L'Altro Harry?» chiede Magda.

«È il nome del bar. L'Altro rispetto al famoso Harry's Bar di Venezia» spiega Nadine.

«Oh, quello del Bellini» ricorda Magda.

«Dove andrò io in ottobre».

Si voltano entrambe a guardarmi.

«Che culo!» esclama Magda. «Anche Chris e io volevamo andarci, quest'autunno, ma non voglio rischiare di prendere un aereo con la bambina che deve nascere alla fine di novembre».

«Ci vai con Lottie? O con Ben e Simon?» mi chiede Nadine, sorseggiando il suo vino.

Io scuoto la testa, con un sorriso radioso.

«None. Con chi *altro* pensate che potrei andarci?»

«No! Col professor Windsor!» esclamano all'unisono.

«Ma volete smetterla di chiamarlo professore? Sì, mi ci porta Gary. Ha già preso i voli e l'hotel. Non vedo l'ora!» dico loro. Forse, più lo dico, più me ne convinco.

«Wow, Ellie! Wow e doppio wow!» esclama Magda.

«Ma allora lui fa sul serio» dice Nadine.

Io alzo le spalle. «Immagino di sì» ammetto.

«E ti ha sussurrato all'orecchio che ti avrebbe portata sul Ponte dei Sospiri, nel mezzo di un abbraccio appassionato?» chiede Magda.

«No. Ha prenotato all'improvviso, senza neanche chiedermelo».

«Ma che cosa romantica!» esclama Magda.

«Eh già» dico io, giochicchiando con uno dei miei riccioli. «O dispotica?» dico incerta.

«Ma sei fuori? Io adoro quando Chris mi fa le sorprese. Non mi ha detto una parola sul nostro viaggio a Parigi, pensate. Mi ha solo detto di fare i bagagli per star fuori una notte e di vestirmi bene» racconta Magda, con un sorriso sognante al ricordo. «Ed è stato divino. Sono quasi sicura che sia stato lì che sono rimasta incinta». Si dà una carezza sulla pancia, felice.

«Ellie, per carità di Dio, non mi rimanere incinta di nuovo!» mi prega Nadine.

«Non ne ho alcuna intenzione» ribatto io. «A dirla tutta, non sono neanche sicura di volerci andare, a Venezia».

«Ma sei matta? Perché no?» mi chiede Magda, attonita. «Pensavo che fosse il posto ideale per te, con tutti quei quadri e quelle chiese antiche».

«Sì, ma non sono sicura di volerci andare con Gary». Le parole mi escono di bocca prima che riesca a fermarle.

Mi guardano entrambe, confuse.

«Avete litigato?» mi domanda Nadine.

«Non si tratta esattamente di un litigio. Ma non smettiamo mai di bisticciare. Lui non fa che dirmi cosa devo fare».

«In modo cattivo?» chiede Nadine.

«No, è gentile, è dolce, ma vuol sempre essere lui quello che prende tutte le decisioni».

«A letto?» fa Nadine.

«No, quello è l'unico momento in cui andiamo incredibilmente bene» rispondo, abbassando la voce. «È un amante davvero generoso e molto appassionato. È il miglior sesso che abbia mai fatto». Si sporgono entrambe verso di me, in trepida attesa, e io comincio a raccontare loro tutti i dettagli.

«Di che cosa state bisbigliando, voi tre?» Volto di scatto la testa e c'è Gary, in piedi, proprio accanto a noi.

Io faccio un salto che per poco non rovescio la bottiglia del vino. Nadine sparge le patatine sul tavolo. A Magda va di traverso il succo di pomodoro.

Da quanto tempo era lì? Ha sentito tutto quello che ho detto? Ha un'espressione incredibilmente impertinente e compiaciuta.

«Cosa ci fai qui, Gary? Pensavo fossi andato a vedere il documentario».

«In realtà l'avevo già visto» mi dice, con nonchalance. «Per cui ho pensato che sarebbe stato molto più divertente incontrare voi tre, ragazze. Ciao, Nadine. Ciao, Magda. Caspita, siete cresciute benissimo!»

«Buonasera, professor Windsor!» esclama Nadine, buttandosi i capelli dietro le spalle.

«Ma salve... Gary!» dice Magda, picchiettandosi le labbra mentre sorride.

Oh mio Dio, stanno tutte e due flirtando con lui. Io lo guardo, arrabbiata. Come osa venire qui senza essere stato invitato! Ero stata chiarissima sul fatto che stasera era una serata tra ragazze e basta. Però quant'è figo, mi ritrovo a pensare mio malgrado. Ha i capelli artatamente spettinati, un golfino aderente blu che mette in risalto il suo addome tonico, e persino i suoi jeans sono stretti al punto giusto.

«Cosa posso offrirvi da bere?» ci domanda.

«Abbiamo già preso il vino» rispondo, scontrosa.

«Per me solo un succo di frutta, per favore» dice Magda, facendo le fossette. «Non posso bere, per ovvi motivi».

«Lo vedo. Sei un fiore, Magda. E tu, Nadine? Altre patatine? Ma avete già mangiato, ragazze? Vado a prendervi il menu».

Di solito quando ci vediamo con le ragazze non facciamo mai una vera e propria cena. Ci prendiamo degli stuzzichini – patatine, noccioline, olive, e magari un piatto grande di patate fritte – ma quando Gary porta il menu le ragazze ci si gettano sopra. Magda è entusiasta del succo di melograno che lui le ha preso, e lo elogia per la scelta perfetta. Sembra che stiano tutti benissimo, mentre io sto ancora tenendo il muso.

Gary si siede accanto a me e mi mette un braccio attorno alle spalle. Io me ne sto tutta rigida, rifiutandomi di accoccolarmi vicino a lui.

«Ehi, tesoro» mi dice, e mi dà un bacio sulla guancia. Nadine e Magda mi lanciano delle occhiatine complici al 'tesoro' e al bacio.

«Ditemi tutto di voi, ragazze» dice Gary. «Perché immagino che Ellie vi abbia già detto tutto di me»

«Proprio così» conferma Nadine, con un sorrisetto sornione sulle labbra scarlatte.

«Devo arrossire?» chiede lui.

Io faccio un verso di disapprovazione e incrocio le braccia. Non posso credere a quel che sta succedendo. E continua nello stesso modo. Gary racconta loro come trova l'insegnamento di oggi rispetto a quello di un tempo, quando era il nostro professore. Si ricorda di tutte le nostre piccole stupidaggini di allora.

«Voi tre siete sempre state le mie preferite» dice. «Specialmente tu, Magda».

Lei si sposta indietro i capelli e sorride, incerta. Sta facendo di tutto per sembrare indifferente, ma io le vedo un nervetto scattare sul viso liscio. È l'espressione che fa quando è a disagio. Io guardo Gary. È chino verso di lei, e le sorride.

«Hai aggiunto un po' di pepe alle mie giornate».

Mi giro a fissarlo attonita, e Nadine sputacchia il vino.

«Perché non sapevo mai con che colore di capelli ti saresti presentata in classe» continua lui, come niente fosse. «Biondo, rosa, rosso fuoco – e portavi ogni tinta con grande stile».

Magda ride, sollevata.

«Guarda che mi sto prendendo in giro da solo» dichiara Gary. «Oggi anche io ho una certa qual frequentazione con il Garnier Nutrisse».

Allora si tinge *davvero* i capelli! Devo dire che è una mossa molto intelligente fare dell'autoironia. Sento che mi sto addolcendo un pochino.

«Invece scommetto che tu, Nadine, non hai bisogno di aiutini coi tuoi stupendi capelli neri come l'inchiostro. Anche tu eri la mia preferita, soprattutto alla fine delle lezioni. Io ti guardavo dalla sala professori per vedere quale nuovo tipaccio ti stesse aspettando in cortile».

«Non frequento più i ragazzacci» dice Nadine, con un'ombra di rimpianto nella voce. «Almeno ultimamente. Forse ho deciso di smetterla di darmi alla pazza gioia. Ma non era Ellie la tua preferita?»

«La piccola Ellie. Fammi ricordare...» risponde Gary, arricciando un po' il naso. Poi sorride. «Ma certo! E lei è *ancora* meravigliosa. Non riesco a credere che voglia stare con un vecchiaccio come me». Mi bacia di nuovo sulla guancia, con un'aria di possesso.

Io sorrido rigida, ma Magda e Nadine sono in un brodo di giuggiole.

Scelgono cosa mangiare. Magda prende pollo e verdure, cibo nutriente per il bebè. Nadine opta per un risotto agli asparagi, con una ciotola di patate fritte. Tanto non mette mai su un etto, cosa che ha sempre fatto morire di rabbia Magda e me. Io prendo un'insalata, anche se tutte e tre sappiamo che ruberò un po' di patate fritte a Nadine. Gary ordina gli spaghetti, e riesce persino a mangiarli senza macchiarsi il golfino blu. E insiste anche per offrire lui, nonostante le nostre proteste.

Ha preso in mano l'intera serata, e devo ammettere che per me è stato davvero difficile. Continuo a guardare Nadine e Magda, chiedendomi cosa stiano pensando veramente. Sembra che si stiano divertendo parecchio, ma forse sono brave come me a nascondere la verità. Quando si scusa e va in bagno, noi ci guardiamo.

«Oh mio Dio!» esclama Magda. «Ma lui è pazzesco, Ellie! Se non stessi per avere un bambino, cercherei di farmelo io. Ma è così evidentemente pazzo di te, che sprecherei il mio tempo».

«Se non ci vai tu, ci vado io a Venezia con lui!» fa Nadine. «Non è giusto, però. Con tutti gli sforzi che faccio per trovarmi un uomo, non ne ho mai trovato uno come Gary».

«Ma non pensate che sia un po'...» balbetto io.

«Un po' cosa?» chiede Magda.

«Invadente. Pieno di sé. Un po' arrogante?»

«Cioè un *maschio*?» dice Nadine.

«Cosa?»

«Ellie, tutti gli uomini sono così!» continua Nadine.

«Ma non è vero! Non tutti. Possono anche essercene di premurosi e sensibili, che si preoccupano di come ti senti, ma che sanno anche essere divertenti e sfacciati e farti morire dal ridere!» esclamo, indignata.

«Sì, ma sono gay» mi dice Magda, con voce gentile.

«Ma no, anche tra gli etero» insisto io.

«Mi fai tenerezza, Ellie. Smetti di negarlo. Da quello che dici, è evidente che non vuoi affatto un uomo. Tu vuoi una donna» mi dice Nadine.

A giudicare dai suoi ultimi incontri, non è che Nadine sia un'esperta conoscitrice di uomini. Mi prendo un lungo sorso di vino, e cerco di fare la superiore.

«Vuoi farla finita con questa storia, Nadine? Non avrei nessun problema a dichiararmi lesbica, anzi, ti dirò, ci sarebbero anche dei vantaggi». Mi salta in mente il viso di Alice, ma lo allontano. «Peccato che sono sicura di essere al cento per cento etero. Dovresti vedere me e Gary a letto insieme» dichiaro, poi ammutolisco, vedendo Gary che torna dal bagno.

«Se lo dici tu» mormora lei.

Questa è l'ultima volta nella serata in cui ci parliamo apertamente. Il resto è tutto un flirtare e farsi i complimenti, e infiniti viaggi sul Viale della Memoria, che stanno cominciando a diventare davvero stucchevoli. Alla fine Magda fa uno sbadiglione, ma lo fa da gattina, riuscendo comunque a restare adorabile. «Scusate tutti» dice. «È il bebè. Di solito sono un gufo, sempre in piedi ben oltre la mezzanotte, ma adesso crollo dal sonno, e non sono nemmeno le dieci. I miei giorni da Cenerentola sono finiti. Ora ho bisogno di andare a letto presto».

«Se vuoi ti accompagno alla metropolitana» le propone Nadine.

«Io torno con te, Ellie» dice Gary.

«No, non c'è problema. Vado a casa da sola».

«Non se ne parla nemmeno. Ellie vi ha raccontato del suo stalker pazzo?» dice Gary. «Uno che continua a lasciarle regali di pessimo gusto e bigliettini inquietanti. Penso proprio che dovrebbe chiamare la polizia, non siete d'accordo? Oppure dovresti venire a stare da me finché non scopri con chi hai a che fare».

«Ti ho già detto che è acqua passata» gli dico, seccata. Penso al povero Nigel, che stava lì a scegliere i suoi regalini con cura e si lambiccava il cervello per scrivere qualcosa di romantico. «E non erano regali di cattivo gusto, né inquietanti. Non aveva cattive intenzioni, poverino».

«Be', farà bene a non darti più fastidio. Non gli permetterò di spaventare la mia ragazza».

Io lo guardo, furiosa. Lo odio quando fa così. È tremendamente possessivo. La *mia* ragazza! Ma come si permette? Vorrei urlargli di farsi gli affari suoi, ma forse sono irragionevole. Nadine e Magda mi guardano ansiose, chiedendomi con le labbra: «Ma chi è?»

«Non preoccupatevi. Era mio cugino, Nigel, avete presente. C'è stato un mega malinteso. Lui è solo un po' disadattato. E si era fatto un'idea sbagliata, pensava che lo avessi incoraggiato».

«Ma per carità di Dio, come ha fatto *Nigel* anche solo a pensare che avrebbe potuto piacerti?» esclama Nadine.

«Era quel tizio pallidiccio alla tua festa? Inquietante!» dice Magda.

«Non è un uomo inquietante. È soltanto molto solo. Comunque, l'ho messo al suo posto. Non mi farà più la corte, Gary, per cui non c'è nessun bisogno di venire a casa con me. Che poi, se anche fosse lì a tendermi un agguato, lo potrei stendere con una mano sola».

Ma non serve a niente. Magda e Nadine se ne vanno sottobraccio, voltandosi a guardarci ogni tre passi, e Gary chiama un ennesimo Uber e mi accompagna fin sotto casa.

«Ma quanto guadagni, Gary?» gli chiedo, così esasperata che non me ne frega niente di essere villana. «Perché spendi e spandi senza neanche pensarci su».

«Se vuoi proprio saperlo, quando mia zia è morta ho ereditato un bel po' di soldi. E adesso che lo sai, lascerai che ti faccia qualche regalino senza diventare sempre così aggressiva e scontrosa con me?» mi dice, e mi dà persino un buffetto sul naso!

Io vorrei tirare un pugno sul *suo*, di naso, ma siamo in un Uber e non voglio fare scenate. E per di più da ubriaca, perché ho bevuto tantissimo per riuscire ad affrontare una serata così difficile. Chiudo la bocca e non parlo più finché arriviamo sotto casa mia, dove dico a Gary di restarsene nell'auto e proseguire fino a Earlsfield, visto che tanto adesso so che i soldi ce li ha.

«Ti porto fin dentro casa e ti metto a letto, Ellie. Forse non lo sai, ma non sei in condizione di fare da sola» mi dice, come se fossi un bambinetto che fa i capricci perché è stanco.

«Sto benissimo! Come osi dirmi una cosa del genere?» gli grido, anche se così non faccio che confermare quel che ha appena detto.

Lui mi aiuta a uscire dall'auto e mi conduce fino al Constable, tenendomi con fermezza. È questo il modo di fare che la maggior parte delle donne *vuole*, da parte di un uomo? E allora che vadano affanculo Rochester, il selvatico Heathcliff, quel signorino di Darcy, il signor Knightley so-tutto-io, Rhett Butler che sale per lo scalone con Rossella tra le braccia… fanculo tutti quei cavolo di eroi romantici.

L'ascensore non funziona. Cosa farà Gary adesso, mostrerà i muscoli e farà la sua bella imitazione di Rhett?

«Com'è possibile che non funzioni?» si domanda, perplesso. «Hai il numero della manutenzione?»

«Ma tu credi davvero che verrebbero a quest'ora?» gli domando, basita.

«Perciò dobbiamo farcela a piedi fino al tuo cazzo di appartamento?» Oh-oh, adesso non è più tanto gentiluomo! Mi guarda furioso, io gli restituisco lo sguardo.

«E come pensi ci si vada? Con quelle cazzo di scale! Chiamati un altro Uber e vattene a casa, Gary» gli dico, e mi dirigo verso le scale.

Lui si ostina a voler venire con me, e cerca persino di aiutarmi a salire, spingendomi alla base della schiena, anche se comincia a perdere il fiato ben prima di me.

«Cristo santo, Ellie, come fai a vivere in questo postaccio?» dice, ansimando. «È pura testardaggine, la tua. Sono sicuro che i tuoi genitori ti aiuterebbero a comprarti un appartamento decente».

«Ne sono sicura anche io, ma quante volte te lo devo dire, preferisco la mia indipendenza, grazie mille. E piantala di farmi le tue paternali, io ce l'ho già un padre, grazie tante». E all'improvviso mi viene in mente mio padre che giace nel letto dell'ospedale con tutti quei tubi attaccati, così fragile e indifeso, e prorompo in un singhiozzo stomachevole, anche se so che adesso sta bene ed è sulla via della guarigione.

«Oh, Ellie!» dice Gary, con voce più dolce, adesso. «Non piangere. Non volevo essere così duro con te. È solo che mi preoccupo per te, tutto qui».

«E perché diavolo devi preoccuparti per me?» gli chiedo, asciugandomi gli occhi col dorso della mano.

«Perché...»

Oh, no. Sta per dirlo.

«Perché sei la mia ragazza».

Me la sono cercata. Gliel'ho tirata fuori a forza. Ma come ha potuto deciderlo senza neanche chiedermi se io *volevo* essere la sua ragazza? Ma è normale? Com'è possibile?

Salgo le scale ancora più in fretta, come se cercassi di lasciarmelo alle spalle. Spero che la smetta di seguirmi e torni di sotto, ma continua a faticare imperterrito. Ho la testa che gira, e penso a tutte le volte che mi sono trascinata da sola su per queste scale. Era davvero difficile quando Lottie era molto piccola e dovevo portarmela in braccio, ma lei era una cosina molto determinata, e appena c'è riuscita ha voluto salire le scale tutta da sola. Contavamo i gradini, o cantavamo insieme, o giocavamo agli indovinelli o recitavamo filastrocche, e alla fine in qualche modo arrivàvamo in cima.

E proprio mentre sono nel pieno di questo ricordo mi squilla il telefono. Mi fermo e mi siedo sulle scale – dove sarò adesso? Al nono piano? Al decimo? – e vedo che è proprio Lottie, come se l'avessi evocata. Appena vedo il suo nome mi prende il panico. Che cos'è successo, per chiamare così tardi?

«Lots?» le rispondo, preoccupata. «Tutto bene?»

«Oh, mamma!» mi dice, e io respiro, perché dalla voce mi sembra felicissima.

«Cos'è successo, amore?» le chiedo, mentre tento di smaltire all'istante la sbornia.

«Oh, mamma» ripete. «Ci siamo conosciuti, papà e io».

Papà? Mi alzo, rigida dalla rabbia. Come osa chiamarlo papà quando lui non ha mai voluto avere niente a che fare con lei, e non ha mai alzato un dito per aiutarla da quando è nata?

«Mamma, sei ancora lì?»

Faccio uno sforzo titanico. «Sì, certo. Be', mi... mi fa piacere» le dico. Prendo un respiro profondo. «Allora vi vedrete?»

«Ci siamo visti oggi! È una settimana che ci scriviamo delle mail, e lui non vedeva l'ora di conoscermi. Voleva venire qui già la scorsa settimana, ma noi avevamo questa grande festa in discoteca da organizzare per i ragazzi.

«Comunque, oggi è venuto e mi ha portata fuori a pranzo, poi abbiamo passeggiato insieme e ci siamo seduti nel parco, e alla fine abbiamo anche cenato insieme, anche se doveva guidare per ore poi per tornare a casa. Se n'è appena andato e già mi manca! Oh, mamma, è stranissimo, abbiamo così tante cose in comune... ci assomigliamo, persino!»

'No, no, no, Lottie, non puoi avere niente in comune con quel bastardo egoista! Lui non è niente, per te!'

«Sono contenta che siate andati così d'accordo» le dico, cercando di mantenere la calma. «Ma non entusiasmarti troppo, Lottie. Sono sicura che fosse felice di avere scoperto di avere una figlia come te, ma non rimanerci troppo male se non vorrà essere troppo coinvolto nella tua vita».

«E invece vuole, vuole! Tornerà la settimana prossima, siamo già d'accordo, e vuole che io vada a Londra a conoscere la sua famiglia» mi dice.

«La sua famiglia?» ripeto, con un filo di voce.

«Sì, si è sposato circa dieci anni fa, e sua moglie Shena sembra adorabile, le ho parlato un po' al telefono... e indovina un po'?»

«Cosa?» le dico, deglutendo. Ho le guance inondate di lacrime, ma sto accartocciando la faccia per cercare di smettere di singhiozzare. Non voglio che mi senta piangere.

«Ho due fratelli! Non è la cosa più figa del mondo? Uno ha nove anni, e l'altro solo quattro. Papà mi ha fatto vedere tutte le foto che aveva sul telefono, e sono carinissimi, specialmente il piccolino. Se ne va sempre in giro aggrappato al suo orsetto, proprio come facevo io!»

'Quasi tutti i bambini hanno un orsetto! E non sono proprio tuoi fratelli, sono fratellastri, e dopo tutti questi anni non hanno niente a che vedere con te. E tu vieni a Londra per conoscere questa famiglia non appena lui te lo chiede, mentre sei venuta a trovare me solo per il mio cazzo di compleanno e quando il nonno stava per morire!'

Ingoio tutta la mia amarezza e farfuglio: «È... è fantastico, Lottie».

«Oh, mamma, non ci sei restata male, vero? Voglio dire, tu sarai sempre per me il mio genitore numero uno, non c'è neanche bisogno che te lo dica. Ma è così bello sapere che anche io ho un padre, e che è dolce e divertente. Non mi meraviglio che tu ti sia potuta innamorare di lui» mi dice.

Oh, no, questo è troppo, è troppo!

«Non mi sono esattamente innamorata di lui, tesoro. Non siamo mai stati una vera coppia».

«Sì, me l'ha detto. Sai, non avrebbe mai e poi mai immaginato che tu aspettassi un bambino da lui... vale a dire me!

Cioè, lui si ricorda di te, naturalmente, e mi ha detto che gli è dispiaciuto moltissimo che voi due vi foste allontanati, ma che avrebbe voluto tantissimo che tu glielo avessi detto, che aspettavi me» mi racconta lei, inconsapevole.

'Quel bastardo! Quel lurido, falso e codardo pezzo di merda! Gliel'ho detto in faccia e lui mi ha voltato le spalle e mi ha detto che la cosa non lo riguardava affatto. Non può essersene dimenticato! E adesso rifila a Lottie tutte queste luride menzogne, e prima o poi lei lo scoprirà, e la ferirà a morte. Devo dirglielo adesso. Devo dirle chi è quel bastardo veramente!'

Ma non posso. Tanto prima o poi lo scoprirà. O magari no. Magari adesso lui è cambiato. Magari vuole davvero farle da padre, anche se non ne avrebbe alcun diritto.

«Fantastico» le ripeto, riuscendo a malapena a parlare tra le lacrime.

«Mamma? Va tutto bene? Non è che stai piangendo, vero?» mi chiede Lottie, agitata.

«No, no, va tutto bene, davvero. Sono solo un po' stanca… e forse ho bevuto un bicchierino di troppo» le dico.

«Con quel tipo sexy?» mi chiede Lottie.

«Sì, ecco» mormoro.

«Papà ha detto che non vede l'ora di rivedere anche te, mamma. Tu cosa ne pensi?»

«Forse… forse ho bisogno di pensarci un po' su. E, Lottie, mi raccomando, non ti far trasportare troppo dall'entusiasmo, amore. Fai un passetto per volta».

«D'accordo, mamma. Ma tu non ti preoccupare! Sono super felice. Cerca di essere felice anche tu per me!»

«Sono felice per te, davvero» le dico. «Adesso ti saluto. Fai la brava, eh?»

Chiudo il telefono e comincio a urlare.

Diciannove

Mi sono completamente dimenticata di Gary, che è accovacciato qualche gradino sotto di me. Si alza e mi prende tra le braccia. Io mi aggrappo a lui, sentendomi completamente sguarnita, e arranchiamo fino al quattordicesimo piano. Io cerco la chiave, poi barcollo dentro, con Gary.

Stella mi vede singhiozzare e si lascia prendere in braccio per darmi conforto. Mi siedo sul divano mentre Gary accende il bollitore, cerca due tazze pulite e alla fine, scuotendo il capo, lava le uniche due tazze che ho, poi prepara un caffè. Arriccia il naso davanti al barattolo di caffè istantaneo, ma sa bene che non è questo il momento per perorare la causa di una percolatrice.

Io ho raggiunto quella fase di pianto in cui sembra che abbia il singhiozzo e continuo a tirare su col naso. Cerco da qualche parte un fazzoletto, conscia di avere il naso che cola. Lui apre un paio di armadietti alla ricerca dei fazzoletti e alla fine va in bagno e mi lancia un rotolo di carta igienica. Poi viene a sedersi accanto a me, cingendomi le spalle con il braccio, e aspetta che io stia meglio.

«Scusami» balbetto. «Di solito non sono un'isterica che piange in questo modo. Solo che era Lottie al telefono, e... e...»

«Non ho potuto fare a meno di sentire quasi tutto» dice Gary. «Quindi Lottie ha incontrato suo padre?»

«Sì. Prima sembrava non le interessasse per niente, era felicissima che fossimo solo io e lei, ma poi mio padre è stato così male, e Lottie ha capito quanto io lo ami, anche se a volte mi fa diventare matta».

«E ha voluto vedere se fosse possibile avere un rapporto con il suo, di padre?»

«Sì. E lui l'ha riempita di bugie, le ha detto che io non gli avevo detto di essere incinta, cosa che ovviamente invece ho fatto» gli dico, scossa dai singhiozzi. «E adesso, a quanto pare, vuole diventare il Padre dell'Anno».

«Oh, povera Ellie mia».

«So che sembro cattiva e gelosa, e non voglio impedire a Lottie di essere felice, ma sono sicurissima che lui la deluderà in modo tremendo, e non voglio che lei soffra» mugolo, tirando su col naso. «Oh, vaffanculo, lo ammetto, sono anche terrorizzata all'idea che quei due abbiano un rapporto meraviglioso e che Lottie lo preferirà a me. Sei libero di disprezzarmi».

«Ma non dirlo neanche per scherzo!» sussurra Gary, stringendomi a lui e cullandomi dolcemente. «Mi dispiace davvero tantissimo per te. Ma so anche che per Lottie tu sei il mondo. È ovvio che sei tu la persona a cui tiene di più».

«E come fai a esserne sicuro? Non l'hai mai incontrata».

«Infatti mi piacerebbe conoscerla. Mi piacerebbe molto. Non te l'ho detto prima perché non volevo sembrare invadente».

«E però non ci hai pensato due volte a essere invadente, stasera, piombando nel pub dove ero con Nadine e Magda» ribatto io.

«E dai, su. Loro due le conoscevo già. Non ho resistito alla voglia di vedervi ancora tutte e tre insieme, come una volta. E loro non sono cambiate per niente. Cioè, ovvio che *sono* cambiate, ma le avrei riconosciute comunque all'istante. E sono tutte e due in forma splendida».

Faccio un versaccio.

«Ma non sono neanche lontanamente fantastiche come te, tesoro» mi dice. Dà dei piccoli baci sulle mie guance rigate dalle lacrime, poi sul collo, più teneri che sexy. Odio essere di nuovo la ragazzina che ha bisogno di aiuto, ciononostante mi accoccolo su di lui e chiudo gli occhi.

«Ora di andare a letto» mi dice Gary. «Sei esausta. Forza, ti aiuto io».

Mi porta in camera e mi spoglia, con cura, aprendo bottoni e cerniere, finché non rimango con la biancheria intima, e allora mi slaccia il reggiseno, con una destrezza superiore a quella di molti uomini, e mi toglie gli slip baciandomi la pancia.

Io ho un gemito involontario, che lui interpreta male.

«Non ti preoccupare, non sono così rozzo da cercare di fare l'amore con te ora che sei così infelice. Adesso mi tolgo i vestiti anche io e mi metto a letto con te, e ce ne stiamo abbracciati, così puoi dormire tranquilla».

«Sei così dolce con me… e io invece sono stata intrattabile per tutta la sera» gli dico.

«Non ti preoccupare, tesoro mio. Hai tanti pensieri per la testa. Forza, sotto. Brava, accucciati tra le lenzuola, così».

Quando mi prende tra le braccia è così bello che non posso fare a meno di aderire al suo corpo, e quasi immediatamente sento la sua erezione sulla schiena.

«Scusa, scusa» mi dice lui. «Se ti muovi così, però, non posso trattenermi».

Allora mi muovo un po' di più, e lui mi tocca esitante. Io mi giro e facciamo l'amore, ed è il modo migliore per smettere di pensare a Lottie, per smettere di pensare a qualsiasi cosa tranne al desiderio impellente e ai nostri movimenti e alla sua voce nel mio orecchio. Sono ancora ben lontana dall'aver capito se lo amo o lo detesto, ma in questo momento non me ne importa nulla. Voglio solo che continui a toccarmi così, poi voglio solo dormire e dimenticarmi di tutto.

Non mi sveglio fino alle nove del mattino. Mi fa male la testa, ho un po' di nausea da dopo sbronza e ho gli occhi rossi dal tanto piangere, ma non sono più così disperata. Cosa diavolo mi è preso ieri sera? È stato stupido star male in quel modo. Lottie è una ragazza forte e intelligente, che ha sempre saputo superare alla grande gli ostacoli. Perché mai non dovrebbe conoscere suo padre? Se riuscisse a instaurare un buon rapporto con lui, sarebbe solo un bene. E se non ci riuscisse, andrebbe bene ugualmente, perché capirebbe che lui è un pezzo di merda, incapace di assumersi le sue responsabilità. Anche se adesso è sposato con due figli piccoli, che male può fare a Lottie aprirsi a nuovi rapporti?

E il mio, di rapporto? Perché l'ho messa giù così dura quando Gary è venuto a farci una sorpresa al pub? È normale che volesse vedere come sono diventate Nadine e Magda. E dopo è stato così carino a portarmi a casa e a prendersi cura di me. Le mie amiche hanno ragione, lui è fantastico. Magari non voglio legarmi a nessun uomo perché quella testa di cazzo con cui ho fatto mia figlia mi ha lasciata da sola a crescerla... In fondo, tutti gli altri uomini che ho avuto hanno fatto la stessa cosa. Possibile che sia tutto così semplice?

Esco dal letto e mi stiracchio per bene. Gary mormora qualcosa, ma poi si gira dall'altra parte e si rimette a dormire. Io mi faccio un caffè e poi mi dedico ai miei elefanti. Passo in rassegna i miei schizzi, le idee per la storia e la possibile impaginazione. Sento un meraviglioso brivido di eccitazione e mi metto a ballare per la stanza, per lo sbigottimento di Stella. Sono prontissima a incominciare!

Mi ci metterò non appena Gary va a casa sua. Ho la mia carta da disegno, le mie penne speciali, e gli acquarelli per la copertina. Finirò le prime dieci pagine e poi le manderò a Nicola. Se lei pensa che funzionano, continuo. Anzi, fanculo, continuo anche se non le piacciono. Poi invierò il tutto a Jude, e se neppure a lei piace la mia graphic novel, andrò direttamente io a proporla agli editori. Non ho nessuna intenzione di arrendermi.

Do la pappa a Stella e lei, quando ha finito, mi salta in grembo e mi blocca sulla mia sedia girevole. Ne ha avuto abbastanza del mio andarmene in giro. Vuole che resti a casa a lavorare e a tenerle compagnia. L'accarezzo ritmicamente, mentre lei si pulisce e fa le fusa. All'improvviso sento delle mani sulle mie spalle e la sedia che gira veloce. E mi ritrovo con il viso di Gary a pochi centimetri dal mio.

Stella mi pianta le unghie nel braccio, come se fosse colpa mia, poi mi salta giù dal grembo e si rintana in un angolo, da dove si mette a soffiare furiosa.

«Santo cielo, Gary, ci hai fatto venire un colpo!» grido io, guardando i graffi sul mio braccio, uno dei quali comincia a sanguinare copiosamente.

«Tesoro, scusa! Dimmi dove tieni disinfettante e cerotti».

«Non essere sciocco, è solo un graffio» gli dico, picchiettandomi il braccio con la carta igienica. «Tra poco la smette di sanguinare».

«In altre parole, non hai alcool e cerotti, vero?» mi chiede, con un sospiro esagerato.

«Perché, è un crimine? Mi sono solo dimenticata di ricomprarli quando sono finiti. Scommetto che tu invece hai un'intera attrezzatissima valigetta per il pronto soccorso, giusto?» ribatto a denti stretti.

«Ovviamente, sono un adulto responsabile» ribatte lui. «E dato che hai deciso di vivere con una gatta pazza, dovresti capire che è il caso di averne una anche tu, in casa. Per l'amor del cielo, smettila di tamponare quel graffio con la carta igienica. Devi metterlo sotto l'acqua fredda».

«Stella non è affatto pazza» gli dico, mentre mi spinge il braccio sotto il rubinetto, col risultato che la manica della mia vestaglia si infradicia.

«Ah davvero, perciò se ti attacca è perché ti vuole bene?» chiede Gary, prendendo uno strofinaccio dal gancio, che poi butta a terra con disgusto. «Ma ce l'avrai almeno uno straccio pulito?»

«Aveva solo paura. E questo perché *tu* l'hai spaventata! E smettila di fare tutte queste storie, il mio braccio è a posto così».

«Vuoi dirmi che non hai *neanche* uno strofinaccio pulito?» insiste lui.

«Lascia perdere. Sembri una casalinga isterica degli anni '50».

«Ma cresci un po', Ellie. È ora di smetterla di vivere in questo casino pieno di sporcizia. Quel graffio può infettarsi sul serio, se non lo disinfetti. Non vedi che ancora sanguina? Almeno tienilo in alto, per bloccare il sangue».

Mi prende il braccio e mi costringe a tenerlo alzato. Io mi sento ridicola, una ragazzina delle medie.

«Scusi, professore, posso andare in bagno?» domando.

La battuta cade nel vuoto e tutti e due evitiamo di guardarci, estremamente a disagio. È un sollievo quando suonano alla porta.

«Chi è? Aspetti qualcuno?» mi chiede Gary. È in mutande, per cui penso che sia per questo che si preoccupa.

«Probabilmente è Andreea che mi riporta le chiavi di scorta. Rimani qui».

Ma non è Andreea. È Alice. Ha due orecchini verdi che fanno pendant con la sirena verde sulla sua maglietta nera. È bellissima, anche se ha cerchi scuri attorno agli occhi e una faccia provata. E devo averla anche io, anzi, devo avere un aspetto orribile, con la faccia che è un disastro, i capelli che sparano dappertutto e con addosso solo la vecchia vestaglia blu, che ha visto giorni migliori.

«Ehi, Alice. Sono un mostro, scusa. Mi sono appena alzata».

«Oh, Ellie, scusami tu, avrei dovuto mandarti un messaggio. Sono arrivata troppo presto» mi dice, sgomenta. «Vado via subito, torno un'altra volta».

«Ma figurati, entra, dai» la invito, perché mi sembra che ci sia rimasta malissimo. «Ti offro un caffè».

La prendo per il braccio e la conduco in cucina, così non incontra Gary in mutande, e la faccio sedere al tavolo.

«Ci metto un minuto» le dico, e mi precipito in camera da letto. Gary è in piedi vicino alla mia scrivania, che sta curiosando tra i miei schizzi degli elefanti. Ha in mano il disegno a doppia pagina, con Mosi che per la prima volta vede il suo cucciolo alla luce del giorno. Volevo che fosse una delle scene più tenere ed emozionanti, ma non sono ancora riuscita a farla come volevo.

«Ehi, ti avevo detto che sono cose *mie*!» esclamo, costernata. Come osa invadere il mio mondo immaginario segreto! Cerco di strappargli il foglio dalle mani.

La carta si rompe.

«Hai visto cos'hai fatto?» sibilo, furiosa. Gli tolgo dalle mani il foglio strappato in due e lo rimetto bruscamente nella cartelletta. «Cosa credi di fare, a ficcare il naso nelle mie cose di lavoro?»

«Allora hai già cominciato a lavorare sulla tua graphic novel? Ma sai che i tuoi disegni sono proprio belli?» mi dice Gary, nel tono incoraggiante che usava nella sua classe di arte.

«Non ho bisogno della tua approvazione. Comunque è arrivata Alice, vuoi che ti veda andare in giro per la casa in mutande? Fatti una doccia veloce e buttati addosso qualcosa, mentre noi due ci prendiamo un caffè in cucina».

Lui mi guarda, accigliato. «Chi diavolo sarebbe Alice, e perché l'hai fatta entrare?»

«Senti, *per piacere*, vai a darti una sistemata, così poi vi presento» ribatto io, e corro di nuovo in cucina.

Alice mi guarda ansiosa. «Credo che sia meglio che me ne vada. Sono passata solo perché ho trovato dell'altro materiale sugli elefanti che forse potrebbe esserti utile. Te lo lascio qui, va bene?» E mi porge la borsa di tela che ha portato con sé.

«Magnifico! Ma per favore, non andartene! Il vantaggio del caffè istantaneo è che è istantaneo. Ecco, già fatto! Vuoi del pane tostato? Della Nutella?»

«Ah, come faccio a dire di no alla Nutella?» dice Alice. «Allora, come sta andando il tuo progetto?»

«Voglio controllare con te tutti i dettagli, se sei d'accordo».

«Considerami la tua Elephant Woman» mi risponde, e adesso sta sorridendo.

Infilo il pane nel tostapane, solo per noi due. Spero che Gary ci metta una vita nella doccia, anche se non ha alcun senso. Non posso spedirlo fuori dall'appartamento come un pacco postale per evitare che lei lo incontri. Dovrò per forza farli conoscere, e non ne ho la minima voglia, anche se non so bene perché. Continuo a passarmi la lingua sulle labbra, preparandomi ad avvertirla della sua presenza, ma per qualche motivo non ci riesco.

Mentre spalmiamo la Nutella sul pane tostato, Alice mi dà un'occhiata curiosa.

«Questo è il rumore della tua doccia, vero?» mi chiede.

«Mmm, sì».

«Ma tu sei qui».

«Forse l'ho lasciata aperta». Sono ridicola.

Alice assottiglia lo sguardo. «Chi c'è di là?»

Mi tocca dirglielo. «È Gary. Il mio... amico».

«Oh mio Dio, scusami! Perché diavolo non me l'hai detto subito? Tolgo immediatamente il disturbo» fa Alice, saltando in piedi.

«Per favore, non andartene! Non hai neanche mangiato il tuo pane tostato! Tanto è *lui* che se ne va tra poco. O comunque dopo colazione».

Sentiamo la voce di Gary che canta un po' stonato *Somebody to love*, e cerchiamo entrambe di non metterci a ridere.

Alice solleva le sopracciglia. «Sembra che stia facendo sul serio, con te».

«Aspetta. Vedrai che tra poco canterà *Fat bottomed girls*, ragazze col culone».

Alice mi guarda dritta negli occhi. «Non c'è assolutamente niente che non va nel tuo sedere. E tu, fai sul serio con lui?» mi chiede.

Esito.

«Scusami, non sono affari miei. Guarda, vado via adesso, prima che esca dal bagno».

«Ma no, per favore, Alice, rimani qui! Voglio che tu lo veda e mi dia il tuo parere. Così magari riesco a capire cosa penso *io*, di lui. Perché la sincera verità è che non ne ho idea. Per favore?»

Fa una smorfia, ma rimane dov'è. Parliamo di elefanti per un po', finché Gary non entra in cucina. Ha un sorriso falso sul viso, ma io capisco benissimo che è irritato quando vede Alice seduta a mangiare il pane tostato. Mi lancia uno sguardo torvo, che dice chiaramente: 'Perché l'hai invitata a restare per la colazione?'

«Ciao, sono Gary. Immagino che Ellie ti abbia detto tutto di me», le dice, certo che io mi sia vantata di lui.

Alice annuisce, incerta.

«E tu ti chiami... Alice, vero?» le chiede, facendole capire che io di lei non gli ho detto niente.

«Ellie e io andiamo a nuotare insieme» risponde lei. «E sono abbastanza esperta di elefanti, per cui le sto dando una mano con il suo nuovo libro».

«A te lo lascia vedere, allora?» le chiede Gary.

«No, no, le sto solo dando dei consigli» fa Alice.

«Cos'è, lavori in uno zoo o qualcosa del genere?»

Io gli lancio un'occhiataccia. Perché è così apertamente aggressivo?

«Sì, pulisco la merda degli animali al mattino e do loro

da mangiare durante il giorno» risponde Alice, imperturbabile.

«Allo zoo di Londra?» continua Gary, che non ha capito.

«Non ci sono più gli elefanti allo zoo di Londra» gli dico io. «E Alice sta *scherzando*. È docente universitaria di comportamento animale».

Questo gli chiude la bocca. Un docente universitario batte tutti gli altri insegnanti.

«Comunque, è meglio che me ne vada. Tieni il materiale finché vuoi, Ellie. Si tratta più che altro di ricerche, ma ho ritrovato il diario che tenevo quando ero al Parco Nazionale di Amboseli e forse ti può servire». Mette in bocca il suo ultimo pezzo di pane tostato e si alza.

«Ah, sì, bene, piacere di averti conosciuta» dice Gary, con evidente ipocrisia.

Io l'accompagno alla porta.

«Mi dispiace per questa situazione» le sussurro. «Chissà perché si è comportato da stronzo. Ti assicuro che sa essere Mister Fascino».

«Ti prendo in parola» dice Alice secca, con le braccia incrociate.

Ha un baffetto di Nutella sull'angolo della bocca. È così carina, sembra una bambina che ha provato a mettersi il rossetto. Mi chino verso di lei e le passo un dito sul labbro, senza capire bene quel che sto facendo. Lei è sorpresa. E lo sono anch'io. È un gesto troppo intimo.

«Avevi uno sbaffo di Nutella» mi giustifico frettolosamente.

«Ah. Ecco. Mi sporco sempre» dice lei, imbarazzata. Poi mi fa un sorriso adorabile, si gira e se ne va.

«Torna pure quando vuoi» le grido dietro. «E ci vediamo in piscina?»

Lei annuisce senza voltarsi. Torno in casa. Sono talmente arrabbiata per l'atteggiamento di Gary che non riesco nemmeno a parlargli. Vado in bagno e tolgo dallo specchio il vapore della doccia. Ho una faccia orribile. Penso a Wendy, che è così straordinariamente bella anche quando si è appena alzata dal letto, maledizione.

«Ellie?» dice Gary, infilando la testa nella porta.

«Gary, ma sono in bagno!»

«Sì, ma mica sei sul water. Sto per fare un french toast. Ne vuoi uno anche tu?» mi domanda imperturbabile.

«Ho già fatto colazione con Alice» ribatto.

«Sì, con quella robaccia al cioccolato da spalmare. Ma dai!» Scuote la testa davanti ai miei gusti così poco maturi. Ma è il mio appartamento, la mia cucina, le mie papille gustative tanto infantili. Dovrei sentirmi libera di mangiarmi un pacchetto di caramelle Haribo o bermi un bel succo di frutta Ribena, se ne avessi voglia.

«Perché devi essere sempre così arrogante?» gli chiedo, incapace di tenermi tutto dentro.

«A letto?» mi chiede, perplesso.

«No, a letto sei assolutamente fantastico, tenero e generoso… ma fuori dal letto sei un maniaco del controllo».

«Non è vero» fa lui, prendendomi tra le braccia, sollevandomi i capelli e baciandomi sul collo, proprio dove mi fa venire tutti i brividi.

«Smettila» gli dico, spingendolo via. «Sono molto arrabbiata con te, Gary. Sei stato orribile con Alice, facendole capire chiaramente che non la volevi tra i piedi».

Lui alza le spalle. «In effetti non ce la volevo. Nessuno imporrebbe la sua presenza e si siederebbe a fare una cazzo di colazione, quando è evidente che avremmo preferito passare una mattina pigra a fare sesso».

«Forse era quello che volevi *tu*, ma io ho del lavoro da fare» ribatto brusca. «E non te la cavi così facilmente. Sono preoccupata per Alice. Mi è sembrato che non stesse bene per niente».

«Era solo incazzata, perché è chiaro che le piaci e non è per niente contenta all'idea di te e me insieme».

«Ma è ridicolo!» gli grido in faccia, arrossendo violentemente.

«L'hai capito che è lesbica, vero?» mi chiede Gary. «Non potrebbe essere più ovvio di così».

«Certo che lo so, ma essere sua amica non vuol certo dire che lei vuol venire a letto con me. Tra l'altro ha una ragazza bellissima» ribadisco.

Una vocina nel retro della testa, però, si sta chiedendo *come mai* lui pensa che io piaccia ad Alice. È chiaro che non è così, ma sono comunque curiosa; anche se non darò a Gary la soddisfazione di chiederglielo.

Sta ancora baciandomi il collo, e ora la spalla.

«Anch'io ho una ragazza assolutamente bellissima» mormora.

«Oh, ma per piacere! Guarda in che stato sono!» mi schermisco, un po' meno sulle difensive.

«Sì, guarda in che stato sei» mi dice lui, facendomi scivolare giù la vestaglia e cominciando a baciarmi il seno.

«Cos'è, hai preso il Viagra? Credevo che gli uomini di una certa età facessero fatica a farselo venir duro più di una volta la settimana» gli dico, perché sono così furiosa che ho voglia di fargli male. Ma il mio corpo si sta sciogliendo, e non posso fare a meno di spingermi su di lui, incoraggiandolo.

«Ora voglio pensare solo a te, Ellie» mi dice, e mi appoggia alla parete umida del bagno, aprendomi le gambe e inginocchiandosi davanti a me.

Va a finire che poi pensa anche a se stesso, e anche se tutte le superfici del bagno sono dure siamo troppo infoiati per arrivare fino al letto. Ciononostante, la mia rabbia non se n'è andata e non riesco a lasciarmi totalmente andare – finché non comincio ad avere delle fantasie su una ragazza con gli orecchini verdi...

Non doveva essere per forza Alice, mi dico dopo. E le fantasie sessuali spesso sono bizzarre e incongrue. Mi ricordo che una volta, quando eravamo ragazzine, Nadine mi disse che la sua fantasia sessuale preferita era un gigantesco leone con una magnifica criniera che la leccava ovunque. Io ne ero rimasta orripilata, perché avevo letto i libri di Narnia e mi sembrava un sacrilegio pensare ad Aslan che indulgeva nei preliminari.

«Lo vedi? Non sei poi così arrabbiata con me» dice Gary, trionfante. «Ti è piaciuto, vero?»

Lascio che pensi che sia tutto merito suo, dopotutto è stato lui che ha fatto quasi tutto lo sforzo. Lo abbraccio, sentendomi un pochino più innamorata; quindi ci facciamo una doccia insieme e ci vestiamo.

È evidente che Gary spera che passeremo la giornata insieme. Io mi mordicchio un labbro, chiedendomi come posso affrontare la situazione. Non possiamo mica andare avanti così tutta l'estate. Ho bisogno di sentirmi libera. Voglio lavorare al mio libro sugli elefanti ogni giorno, e avere le prime pagine rifinite e pronte il prima possibile. Prendo un paio di respiri, come se stessi per tuffarmi dal trampolino.

«Mi piacerebbe moltissimo poter stare con te, Gary, ma devo assolutamente lavorare» gli dico, col tono più dolce possibile. «Se ci sei tu non riesco a concentrarmi».

«Ma che fretta c'è? Hai tutte le vacanze estive davanti. Adesso hai bisogno di rilassarti, tesoro. Non vedi, ti saltano i nervi per la minima cosa».

'Non cominciare a dirmi cosa devo fare!' vorrei gridargli. Ma non voglio rovinare ogni cosa con un litigio. Dopotutto lui è stato davvero comprensivo con me, dopo Lottie. Ma come faccio a convincerlo? Gli lancio un sorriso luminoso e uso quell'atteggiamento da 'sono-perfettamente-in-controllo' che uso con i miei allievi più ribelli, col mento sollevato e le mani sui fianchi.

«Non ti ho ancora detto le ultime novità. Ho già contattato un editore e sono molto interessati. Devo consegnare loro dieci pagine finite e una sinossi dettagliata della storia entro la fine di agosto, prima che mi diano una risposta definitiva». E glielo dico persino guardandolo negli occhi. Sono sbalordita dalla mia capacità di mentirgli.

«Oh, questa sì che è una bella notizia!» mi dice sincero, anche se sembra un po' turbato. «Magari mi ci metto anche io, a questo punto, a fare una di queste graphic novel».

Sta scherzando, spero… o no? 'Tutto quel che fai, so farlo meglio di te'?

«Sono sicura che saresti bravissimo» gli dico, generosa. Qualsiasi cosa, pur di togliermelo dai piedi.

Ma lui non si scolla, mi sa che vuole vedermi mentre lavoro.

«Dopotutto hai condiviso tutto il tuo progetto con quell'Alice» mi dice.

«Perché la chiami '*quell*'Alice'? Comunque con lei è una cosa diversa. Mi dà il suo parere professionale, e mi parla del comportamento degli elefanti».

«Be', io ti potrei dare dei consigli dal punto di vista artistico».

«Ma non ho chiesto il tuo parere. Non voglio averti dietro di me a guardare il mio lavoro da sopra la spalla, e modificare quel che non ti piace come facevi a scuola».

«Anche se ti potrei essere d'aiuto?»

«Non ho bisogno del tuo aiuto, Gary» gli dico, e finalmente mangia la foglia e va via. So che l'ho offeso, ma non me ne importa un accidente. Sono trionfante.

Mi siedo alla scrivania e comincio finalmente a lavorare, fermandomi solo per dar da mangiare a Stella, farmi un paio di panini io stessa o fare qualche esercizio per sgranchirmi un po' e far circolare il sangue. Lavoro tutto il giorno. Poi mi apro una birra, mangio un po' di patatine e leggo i messaggi sul cellulare.

Uno è di Gary.

Come va? Non sono sicuro che degli elefanti possano essere un buon soggetto per una graphic novel, ma mi fa piacere che un editore sia interessato.
Se hai bisogno di distrarti un po', chiamami. Mi manchi. G
XXX

Ha proprio la faccia come il culo. Mi vien da ridere, e vado oltre. C'è un messaggio di Nadine.

A quanto pare quest'anno mi toccherà fare la zitella sfigata a ben due matrimoni! Ma lui è fighissimo, persino più bello adesso che è più maturo. Forse sì, è un po' troppo assertivo, ma in compenso è molto bravo a letto, a sentir te. Ed è anche generoso coi soldi! Fortunella tu, che non hai più bisogno delle app di incontri! XXX

E anche un messaggio di Magda.

Te lo devi sposare! E non ha nemmeno figli! È divino. Io amo il mio Chris alla follia, lo sai, e spero che la terza volta per me sia quella buona e sono fuori di me dall'eccitazione all'idea di avere un bambino, ma OH MIO DIO cosa non darei per una notte col professor W!!! Ti voglio bene. XXX

Infine, un messaggio di Lottie.

Ciao mamma. Mi dispiace tanto di avere un po' esagerato ieri sera con tutte quelle storie sul mio papà nuovo di zecca, ma tu sei e sarai sempre la mia mamma adorata, ok? Il mio vero genitore, adesso e per sempre. Ti voglio tanto tanto tanto bene. La tua Lots XXXXXX

Leggo e rileggo il suo messaggio, accarezzando lo schermo come se fosse il viso tanto amato di Lottie. Le rispondo subito, dicendole che anche lei sarà sempre la mia figlia preferita, anche se l'uomo sexy mi facesse mettere al mondo tre gemelle. Ma questo non succederà mai! Poi rispondo a Magda e Nadine, dicendo loro che una volta ogni morte di papa Gary glielo posso anche prestare. Infine scrivo a Gary, dicendogli che sto facendo grandi progressi con i miei elefanti (vero) e che anche lui mi manca (non proprio vero).

Mi prendo un attimo di pausa, e ci rifletto su. Gary *non* mi manca. E allora perché continuo a frequentarlo? Mi accorgo che ho riempito una parte della pagina strappata di punti interrogativi scarabocchiati ovunque.

Non ci sono messaggi da Alice, anche se speravo di trovarne. Allora le scrivo io.

> Mi dispiace davvero per Gary. Questa settimana non dovrei vederlo (almeno spero!) per cui sentiti libera di capitare qui quando vuoi... ci sono sempre caffè e pane tostato con la Nutella che ti aspettano. XX

Lei non mi risponde, per quanto io continui a controllare. Passo la serata accoccolata sul divano, con Stella che dorme ai miei piedi, a leggere il nuovo materiale sugli elefanti. Ci sono altre fotografie fantastiche, una marea di articoli sul comportamento degli elefanti e poi la cosa più bella: il suo diario.

Non è un arido trattato scientifico. È qualcosa di molto più personale, ed è così coinvolgente che mi sembra di essere accovacciata nella tenda con lei, mentre ascolto gli elefanti maschi che fanno a gara su chi barrisce più forte. E mi dispero insieme a lei accanto a un elefantino troppo debole che probabilmente non sopravviverà, per poi gioire quando il piccolo invece ce la fa, contro ogni aspettativa. Vado nel panico con lei quando il branco va ad abbeverarsi senza prestare la dovuta attenzione ai leoni che sono lì appostati, condivido le sue ansie quando si chiede se la sua ricerca potrà mai dare un reale contributo alla conoscenza del comportamento degli elefanti.

Vorrei che avesse risposto al mio messaggio. Ma non l'ha fatto. Allora ci riprovo.

Ehi, Alice, grazie mille per gli ultimi documenti e per quel meraviglioso diario! Sei una grande scrittrice. Forse dovresti scriverlo tu questo libro sugli elefanti, anziché io. Io mi limiterei a fare le illustrazioni, a meno che tu non sia anche una grande pittrice. Spero di vederti presto. XXX

Mi arriva la più laconica delle risposte.

Felice che ti sia utile. Ci vediamo in piscina. A X

Venti

Sabato mattina mi sveglio prestissimo. Mi preparo con calma nello spogliatoio comune della piscina, poi mi accomodo su una delle vecchie panche di legno e leggo per una mezz'oretta un vecchio romanzo di Alan Hollinghurst, finché non devo rassegnarmi al fatto che Alice non verrà.

Forse Gary l'ha fatta allontanare. O sono stata io? Ero a pezzi, avrà pensato che ero bruttissima e *vecchia*. Ripenso a tutta la scena della colazione, da quando eravamo tutti e tre insieme fino al momento in cui le tolgo la Nutella dal labbro, e mi accorgo che sto stringendo i pugni dall'imbarazzo. Devo davvero chiarirmi le idee.

Mi faccio una doccia e, tutta gocciolante, mi tuffo in piscina, dove macino sei vasche avanti e indietro; poi vedo un costume bianco, una lucente testa nera e un corpo marrone slanciato. È lei! Arrivata alla fine della vasca mi fermo ad aspettarla finché non mi raggiunge, sorridendomi un po' esitante.

«Alla buon'ora! Ormai pensavo che non saresti più venuta!»

«Scusami, sono stata trattenuta da un po' di cose. Ma alla fine ce l'ho fatta!» mi dice.

L'acustica è tremenda, per cui non ci è possibile tenere una vera e propria conversazione, e con gli occhialini da piscina non ci vediamo un tubo, ma adesso siamo tutte e due tutte sorridenti. Poi ricominciamo a nuotare nella stessa corsia. La lascio andare davanti perché è più veloce di me, ma le sto subito dietro, determinata a tenere il suo ritmo. Ma i nostri otto anni di differenza si fanno sentire, e sono sicura che Alice vada anche in palestra, per cui alla fine delle sue cinquanta vasche mi ha già doppiata due volte. Si siede sul bordo della piscina e mi aspetta, finché non ho terminato tutte le mie vasche, e ansimando mi aggrappo alla sua caviglia.

«Bella nuotata» commento.

«Ne avevo proprio bisogno» mi risponde.

«Anch'io».

Ci togliamo gli occhialini e ci sorridiamo, con i riflessi dell'acqua che giocano sui nostri corpi come in un quadro di Hockney.

Una volta asciutte e vestite mi aspetto di trovare all'uscita della piscina un caldo torrido mentre andiamo al nostro bar, e invece il cielo è coperto e sta scendendo una pioggerellina sottile. Ma non me ne importa assolutamente nulla. Rosa ci accoglie calorosa come al solito, e ci sediamo al nostro tavolo con un bel caffè e i croissant alla mandorla appena sfornati. Mi sento incredibilmente viva e felice.

«Stamattina sei tutta un sorriso» mi dice Alice, inclinando la testa di lato. «Hai passato la notte con Gary?»

«No, al contrario. L'ho mandato a casa sua e mi sono buttata sul lavoro. Se ce l'ho attorno mi passa l'ispirazione» le rispondo subito. «Mi dispiace tanto, Alice, che sia stato così villano con te».

«Be', un pochino sì. È chiaro che vuole tenerti tutta per sé».

«Sarà, ma questa è una cosa di lui che proprio non sopporto. Se devo dirtela tutta, sto cominciando a non poterne più di questa storia» ammetto.

«Ma dai, su. Tra voi due mi pare ci sia una bella chimica» dice Alice.

«Be', il sesso funziona. Anzi, direi che funziona proprio alla grandissima».

Alice fa una smorfia, anche se cerca di nasconderla.

«Scusa, non c'è bisogno di scendere nel dettaglio. Ma ti dirò che sto cominciando a pensare che quella sia l'unica cosa che tra di noi va davvero bene, perché il resto del tempo lo passiamo a discutere. Tanti anni fa lui era il mio insegnante di arte a scuola...»

«*Cosa?*» sbotta Alice.

«Lo so, è una situazione che sembra un po' borderline, e forse di fatto lo è. Perché lui spesso si comporta ancora come se fosse il mio insegnante, pretende di dirmi cosa devo fare, ed è una cosa che mi fa uscire dai gangheri. Hai mai avuto una cotta per un professore quand'eri a scuola?»

«Oh, sì. Per l'insegnante di educazione fisica».

«Davvero? Pensa che ho rivisto da poco la mia ex insegnante di educazione fisica, è venuta alla mia festa di compleanno, anche se la sola idea di potermi prendere una cotta per lei mi fa venire male!»

«Sì, ma tu non sei lesbica, giusto?» mi chiede Alice.

«Guarda, se anche fossi stata lesbica al cento per cento, non mi sarebbe mai e poi mai potuta piacere la prof Henderson. Invece pensa che adesso mi piace, anche se quando avevo tredici o quattordici anni era la mia peggior nemica. E ti assicuro che non è esattamente un'icona gay».

«Ah, ok» fa Alice, e poi c'è un breve silenzio.

«Tu hai sempre saputo di essere lesbica, sin da quando eri piccola?» ho il coraggio di domandarle. Mi chiedo se fin da piccoli i gay provano attrazione per le persone dello stesso sesso, o se è possibile scoprire di essere gay a metà della vita, anche se prima non ci avevi mai pensato? È una cosa che mi interessa molto.

«Sì, sin da quando ero piccola. Anche se ho avuto delle storielline con dei ragazzi, giusto per capire com'era. Volevo che mio padre fosse orgoglioso di me, volevo essere la figlia che sognava. Ma non è andata così».

«Mi sa che con il mio, di papà, ho avuto una bella fortuna. Non ha mai battuto ciglio sul fatto che mio fratello è gay. Sto cominciando a capire solo adesso quanto lui sia importante, per me. E vedendo me con il mio, Lottie ora ha voluto conoscere il *suo*, di padre, e a quanto pare lo trova meraviglioso, e purtroppo lui ha cominciato a raccontarle balle sin dal primo momento» le dico, e all'improvviso mi trema la voce.

Alice mette una mano sulla mia e me la stringe.

«Dev'essere molto difficile, per te» mi dice.

«Mi sa che sono solo una mamma patetica e possessiva».

«A me sembri una mamma fantastica».

Io giro la mano e stringo la sua.

«Grazie, Alice. Mi dispiace di star lì a lagnarmi dei miei problemi. È solo che con te mi sembra di poter parlare di tutto».

Rosa arriva con altri dolcetti, e noi sciogliamo subito le mani e la ringraziamo. Lei ci sorride con affetto, anche se chiaramente è arrivata a una conclusione sbagliata. Mi sento un po' strana, ma mi fa comunque piacere che abbia pensato che io possa stare con una donna fantastica come Alice.

Una volta uscite, facciamo una passeggiata, andandocene a zonzo come se non volessimo far passare il tempo. Più tardi mi devo vedere con Gary, ma abbiamo ancora un'oretta per noi, forse anche di più.

«Posso fare un salto da te, per dare un'altra occhiata alle tue foto degli elefanti appese alla parete?» le domando.

Lei sembra angosciata.

«O pensi che potremmo ancora disturbare Wendy?» aggiungo.

«Ecco, forse non è una buona idea» mi fa lei, riluttante.

«Non c'è problema. Vuoi venire *tu* a casa mia a vedere come sta andando avanti il mio lavoro con gli elefanti? Ho fatto molti progressi».

È palesemente indecisa. «Mi piacerebbe moltissimo, ma forse è meglio di no» mi dice, senza spiegarmene il motivo.

«Va bene, figurati» le dico in fretta, cercando di far finta che non me ne importi niente. Però *perché* non vuole venire da me?

Quando ci salutiamo alla stazione della metropolitana cerchiamo di darci un bacetto amichevole sulla guancia, ma facciamo un casino, spostando la testa da una parte all'altra come dei pugili. Scoppiamo a ridere per alleggerire l'imbarazzo, ma non riproviamo a darci un bacio. Avrei tanto voluto passare un altro po' di tempo con lei. Perché all'improvviso è andato tutto storto?

Torno al mio appartamento, stendo le cose bagnate della piscina, do da mangiare a Stella, poi lavoro per un po' a un primo piano di Mosi finché non arriva l'ora di mettermi una minigonna per andare con Gary a fare l'ennesima visita a un museo. Io amo l'arte, ma non so se ho voglia di un altro museo a così poco tempo dal precedente.

L'idea è quella di andare alla Tate Britain e mangiare nel loro elegante ristorante con i murali di Rex Whistler, ma quando ci arriviamo scopriamo che è chiuso, perché alcuni dei murales non reggono il clima caldo di oggi.

«Perché allora non andiamo alla Tate Modern?» propone Gary, mentre facciamo un pranzetto veloce in un pub lì vicino.

«Potremmo, sì» gli rispondo e poi, resa ardita da un paio di bicchieri di vino, aggiungo: «O potremmo anche fare qualcos'altro. Qualcosa di... divertente?»

Gary mi lancia uno sguardo in tralice, e controlla sul suo cellulare.

«Vedo cosa riesco a trovare» mi dice.

Io sarei stata contenta anche solo di andare a fare una passeggiata in riva al fiume e poi andare al St. James's Park per guardare i pellicani. Provo a dirglielo, ma Gary mi interrompe con la sua nuova proposta.

«Andiamo in questo posto dove fanno cabaret vicino a Soho» mi dice, con un sorriso trionfante. «Aprono alle due e mezza, e lo spettacolo pomeridiano è alle tre. Ti va bene?»

Non sono una grande appassionata di cabaret, ma non voglio fare la guastafeste. Non mi va proprio di discutere anche questo pomeriggio.

«Mi sembra una buona idea» gli dico, cercando di sembrare convincente.

Non si può prenotare, per cui andiamo lì un po' in anticipo. Vedo dalle locandine che oggi c'è lo spettacolo di una ventriloqua, sai che divertimento. Quando aprono le porte, prendo la mano di Gary e lo trascino dentro. Io sono più bassa della media e non ci vedo bene neanche con gli occhiali, per cui vorrei sedermi nelle prime file per godermi lo spettacolo.

Errore madornale. La protagonista dello spettacolo è una donna che muove dei pupazzi. Ma non è uno spettacolo per bambini: è per adulti, con tutta una serie di numeri comici e giochi di prestigio, che si basano per la maggior parte sulla partecipazione del pubblico. E Gary e io siamo lì, belli come il sole, proprio in prima fila.

Il pubblico ride fragorosamente quando lei sceglie a caso qualcuno dalla platea, lo trascina sul palco e i suoi pupazzi cominciano a prenderlo per i fondelli, e poi lo coinvolge nei suoi giochi di prestigio che lo fanno sembrare un totale babbeo. Gary ride come un matto, ma io sono così terrorizzata che becchi anche me da non riuscire a ridere neanche se ne andasse della mia vita. Penso che in realtà anche Gary sia nervoso, perché fa una risata tutta di testa e, naturalmente, la comica se ne accorge e si mette a prenderlo in giro, come un leone che fiuta una gazzella.

Comincia a flirtare con Gary, trascinandolo sul palco e facendo fare la vezzosa a uno dei suoi pupazzi, quello di una vecchia signora che lei fa agire come se si fosse innamorata di Gary. Il pupazzo si mette a fare tutta una serie di apprezzamenti sui suoi capelli chiari e glieli scompiglia con le manine di gomma. Ridono tutti, e anche Gary si sforza di ridere, ma noto che sta cominciando a sudare. Ci sono altre battute, qualche gioco di prestigio, ma visto che lui fa di tutto per sembrare a suo agio, lo lascia tornare a sedersi. Mi raggiunge con un sorriso di sollievo. Mi stringe leggermente la mano con la sua, che è molto sudata.

E poi lei guarda me. Oh mio Dio, no!

«Sei insieme a lui?» mi chiede il pupazzo della vecchia signora.

Io annuisco, come una scema.

«Imbarazzante, eh, vederlo sul palco?» dice il pupazzo.

«Già» rispondo.

«Ma è stato bravo, vero? Mister Fascino. Peccato che grondasse di sudore, vero?» dice il pupazzo, e sghignazza.

Il pubblico, alla parola 'sudore', si sbellica dalle risate. Vedo che Gary è tesissimo, temendo quel che arriverà tra poco.

«Credo che sia stata colpa tua, tu l'hai messo a disagio» le dico. «E stai mettendo a disagio anche me!»

«Ma come, una povera vecchietta come me? Comunque fai bene a non fidarti. Potrei portartelo via quando voglio» dice lei, e si toglie il cappellino con un gesto plateale, facendolo cadere dal palcoscenico.

«Nonna!» la sgrida la comica. «Comportati bene! Non dobbiamo mettere in imbarazzo questa adorabile coppietta. Vi conoscete da molto?»

«Eh, da po'» rispondo vaga.

«Ah! Quindi sei sicura che lui sia proprio l'uomo che fa per te, no?» mi chiede.

E adesso cosa le rispondo? Il pubblico aspetta con ansia. Non lo so! Sì? No, non credo che lo sia, sicuramente non per sempre. Ma non lo posso dire, non così, davanti a tutti. Farebbe sembrare Gary un idiota totale.

«Sì, certo» mento, e Gary mi circonda le spalle col braccio e mi dà un bacio sulla guancia.

Il pubblico ride ancora, specialmente quando la vecchia signora si lancia in una serie di parolacce, agitando il pugnetto di plastica per simulare la rabbia.

La comica allora ha pietà di me e passa oltre, andando a tormentare qualcun altro.

«Tra tutti e due ce la siamo cavata bene, direi!» mi dice Gary sottovoce. È tutto su di giri, e il mio cuore sprofonda.

Alla fine dello spettacolo il pubblico applaude caloroso. Gary si è addirittura alzato in piedi ad applaudirla, e lei gli ricambia l'applauso. Io devo sorridere davanti a tutti, come se mi facesse moltissimo piacere.

Uscendo, la gente si ferma a parlarci come se ci conoscessimo, e Gary si bea alla grande di tutta questa attenzione, e si lancia in battute come se fosse anche lui un comico. Io rabbrividisco dentro. Cos'è tutto questo esibizionismo idiota?

«Ce ne vogliamo andare a casa?» gli mormoro all'orecchio.

Vedo dalla sua espressione che ha completamente frainteso il senso del messaggio, convinto che io non veda l'ora di scoparmelo. Invece adesso a me viene il disgusto all'idea di fare sesso con lui. Ci sarebbe quasi da ridere, se non fosse terribile.

Quando con l'Uber passiamo vicino alla stazione di Waterloo, io con la fantasia fermo la macchina e corro a prendere la metro per tornarmene a casa a passare la serata con Stella, ma sembrerebbe proprio una reazione isterica immotivata. Invece mando un messaggio ad Andreea, promettendole un'altra bella scatola di cioccolatini se va a dar da mangiare a Stella, e digrigno i denti, rassegnandomi a una notte a Earlsfield.

Gary va a tirar fuori una bottiglia dal frigo non appena mettiamo piede in casa.

«Come mai champagne?» gli chiedo debolmente.

«Ne avevo messo in frigo una bottiglia, dopo quel favoloso Bollinger che ci siamo bevuti da te, e questo mi sembra il momento perfetto: bisogna festeggiare la tua dichiarazione pubblica!» dice, tutto contento, versando lo champagne in due flûte scintillanti. Me ne porge uno e alza il suo in un brindisi. «Hai detto davanti a tutti che sono proprio l'uomo per te, e allora adesso ti dico io che tu sei proprio la donna per me» dichiara, con assoluta sincerità, cosa che mi fa sentire ancora peggio.

'Digli subito che l'hai detto solo per non fargli fare la figura dell'idiota davanti al pubblico del cabaret!' Ma non posso rovinare tutto proprio mentre mi sorride ed è così tenero e amoroso.

Bevo un lungo sorso dal bicchiere, perché ne ho disperatamente bisogno.

'Vigliacca!' mi dice una vocina.

'Non sono una vigliacca. Sto solo cercando di essere gentile' ribatto io. 'Ancora questa notte, e poi devo trovare il modo di smetterla con tutta questa mia arrendevolezza per cercare di compiacerlo'.

Ho anche scoperto che sono brava a fingere, e questo mi allarma. Ci sediamo insieme sul divano, bevendo e parlando dello spettacolo. Gary mi bacia sul collo, e fa scivolare la mano sotto la mia minigonna, lungo le mie calze satinate nere.

«Sei così sexy con questa gonnellina. Non ce la faccio più ad aspettare. Devo toglierti immediatamente queste calze».

Prendo un altro sorso di champagne e mi lascio portare per mano in camera da letto, sul suo letto di design con le lenzuola immacolate. Posso anche riuscire a sorridere e a fare la sexy, ma non posso *costringermi* a desiderarlo, per quanti sforzi io faccia. Non riesco a smettere di pensare a quel momento in cui, accecata dai riflettori, capisco con assoluta chiarezza che lui non è l'uomo per me.

Quando non riesco più a sopportarlo, lo spingo via nel

modo più gentile possibile. «Mi dispiace, tesoro, non sono nello stato d'animo adatto in questo momento» gli sussurro. «Non possiamo solo stare abbracciati per un po'?»

«Ma certo, certo» mi dice, ma dopo qualche minuto di abbracci casti, ricomincia, determinatissimo a farmi cambiare idea. Fa del suo meglio per farmi eccitare, ma io rimango fredda e non sono affatto bagnata. Ma lui non molla: mi versa un altro bicchiere di champagne e si rimette all'opera. Ce la sta mettendo tutta, allora chiudo gli occhi e comincio a immaginare di non essere affatto con Gary; c'è qualcun altro con me che mi mormora paroline dolci all'orecchio, e finalmente comincio a eccitarmi. Poi le cose si fanno più selvagge, coinvolgenti, e allora smetto di arrovellarmi e vengo, vengo, vengo finché non rimango senza fiato.

Poi lentamente ritorno in me mentre Gary mi bacia il viso, e spero che scambi le lacrime sulle mie guance per sudore.

«Sei proprio, proprio, proprio la donna per me» mormora. Poi aggiunge: «*Per sempre!*»

Io mi irrigidisco. Ma sta parlando sul serio, o lo sta dicendo solo perché il sesso è stato pazzesco per entrambi? O magari sta rivivendo quei pochi minuti in cui si è sentito la star dello spettacolo? Non vorrà mica dire davvero che vuole stare con me, in coppia, per sempre? E se invece fosse serio? Qualche settimana fa ne sarei stata entusiasta, ma adesso non ne sono affatto sicura. Che beffa, all'inizio ero preoccupata che lui non fosse coinvolto, e adesso invece quella a non essere coinvolta sono *io*.

Ma sono stanca e appagata, e in questo momento non ho nessuna voglia di cominciare una discussione che ci metterebbe in terribile disagio, così non dico niente, ci mangiamo una pasta a letto insieme con un po' di vino e crolliamo nel sonno non appena ci rimettiamo distesi l'uno accanto all'altra.

Non devo essermi mossa per tutta la notte, perché mi sveglio che sono ancora tra le sue braccia. Mi tiene stretta a sé, e di colpo mi sembra di avere delle corde che mi legano e faccio fatica a respirare. Quando finalmente riesco a liberarmi dal suo abbraccio vado in bagno. Seduta sul water provo a respirare profondamente, cercando di mettere un po' di chiarezza nella mia testa, anche se sono ancora intontita dal sonno e dalla sbornia di ieri.

Avevo idolatrato Gary, quando ero sua allieva. Lo ammiravo perché sapeva tante cose sull'arte e perché mi ha fatto scoprire diverse pittrici che da allora sono rimaste tra le mie preferite. Poi, quando l'ho rivisto da adulto, ero molto lusingata dal fatto che si potesse interessare a me, quando avrebbe potuto avere qualunque donna. È un uomo buono, gentile, un bravissimo insegnante... ma io non sono più quella ragazzina insicura e confusa. Ora sono una donna di quarant'anni, e forse sarebbe ora di cominciare a comportarmi da tale.

Torno verso il letto. Lui sta dormendo sdraiato sulla schiena, e russa lievemente. Non è al suo meglio, e provo un po' di tenerezza per lui. Ce l'ha messa davvero tutta per essere l'uomo giusto per me. Sotto un aspetto ci è anche riuscito, ma il sesso non è tutto. Sono pazza di come mi fa sentire fisicamente, ma non sono pazza di *lui*. Non voglio vederlo ogni giorno. Non voglio nemmeno fare una vacanza romantica a Venezia con lui. Adesso ne sono sicura: non voglio proprio vederlo più.

Mi infilo tra le lenzuola, e lui si mette a seggiolino dietro di me mentre ancora dorme, e mi tiene stretta. Io scivolo nel dormiveglia e rimango a poltrire fino alle nove. Adesso però dovrei dirglielo. Gentilmente, ma con fermezza. Mentalmente faccio le prove del discorso che gli voglio fare.

Ma poi lui si alza, si fa la doccia, mi porta la colazione a letto e ritorna tra le lenzuola, guardandomi con una dolcezza tale che le parole mi restano in gola.

«Non riesco a capacitarmi dei giri che fa la vita, Ellie» mi dice. «Pensa che se Jean non fosse stata invitata alla tua festa non ci saremmo mai rincontrati! Se qualcuno mi avesse detto che quella buffa ragazzina che era mia allieva sarebbe diventata così importante per me, sarei rimasto esterrefatto».

Gli faccio un sorrisino, senza avere il coraggio di parlare.

«È incredibile che adesso ci siamo ritrovati».

«Be', sì, ma...» 'Diglielo! Diglielo ADESSO!'

«Non so tu, Ellie, ma per qualche motivo per me le relazioni a lungo termine sono sempre state problematiche. Un paio di volte ho anche pensato che le cose avrebbero funzionato, ma così non è stato. Forse era per colpa mia, chi lo sa».

E comincia a elaborare la questione, raccontandomi di questa e quell'altra ragazza, e ho persino l'impressione che stia un po' facendo il magnifico, anche se si mostra convenientemente malinconico, con tanto di scrollate di testa e di sospiri mentre beve il suo caffè.

«Ma non sono mai stato sicuro al cento per cento – oppure non lo erano loro – e ormai ero convinto che non avrei mai trovato la donna giusta per me. E invece eccoti qui!» mi dice, guardandomi negli occhi.

C'è una piccola parte di me che ha tanto bisogno di sentirsi dire queste cose, che sono io la persona che gli ha fatto cambiare idea, dicendomi implicitamente con questo che vuole avere una relazione stabile con me, ma questo è il suo, di sogno, non il mio. Devo dirglielo chiaramente, anche se non ho le palle per farlo adesso.

Restiamo abbracciati nel letto a dirci paroline dolci, a ridere di niente e a inventarci dei soprannomi buffi, ma dentro di me, nel profondo, non sento davvero niente. Lo bacio e faccio un po' la gattina, tanto che sembra che anche io mi senta esattamente come lui, e invece sto abbandonando la strada di mattoni gialli e sto tornando in Kansas a gambe levate, come Dorothy nel *Mago di Oz*.

Faccio finta di dovermene andare perché gli dico che Anna ha preparato un pranzo speciale per la famiglia, per festeggiare la guarigione di papà. Gary vorrebbe venire con me a questa festa inventata, ma gli rispondo che è solo per la famiglia stretta, perché papà deve comunque stare tranquillo e riguardarsi. Sto diventando una bugiarda patentata, ma non posso fare diversamente.

Corro a casa e passo il pomeriggio e la sera per conto mio. Lavoro tantissimo ai miei elefanti. Avrei però bisogno di sapere quali sono gli animali più pericolosi per i piccoli di elefante, e mando una mail ad Alice. Lei non mi risponde, e mi sento stupida e delusa, anche se so che non ne ho alcun motivo. Non è che mi stia ignorando di proposito, probabilmente si sarà rappacificata con Wendy e saranno insieme al Catz. Un posto che io non frequenterei neanche se mi pagassero.

I giorni passano senza che lei si faccia viva. In compenso ci sono sin troppi messaggi da Gary, ma continuo a declinare i suoi inviti, dicendogli che sto lavorando giorno e notte alla mia graphic novel. Alla fine gli prometto che ci vedremo sabato. A quanto pare, anche Alice è solo un'amica del sabato. Mi dico che va benissimo così, che ho già due migliori amiche. Ho una figlia. Ho un amante, almeno per il momento. E allora perché mi sento come se avessi perso qualcosa?

Sabato mattina presto sono sveglia e pimpante, pronta per andare in piscina. Mi costringo a calmarmi, e allora cerco di fare una colazione come si deve, leggere un altro po' del diario di Alice, fare un nuovo disegno, e così finisce che esco in ritardo.

Vado al centro sportivo praticamente di corsa, ma nello spogliatoio lei non c'è. E anche questa volta mi tocca aspettarla. Ormai è anche più tardi della volta scorsa. Vado a dare una controllata in piscina, metti che è già dentro. Nessuna ragazza nera con il costume bianco. Vado anche vicino agli spogliatoi singoli, che sono chiusi dalle tende, chiamandola, ma non è nemmeno lì.

Quindi non è venuta, anche se ci eravamo date appuntamento qui. Entro in acqua, che mi sembra più freddina del solito. E non riesco a scaldarmi nemmeno dopo un paio di vasche. Però proseguo con determinazione, anche se non ha molto senso. E quando ho fatto quindici o sedici vasche (sono troppo agitata per contarle come si deve) la vedo in piedi sul bordo, che guarda tra le corsie.

Io mi fermo, cambio corsia e la saluto con la mano. Lei ricambia il saluto e salta in acqua. Le nuoto incontro con una tale foga che ingoio una boccata d'acqua, e tossisco così tanto che non riesco neppure a dirle ciao. Lei mi dà dei colpetti sulla schiena finché non mi sento meglio.

«Passata?» mi chiede. «Scusa se sono così in ritardo. Sono... sono stata trattenuta».

«Sto bene» le dico, cercando di respirare. E sto bene *davvero*, anche se sto ancora sputacchiando acqua.

«Devi riscaldarti un po'» mi dice Alice, sfregandomi le braccia dove ho tutta la pelle d'oca. «Forza. Ti sfido!»

Io scoppio a ridere, perché Alice è una nuotatrice parecchio più veloce di me, ma accetto la sfida, e lei nuota deliberatamente più piano così che io la superi e vinca, tutta trionfante. Poi riprendiamo la nostra solita velocità, e siccome ne ho già fatte un po' prima, finisco le mie cinquanta vasche prima di lei.

Rimango a bordo piscina ad aspettarla, avvolta nel telo da bagno. L'orario di apertura della piscina aperta per tutti sta per cominciare e si è già formata una coda accanto alla scaletta, per cui porgo la mano ad Alice e lei la usa per uscire dall'acqua. All'improvviso vedo due ragazzine che mi stanno indicando.

«Guarda, è la professoressa Allard!»

«Salve prof! Che bello vederla qui!»

Sono Amy e Becky, che hanno appena finito la terza media. Sono tremende, ma molto simpatiche.

«Non la facevo una tipa atletica, prof!»

«E invece guardate un po' che roba» le dico, facendo i muscoli delle braccia, e loro ridacchiano.

Alice ci guarda, sorridendo.

«E lei chi è, prof?» mi chiede Amy.

«È la sua fidanzata, prof?» aggiunge Becky.

«Non cominciamo, ragazze» le ammonisco, con voce severa.

«Forza, le dia un bacio, prof» mi dice Amy.

«State esagerando, adesso. Smammate!»

Grazie al cielo lo spogliatoio comune è solo per gli adulti. Morirei se quelle due mi vedessero divincolarmi a fatica per togliermi il costume.

«Sono contenta che le persone a cui insegno io siano più grandi» commenta Alice. «Sei bravissima con loro, Ellie. E si vede che ti adorano, nonostante la lingua lunga».

«Avresti dovuto vedermi la prima volta che ho insegnato, durante il tirocinio. Avevo così paura che temevo di dare di stomaco davanti a tutti. Riuscivo a malapena a parlare. Quando sono tornata a casa ho pianto moltissimo, pensando di lasciar perdere l'insegnamento prima ancora di aver iniziato. E invece, pensa un po', adesso mi piace tantissimo insegnare… be', insomma, quasi sempre».

«E se il tuo libro sugli elefanti fosse un grande successo? Smetteresti di insegnare?» mi domanda Alice, mentre stiamo andando a prenderci il nostro caffè con i croissant.

«La vedo dura per il libro» le rispondo. «Non so neppure se la mia agente vorrà proporlo agli editori, o a quale tipo di lettori potrebbe essere destinato, visto che non lo so neanche io. Forse Mosi non vedrà mai la luce. Ma è meraviglioso disegnare lei e la sua tribù». Allungo le braccia. Myrtle mi sta salutando dal polso sinistro. «Devo tatuarmi Mosi sul destro? Anche se non sarebbe molto equilibrato, una topolina piccola piccola da una parte e una grossa elefantessa dall'altra».

«Se il libro diventa un bestseller, potresti tatuarti l'intera tribù di elefanti che sale su per una gamba e scende dall'altra» propone Alice.

«Certo, con un sole africano arancione su una chiappa e una luna bianco latte sull'altra» scherzo. «Adoro le descrizioni del cielo che fai nel tuo diario. Scrivi meravigliosamente, Alice. Dovresti tenere sempre un diario».

«In effetti lo faccio» mormora lei.

«Davvero? Scrivi tutti i giorni? Mamma mia! Io provo inutilmente ogni anno a tenere un diario, sin da bambina. Quest'anno sono riuscita a scrivere solo per due settimane e mezzo, a gennaio. Che è un peccato, perché ultimamente mi stanno succedendo tante cose» continuo io, ma non credo mi stia più ascoltando. Sembra agitata.

«Alice? Che cosa c'è?»

«Niente!» mi risponde, un po' troppo precipitosamente. «Che ne dici di fare a metà di un altro croissant?»

Sono d'accordo. Ma Alice sbocconcella appena la sua metà, e finisce che me la mangio io. Adesso sì che sono *sicura* che qualcosa non va. C'entro io? Non le va più di vedermi? Ne ha piene le scatole delle mie domande sugli elefanti? Eppure mi sembrava che anche a lei piacesse un sacco parlare di elefanti, e abbiamo appena fatto una chiacchierata molto bella sulle matriarche e su come invecchiano.

«C'è una delle foto che hai appeso sul muro, quella con il primo piano di un elefante» le dico. «L'avevo fotografata quando sono stata a casa tua, ma è venuta male. Non voglio venire ancora a casa tua, ma magari potresti farle tu uno scatto, e poi inviarmelo? Vorrei lavorare su un primo piano di Mosi, questo fine settimana».

Lei esita.

Allora mi affretto a dirle: «Se no non fa niente, eh?» Forse ha paura che io piombi di nuovo a casa sua. Magari Wendy si è messa di traverso. O forse pensa che io abbia una bella faccia tosta a continuare a chiederle di usare le sue bellissime fotografie... «So che sono le tue foto, e dovrei chiederti i diritti per copiarle» aggiungo quindi.

«Non è per questo. È che al momento tutte le mie foto si trovano in uno scatolone».

«Come mai? Devi fare una mostra?»

«No, no, è che sono andata via da casa» mi dice Alice, e scoppia a piangere.

Io la guardo, sconvolta. «Oh, Alice!» Mi alzo, giro dall'altra parte del tavolo e mi siedo accanto a lei, mettendole un braccio attorno alle spalle. «Mi dispiace! Ma cosa è successo? Dovete cambiare casa, tu e Wendy?»

Alice continua a singhiozzare, disperata. Rosa, con un bricco di caffè in mano, ci lancia uno sguardo preoccupato, facendo un cenno con la testa come per chiedere se c'è bisogno del suo aiuto, ma io scuoto il capo.

«Dimmi cos'hai, Alice. Parlami».

Alice tenta di dire qualcosa, ma non ci riesce. Ha le guance piene di lacrime, e il naso che cola, ma la sua bocca non è contorta nell'espressione orrenda che di solito ci viene quando piangiamo. La abbraccio forte.

«Non devi dirmi niente, se non te la senti» le dico.

Lei se ne sta seduta tutta rigida, con gli occhi chiusi, come se non volesse guardarmi, e non appena sente di poterlo fare senza sembrare scortese, si ritrae dal mio abbraccio.

Rosa viene a portarle un bicchiere d'acqua, ma si allontana subito con discrezione. Porgo l'acqua ad Alice, che è costretta ad aprire gli occhi per evitare di rovesciarla. Ne prende un sorso e fa un singhiozzo. E stavolta è proprio un singhiozzo.

«Oddio» dice, e fa un altro singhiozzo. «Oddio, oddio, oddio».

Alice beve un altro sorso d'acqua, stavolta meno precipitosamente perché non le vada di traverso. «Oddio. Mio padre darebbe fuori di matto se mi sentisse. 'Non nominare il nome di Dio invano'».

«È per tuo padre che stai così male?»

«No. E non tornerei a vivere con i miei per niente al mondo, piuttosto dormo su una panchina del parco» mormora, più a se stessa che a me.

«Alice. Guardami. Cosa sta succedendo?»

«Wendy e io» dice piano. «Abbiamo rotto».

«Oh, Alice, mi dispiace» le dico, non del tutto sincera. Odio vederla così disperata, ma nel profondo faccio un saltino di giubilo. Dai, ma che brutta persona sono? Lei è così infelice. Mi vergogno di me.

«È perché Wendy ha un'altra? Pensavo che tu avessi scelto la politica del *laissez faire* sulle sue altre ragazze».

«Non è lei. Sono... sono io» dice Alice. China la testa e dice con voce bassa, quasi parlasse a se stessa: «Credo di essermi innamorata di un'altra donna».

È come se mi avessero versato in testa un bicchiere di acqua gelata. Spero di non aver fatto smorfie.

«Ho capito» le dico, con il tono più pacato che mi riesce. Com'è possibile che non ne avessi il sentore? Alice è così divertente, così intelligente, così bella. Era sprecata per una egoista egocentrica come Wendy. È ovvio che fosse corteggiata da altre persone. «Be', diciamo che non è che le cose tra te e Wendy andassero molto bene, ultimamente. Almeno adesso tu e questa nuova ragazza potrete vivervi la vostra storia. Non è questo che vuoi?»

«Non è così semplice» mormora Alice. «Non credo sia una storia possibile. Ma Wendy ha letto il mio diario, dove confessavo i miei sentimenti per quest'altra donna, e mi ha sbattuta fuori. Letteralmente. Sono giorni che giro per agenzie immobiliari e che leggo annunci di case in condivisione, ma non riesco a trovare niente che vada bene. Per ora sono accampata nel mio ufficio all'università. Non posso usare nessuno degli alloggi per gli studenti, perché al momento abbiamo un corso per stranieri, e le camere sono tutte occupate. Non riesco neppure a farmi una doccia. E tremo all'idea che qualcuno dei bidelli o degli inservienti vada a raccontare a chi di dovere che sto dormendo lì... sarebbe troppo imbarazzante. Per un po' potrei permettermi di pagare sessanta sterline a notte in un Travelodge, o dormire sul divano di qualche amica, anche se la maggior parte di loro sono anche amiche di Wendy, e le metterei in una posizione imbarazzante. E poi ho troppi bagagli, uno zaino e due valigioni e tutti gli scatoloni con le mie cose e...»

«Ma santo cielo, Alice, non essere sciocca» le dico, interrompendo la spirale di panico. «La soluzione c'è, ed è semplicissima. Ce l'ho io una stanza che al momento è vuota. Vieni a stare da me».

«Ma non potrei mai!» mi dice, disperata. «Te lo giuro, non lo stavo dicendo per chiederti ospitalità!»

«Lo so benissimo. Ma questa è la soluzione più logica. Per il momento Lottie non ha bisogno della sua stanza, e se dovesse venire per qualche giorno può dormire con me. So per certo che non le darebbe fastidio».

In realtà un dubbio ce l'ho, ma spero di avere ragione. Certo, se lei e Luke fossero una coppia le cose si complicherebbero un po', ma qualcosa ci inventeremo.

«Non posso proprio, Ellie. Cioè, tu sei un tesoro, ma non sarebbe giusto. Cosa direbbe Gary?»

In effetti mi ero dimenticata di Gary. Ma che mi succede? Ho il cervello in pappa.

«Lascia perdere Gary» le dico in fretta. Non mi sembra il momento di dirle che con ogni probabilità ho intenzione di chiudere con lui. «E, ovviamente, se le cose dovessero andare in porto con questa nuova ragazza, farò in modo di eclissarmi al momento giusto» le propongo, anche se il pensiero di un'estranea che fa sesso con Alice nella camera accanto alla mia mi disturba. Non so neanche perché, ma mi fa sentire molto a disagio. Come se fossi quasi... gelosa?

Alice fa una risatina strana, amara. «Non succederà mai, sicura al cento per cento». Si asciuga gli occhi. «Ellie, la tua proposta... dicevi sul serio?»

«Assolutamente sì».

«Non resterò per molto. Giusto il tempo di trovare un'altra sistemazione. Ma sarebbe meraviglioso se potessi accamparmi da te per un paio di settimane, se sei sicura che non ti do fastidio. E naturalmente pagherò un affitto e le spese e tutto quanto» dichiara con fervore.

«Non ci pensare nemmeno! A questo servono gli amici. E poi l'hai detto tu che eri pronta a fare il giro dei divani delle tue amiche. Be', io invece ho un bel letto con una bellissima trapunta in patchwork, che è molto più comodo di qualsiasi vecchio divano. E poi a Stella tu piaci, così in aggiunta ti ritrovi gratis una specie di boule dell'acqua calda che fa le fusa sui tuoi piedi» le dico.

«Oh, Ellie!» esclama Alice, e stavolta è lei che mi abbraccia, anche se si stacca in fretta.

«Allora affare fatto?» le dico, porgendole la mano.

Lei me la stringe. «Sei unica» mi dice.

«Bene, dov'è la tua roba?»

«Nel mio ufficio. Per questo ho fatto tardi in piscina. Devo prendere due autobus da lì, ci si mette una vita».

«E perché non me l'hai detto! Adesso andiamo a prendere insieme le tue cose, poi ci prendiamo un bel taxi fino a casa mia e cominci a sistemarti da me».

«Ma è sabato. Non devi vederti con Gary?» mi chiede lei.

«Sì, ma nel pomeriggio. Abbiamo appuntamento in un museo per vedere una nuova mostra, e non è che mi vada più di tanto. Gli manderò un messaggio dicendogli che è venuto fuori un imprevisto e poi...»

E poi cosa? Potrei proporre a Gary di andare a casa sua e restare a dormire da lui, ma mi pare brutto lasciare che Alice passi la prima notte nel mio appartamento tutta sola. Specialmente adesso che è così triste. E poi perché continuo a uscire con Gary? Devo mettere in chiaro le cose quanto prima. Devo dirgli come mi sento. Ma non voglio pensarci in questo momento. Ho cose molto più importanti per la testa.

'Chi è questa ragazza misteriosa? E perché le cose sono così complicate? Perché Alice non me ne ha mai parlato?'

La guardo, desiderosa di saperne di più, ma lei è così spenta e tesa che non me la sento di chiederle niente.

E io quando *esattamente* penso di dirlo, a Gary? Nel bel mezzo della Tate Modern? Non posso semplicemente mandargli un messaggio per dirgli che non vengo al museo, e che non credo di volerlo rivedere mai più? No, non posso lasciarlo con un messaggino, sarebbe veramente pessimo. E magari lui si presenterebbe comunque a casa mia per parlarne, così ci ritroveremmo tutti e tre a guardarci in cagnesco. Terribile. Ma cosa posso fare, allora?

Vabbè, per adesso non gli mando nessun messaggio. Magari aspetto l'ora di pranzo. E poi è sabato, può essere che lui stia ancora dormendo.

Quando stiamo per uscire dal caffè, Rosa ci guarda preoccupata.

«Va tutto bene?» ci chiede.

Alice annuisce, vergognosa.

«Bene! Basta coi litigi! Voi due siete fatte l'una per l'altra!» esclama Rosa, raggiante.

«Oh, no, non è come pensi» dice subito Alice.

«È una situazione un po' complicata» aggiungo io, alzando le spalle a disagio.

Quando siamo fuori, Alice e io ci mettiamo a ridacchiare per strada, entrambe un po' imbarazzate.

«Mi dispiace» dice lei.

«Non dire scemenze» le rispondo. In realtà sono piuttosto orgogliosa che si possa pensare che sono la sua ragazza. Vorrei dirglielo, ma poi decido che sembrerebbe un po' strano, specialmente adesso che lei è in una tale condizione di vulnerabilità.

Prendiamo due autobus per arrivare all'università, e ha ragione, ci si mette una vita. Alice continua a scusarsi, e io la guardo scuotendo la testa.

«Smettila! Non vedo l'ora di vedere dove lavori. Avrei tanto voluto che Lottie andasse all'università qui e vivesse solo a due tragitti d'autobus di distanza» le rispondo.

Il posto è pieno di giovani italiani tutti eccitati che stanno facendo un giro turistico per Londra, anche se sembrano molto più interessati gli uni agli altri che alle torri, ai palazzi e ai musei, e ridono e scherzano tra loro, le ragazze coi loro gridolini e i ragazzi con le loro voci forti.

«Sono così felice di non essere più un'adolescente» dico.

«Anch'io» risponde Alice. «Avevi un'amica del cuore?»

«Ne avevo due. Nadine e Magda. E siamo tuttora migliori amiche».

«Con chi delle due ti trovavi meglio?»

«Non saprei» le rispondo, pensandoci. «Sono così diverse. A volte non ero più amica con una, poi qualche mese dopo con l'altra. C'è anche stato un momento in cui tutte e due non mi parlavano più, ed è stato bruttissimo, eppure adesso non mi ricordo neanche più quale fosse il motivo. Sai com'è, tra ragazze».

«Sì che lo so» dice Alice. «Anche io avevo due migliori amiche, fino a quando abbiamo avuto quattordici anni o giù di lì. Poi loro hanno incominciato a interessarsi ai ragazzi. Cioè, a me *piacevano* i ragazzi, ma non sotto l'aspetto romantico».

«E non avevi una vera ragazza, a scuola?»

«Be', mi sono presa diverse cotte, ma ero ancora in conflitto con me stessa. Poi quando ero in terza superiore ho avuto una storia con un'altra ragazza, baci dietro il capannone per le biciclette, cose così, ma non me la sentivo di farmi vedere in pubblico con lei. Ero terrorizzata che mia madre e mio padre lo scoprissero. Non ho avuto il coraggio di dir loro che ero gay finché non sono andata a studiare lontano da casa, e loro erano inorriditi. Mio padre pretendeva che implorassi Gesù di perdonarmi» dice Alice. «Mia mamma è scoppiata a piangere, dicendo che stavo condannando me stessa a una vita piena d'infelicità. Chissà, forse aveva ragione».

«Non dirai mica sul serio, vero?» le chiedo, scioccata.

«No, certo che no. A dire il vero, in questo preciso momento invece non sono affatto infelice, perché tu sei meravigliosa con me». Allunga una mano e mi dà dei colpetti leggeri sul braccio.

«Sto solo comportandomi da amica, tutto qui» le dico.

Lei mi fa un sorriso triste.

Entriamo da una porta laterale e saliamo a piedi un paio di piani per arrivare all'ufficio di Alice. È piccolo, ma carino, con altre fantastiche foto di elefanti appese alle pareti, e tre scaffali pieni di libri. Sulla sua scrivania sono accumulate ricerche accademiche, documenti e diversi elefanti d'avorio usati come fermacarte. Si entra a malapena, perché dappertutto ci sono i bagagli di Alice, che riempiono il pavimento.

«E tu dove accidenti hai dormito?» le chiedo.

«Mettevo gli scatoloni uno sull'altro e mi sistemavo per terra con un sacco a pelo, anche se avevo una paura tremenda che di notte le scatole mi cadessero addosso e ci rimanessi sotto. Sarà meraviglioso avere di nuovo un vero letto in cui dormire stanotte, sempre che tu sia assolutamente certa che tua figlia sia d'accordo».

«Guarda, la chiamo subito, così puoi sentirlo con le tue orecchie» le dico, e compongo il numero di Lottie, mettendo il viva voce.

«Ciao mamma» mi risponde. «Senti, in questo momento sono in treno, potrebbe cadere la linea in un tunnel, per cui non ti preoccupare, ok? Sto andando a trovare papà».

Non riesco a non fare una smorfia. Odio che lo chiami

'papà' con tanta naturalezza. Credevo che almeno all'inizio si limitasse a chiamarlo per nome, finché non lo avesse conosciuto meglio.

«Mamma? Guarda, se vuoi vengo a trovare anche te. O potresti venire tu a casa di papà; mi ha detto che sei sempre la benvenuta, quando vuoi andarci».

Piuttosto vado a trovare Nigel e mi chiudo con lui nell'armadio sotto le scale di casa sua, ma mi limito a mormorare un: «Grazie, ma no grazie».

«Comunque spero che tu stia bene con lui» le dico, sforzandomi.

Lottie scoppia a ridere. «Oh, mamma, non sai proprio mentire! Non lo speri per niente! E ti capisco, sai? Luke dice che tutta questa faccenda dev'essere molto dura per te, e che dovrei cercare di stare più attenta, con te, e rassicurarti il più possibile».

«Luke è molto dolce e sensibile» le dico, anche se mi brucia il fatto che parlino di me in termini tanto gentili, ma paternalistici. «Comunque, amore, ti telefonavo perché una mia amica è rimasta all'improvviso senza casa, e io le ho offerto di dormire in camera tua per una o due settimane, finché non trova un posto. Per te va bene?»

«Quale amica?» chiede Lottie, eccitata.

«Alice».

«Chi?»

Sono davvero stupita che Lottie non si ricordi nemmeno chi sia, quando Alice è già tanto parte della mia vita.

«È la nuova amica che ho incontrato in piscina, ricordi? Mi sta dando un grande aiuto con il mio progetto» le dico.

«Ma certo, non c'è nessun problema che stia nella mia stanza per un po'. Dille che può anche portarsi a letto la mia Nellie! Ti saluto, mamma. Ti voglio bene».

«Ti voglio bene anche io, Lots» le rispondo, con un sorriso.

«Dev'essere adorabile» mi dice Alice. «Ma chi è Nellie?»

«È un vecchio elefantino di pezza. Me l'aveva regalato mia madre quando ero piccola. E quando era piccola Lottie me l'ha requisito. Al momento non versa nelle migliori condizioni, ma è ancora molto speciale per noi».

«Be', allora sappi che nascosta in fondo alla mia valigia io ho una vecchia scimmietta con solo mezza coda» mi confessa Alice.

«Si può fare amicizia tra specie diverse?» le chiedo.

«Una volta ho visto una scimmia arrampicarsi su un elefante e sedersi sul suo dorso» risponde Alice. «E all'elefante non sembrava dare alcun fastidio».

«Perfetto allora. Bene, portiamo tutta questa roba a casa mia».

«Ma sei davvero sicura, Ellie?» mi chiede Alice, in tono serio.

«Sicurissima» le rispondo. È un vero sollievo sentirsi sicura di qualcosa, quando sono così indecisa su Gary.

Ventuno

In qualche modo insieme riusciamo a trascinare i bagagli di Alice per i due piani di scale, anche se è davvero dura, e dobbiamo andare su e giù per tre volte. Neanche il tassista è esattamente entusiasta di tutti quei bagagli.

«Non sono un cazzo di furgoncino per il trasporto merci, signore» ci dice. «E sono messo male con la schiena, per cui non posso aiutarvi a sollevare cose».

Riusciamo a stipare da sole i bagagli nel baule, e ci sediamo con borse e scatoloni sulle gambe. Quando arriviamo al Constable, Alice insiste per pagare lei il taxi, con tanto di lauta mancia al tassista, che se ne va tutto contento. Poi portiamo le valigie e tutto il resto nell'ingresso.

«Dio, ti scongiuro, fa che l'ascensore funzioni!» prego con tutta me stessa.

Dio però deve avere altro a cui pensare. Qualcuno ha scarabocchiato sulla porta: 'È la quinta cazzo di volta quest'anno che questa merda di ascensore si rompe'. E dice il vero.

«Oh, no» esclama Alice, alzando gli occhi al cielo.

«Mi dispiace tanto. Ma non ti preoccupare. In qualche modo portiamo su tutto».

Facile a dirsi, ma come? Anche se riuscissimo a prendere in due ogni valigia e arrancare per quattordici piani di scale, non riusciremmo a portarne su che una per volta, lasciando incustodito il resto dei bagagli, a disposizione di chi se li volesse portare via.

«Cos'è tutta 'sta roba che ha qui, prof?» mi chiede qualcuno, facendomi voltare di scatto. Sono i soliti ragazzotti sfacciati, che in un attimo ci circondano.

«Secondo voi?» rispondo, sbuffando.

«È la roba della sua ragazza?» chiede quello più grosso.

Non provo neanche a mettermi a cavillare sulla terminologia.

«Sì» rispondo, esausta.

«Andate a vivere insieme, eh?»

«Ma il suo appartamento è all'ultimo piano, giusto?»

«L'ascensore è rotto, prof» mi avvisa un altro.

«Eh, me ne sono accorta».

«Bisogno di una mano?» mi chiede il ragazzo più grosso.

Io lo guardo strabiliata, osando appena sperare che non stia scherzando. Ma sembra dire sul serio.

Fa un cenno con la testa a uno dei suoi compari e insieme prendono la prima valigia, avviandosi verso le scale. Altri due prendono la seconda valigia. Un bambino di circa nove anni, che si portano sempre dietro, prende una scatola. Alice e io ci scambiamo uno sguardo e prendiamo il resto. E cominciamo la lunga scalata. I ragazzi sono fantastici. I più grandi si sono fatti un po' di muscoli in palestra al Circolo Giovanile Comunale, e si dimostrano sorprendentemente forti. Spingono, trascinano e sollevano le valigie e conquistano piano su piano. A metà della salita si siedono per farsi una svapata, compreso il bambino, ma non sono certo nella posizione di sgridarli.

Cominciano a chiacchierare con Alice, e lei si mette persino a scherzare con loro, lasciandomi davvero impressionata. Se non sei abituato a loro, questi ragazzi possono farti paura, e so bene che lei in questo momento non ha alcuna voglia di scherzare, ma con loro è bravissima.

Quando finalmente abbiamo portato anche l'ultima cosa

nel mio appartamento, scoppiamo tutti in un grido di esultanza. Alice dà ai ragazzi dei soldi per comprarsi altre svapo e sei lattine di birra, e loro sono contentissimi.

«E anche delle caramelle e una coca per il ragazzino» aggiunge.

Andreea fa capolino dalla sua porta per vedere che sta succedendo. È sorpresa nel vedere i ragazzi, poi guarda Alice, poi la riguarda.

«Non sarà *lei* il tuo ammiratore segreto, Ellie?» mi domanda, sorridendo speranzosa.

«Cosa?» fa Alice.

«Lascia perdere» mi affretto a dirle. «Forza, vieni dentro a sistemarti».

Stella è in cima alla sua torre tiragraffi che si stiracchia, e squadra Alice.

«Ma ciao, Stella» le dice lei. «Ti ricordi di me?» Stella sbatte gli occhi impassibile, ma quando entriamo nella stanza di Lottie lei ci raggiunge, e comincia a strusciarsi sulle caviglie di Alice.

«Ma allora siamo proprio amiche noi due, vero?» fa Alice, e si china per accarezzarla.

Nella stanza di Lottie, Alice fa un sospirone. Guarda le pareti verde acqua tappezzate di poster, gli scaffali pieni di libri e la trapunta in patchwork sull'antica chaise longue color corallo.

«È una stanza meravigliosa» esclama, giungendo le mani.

Per fortuna nel letto ci sono delle lenzuola pulite, che aspettavano il ritorno di Lottie, e metà dei suoi vestiti mia figlia se li è portati in università, per cui nel suo armadio c'è spazio per quelli di Alice.

Preparo dei toast al formaggio che è impossibile mi vengano male per il nostro pranzo. Il formaggio sciolto è dorato e delizioso, e non ci ho messo niente a farli. Ci sediamo insieme al tavolo della cucina e mangiamo, chiacchierando e bevendo tè. Ad Alice piacciono le tisane, ma anche a

Lottie, per cui ho delle bustine di infusi ai lamponi, alla menta e alla camomilla.

«Anche io a volte mi faccio una camomilla» le racconto. «Non che mi piaccia molto, però mia mamma da piccola me ne dava da bere una tazzina leggendomi le storie di *Peter Coniglio*, per farmi capire cosa bevevano i coniglietti. Pensa che mi sembra ancora qualcosa di molto speciale, solo perché sta dentro un libro».

«Hai fatto lo stesso con Lottie?»

«Ovvio. Le ho letto anche *La storia dei Coniglietti Flopsy* per farle mangiare l'insalata, ma non ha funzionato».

«Mia madre mi leggeva storie di Gesù che dava pani e pesci alla folla e che mutava l'acqua in vino alle nozze di Cana, ma avere pesce e patate per cena da noi era un lusso che ci permettevamo raramente, e i miei erano rigorosamente astemi» mi racconta Alice. «Crescere con loro non è stata esattamente una pacchia».

Dopo un momento di pausa, prendo il coraggio a quattro mani.

«Alice, a proposito di questa nuova donna che è entrata nella tua vita...» comincio, cercando di tastare il terreno. Vorrei farle capire che può tranquillamente portarla qui quando vuole, ma lei scuote la testa con fermezza.

«Non voglio parlare di lei» mormora.

Non posso costringerla. C'è un silenzio imbarazzato. Allora prendo il cellulare.

«Chiamo Gary» le dico.

«Oh, certo, ti lascio sola» fa Alice.

«No, non c'è problema, cerco solo di riprogrammare il pomeriggio. Anzi, forse è meglio che gli dica che oggi non posso vederlo».

«No, non devi cambiare i tuoi piani per me!» esclama Alice.

Io mi passo una mano tra i capelli. «Ma io sinceramente non ho molta voglia di vederlo. Questa volta dovremmo incontrarci alla Tate Modern – i nostri appuntamenti sembrano sempre parte di uno di quei tour culturali di Londra. Ha preso i biglietti per la mostra degli Espressionisti, e *so* con assoluta certezza che mi spiegherà ogni singola cosa su Marianne von Werefkin, anche se ne so probabilmente molto più io di lui. E alla fine sarò talmente irritata, per dovermi comportare come fossi una sua allieva, che dopo un paio di bicchieri di vino mi salteranno i nervi per niente, cominceremo a battibeccare e poi a litigare sul serio, e saremo tutti e due coi nervi a fior di pelle, quindi lui proporrà di andare a casa sua e faremo sesso; tutto questo ormai sta diventando la prassi» mi sfogo, consapevole di averle fatto un quadro molto accurato della nostra relazione.

«Be', almeno fai sesso» commenta Alice.

Quindi significa che con questa sua nuova ragazza non sono ancora andate a letto? E perché questo mi fa così piacere?

«Cancello l'appuntamento» le dico.

«No. Non potrei sopportare di intromettermi nella tua relazione, Ellie».

Sembra così turbata che desisto. «E va bene, non cancello l'appuntamento con Gary. Anche perché è il tipo di persona che la mette giù durissima se oso cambiare il suo programma. Probabilmente in questo momento è immerso in un libro sull'Espressionismo, così da poter fare poi la sua porca figura di guida nel nostro tour privato» borbotto.

«Ma poverino, dai, non essere così dura con lui» mi dice Alice. «È chiaro che vuole far colpo su di te».

«Lo so. Non capisco come mai mi dia così sui nervi. Nadine e Magda pensano che io sia pazza. Lo trovano incredibile. Sensibile. Gentile. Romantico. Ti ho detto che in ottobre mi porta a Venezia?»

«Lo vedi? Sembra davvero una gemma rara» mi dice Alice, ma fa una smorfia. Non so se voglia mettersi a ridere o a piangere.

«Escici tu, allora, con lui, io me ne resto qui a lavorare sui miei elefanti» le dico. Faccio una pausa. Poi prendo un respiro profondo e le dico: «Vuoi vedere come sta andando il mio libro? Ho fatto molti disegni nuovi, che sono abbastanza vicini alla versione definitiva».

«Non vedo l'ora. Ma non voglio che me li mostri finché non ti senti pronta a farlo».

«Come fai a capirmi così bene? È incredibile. No, davvero, voglio proprio sapere cosa ne pensi» le dico.

La porto alla mia scrivania e per prima cosa le mostro la copertina.

«Oh, Ellie! È incredibile! Perfetta! Sicura di non essere mai stata in Africa?»

«No, ma ho letto il diario di una che ci è stata».

«A volte leggere il diario di qualcuno non è una brutta cosa» dice lei. «Allora questa è Mosi?»

«Il libro comincia con la sua nascita. E ripercorre tutta la sua vita, fino alla sua morte quando ha settant'anni. Quando ne ha quaranta vive una crisi profonda e pensa che la sua vita sia finita, e invece le succedono delle cose meravigliose».

«E cioè cosa? Respinge l'elefante maschio più grosso?» mi chiede Alice.

«È molto probabile» rispondo, con un sospiro. «A proposito, devo andare a farmi bella, se devo vedere Gary».

Vado in camera da letto e ricompaio dieci minuti più tardi con la camicia bianca e nera e i pantaloni a righine bianche, un nastro annodato al collo e il rossetto sulle labbra.

«Wow» fa Alice. «Stasera scommetto che ti trascinerà letteralmente a casa sua».

«Non succederà. E non ho neanche intenzione di portarlo qui. Voglio smettere di tergiversare una volta per tutte».

«Ellie, rimani da lui, stanotte. Intanto io mi metto a spacchettare le mie cose tranquilla, dopodiché devo finire del lavoro e poi magari mi guardo qualcosa in TV, ma comunque voglio andare a dormire presto. Hai per caso una copia delle chiavi, così se ho bisogno di comprarmi qualcosa posso uscire?»

'O magari vuole uscire per vedere la nuova ragazza? Be', ha tutti i diritti di vedere chi vuole' mi dico.

«Certo» le rispondo, con un sorriso risoluto, e le do le chiavi che tengo per Andreea.

«Comunque torno stasera».

«No! Torna domani, quando vuoi. Io starò benissimo, te l'assicuro. Giuro giuro giuro» dice Alice.

Esco, anche se non ne ho nessuna voglia. Vado in metro fino a Waterloo e da lì cammino fino alla Tate Modern passando per il lungofiume, con le coppiette che passeggiano mano nella mano. Mi mancherà essere in coppia con Gary?

Fuori dalla Modern, Gary non è ancora arrivato. Io rimango ad aspettarlo, leggendo *La biblioteca della piscina* e guardando di tanto in tanto l'orologio. Dieci minuti di ritardo. Quindici. *Venti?* Ma vedi mai che mi ha dato buca? Avrei potuto restare a casa mia con Alice, aiutarla a disfare i bagagli e a sistemarsi. Avremmo potuto lavorare entrambe e poi cenare dividendoci una pizza e una bottiglia di vino, alla faccia della sua misteriosa ragazza e alla faccia di Gary. Ma poi mi viene in mente che, se lui mi ha dato buca, forse non sarò più costretta a vederlo, e avrà preso lui la decisione al posto mio. Mi infilo il libro nella borsa e mi avvio verso la metropolitana. E in quel momento sento: «Ellie, scusami tantissimo!» È Gary, rosso in faccia e senza fiato, coi capelli scompigliati dal vento, per niente a proprio agio come è solito essere. «Il treno si è bloccato a Vauxhall, proprio in un punto dove non c'era un cazzo di segnale per chiamarti, poi sono arrivato a Waterloo e ho corso fino a qui, e nel frattempo cercavo ancora di mandarti un messaggio ma il cellulare non te lo inviava, forse non funziona più, non lo so, ma mi dispiace moltissimo averti fatta aspettare così tanto» mi dice, agitatissimo.

«Tranquillo, non c'è problema» gli dico, colpita da questa sua nuova versione così ansiosa e scarmigliata, anche se mi viene male all'idea di dover passare il pomeriggio con lui quando speravo di essermela cavata. Mi avvicino per dargli un bacino casto, ma lui esagera, cercando di baciarmi appassionatamente come fossimo in un film romantico; peccato che io rimanga rigida e lui non sia quel macho che crede, per cui per poco non cadiamo a terra tutti e due.

Entriamo alla mostra degli Espressionisti della Tate saltando la coda – perché ovviamente lui ha già i biglietti – e sono sorpresa io stessa di quanto mi piacciano i dipinti esposti, specialmente quelli di Marianne von Werefkin. Cerco di sorridere gentilmente quando lui paragona il suo quadro *Gemelle* con le *Cholmondeley Ladies* che è esposto nell'altra Tate. Me lo dice a voce piuttosto alta, come se fosse davanti a una classe.

Due ragazzi sui vent'anni stanno camminando lì vicino, sentono il tono della sua voce e alzano gli occhi al cielo. La loro espressione mi fa star male. È divertimento? Pietà? Disprezzo?

«In effetti ci ero già arrivata da sola» gli dico, col tono più calmo possibile, anche se sto tremando di rabbia.

«Davvero, tesoro?» mi dice, e mi dà l'impressione che stia per aggiungere: «Brava!»

«Sai, conosco bene la von Werefkin. Veniva da una nobile famiglia russa, e come pittrice è stata molto celebrata, ma aveva un marito più giovane di lei che la tradiva e...»

«Tutto molto interessante, Ellie, ma quel che conta veramente è l'arte, non i dettagli piccanti della vita amorosa dell'artista, non credi?»

È una reprimenda talmente paternalista che io arrossisco come una scolaretta. Non so cosa mi verrebbe fuori, se adesso aprissi bocca. Me ne vado dall'altra parte della galleria fingendo di osservare altri dipinti, anche se ho gli occhi pieni di lacrime. Ha ragione, è ovvio, è l'aspetto artistico che conta, anche se conoscere la vita di un artista come persona rende il suo lavoro ancora più interessante.

Respiro profondamente, per cercare di calmarmi. Non voglio litigare e mettermi a urlare nel mezzo della Tate Modern. Quando Gary alla fine mi arriva vicino, mi sussurra timidamente: «Stai bene? Mi dispiace di averti fatta arrabbiare».

«Sto benissimo» gli rispondo secca.

Continuiamo il giro del museo, visitando anche l'esposizione permanente, dove vediamo i genitori che fanno del loro meglio per interessare i loro bambini all'arte, anche se la maggior parte dei piccoli preferirebbe correre a perdifiato nell'enorme Turbine Hall.

«È bello che in questo museo ci sia un luogo dedicato alle famiglie» commenta Gary. Sta guardando un bambino coi capelli ricci che grida entusiasta guardando un'esposizione di piccoli insetti.

«Guarda quel bambino» mi dice. «Questa è una delle cose peggiori dell'invecchiare: capisci che sarà difficile avere figli tuoi».

«Per le donne della tua età è molto peggio che per gli uomini» ribatto acida.

«Tu però puoi ancora avere figli, no, Ellie?»

«In teoria sì. Ma non succederà. Una è più che abbastanza per me» gli dico, in tono fermo.

«Dev'essere stato duro per te avere una figlia quand'eri così giovane. Sei stata molto coraggiosa. Ma se tu fossi in una relazione stabile e fossi sicura di avere accanto l'uomo giusto, probabilmente potresti essere più possibilista, sui figli».

«Peccato che io *non voglia* un altro bambino» ribadisco.

«Mai dire mai. Potresti cambiare idea» insiste lui, facendomi infuriare.

«Potrei. Ma non cambierò idea. Non voglio andare in giro per mesi gonfia come una balena e poi essere spaccata in due per ventiquattro ore per partorire un bambino». È vero, ma non è tutto qui. La mia gravidanza e il parto non sono stati una passeggiata di salute, ma ne è valsa la pena nel modo più assoluto, se il risultato è Lottie.

«Penso che scopriresti che il parto è diventato una cosa molto più civile, adesso» dice Gary. «Dicono che il parto in acqua sia molto meglio, molto più rilassante per la madre, invece che stare sdraiata con i piedi nelle staffe».

Non ci credo, *lui* sta spiegando *a me* il parto?

«Prova ad avere un melone che ti esce dalla vagina e poi vediamo se lo trovi così rilassante» ribatto.

«Ma Ellie, puoi sempre optare per l'epidurale, se per te il dolore diventa insopportabile». Lo guardo. È evidente che si è informato su tutta la faccenda, e la cosa sta diventando seriamente irritante.

«Gary, ascoltami bene, io non voglio avere un altro figlio, punto» gli dico. «Ti prego di credere che so perfettamente cosa voglio».

«Ok, ok, ho capito» mi dice, ma ha un sorriso indisponente, come se fosse sicuro che riuscirà a farmi cambiare idea.

Lasciamo la Tate e passeggiamo fino a Waterloo.

«Immagino tu dia per scontato che stiamo andando a casa tua?» gli chiedo.

«Ma certo. E quando ci arriviamo, ho una sorpresa per te».

«Che cos'è?»

«Be', se te lo dico, che sorpresa è, tesoro?»

Vorrei che non mi chiamasse tesoro. Che non si fermasse ad ammirare un artista che, accanto al fiume, sta creando con la sabbia una scultura di due nudi abbracciati. Che non mi offrisse un elaborato cocktail in un pub, e che non incrociasse il braccio con il mio per brindare. Che non mi baciasse ostentatamente davanti a tutti. Che non cercasse un angolo buio per toccarci ed eccitarci.

Perché non funziona. Non è colpa di Gary, lui ce la sta mettendo davvero tutta per essere gentile e romantico e tenero. La colpa forse è mia, che non riesco a smettere di pensare alla povera Alice seduta a gambe incrociate nel mio appartamento, con Stella come unica compagnia.

Andiamo a Earlsfield con il treno, e Gary è così infoiato che non appena mettiamo piede in casa sua comincia a baciarmi le labbra, il collo, il seno; e solo allora sento un remoto brividino a cui cerco di abbandonarmi. Ci sdraiamo insieme sul suo letto grigio, come al solito talmente pulito che sembra disinfettato, e lui coscienzioso fa di tutto per eccitarmi. Io non lo fermo, perché non voglio umiliarlo, e mi comporto come ho sempre fatto, simulando di essere eccitata, e dopo che si è dato da fare per un tempo ragionevolmente corretto, ho pietà di lui e fingo di venire. Soddisfatto, fa in modo di venire anche lui e poi si sdraia sulla schiena trionfante, tenendomi stretta.

«È stato magnifico, vero, tesoro?» mi chiede.

La mia risposta è un mormorio.

«Mi fai sentire ancora giovane».

«Mi fa piacere» gli rispondo, rigida.

Lui mi riempie di coccole, poi sento il suo respiro che rallenta, dentro e fuori, dentro e fuori, e capisco che si è addormentato. Rimango ferma a pensare a quante altre volte in futuro mi ritroverei sdraiata accanto a lui, rendendomi conto che semplicemente non voglio più. Non è colpa sua, lui è un uomo dolce e affettuoso, e probabilmente non più paternalistico della maggior parte degli uomini della sua età, ma è una cosa che non voglio più accettare. Non sono innamorata di lui. Non voglio più stare qui. Voglio tornare a casa mia.

Cerco di districarmi dal suo abbraccio, ma lui si sveglia.

«Dove stai andando, angelo mio?» mi chiede, con un sorriso assonnato.

«Be', pensavo di tornare a casa».

«Cosa?» Si solleva sul letto. «Lo sai che non abbiamo

ancora cenato!» Lo dice lentamente, come se io fossi una bambina stupida che non conosce le regole.

«In realtà non ho molta fame» gli dico. «Ho un po' di problemi con lo stomaco».

«Oh, povero tesoro». La sua voce si è di nuovo addolcita. «Torna qui a letto, che ti faccio un massaggino».

«No, mi viene il vomito, non mi aiuterebbe un massaggio. Devo andare in bagno».

Esco rapida dal letto e mi nascondo in bagno, prendendo tempo per mettere insieme un po' di coraggio. Tra l'altro mi viene davvero da vomitare. Devo parlargli, ma sono una vigliacca. Non avrei dovuto nemmeno venire qui. Mi guardo allo specchio. Ho un aspetto orribile. Forse sarà contento di liberarsi di me.

«Ellie?» È lui che bussa alla porta. «Hai dato di stomaco?»

«Un pochino» mento. Guardo nervosa la porta, pregando che non irrompa in bagno. «Adesso mi faccio una doccia».

Mi lavo col suo bagnoschiuma in gel alla verbena odorosa, sotto il meraviglioso getto della sua doccia (questa è una cosa che mi mancherà, perché il mio soffione sbrodola e schizza dappertutto, e se solo sfiori il termostato l'acqua diventa immediatamente ghiacciata), poi mi asciugo con il suo soffice asciugamano bianco. Torno in stanza per vestirmi, poi uso il suo fon per asciugarmi i capelli. I miei ricci così sembrano molto più in ordine. Se vivessi con Gary, diventerei tutta educatina e perfettina come lui? Farei ricerche a casa prima di andare a vedere una mostra? Imparerei ad amare tutte le mutevoli sfumature della palette di tinte della Farrow & Ball? O diventerei io stessa così sfumata da perdere qualsiasi traccia della vera me?

Lo trovo in cucina, che mi ha preparato una tazza di camomilla e ha sistemato i biscotti secchi Bath Oliver in modo da formare un bel cerchio color beige pallido sul piatto verde.

«Questi dovrebbero aiutarti con la nausea, tesoro» mi dice. I gesti di tenerezza vengono via a poco, ultimamente.

«Sei un tesoro» gli dico. Non voglio sedermi insieme a lui, per cui vado alla libreria e guardo la sua vecchia collezione di classici della Penguin. Ci sono anche degli acquisti più recenti, i cui dorsi formano una precisa fila arancione. Uno è *The L-Shaped Room* di Lynne Reid Banks. Una scelta strana per Gary. Trovo anche *L'ostacolo di Rosamund* di Margaret Drabble. Cos'è, sta facendo ricerche anche su cosa vuol dire essere una madre single? Sfoglio entrambi i romanzi e poi li metto con un gesto deliberato sopra la fila dei tascabili, con le loro copertine bianche. Gary non dice niente, ma io gli lancio un'occhiata mentre torno in cucina e lo vedo che li rimette al posto giusto.

Mi siedo all'isola e mangiucchio i Bath Oliver. Una volta ne avevo comperato un pacchetto, perché appaiono spesso nei libri per bambini di epoca Edoardiana e sembrano buonissimi, ma ho scoperto che preferisco di gran lunga i normali cracker.

Gary si avvicina e mi dà un bacio sui capelli ancora umidi.

«Hai dei capelli bellissimi» mi dice.

«Grazie» mormoro.

«Non sono sicuro però che mi piaccia questo tuo nuovo look» aggiunge Gary, tirando per gioco il nastro che ho al collo. «Cioè, stai benissimo, ma non so se avrei messo dei pantaloni».

«Gary, siamo nel ventunesimo secolo. Anche alle donne è permesso indossare i pantaloni, sai?»

«Ovvio, ma io sono un uomo all'antica a cui piace da matti quando metti in mostra le tue curve, come con quel tuo vestitino rosso tutto aderente» mi dice. «O con quella minigonna».

Faccio una smorfia, seccata.

«Non volevo offenderti, tesoro. Mettiti pure quel che

vuoi» aggiunge in fretta. «Ehi, ma non vuoi vedere la tua sorpresa?»

Va all'armadio nel corridoio e torna con un grosso sacchetto.

«Che cos'è?» gli chiedo. Sarà meglio per lui che non mi abbia comprato dei vestiti...

«Guarda!»

Non sono vestiti, ma cambia poco. Mi ha comprato un copripiumone con abbinato il lenzuolo sotto e le federe. Cotone egiziano, il che significa che sarà un inferno da stirare. È di un bianco splendente (ovvero, mi toccherà lavarlo ogni settimana) ma vedo che c'è anche un disegnino rosso. Guardo meglio e vedo che si tratta di piccole labbra rosse stilizzate.

«Il design è di Salvador Dalì. Uno dei suoi divani a forma di labbra rosse è esposto alla Brighton Art Gallery» mi spiega, tutto entusiasta. «Pensavo che il prossimo weekend potremmo fare una gita al mare e andare a vederlo».

«Gary, è un pensiero carino» gli dico, dopo un lungo silenzio. «Ma perché mi compri della biancheria per il letto?»

«Be', a essere sincero, tesoro, le tue lenzuola sono tremende. Ma non ti piace? Pensavo che ne saresti stata entusiasta. Comunque penso che si possa cambiare».

«Voglio comperarmi da sola la biancheria per *il mio* letto, se e quando ne ho voglia io».

Lui mi guarda, corrucciato. «Non c'è bisogno di essere così acida. Cerchi in tutti i modi di fare l'indipendente, l'ho capito, ma dentro sei solo una ragazzina che ha bisogno che qualcuno si prenda cura di lei» aggiunge, mettendomi un braccio sulle spalle.

«Col cazzo che sono una ragazzina!» esplodo.

«Ok, ok» dice lui, facendo un passo indietro con le braccia alzate come per arrendersi. «Non intendevo in *quel* senso, dai, non sono così squallido! Per chi mi hai preso?»

«Per uno che è rimasto ancora aggrappato al rapporto insegnante/allieva» gli dico, così furiosa che non mi importa di urtare i suoi sentimenti.

«Santo cielo, Ellie, come ti viene in mente una cosa simile?» ribatte Gary, e adesso anche lui è arrabbiato. Prende un respiro profondo. «Senti, calmiamoci tutti e due. Capisco che non ti senti bene. Quando ti passa la nausea prendiamo un Uber fino a casa tua e proviamo il copripiumone che ti ho regalato, sono sicuro che ti piacerà, quando lo vedrai sul letto. Stavo anche pensando che potremmo prendere anche un divanetto soffice e rosso da mettere in camera da letto contro una parete, per dare un senso di uniformità con il copripiumone, o pensi che sarebbe troppo?»

«Be', perché allora non aggiungere anche una sveglia che si scioglie, per completare il design?»

Per un attimo pensa che io dica sul serio. Poi mi guarda seccato e sospira simulando pazienza. Mi ricordo benissimo di quel sospiro, lo faceva anche in classe. Ma adesso non voglio più permettergli quella condiscendenza.

«Me ne torno a casa. Tieniti pure il completo per il letto. Non voglio nessun divano, e non voglio neanche sentirmi in colpa per questo, perché non ti ho mai chiesto di comprarmi un cazzo di niente». Mi alzo in piedi e accidentalmente rovescio un po' di camomilla.

«Adesso ti stai proprio comportando come una bambina!» mi dice con rabbia, mentre asciuga la camomilla. «Ok, lasciamo qui le lenzuola e ti accompagno a casa, e...»

«E se vieni a casa mia ci trovi qualcuno».

«In che senso?» mi chiede. «Cristo santo, hai un altro?»

«Senti da che pulpito viene la predica! Sei tu quello che ha le scopamiche» ribatto io. «Comunque no, non sto vedendo nessun altro, sto solo dando una mano a un'amica che si trova in una situazione difficile».

«Ah ok, meglio così. Chi è, Nadine o Magda?» mi domanda, calmandosi.

«Nessuna delle due. È la mia amica Alice».

«La lesbica?» mi domanda, incredulo.

«Ma santo cielo, perché continui a definirla in base al suo orientamento sessuale? È la cosa meno rilevante di lei. È un'insegnante universitaria, ha molti interessi e conosce l'arte bene quanto noi due, è una nuotatrice bravissima, sa essere molto brillante e acuta, e...»

«E da come ne parli sembra che tu sia innamorata di lei» dice Gary, amaramente.

«Ma figurati» nego, con le guance che vanno in fiamme. «Alice è solo un'amica». Mi sento come San Pietro che rinnega Gesù prima che il gallo canti. Se mai incontrassi il terribile padre di Alice, se non altro ammirerebbe la mia conoscenza dei testi sacri.

«E rimane da te a dormire?» mi chiede Gary.

«E be', certo».

«Cristo santo, ma resta tutto il finesettimana?»

«*Sì!*»

«Poi però lunedì se ne va, vero?» continua lui.

«Non ho idea di quando se ne andrà».

«Non mi starai mica dicendo che adesso questa si piazza a casa tua *a tempo indeterminato*?» Se ne sta davanti a me con le mani sui fianchi e la faccia tutta rossa.

«No, certo che no. Ha appena rotto con la sua ragazza. Rimarrà finché non trova un posto dove andare a vivere».

«Cioè finché non troverà un'altra boccalona che se la prende in casa. Non posso credere che tu sia così ingenua, Ellie. Devi liberarti subito di lei, prima che metta le tende in casa tua».

«Stai dicendo che adesso dovrei mandarla via a calci nel culo, con tutte le sue cose? Che dovrebbe andarsene in giro di notte con due enormi valigie e Dio sa cos'altro?»

«Quindi ha portato da te tutta la sua roba? E glielo hai lasciato fare? Allora sei persino più stupida di quanto credessi.

Forza, andiamo dritti filati a casa tua, mi occupo io di lei» dice Gary.

«Ma neanche per sogno!» gli grido, offesa.

«È chiaro che tu sei troppo buona e credulona. Se non stai attenta, quella lì non se ne andrà più. Si scaverà la strada per entrare nella tua vita come un verme, e magari si intrufolerà persino nel tuo letto».

«E chi ti dice che non mi vada bene?» sparo. Lo dico solo per farlo arrabbiare ancora di più, naturalmente. O no? Non sarà proprio sotto questo aspetto che lei mi piace così tanto? È per questo che ho voglia di vederla così spesso? Che mi sento così vicina a lei? È per questo che dentro di me ho esultato da persona meschina, quando mi ha detto che aveva rotto con Wendy? E che muoio dalla curiosità di sapere chi sia il suo nuovo grande amore? È per questo che ho anche cominciato ad avere fantasie erotiche su di lei?

Gary e io rimaniamo lì con il fiato grosso, nell'improvviso silenzio che si è creato.

«Non sei divertente» mi dice lui alla fine.

«Non avevo intenzione di esserlo» gli rispondo. «Mi dispiace, Gary. Tu sei stato fantastico con me sotto molti aspetti, ma non voglio più andare avanti così. Basta. È finita».

«Ma dobbiamo andare a Venezia insieme!» esclama.

«Dovevamo. Ma ti toccherà portarci qualcun'altra. Sono certa che ci sarà la fila».

«Non è mica così facile trasferire i biglietti!» è il suo commento.

«Ok, allora dimmi quanto cazzo ti devo per il mio biglietto. Ti pago anche il copripiumino. Ti ridò i soldi per ogni bicchiere di vino e ogni cibo che mi hai offerto, e per tutti i biglietti dei musei. Il problema, Gary, è che tu non mi hai mai chiesto una sola volta che cosa sarebbe piaciuto fare *a me*, eri troppo impegnato a comunicarmi i *tuoi*, di progetti».

«Dunque è questo il ringraziamento per aver cercato in

ogni modo di farti felice?» mi chiede. Sta letteralmente tremando dalla rabbia. «Mi molli per una lesbica che conosci da dieci minuti? Non mi freghi, Ellie. Tu sei completamente eterosessuale. Non ho mai avuto una donna calda come te, a letto. Ogni volta che ci vediamo sei sempre lì con la lingua di fuori che muori dalla voglia di farti scopare».

Sono io adesso a tremare di rabbia. «Addio» gli dico, e me ne vado.

Sono già per strada quando lui mi corre dietro, in mutande con sopra la vestaglia. Cristo santo, qui è come Bridget Jones a parti inverse.

«Ellie, aspetta! *Fermati!* Mi dispiace, sono stato davvero offensivo, ma non dicevo davvero, tesoro. Torniamo a casa e ricominciamo tutto da zero. Ascolta, è chiaro che la tua amica può dormire da te, ne hai tutto il diritto. Sono solo geloso, ecco. Vieni qui». Mi prende, mi stringe tra le sue braccia e mi bacia sulle labbra.

Questo è il momento in cui si suppone che io debba sciogliermi e ricambiare con passione il suo bacio e fare sesso con lui. Ma non andrà così, stavolta. È davvero finita.

Gli appoggio le mani sul petto e lo spingo indietro, gentilmente ma con fermezza. «Dispiace anche a me, Gary. Sei stato meraviglioso con me. La ragazzina che è in me ti adorava. Ma adesso sono cresciuta. Addio». Gli do un bacio su una guancia e mi allontano velocemente. Spero con tutto il cuore che non continui a seguirmi. Non oso nemmeno voltarmi finché non arrivo alla fine della strada. Dev'essere rientrato, perché non c'è traccia di lui. Mi dispiace per lui, ma per me è un assoluto sollievo essere finalmente riuscita a chiudere questa storia.

Prendo il treno per Waterloo, poi la metropolitana. Sono così euforica che non riesco neanche a concentrarmi sul mio libro. Mando un messaggio ad Alice per avvertirla che sto tornando. Ho deciso, la porto fuori a cena, anziché preparare qualcosa di arrangiato con quel che c'è nel frigo.

Alcuni dei ragazzotti che stanno sotto casa mia hanno costruito una pista inclinata dall'aria molto pericolosa per lanciarcisi sopra con lo skateboard, e quando mi avvicino mi fanno un cenno di saluto.

«Venga a provare anche lei, prof!» mi dicono in coro.

«Ma neanche per idea!» rispondo. «Grazie a tutti per il vostro aiuto, stamattina, ragazzi».

«Si senta pure libera di darci una mancia, prof. Non vorrà mica che la sua ragazza sia più generosa di lei» mi dice il più grande.

«Me ne farò una ragione. Ma grazie davvero, a tutti». Faccio il gesto di mandare loro dei baci esagerati ai quali reagiscono contorcendosi e facendo versi di schifo, ma si vede che gli fa piacere.

Sarebbe troppo sperare che gli ascensoristi si siano materializzati di sabato pomeriggio, e ho ragione. Mi faccio a piedi i miei quattordici piani, ma sento scorrere in me un'adrenalina piena di aspettative, e arrivo che sono senza fiato. Una volta tanto non vedo Andreea che sbircia dalla porta di casa sua. La sento ridere dall'interno del suo appartamento, insieme a una voce molto più profonda. Sorrido al pensiero che ora abbia anche lei un ammiratore.

Apro la porta di casa mia ed esclamo: «Sorpresa!» Ma la sorpresa è per me. Nel mio appartamento c'è solo Stella, che mi accoglie pigramente, alzando appena la testa.

«Alice?» Nessuna risposta. Vado a controllare rapidamente in camera di Lottie, e vedo che se non altro i suoi bagagli ci sono ancora, disfatti per metà. Non ci ha ripensato e se n'è andata.

Dev'essere con la nuova donna che c'è nella sua vita. L'idea mi rode, è quasi un dolore fisico. E adesso sono io quella che se ne rimane qui tutta sola. Ciondolo fino alla mia scrivania, mi siedo e guardo i miei elefanti. Loro ricambiano lo sguardo con i loro occhietti minuscoli. Passo un dito sui loro testoni e scendo come una carezza lungo la proboscide.

È come se ci stessimo tenendo per mano: dopotutto, non sono sola. Che mi importa se nessuno vorrà pubblicare la mia graphic novel? Be', insomma, *ovvio* che m'importa, è naturale, ma è un tale piacere creare i miei elefanti senza dover per forza pensare ai lettori, al loro gradimento, ai contratti e alle date di consegna. Credo però che forse sia arrivato il momento di chiedere un parere professionale. Non sono ancora pronta a mandare i miei disegni a Jude, anche se so che mi incoraggerebbe e starebbe dalla mia parte. Ma è ora di mandarli a Nicola Sharp, la mia mentore sin da quand'ero una ragazzina.

Non ho ancora dieci pagine perfettamente rifinite. Non ho neanche scritto un trattamento dettagliato della storia. Al diavolo. Fotografo ogni pagina, scrivo una breve mail a Nicola e premo invio, prima che mi manchi il coraggio. Poi vado a sedermi, col cuore in tumulto. Ecco, l'ho fatto. Magari Nicola penserà che fanno schifo. È assai plausibile, a dir la verità. Cercherà di essere gentile e piena di tatto, ma sarà comunque devastante per me. Ma ho bisogno di sapere. C'è troppa incertezza nella mia vita in questo momento...

Mi gira la testa. È successo di tutto, in un solo giorno. Ripenso alla lite con Gary, cercando di ricordare esattamente che cosa l'abbia scatenata. Lo rivedo che mi racconta tutto sul movimento Espressionista, come se mi stesse dando una lezione privata. Lo rivedo che mi mostra il completo per il letto che mi ha comperato perché gli fanno schifo le mie lenzuola. Rivedo il suo volto rosso di rabbia, mentre dice tutte quelle cose orribili. Poi lo rivedo contrito e ridicolo, in vestaglia e mutande. Mi è difficile invece ricordare come mi sentivo quando l'ho rivisto per la prima volta da adulta, quell'attrazione travolgente, il desiderio di lui, così intenso.

Ma adesso non lo voglio proprio più. Non ho fatto un errore. So che Alice terrà fede alla parola data e resterà da me solo qualche giorno. So anche che la sua nuova, complicata relazione la assorbirà totalmente. So che mi ritroverò di nuovo sola come da quando Lottie non vive più qui. Ma non ci posso fare niente. Non posso stare con Gary solo per avere la compagnia di qualcuno. Non voglio trasferirmi a casa sua, né fare le vacanze con lui, né visitare centinaia di musei nei quali è lui a dirmi quali quadri ammirare. E non voglio un altro figlio. E non voglio nemmeno diventare una scopamica.

Sto cominciando a capire cosa voglio *davvero*, ma non è neanche remotamente possibile. Questa non è una commedia romantica; questa è la vita vera. La frase di auguri sul mio biglietto per il compleanno non è realistica. 'La vita comincia a quarant'anni'? Stronzate. Davanti a me c'è solo la via che porta alla vecchiaia.

Prendo di nuovo il telefono. Alice non mi ha risposto. È evidente che sia con la sua nuova ragazza, non ha neppure letto i messaggi. Potrebbe persino essere tornata da Wendy per implorarla di riprenderla con sé.

Mi abbraccio, sentendomi molto sola. Noto che sui calzoni sono rimasti un po' di peli di Stella, e li tolgo. Perché cazzo Gary aveva sempre da dire sui peli di Stella sui miei vestiti? Forse è solo perché sono ridicola, la parodia della donna di mezza età che cerca di sembrare giovane. Sarà già arrivato il momento dei maglioni lunghi e dei pantaloni comodi a vita alta? Be', di sicuro è il momento di smetterla di essere ossessionata dal mio aspetto, perché tanto a chi importa?

Sento girare una chiave nella serratura, la porta si apre, e il cuore mi balza in gola.

«Alice!» esclamo, correndo all'ingresso.

«Oh, Ellie, sei arrivata prima di me!» Ha una borsa di plastica piena di cose, che appoggia in cucina. Sento il rumore promettente di vetri che sbattono.

«Che cos'hai preso?» le chiedo.

«La cena. Ho visto il tuo messaggio. Non sapevo se tu fossi una da vino bianco o vino rosso, allora li ho comperati tutti e due. Ma non ti aspettare troppo dal cibo. Ho preso solo uova, formaggio e pomodori, perché pensavo di fare delle omelette, e poi prugne e cioccolato per dolce. Ti va bene?»

«Mi sembra fantastico!» le dico, e finalmente lascio andare il fiato.

Alice mette il vino bianco in frigo.

«Intanto cominciamo con un bicchiere di rosso. Hai proprio l'aria di una che ha bisogno di bere qualcosa» dice. «Hai litigato con Gary, dato che sei qui e non a casa sua?»

«Ho proprio rotto con lui» le dico, prendendo i miei due bicchieri. «Non ho ancora dei bicchieri da vino veri e propri, anche se continuo a dirmi che dovrei comprarli. Ma se riempio quelli, poi finisce che mi ubriaco completamente, e non voglio».

«Forse dovrei essere io a ubriacarmi. Mi sento terribilmente in colpa. Avete litigato perché sono qui a casa tua?»

«No. Be', un po' sì. Ma c'è stato molto altro. Ho capito con chiarezza che non volevo più stare con lui. So che tutti penseranno che sono completamente pazza, ma non posso farci niente» le dico, aprendo il vino.

«Tutti chi?» mi chiede Alice.

«Le mie amiche. Magda e Nadine».

«Be', anche io sono una tua amica, e non penso affatto che tu sia pazza. Per me lui era...»

«Forza, dillo».

«Un po' uno stronzo» mi dice, con un tono di scusa. «Voleva comandarti a bacchetta».

«Sì, è vero. Lo fa sempre. Faceva. Sono così contenta che sia finita» le dico, compiaciuta di quanto sia vero.

«Anche io sono contenta che sia finita con Wendy» mi dice lei.

«Davvero?»

«Assolutamente sì. Era una vita che tra noi due le cose non funzionavano più. Questo non toglie che la nostra rottura sia stata orribile, e non so proprio cos'avrei fatto se tu non fossi stata così meravigliosamente gentile».

«Non è questione di gentilezza. È bello averti qui» le dico. Brindiamo, e vorrei dire: 'A noi due' ma ho paura che suoni fuori luogo.

Sorseggiamo il vino e parliamo delle nostre passate relazioni, e del fatto che nessuna abbia mai davvero funzionato come speravamo.

«Certo che gli uomini e le donne sono davvero diversi» le dico, con un sospiro. «Gli uomini gay sono adorabili, possono essere degli amici meravigliosi a cui puoi confidare tutto – io adoro Simon, il marito di mio fratello – ma gli etero a volte sembrano proprio venire da un pianeta diverso. Sei fortunata a essere lesbica, Alice. Con le donne è molto più facile andare d'accordo».

«Non se ti ostini a scegliere quelle sbagliate. Per dire, all'inizio ero pazza di Wendy, ma eravamo sbagliatissime l'una per l'altra. Alla fine ero diventata la sua noiosa schiavetta tuttofare, ed era orribile» dice Alice, triste.

«Tu sei troppo fantastica per essere la schiavetta di qualcuno» proclamo indignata, ma subito dopo ho paura di aver detto qualcosa di inappropriato. A Nadine e Magda avrei detto la stessa cosa, ma con lei è un po' diverso.

«Magari fosse vero» commenta invece Alice, e termina il suo bicchiere di vino mentre distoglie lo sguardo dal mio. «Meglio che vada a cucinare, prima di essere troppo ubriaca».

«Cucino io. Ma ti avverto, sono un caso disperato ai fornelli».

«No, lo faccio io. Ne ho voglia, davvero. Anche se pure io non sono certo Nigella».

«Bevi un altro bicchiere, tanto sono piccoli» le dico, versandole altro vino. Abbiamo praticamente seccato una bottiglia, e ho la lingua abbastanza sciolta da dirle: «Spero che anche la tua nuova donna ti trovi fantastica».

Lei si irrigidisce, e capisco di aver fatto un errore.

«Scusa, scusa. Non sono affari miei» mi affretto a dirle.

«Non ti preoccupare. È solo che non ho voglia di parlare della mia situazione».

«Ma certo, lo capisco» la rassicuro, ma in realtà muoio dalla voglia di sapere chi è.

Lei comincia a sbattere le uova, ci grattugia dentro il formaggio e aggiunge anche qualche erba aromatica che ha trovato nel retro di un pensile della cucina, mentre io chiacchiero del più e del meno. Nel frattempo continuiamo a sorseggiare il vino, e ora che la cena è pronta lei si è rilassata, anche se le sue omelette non sono esattamente indimenticabili. Quelle che faceva Gary erano leggere e soffici e insaporite alla perfezione. Le omelette di Alice invece sono molli, piatte e gommose, se devo essere sincera sincera. Però le dico che la mia era divina, e lei scoppia a ridere, dicendomi che sono una pessima bugiarda.

Ma non sto mentendo. È buona per il solo fatto che l'ha preparata Alice, e che lei è qui con me e sembra appartenere a questa casa. Dopo che abbiamo mangiato le uova e ci siamo ingozzate di prugne al cioccolato, apriamo il bianco che ormai è ben freddo e ce ne beviamo un goccetto davanti a *Spiagge*, uno dei miei film preferiti, che parla di una lunga amicizia tra due donne. Alla fine mi ritrovo sempre in lacrime, anche quando non sono mezza ubriaca.

«Se tu avessi saputo che stavi per morire quando Lottie era piccola, chi avresti voluto che la crescesse? Nadine o Magda?» mi domanda Alice.

«Impossibile rispondere. Se ne avessi scelta una, l'altra si sarebbe offesa a morte. No, so cosa avrei fatto: avrei chiesto a Ben e Simon di prenderla con loro. L'avrebbero viziata in modo osceno, ma sarebbero anche stati dei genitori attenti, e lei li ha sempre adorati».

«Mi sembra di conoscere già Lottie, stando nella sua stanza. È un posto così pieno di calore e di tante cose divertenti. Amo le sue foto, i poster e tutti quei libri. Posso prenderne in prestito uno per leggerlo prima di dormire?»

«Ma certo! Ricordati di chiudere la porta prima di metterti a dormire, perché Stella potrebbe entrare e piazzarsi sul tuo letto».

«Per me sarebbe un onore» dice Alice. «Ti dispiace se adesso vado a nanna, Ellie? Sono esausta».

«Figurati, certo, sono stanca morta anche io» le dico, sbadigliando.

C'è un po' di imbarazzo su chi deve andare in bagno per prima, e per un attimo vedo Alice carinissima in pantaloncini corti e canottiera. È proprio bella, e devo stringere le labbra per evitare di dirglielo. In effetti adesso sono un po' brilla. Più che un po'. Devo stare attenta a non metterla in imbarazzo, né a mettere in imbarazzo me stessa.

«'Notte 'notte» le dico, e mi fiondo in bagno.

Vorrei avere della biancheria da notte carina, ma ho solo il mio pigiamone a righe che è tanto comodo. Una volta ho disegnato una striscia con Myrtle che si domandava cosa mettersi per andare a dormire. Mi ritrovo a baciare il polso dove è tatuata la mia topolina. È stata una cara amica, per me. Mi manca terribilmente disegnarla.

Be', però adesso ho i miei elefanti. Invece di contare le pecore, conto gli elefanti della mia tribù e mi addormento all'istante, più che altro perché ho bevuto troppo vino. Mi risveglio un paio d'ore più tardi, con la bocca secca e il cuore che batte forte.

In silenzio vado in bagno, bevo un bicchiere d'acqua, faccio pipì e poi me ne torno a letto in punta di piedi. Ma ormai sono sveglissima. Me ne sto sdraiata sulla schiena, pensando ad Alice che dorme nella stanza accanto, a pochi passi da me. Dopo qualche minuto la sento muoversi, e andare in bagno anche lei. Trattengo il fiato, chiedendomi se magari si affaccerà alla mia stanza, perché deve essersi accorta che sono sveglia anche io. Ma lei rientra silenziosa nella stanza accanto e torna a letto.

Cerco anch'io di rimettermi a dormire, ma non c'è verso.

Penso a Nicola Sharp e a cosa dirà dei miei elefanti. Adesso sono pentita di averle mandato quelle poche pagine. L'ho messa in una posizione scomodissima. Probabilmente, quando mi ha detto di mandarle qualcuno dei miei disegni lo diceva tanto per dire. Forse anche lei in questo preciso istante è sveglia che pensa a come dirmi nel modo più delicato possibile di non sprecare altro tempo col mio progetto.

Mi chiedo se anche Gary sia sveglio, e come si senta. Adesso mi ama o mi odia? Forse ha già telefonato a Rossetto Kim e proprio ora sta facendo sesso con lei, che è tutta eccitata all'idea che lui la porti a Venezia. E non me ne frega assolutamente niente. Anzi, è un sollievo. Sinceramente, spero davvero che si divertano.

Penso a Magda che dorme abbracciata al suo Chris, e con le mani si accarezza il pancione. Spero con tutto il cuore che per lei la terza volta sia quella buona. Non capisco cosa ci veda in Chris, ma è quel che ci vede *lei* che importa. Sarà una mamma adorabile per la sua bambina. Spero che sceglierà Nadine e me come madrine.

Poi penso a Nadine, e spero sia tra le braccia di Harry. Forse decideranno che è arrivato il momento di diventare una coppia a tutti gli effetti. Ma forse Nadine è un tale spirito libero che non vorrebbe un partner fisso. Quel che vorrei per lei, in realtà, è solo che fosse al *sicuro*, tutto qui. Se fossimo in una commedia romantica, lei si innamorerebbe del testimone del matrimonio di Natasha, quest'inverno, e vivrebbero per sempre felici e contenti. Ma la vedo dura.

Penso a Simon e Ben, che staranno dormendo abbracciati a cucchiaio, da coppia innamorata, dando a tutti noi l'esempio di come dovrebbe essere un matrimonio che duri nel tempo. Penso che papà invece sia sdraiato nel letto senza dormire, felice di essere ancora vivo, con accanto Anna con la testa appoggiata al suo cuore che batte. Penso che forse anche Lottie stia dormendo abbracciata a Luke, o a qualche altro suo amico, o magari invece sta dormendo pacificamente su un fianco, e forse si succhia la punta del pollice, come a volte fa nel sonno. E penso ad Alice, penso ad Alice, penso ad Alice.

Il telefonino fa un bip. Lo prendo e leggo il messaggio che è appena arrivato. È Nicola!

Mi dispiace scriverti così tardi, ma devo assolutamente dirtelo subito. La tua graphic novel è MERAVIGLIOSA! Non so se tu l'abbia già proposta a qualcuno, ma mi piacerebbe spedirla agli editori che pubblicano la mia. Sono sicura che faranno carte false per farti firmare un contratto con loro. Non vorrei sembrarti invadente, però. Fammi solo sapere se t'interessa. Sei strepitosa, Ellie! Sono felice di averlo capito sin da quando eri una ragazzina.
Con i miei migliori auguri
Nicola

Il cuore mi sta andando a mille. Mi dondolo avanti e indietro, leggendo e rileggendo il messaggio, che continua a sfocarmisi davanti, come se i miei occhi non riuscissero a leggerlo bene. È una cosa fantastica! Oh, Nicola, grazie di cuore! Il mio progetto ti piace. Anzi, meglio, dici che *lo adori*!

Le rispondo subito.

Carissima Nicola,
non sai come mi hai fatta felice! TI PREGO, spedisci assolutamente i miei elefanti al tuo editore! Sono così estatica che non credo chiuderò occhio, stanotte.
Grazie infinite, con tanto affetto
Ellie XXX

Sono troppo eccitata per cercare di rimettermi a dormire. Mi avvicino quatta quatta alla porta della mia camera, con l'intenzione di andare in cucina a prendere il vino avanzato nel frigo. Voglio brindare a Nicola! Ma quando apro silenziosa la mia porta vedo un filo di luce sotto la porta di Lottie. Mi fermo, esitante. Ho il cuore che batte forte. Alice non sta ancora dormendo. Cosa faccio, le chiedo se anche lei vuole un po' di vino? No. Penserebbe che sto usando la mia bella notizia come una scusa. Non posso entrare in camera sua. O sì? Cammino in punta di piedi, mi avvicino alla sua porta e busso con cautela.

«Alice? Posso entrare?» sussurro.

Lei mormora qualcosa che non capisco. Spero sia un sì. Entro e la vedo seduta nel letto, che scrive come una matta.

«Oh, scusa!» esclamo, accecata dalla luce improvvisa. Guardo il quaderno aperto con la sua scrittura piccola e ordinata che riempie la pagina. «È il tuo diario?»

«Sì» mi risponde, chiudendolo di colpo e guardandomi sulla difensiva.

Mi si secca la gola. Non avrei dovuto entrare. Ma ormai è troppo tardi.

«Scusa tanto se ti disturbo, ma ho una notizia incredibile! Ho mandato le prime pagine del mio libro sugli elefanti a Nicola Sharp, la scrittrice per bambini. La conosco, era anche alla mia festa di compleanno, e oh, Alice, ha detto che i miei disegni sono *meravigliosi*, e che vuole proporli al suo editore, oh mio Dio, sono così felice!» Le dico tutto questo senza fare una pausa, saltellando da un piede all'altro.

«Ma è una notizia fantastica, Ellie!» esclama lei. Zompa fuori dal letto e mi dà un grande abbraccio, e ci mettiamo a saltellare insieme tutt'attorno, inciampando un po', poi ci buttiamo sul letto tra le risate.

«Scusami» dico ad Alice, cercando di riprendere il controllo. «So che non è carino nei tuoi confronti, che hai appena avuto una separazione terribile e che pensi che con la tua altra ragazza non funzionerà mai e tutto il resto, ma non ho potuto farne a meno. Non hai idea di come sia importante questo per me, sono così felice!»

«Hai fatto benissimo, davvero. Sono felice anch'io, super felice per te!» mi dice lei.

Ho qualcosa che mi preme sulla schiena e mi fa male. Mi sposto e vedo che è il diario di Alice.

«Oh, dammelo» mi dice ansiosa, allungando una mano.

Io glielo porgo, scusandomi.

«Questo è il diario che ha letto Wendy?»

Alice annuisce.

«Quello dove scrivi della nuova ragazza?»

Annuisce di nuovo, senza guardarmi.

«Ti... ti sei davvero innamorata di lei?» le chiedo, mettendomi a sedere.

Annuisce per la terza volta, poi scuote il capo e fa un verso che sta a metà tra una risatina e un singhiozzo. «Sembro uno di quei pupazzi che muovono la testa sul lunotto delle auto» mi dice. «Tu hai capito chi è, vero?»

«No» le rispondo, ma adesso il cuore mi batte forte. Perché forse lo so.

«Dio santo, Ellie. Sei tu!» Abbassa lo sguardo in grembo, per non incontrare il mio. «Credo di essermi innamorata di te dal primo momento che ti ho vista. E andavamo così d'accordo. Ovviamente ho dovuto nascondere i miei sentimenti, perché so che non sei lesbica, e so che non potresti mai provare quel che provo io per te. Ho cercato in tutti i modi di tenere per me quel che sentivo, ne parlavo solo nel mio diario. Non mi sarei mai aspettata che Wendy sarebbe andata a leggerlo. Mi dispiace tanto, Ellie, domani me ne vado, ti ho messa in una situazione imbarazzante».

«Alice» le dico dolcemente. «Guardami. Chi ti dice che io non mi senta nello stesso modo?»

Ci guardiamo negli occhi per un lungo momento. Poi lentamente, molto lentamente, un centimetro alla volta, mi chino verso di lei, e lei mi guarda con le labbra dischiuse, respirando appena. Le do un bacio leggero, sfiorando appena le sue labbra morbide e dolci. Lei ricambia il mio bacio, delicata, esitante. Le metto una mano sul collo e la stringo più vicina.

E il bacio diventa un bacio vero, profondo, passionale, e la sensazione che mi dà il suo corpo liscio e tonico mi fa girare la testa dal desiderio.

«Vieni qui» mi dice, e si alza su un gomito. Guarda il mio pigiama con un sorriso e con tenerezza comincia a sbottonarlo. Poi me lo toglie, e si spoglia anche lei.

Ci guardiamo ancora, tremando entrambe. È così bello, così nuovo e strano, così perfetto.

«Oh, Ellie, non riesco a credere che stia succedendo davvero» mi dice Alice, con la voce arrochita dal desiderio, poi mi bacia di nuovo.

«Neanche io» mormoro, poi la sensazione di lei, della sua pelle, del suo profumo è così travolgente che non riesco nemmeno a parlare.

In quanti quadri Cupido è stato rappresentato bendato? Eppure, per la prima volta in vita mia, io ci vedo, ed è tutto in uno splendido technicolor. Vedo Alice, e Alice vede me.

Si è avverato, finalmente. Il mio desiderio di compleanno. Il mio lieto fine. Ed è solo l'inizio.

Fotocomposizione: Simona Gilberti

Finito di stampare
nel mese di giugno 2025
per conto della Adriano Salani Editore s.u.r.l.
da Poligrafici Il Borgo S.r.l. – Bologna (BO)
Printed in Italy